# Pelo Amor de Pete

Da mesma autora:

*Para Minhas Filhas*

*Juntos na Solidão*

*Sombras de Grace*

*O Lugar de uma Mulher*

*Três Desejos*

*A Estrada do Mar*

*Uma Mulher Traída*

*O Lago da Paixão*

*Mais que Amigos*

*De Repente*

*Uma Mulher Misteriosa*

# Barbara Delinsky

# Pelo Amor de Pete

*Tradução*
A. B. Pinheiro de Lemos

*Copyright* © 2003, Barbara Delinsky

Título original: *Flirting with Pete*

Capa: Leonardo Carvalho

Editoração: DFL

2005
Impresso no Brasil
*Printed in Brazil*

CIP-Brasil. Catalogação-na-fonte
Sindicato Nacional dos Editores de Livros, RJ

| | |
|---|---|
| D395p | Delinsky, Barbara, 1960-<br>Pelo amor de Pete/Barbara Delinsky; tradução A. B. Pinheiro de Lemos. — Rio de Janeiro: Bertrand Brasil, 2005.<br>434p.<br><br>Tradução de: Flirting with Pete<br>ISBN 85-286-1107-8<br><br>1. Romance americano. I. Lemos, A. B. Pinheiro de (Alfredo Barcellos Pinheiro de), 1938- . II. Título. |
| 05-0571 | CDD – 813<br>CDU – 821.111(73)-3 |

Todos os direitos reservados pela:
EDITORA BERTRAND BRASIL LTDA.
Rua Argentina, 171 — 1º andar — São Cristóvão
20921-380 — Rio de Janeiro — RJ
Tel.: (0xx21) 2585-2070 — Fax: (0xx21) 2585-2087

Não é permitida a reprodução total ou parcial desta obra, por quaisquer meios, sem a prévia autorização por escrito da editora.

*Atendemos pelo Reembolso Postal.*

# Agradecimentos

Conheci Jenny Clyde e seu Pete há sete anos. *Pelo Amor de Pete* é um livro que permaneceu em meus pensamentos desde então, esperando o momento certo para aflorar como meu livro do ano. Agora que aconteceu, compreendo o quanto o trabalho editorial é precário. Este livro, que consumiu tanto do meu coração e alma, poderia certamente ficar sem ser escrito. O fato de ter sido escrito é o resultado não apenas da tenacidade da história, mas também do apoio interminável de minha agente, Amy Berkower. Amy compreende Pete, meu público e a mim. Seu estímulo tem feito toda a diferença do mundo.

Como acontece com a maioria dos livros que escrevi, este envolveu uma quantidade significativa de pesquisa. Nessa tarefa, tive a ajuda de Elizabeth Fisk e de minha nora, Sherrie Selwyn Delinsky. Ambas são da maior competência em suas áreas. Se equívocos foram cometidos aqui, assumo plena responsabilidade. Tento fazer as coisas certas. De vez em quando, porém, compreendo errado, faço um relato truncado não intencional, ou simplesmente presumo que conheço a resposta, e por isso não faço a pergunta certa. Connie Unger não ficaria satisfeito comigo. Meu pedido de desculpas para ele e para você.

Agradeço a meus editores, Michael Korda e Chuck Adams, por estarem sempre à mão para me ajudar. Agradeço também a todos da Scribner, Susan Moldow e equipe, pelo entusiasmo, criatividade e inteligência. E à minha assistente, Wendy Page, por bloquear os telefonemas para que eu pudesse escrever sem interrupções. E também à minha Webmaster, Claire Marino, por explorar comigo os jardins ocultos de Beacon Hill e ainda por cima me oferecer seu conhecimento sobre plantas.

Minha família sabe o que *Pelo Amor de Pete* significa para mim. Agradeço a todos — Eric e Jodi, Andrew, e Jeremy e Sherrie — por se emocionarem cada vez que eu falava deste livro. A meu marido, Steve, por sua paciência, indulgência e contribuição, sempre meu agradecimento e amor.

Mais uma vez, sempre, ainda, agradeço a meus leitores, que aceitam cada novo livro que escrevo, apreciam as diferenças entre eles e me estimulam a escrever mais e melhor. Vocês são maravilhosos. Tenho muita sorte.

# Prólogo

Little Falls

O telefonema aconteceu às três horas da madrugada. Dan O'Keefe apressou-se em vestir o uniforme e partir para a casa dos Clyde. A pressa não era porque Darden Clyde assim exigisse, ou porque era a obrigação de Dan, embora as duas coisas fossem procedentes, mas sim porque estava preocupado com Jenny.

Já devia estar acostumado a se preocupar com Jenny. Era o que vinha fazendo desde que se tornara o assistente de seu pai, oito anos antes. Na ocasião, Jenny era uma menina maltratada de dezesseis anos, que sempre se mantinha a distância dos colegas e nunca era capaz de fitar ninguém nos olhos. Preocupara-se quando ela fizera dezoito anos, a mãe morrera e o pai fora para a prisão; e continuara a se preocupar desde então, observando-a se tornar mais e mais apartada na cidade. Não fizera muita coisa para ajudá-la. E, por isso, sentia-se culpado.

O sentimento de culpa fora aumentado agora. Ele não queria que Darden saísse da prisão, muito menos Jenny, mas não lutara contra seu livramento condicional. Por isso, sentia-se culpado... e preocupado.

E havia também o problema de seu ombro. Sempre doía quando coisas ruins estavam para acontecer. Seu pai atribuía a isso o fato de ter sido um péssimo jogador de futebol americano, mas as antigas lesões há muito que estavam cicatrizadas. A tensão apenas atiçava as cicatrizes. O ombro ardera quando Darden Clyde saltara daquele ônibus às 6h12 da tarde anterior. Agora, parecia ainda mais dolorido.

Ele seguiu em alta velocidade sob uma chuva fina, deixando o centro da cidade, pela West Main. Passou por casas tão escuras que nem saberia que estavam ali, se não tivesse memorizado cada palmo da cidade. Um quilômetro e meio além, as casas foram se tornando mais apartadas. Ele virou para a única que tinha uma luz acesa, apertando o volante com força, enquanto o jipe sacolejava pelo caminho esburacado da casa dos Clyde. Parou perto da porta da cozinha, que estava entreaberta. Subiu os dois degraus enlameados com uma só passada e empurrou a tela.

A cozinha era de pinho antigo — armários, mesas, cadeiras —, com balcões de fórmica rosa e linóleo também rosa esfregados de uma maneira tão compulsiva que haviam adquirido a cor de carne, o que era no momento o elemento mais humano ali. Darden estava sentado no chão, ao final de uma trilha de lama. Encostado na parede, por baixo do telefone, parecia um rato molhado, os cabelos e roupas encharcados e cinzentos. Tinha o rosto ensangüentado. Segurava o braço direito, o lado do corpo que procurava favorecer. Levantou apenas os olhos, como se não tivesse força para mais do que isso. Mesmo então, os olhos irradiavam maldade.

— Ela me atropelou — murmurou ele, furioso. — Passei horas caído na chuva, e levei ainda mais horas para me arrastar até aqui. O quadril está me matando.

Dan não poderia se importar menos com o quadril de Darden. Foi até a porta para o corredor e escutou. A casa mantinha um silêncio profundo.

# Pelo Amor de Pete

— Onde ela está?

— Como vou saber? Foi por isso que liguei para você. Ela me atropelou, com a porra do meu carro, e foi embora. É atropelamento e fuga, roubo, e guiar sem habilitação.

Dan sabia que o Buick desaparecera. Seus faróis haviam iluminado a garagem vazia quando ele saíra da rua. Mas calculou que Jenny podia ter deixado o carro em algum lugar e voltado. É verdade que ela lhe dissera que pretendia deixar a cidade; até mencionara um amigo, mas ninguém jamais vira o cara. Sozinha, Jenny Clyde era tímida e insegura. Dan não podia vê-la partir subitamente, depois de tanto tempo. Era mais fácil imaginá-la encolhida no telhado, no escuro, arriscando a vida nas telhas de ardósia escorregadias.

Ele foi verificar.

— Ei, aonde você pensa que vai? — gritou Darden.

Dan ignorou-o e verificou a casa inteira. Preparou-se para descobrir o tipo de cena macabra que encontrara ali seis anos antes. Mas não viu Jenny nem qualquer sinal de violência. Fora um vestido molhado no chão do quarto e um amontoado de almofadas, colchas e recortes de jornais no sótão, tudo continuava em ordem e arrumado. O telhado estava vazio, assim como o chão por baixo, felizmente.

Ele voltou à cozinha.

— Eu poderia lhe dizer que ela não está mais aqui — resmungou Darden. — Levou meu carro. Quer que eu diga de novo? Ela levou meu carro. Tem de procurar fora daqui.

Era o que Dan tencionava fazer. Sabia que Jenny não era boa motorista. Pegara-a ao volante mais de uma vez, mas se limitara a uma advertência. O que mais poderia fazer? Multá-la por andar em ziguezague pela estrada? Confiscar as chaves? Prendê-la por dirigir sem habilitação e mandá-la para a cadeia do condado, para ser trancafiada com viciados e prostitutas?

O que o preocupava agora era a possibilidade de Jenny ter sofrido um acidente. Havia muitos lugares em torno de Little Falls em que um carro podia sair da estrada e passar dias sem ser avistado. Ele planejava verificar em todos esses lugares. Primeiro, no entanto, queria que Darden falasse.

Puxou uma cadeira e sentou. O resto do jantar, ensopado de carne e pão meio comido, ainda estava na mesa da cozinha. Uma garrafa virada e cerveja quente derramada.

— O que aconteceu aqui?

Darden encostou a cabeça na parede.

— Já contei. Ela me atropelou e foi embora.

— Por quê?

— Como posso saber? Eu estava jantando. Ela disse que ia embora. Quando tentei impedi-la, ela me atropelou. — Seus olhos eram frios e ameaçadores. — Encontre-a, O'Keefe. É o seu trabalho. Se tiver de acusá-la, faça isso. Mas traga-a de volta.

— Por quê? Ela tem vinte e quatro anos, e o mais longe que já esteve daqui foi quando o visitava na prisão. Talvez estivesse na hora de ir embora.

— Não era porra nenhuma. Era hora de continuar aqui. — Darden espetou um dedo rígido no chão. — Ela teve seis longos anos...

— Para fazer o quê? — interrompeu Dan, alteando a voz. — Escapar? Como poderia? Sempre a manteve ocupada aqui, cuidando das coisas como você queria. Dizia o quanto ela lhe devia cada vez que Jenny o visitava. Sem contar os telefonemas. Não posso nem começar a imaginar o que você dizia naquelas ligações.

— Ela é minha filha. Fazia o que fazia porque me ama

Dan levantou-se. Calculou que se não usasse as pernas para sair dali, muito em breve estaria chutando Darden Clyde. Não aceitava a brutalidade policial — na verdade, detestava-a, o que era apenas uma das questões sobre as quais vivia discutindo com o pai —, mas agora se achava na iminência de usá-la. O que serve para demonstrar como se sentia furioso.

— Vamos esclarecer uma coisa, seu desgraçado. Jenny fez o que fez, durante todos esses anos, porque você sempre a deixou apavorada. Ela deveria ter vendido a casa depois do que aconteceu aqui, mas você não deixou. Deveria vender, queimar, ou simplesmente largar a casa e ir embora. Era o que eu lhe dizia. Mas você insistia que ela não podia fazer isso. Queria que ela ficasse presa às lembranças, você e sua mente pervertida. Aquela pobre coitada sofreu por muito mais anos do que você passou na prisão. E você é o único culpado.

Dan inclinou-se para a frente, sentindo um ódio tão intenso que era capaz de cuspir.

— Por isso, quero que me escute, e preste muita atenção. Se eu descobrir que Jenny sofreu nas suas mãos, vai desejar ter morrido na prisão. Entendido?

Darden soltou um grunhido desdenhoso.

— Você não tem coragem de me bater. Seu pai talvez tivesse, mas não você.

Dan empertigou-se.

— Eu tive trinta e dois anos para observá-lo em ação. Portanto, não me subestime. Se ela sofreu alguma coisa, você descobrirá até onde vai minha coragem. Você não vale nada para mim.

O rosto de Darden dizia que o sentimento era mútuo. Seus olhos podiam matar. Dan esfregou o ombro.

— Ela disse para onde ia?

— Não.

— Tem alguma idéia do lugar a que ela poderia ir?

— Jenny mencionou alguém chamado Pete.

— Você o conhece?

— Como poderia conhecer? Voltei para cá há menos de doze horas!

— Ela não poderia tê-lo conhecido na prisão?

Darden fitou-o em silêncio. Não pela primeira vez, Dan desejou ter insistido com Jenny na questão de Pete. Não o fizera, porque ela parecia bastante feliz, e Jenny feliz era um acontecimento raro. Mas pelo que ocorrera agora, ele gostaria de saber que Jenny fugira para se encontrar com uma pessoa de bem. E teria o maior prazer em dizer isso a Darden.

— Ela alguma vez o mencionou antes? — perguntou Dan. — Falou qualquer coisa sobre essa pessoa?

Darden soltou um grunhido negativo.

— E o que você disse quando Jenny falou sobre ele?

— Disse que ela não ia a parte alguma.

Dan seria capaz de apostar que ele falara muito mais do que isso.

— O que ela disse?

— Respondeu que iria de qualquer maneira.

— E você tentou impedir. Isso foi tudo?

— Como assim?

— Bateu nela?

— Não, não bati. Eu a amo. Ela é minha filha. Voltei para cuidar dela.

Dan sabia como isso funcionava. Foi o que disse a Darden com os olhos.

— Encostou a mão em Jenny?

— Nem cheguei perto dela. Vá atrás de Jenny, O'Keefe. A cada minuto que você continua aqui, fazendo essas perguntas idiotas, ela se distancia cada vez mais.

Era justamente o que Dan queria, presumindo que Jenny estava viva e bem, escapando de Darden, como já deveria ter feito há muitos anos. Se fosse esse o caso, ele queria oferecer a ela tanta dianteira quanto possível.

Se ela sofrera um acidente, porém, precisava encontrá-la.

Dan pegou o telefone e ligou para o hospital comunitário, a duas cidades de distância, pedindo uma ambulância para Darden. Com a certeza de que o homem não poderia sair dali, Dan deixou-o sentado no chão, sozinho. Pegou a lanterna no jipe e saiu à procura de Jenny, no terreno em torno da casa e no bosque. Também procurou indícios da presença de uma motocicleta na área. Jenny lhe dissera que seu Pete tinha uma motocicleta. Mas Dan nada encontrou. Por isso, pegou o jipe e saiu à procura de Jenny.

Quando o sol nasceu, ele já percorrera cada quilômetro de estrada em Little Falls, mas não encontrara o Buick estacionado, enguiçado ou avariado. Parou na casa do pai para informá-lo. Encontrou-o na frente do rádio, falando com Imus, absorvido demais para dispensar muita atenção a Dan. Contentou-se em deixar a busca de Jenny aos seus cuidados... o que foi a solução mais satisfatória para Dan. Sabia que faria um trabalho melhor, simplesmente porque se importava. O pai era chefe de polícia em Little Falls há quase quarenta anos, entediado, blasé, quase indiferente.

Dan não era nenhuma dessas coisas. Com um crescente sentimento de urgência, ele voltou à garagem em que ficava a delegacia de polícia e deu vários telefonemas. Depois de alertar os chefes de polícia das cidades vizinhas para ficarem atentos ao Buick, ele tornou a sair.

Pelos seus cálculos, era uma das únicas três pessoas na cidade a quem Jenny poderia ter confidenciado seus planos de ir embora. As outras duas eram Miriam Goodman, que oferecia um serviço de bufê para todo o Estado de sua pequena cozinha na cidade, e o reverendo Putty, da Igreja Congregacional. Dan falou com ambos. Nenhum dos dois pôde dar qualquer informação sobre o possível paradeiro de Jenny.

Ele tornou a percorrer as estradas, em plena luz do dia agora, mas o resultado final foi o mesmo. Voltou à cidade, para um café e ovos na lanchonete. Imaginava que tomaria conhecimento ali se alguém soubesse de qualquer coisa.

Mas a única coisa de que tomou conhecimento foi da extensão da má vontade dos habitantes da cidade em relação a Darden Clyde. Ninguém parecia satisfeito por ele não ter fraturado a bacia, mas apenas sofrido alguns arranhões e equimoses; e era geral a irritação por ele ter falado mal de Dan O'Keefe enquanto era tratado no pronto-socorro.

— Ele diz que você está ajudando e encorajando uma criminosa.

— Diz que você não sabe coisa alguma do trabalho de polícia.

— Diz que você chamaria o FBI se não tivesse bosta no lugar do cérebro.

Os amigos de Dan relataram tudo, sem qualquer intenção de ofender; e ele não se sentiu ofendido, porque não prestou muita atenção. Havia coisas que o afligiam. O ombro se tornava cada vez mais tenso. As entranhas tremiam. Sua preocupação com Jenny não parava de aumentar.

Ele tornou a pegar a estrada, parando em cada ravina e desvio, pensando que era maior a possibilidade, com o sol mais alto, de encontrar alguma coisa que não percebera numa das passagens anteriores. No meio da manhã, ainda não encontrara nada.

Por isso, foi até a pedreira. Já estivera ali duas vezes naquele dia, mas agora foi até lá por si mesmo. Parou no estacionamento junto da beira e saltou do jipe. Embora estivesse claro na cidade, ainda havia nevoeiro ali, o que era um dos motivos para a sua vinda. O nevoeiro libertava a mente, turvava a verdade e permitia a esperança. A pedreira era um lugar de sonho, em qualquer condição. Quanto mais denso o nevoeiro, mais intensos os sonhos.

Seu sonho? Fazer alguma coisa boa. Isso mesmo, fazer alguma coisa boa.

Por mais ingênuo que pudesse parecer, fora um dos motivos pelos quais aceitara o cargo. Outro era o de haver tentado antes ser um pintor, mas não encontrara seu lugar, e precisava do dinheiro. Um terceiro motivo? A mãe suplicara que aceitasse, porque o pai não conseguia arrumar mais ninguém para o trabalho. O emprego de policial em Little Falls não era inspirador. Consistia em levar gazeteiros para a escola, bêbados para a cadeia e viciados para o centro de tratamento, três vales a oeste. Significava a intervenção nas pequenas brigas entre os habitantes e a arbitragem das divergências domésticas. Exigia que circulasse pelas estradas de Little Falls por horas a fio, fazendo as pessoas pensarem que estavam seguras.

E estariam mesmo? Era o que ele podia sentir ali, naquele momento. Era difícil acreditar que o mal pudesse existir num lugar assim, com aquele sussurro de água contra o granito, o murmúrio das agulhas de pinheiro secando depois da chuva, a correria de criaturas entre as moitas. Tudo recendia a umidade, a novo. A neblina não deixava sombras em que os demônios pudessem espreitar. Num dia como aquele, a pedreira proporcionava a sensação de uma igreja, uma escala no caminho para o céu.

Era um pensamento irreal, o que seu pai chamaria de refugo de educação universitária na cidade grande, mas persistiu na mente de Dan. Havia alguma coisa pacífica naquele lugar, até mesmo sagrada. Ele se sentia mais calmo ali. Esperançoso. Até o ombro parecia melhor, o que era estranho, por causa da umidade.

Dan esfregou o ombro. Estava mesmo melhor, não podia haver a menor dúvida. Ele aspirou fundo o nevoeiro, enquanto olhava ao redor. Era incontestável: havia esperança.

Como explicar?

A pedreira era como uma concha gigantesca, a tigela de granito cheia da água de fontes, descendo do alto da montanha. Havia uma projeção de terra de seis metros de comprimento, como se fosse o cabo, que servia de trampolim para os jovens da cidade. Dan deu a volta pela cratera, pisando com todo o cuidado no granito ainda úmido da chuva da noite passada. Atravessou a ponte sobre o escoadouro, por onde a água descia em gorgolejos, e descobriu-se no outro lado, olhando através das árvores, que surgiam e desapareciam à medida que o nevoeiro se deslocava, abria e tornava a fechar.

Não tinha a menor idéia do que procurava.

Mas, por outro lado, podia sentir que havia alguma coisa ali. E seguiu um pressentimento. Deixou o granito e enveredou por uma trilha estreita, que serpenteava entre as árvores. Seu senso de certeza aumentou à medida que avançava sobre as agulhas de pinheiros e raízes das árvores, e passava entre moitas densas, sob galhos pendentes.

Antes mesmo de alcançá-lo, ele já sabia o que encontraria. O velho Buick de Darden Clyde estava escondido entre as árvores, num lugar que poucas pessoas na cidade sabiam que existia. Dan não pensara que Jenny conhecia o lugar. Subestimara-a.

O Buick estava vazio. Ele sabia disso antes mesmo de olhar. Era parte de sua certeza, assim como a súbita noção do que ela fizera.

Ele baixou a cabeça. Um espasmo de tristeza o envolveu. Inclinou a cabeça para trás, com um gemido. Um minuto passou antes que a tristeza desse lugar à culpa, e outro minuto antes que a culpa o deixasse se mover.

Dan voltou à piscina de granito, olhando atentamente para as margens. Mas não havia sinal de pesar ali. Não havia nada de angustiante, trágico ou sinistro. O ar era mais leve, mais brilhante. O ombro sentia-se bem ali.

Não fazia sentido, é claro. Mas era o que acontecia.

O nevoeiro bailava sobre a água, em movimentos curtos e alegres. Uma área mais tênue no nevoeiro atraiu sua

Pelo Amor de Pete

atenção. Acompanhou-a com os olhos de um ponto para outro, mais e mais alto, até alcançar a projeção de terra lá em cima. E foi nesse instante que avistou as roupas.

Dan sentiu outra pontada de culpa, mas isso não o paralisou. Apressado agora, foi para o outro lado da pedreira e começou a subir. Foi de uma saliência para outra, até alcançar a projeção.

Reconheceu o vestido no mesmo instante. Era o que Jenny comprara na loja de Miss Jane para ir ao baile na sexta-feira anterior. Estava dobrado com todo o cuidado, ao lado das roupas de baixo e dos tênis velhos em que percorrera os muitos quilômetros até a cidade, ida e volta. As pegadas eram pequenas e delicadas. Poucas pessoas pensariam que poderiam ser de Jenny. Afinal, delicadeza sugeria fragilidade, o que sugeria vulnerabilidade, o que sugeria inocência, o que deveria inspirar um sentimento de proteção. Mas Little Falls não protegera Jenny Clyde. Nem o próprio Dan a protegera. E ele viveria com essa constatação pelo resto de sua vida.

As pegadas pequenas, delicadas e solitárias eram as únicas marcas na terra, que antes fora alisada pela chuva. Se ela estivera com alguém, o homem não a acompanhara até ali. A trilha era evidente, do ponto em que Dan se encontrava, para o lugar onde ela tirara as roupas, até a beira. Ali, Jenny erguera o corpo nas pontas dos pés... e não havia mais qualquer marca.

Os fragmentos que antes angustiavam Dan agora se juntaram numa imagem inteira. Todas as pequenas coisas que Jenny fizera, ao longo dos últimos meses, em particular nos últimos dias, e que o haviam deixado apreensivo. Se ele fosse mais perceptivo, poderia ter compreendido o quadro que começara a se definir.

Não. A perspicácia nada tinha a ver com aquilo. Ele não somaria os sinais de Jenny que se acumulavam porque não queria conhecer o resultado. Pois o conhecimento exigiria ação, e ele era parte da cidade, pelo menos em se sentir mal por Jenny Clyde.

Dan estudou a água. Estava calma, parada, presunçosa em seu silêncio. Fariam uma dragagem, mas era bem possível que o corpo já tivesse descido pela correnteza abaixo, com o fluxo caudaloso depois da tempestade. Procurariam nas margens, pois o corpo poderia ter ficado preso em algum lugar. Mas isso quase nunca acontecia. A história de Little Falls registrava outros suicídios similares, e em nenhum deles o corpo fora encontrado. Segundo a lenda popular, o que a pedreira engolia, nunca devolvia.

Nada vendo na água, Dan correu os olhos, lentamente, em torno da pedreira e pela beira do bosque. O nevoeiro parecia brincar com ele agora, criando o arremedo de alguma coisa viva, alguma coisa humana, antes de se dissipar e não deixar qualquer coisa além de pedra, árvores, musgo.

O suicídio era um pecado. Dan não podia justificar o que Jenny fizera. Mas sabia como o mundo dela fora restrito. E, dentro desse mundo restrito, ela optara pelo que considerara o menor de dois males. Dan não podia condená-la por isso.

Darden Clyde era diferente. Ocorreu a Dan que Jenny aplicara a mais pura forma de justiça. Ao se matar, ela privara Darden do que ele mais queria, em toda a sua maldade. Deixara-o sozinho no inferno que ele próprio criara.

O que deixava Dan satisfeito. Queria Darden atormentado e Jenny livre. Embora lamentasse por ela, sentia-se contente. E refletiu que devia ser por isso que a dor no ombro desaparecera.

Subitamente cansado, ele respirou fundo. Enquanto exalava, enganchou as mãos na cintura da calça. Havia trabalho a fazer. Deveria ligar para comunicar o que descobrira, e pedir ajuda para a busca mais meticulosa que deveria ser realizada. Mas ainda não. Podia espe-

# Pelo Amor de Pete

rar mais um pouco. Havia alguma coisa diferente ali, uma sensação de serenidade, em contradição com a idéia de que uma vida se perdera no local na noite passada. Dan queria pensar que era o espírito de Jenny Clyde vagueando pelo bosque... Jenny Clyde finalmente livre e feliz.

Depois, o nevoeiro se deslocou. Um brilho vermelho, lá embaixo, atraiu sua atenção. Ele se tornou alerta. O brilho vermelho movimentou-se, apenas um pouco, mas foi o suficiente para lançá-lo em ação.

Inesperadamente, enquanto descia apressado, Dan sentiu uma pontada de desapontamento. Torcera para que Jenny escapasse. Não havia vida para ela ali, não com Darden de volta.

Na esteira desse pensamento, o germe de outro se enraizou. Se fazer o bem era o que importava, só havia uma possibilidade no caso.

Ele correu entre os blocos rochosos, escorregando várias vezes em sua pressa, esbarrando aqui e ali, mas sem se importar nem um pouco com os machucados. Lá embaixo, ele correu para o ponto em que o brilho vermelho aparecera. Diminuiu a velocidade ao se aproximar, receando que ela se assustasse e fugisse. Mas Jenny Clyde não fez qualquer movimento. Estava toda encolhida, uma pequena massa de carne trêmula, o rosto comprimido contra os joelhos, os cabelos ruivos num contraste intenso com a pele muito pálida.

Enquanto dava os últimos passos, Dan tirou o casaco. Ajoelhou-se ao lado de Jenny, cobriu-a, pegou-a no colo. Sem dizer nada, ele voltou para o jipe. Ajeitou-a no banco de passageiro, abaixada, para que ninguém a visse. Depois, sentou ao volante e partiu.

Pegou a estrada que deixava a cidade, a que sabia que ele próprio seguiria. Como Jenny continuasse a tremer, ele aumentou o aquecimento. Ela manteve a cabeça abaixada, e não disse nada. Dan foi em frente.

Muito além dos limites da cidade, ele ligou para informações, obteve o número que desejava, e passou três minutos numa conversa com um antigo amigo da universidade, que não se incomodou nem um pouco em tirar duas horas de folga do trabalho para encontrá-lo.

Seu pai ficaria furioso. "Obstrução da justiça!", gritaria ele, sempre o mais rigoroso em acatar a lei literalmente. "Meteu-se na maior encrenca, Dan, e seu amigo também. Foi para isso que o mandei estudar na universidade?"

Mas o pai nunca saberia. Nem ninguém na cidade. A pedreira seria dragada e o leito do rio, vasculhado. O consenso seria o de que o corpo fora levado para as águas mais profundas e caudalosas do rio adiante, e ficara preso sob uma camada de rocha, ou fora tragado por alguma força misteriosa que dominava a pedreira.

A causa não importava, apenas o efeito. E para todos os propósitos práticos, Jenny Clyde havia morrido.

# Um

*Boston*

O culto memorial foi realizado numa igreja de pedra escura, na Marlboro Street, não muito longe do lugar em que Cornelius Unger vivera e trabalhara. Aconteceu numa quarta-feira ensolarada, em junho, três semanas depois da morte, como ele determinara. Tudo o que ocorrera antes fora íntimo e reservado. Casey Ellis não fora convidada.

Ela sentava a quatro fileiras do fundo da igreja. Não poderia imaginar uma audiência mais comedida. Não havia fungadelas, sussurros, suspiros, gemidos ou soluços. O pesar não era um fator ali. Aquela era uma reunião profissional, um grupo de homens e mulheres, na atitude neutra de quem preferia ver a ser visto. Eram pesquisadores e terapeutas, presentes hoje porque Connie Unger fora um eminente líder em sua área por mais de quarenta anos. A presença de tantas pessoas comprovava tanto a longevidade do homem quanto o seu brilho.

Casey seria capaz de apostar que, dentre as várias centenas de pessoas reunidas ali, ela era a única com um interesse emocional; e incluía a esposa no cálculo. Todos sabiam que o renomado Dr. Unger mantinha a esposa numa casa adorável em North Shore, enquanto ele vivia sozinho em Boston. Só a visitava em um ou outro fim de semana. Connie gostava de privacidade. Não gostava de reuniões sociais.

Tinha colegas, não amigos; e se tinha família, sob a forma de irmãs, irmãos, sobrinhas, sobrinhos ou primos, ninguém jamais soubera. E nunca tivera filhos com a esposa.

Casey era sua filha, com uma mulher com quem ele nunca se casara, a quem não dissera mais do que uma dúzia de palavras, depois da única noite juntos. Como ninguém ali sabia dessa noite ou de Casey, para todos ela não passava de mais um rosto na multidão.

Casey, por outro lado, conhecia algumas pessoas ali, embora não por intermédio do pai. Ele nunca a reconhecera, nunca a procurara, nunca oferecera ajuda, nunca abrira uma porta. Nunca houvera o pagamento de sustento infantil. A mãe de Casey jamais pedira; e quando Casey soubera quem era seu pai, já se encontrava tão empenhada no desafio da adolescência que nunca o teria abordado, mesmo que sua vida dependesse disso.

Elementos desse desafio ainda persistiam. Casey contentou-se em sentar-se no fundo da igreja, apenas mais uma colega aproveitando a hora do almoço para comparecer ao culto. Sentia-se satisfeita em pensar que sua presença ali era mais do que o homem merecia. Sentia-se satisfeita em pensar que deixaria a igreja e nunca mais olharia para trás.

Concentrar-se nessas coisas era mais fácil do que reconhecer a perda. Nunca se encontrara formalmente com Cornelius Unger, mas enquanto ele era vivo sempre havia a esperança de que um dia a procurasse. Com sua morte, essa esperança desaparecia.

*Você alguma vez tomou a iniciativa de procurá-lo?*, perguntara sua amiga Brianna. *Alguma vez tentou confrontá-lo? Alguma vez mandou uma carta, um e-mail, um presente?*

A resposta era não. O orgulho desempenhara um papel, assim como a raiva, sem falar na lealdade à mãe. E havia também o culto do herói. Típico dos relacionamentos de amor-ódio, além de sua nêmese. Cornelius Unger era o seu modelo quase desde a ocasião em que ela tomara conhecimento de seu nome. Aos dezesseis anos, sentira-se curiosa, mas a curiosidade logo se transformara em determinação. Ele era professor em Harvard; Casey se candidatara à universidade, mas fora rejeitada. Deveria tê-lo procurado para informar que fracassara nesse intento?

Mais tarde, ela se formara em Tufts e no Boston College. O último curso fora de mestrado em assistência social. Não chegava a ser o Ph.D. que Cornelius tinha, mas ela também aconselhava os clientes e agora tinha até uma proposta para lecionar. Não sabia se aceitaria, mas essa era outra questão. Adorava a psicoterapia. Imaginava que o pai também adorava, se sua dedicação significava alguma coisa. Ao longo dos anos, ela lera praticamente tudo o que o pai escrevera, comparecera a todas as conferências abertas que ele fizera, recortara todas as avaliações de sua obra. Cornelius considerava a terapia uma caçada, uma investigação, as pistas ocultas nos vários compartimentos da vida de uma pessoa. Defendia a terapia da fala para descobrir os problemas. O que era uma ironia, já que o homem não era capaz de manter uma conversa social por nada neste mundo. Mas ele sabia fazer as perguntas certas.

A terapia era isso, ele dizia, fazer as perguntas certas. Escutar, depois fazer as perguntas que apontavam o caminho certo para o paciente, para que ele pudesse encontrar as respostas por si mesmo.

Casey era muito boa nisso, a julgar pelo crescimento de sua clínica. As pessoas que conhecia ali, na cerimônia, eram seus colegas. Estudara com eles, partilhara espaço de consultório, participara junto de oficinas, muitas vezes consultara-os. Respeitavam-na como psicoterapeuta, o suficiente para encaminhar uma parcela considerável de seus clientes. Mas os colegas não sabiam da ligação entre ela e o falecido.

O calor de junho permanecia lá fora, nos degraus da igreja. Dentro, os raios do sol eram reduzidos a fragmentos coloridos, ao passarem pelos vitrais no alto das paredes de pedra. O ar no interior era confortavelmente fresco, recendendo a história, como acontecia com as relíquias da Guerra Revolucionária. Casey adorava aquele cheiro. Proporcionava-lhe o senso de história de que sua vida carecia.

Foi nisso que ela encontrou conforto, à medida que os oradores se postavam na frente da igreja para falar. Mas nada disseram que Casey já não soubesse. Em termos profissionais, Connie Unger fora amado. Sua taciturnidade era alternadamente encarada como timidez ou melancolia; a recusa em comparecer às festas do departamento, como um doce constrangimento social. Em algum momento de sua carreira, as pessoas passaram a protegê-lo. Casey muitas vezes especulara se a falta de uma vida pessoal não ajudara nesse ponto. Na ausência de amigos, os colegas sentiam-se responsáveis por ele.

A cerimônia terminou e as pessoas começaram a sair da igreja; como Casey, tinham de voltar ao trabalho. Ela sorriu para um amigo, ergueu o queixo para outro, parou por um instante nos degraus da frente para falar com um homem que fora seu orientador de tese, retribuiu casualmente o abraço de uma colega. Tornou a parar, dessa vez a pedido de um dos seus associados.

Eram cinco associados no grupo. John Borella era o único psiquiatra. Dos outros quatro, dois eram terapeutas Ph.D. Casey e outra tinham mestrado em assistência social.

— Precisamos nos reunir mais tarde — disse o psiquiatra.

Casey não se preocupou com a urgência em sua voz. John era um alarmista crônico.

— Meu dia está apertado — avisou ela.

— Stuart foi embora.

Isso a fez hesitar. Stuart Bell era um dos terapeutas Ph.D. Mais importante ainda, era o encarregado de pagar as contas do consultório.

— Foi embora? — Repetiu ela, cautelosa. — Como assim?

— Ele foi embora — reiterou John, falando mais baixo agora. — A esposa me telefonou há pouco. Ela voltou do trabalho ontem à noite para encontrar a casa vazia... gavetas vazias, armários vazios, conta bancária vazia. Verifiquei no consultório. A mesma coisa.

Casey estava aturdida.

— E seus arquivos?

— Também desapareceram.

A surpresa já se transformava em consternação.

— E *nossa* conta bancária?

— Também vazia.

— Essa não! — Ela sentiu um toque de pânico. — Muito bem, conversaremos mais tarde.

— Ele está com o dinheiro do aluguel.

— Sei disso.

— No valor de sete meses.

— Não esqueci.

Casey dera um cheque de sua parte no primeiro dia útil de cada um dos sete meses. Haviam descoberto na semana passada que o aluguel não fora pago em nenhum dos meses. Quando confrontado, Stuart alegara que fora puro esquecimento, perdido em montanhas de papel que absorviam tempo demais... e todos compreenderam. Prometera pagar tudo.

— Vence na próxima semana — lembrou John a Casey agora.

Eles teriam de arrumar o dinheiro de qualquer maneira. A alternativa seria o despejo. Mas Casey não queria conversar sobre o despejo agora. Não podia sequer *pensar* a respeito, com Cornelius Unger observando e escutando.

Quando John se afastava, Casey virou-se para um homem que se aproximava.

— Sou Paul Winnig — disse ele. — Eu era o advogado do Dr. Unger, e agora sou o testamenteiro. Podemos conversar por um momento?

Casey teria perguntado o que o testamenteiro do Dr. Unger queria com ela se não visse a resposta nos olhos do advogado. O homem sabia quem ela era. Surpresa com a percepção, Casey sentiu-se um pouco perturbada.

— Claro. Quando quiser.

— Agora seria possível?

— Agora? — Ela olhou para o relógio e experimentou um princípio de irritação. Não sabia se o pai mantinha os clientes esperando. Ela não o fazia. — Tenho um compromisso dentro de meia hora.

— Não vai demorar mais do que cinco minutos — garantiu o advogado.

Com a mão tocando de leve no cotovelo de Casey, ele a conduziu gentilmente pelos degraus abaixo e por um estreito caminho de pedra que passava pelo lado da igreja.

O coração de Casey batia forte. Antes que pudesse começar a especular sobre o que ele tinha a dizer, ou o que ela sentia a respeito do que poderia ouvir, o caminho abriu-se num pequeno pátio, fora da vista da rua. O advogado largou o cotovelo de Casey e gesticulou para que ela sentasse num banco de ferro batido. Depois que os dois se acomodaram, o advogado disse:

— O Dr. Unger deixou instruções para que você fosse procurada assim que acabasse o funeral.

— Não sei por quê — comentou Casey, depois de recuperar um pouco o controle. — Ele não tinha o menor interesse por mim.

— Creio que está enganada.

Ele tirou um envelope do bolso interno do paletó. Era pequeno, de papel pardo, mais ou menos do tamanho de um cartão de fichário, com um fecho na aba.

Casey olhou aturdida para o envelope. O advogado suspendeu-o, para mostrar a frente.

— Tem o seu nome.

E tinha mesmo, "Cassandra Ellis", escrito com a mesma letra trêmula que ela já vira dezenas de vezes em anotações nas margens de gráficos e tabelas que Connie Unger projetava na tela durante suas conferências.

*Cassandra Ellis*. Seu nome, escrito pelo pai. Era a primeira vez que ela o via.

O coração passou a bater ainda mais forte. Fitou o advogado. Apreensiva, sem saber o que queria encontrar no envelope, mas receando que não estivesse ali o que podia desejar, ela estendeu a mão, cautelosa. O envelope continha algum objeto.

— Há uma chave aí dentro — explicou Paul Winnig. — O Dr. Unger deixou para você sua casa em Boston.

Casey franziu o rosto, inclinou o queixo para o peito e fitou o advogado em dúvida. Quando Paul Winnig acenou com a cabeça, ela olhou para o envelope. Com todo o cuidado, abriu o fecho, puxou a pequena aba e verificou o que havia dentro. Virou o envelope. Uma chave caiu em sua mão. Depois, tirou um papel, dobrado várias vezes para caber. Nos segundos que levou para desdobrar o papel — vários segundos a mais do que seria necessário se tivesse as mãos mais firmes —, sua fantasia disparou. Nesses segundos, imaginou um bilhete afetuoso. Não precisava ser longo. Podia ser bem simples. Por exemplo: *Você é minha filha, Casey. Observei-a ao longo de todos esses anos. Você sempre me deixou orgulhoso.*

Havia de fato um texto escrito no papel, mas a mensagem era sucinta. O endereço da casa. O código de alarme. Uma lista de nomes, tendo ao lado palavras como "encanador", "pintor", "eletricista". Os nomes do jardineiro e da empregada tinham asteriscos ao lado.

— O Dr. Unger gostaria que o jardineiro e a empregada fossem mantidos — explicou o advogado. — Ao final, a decisão é sua. Mas o Dr. Unger achava que os dois eram competentes e que amavam a casa tanto quanto ele.

Casey estava aturdida. Não havia absolutamente nada de natureza pessoal no papel.

— Ele amava a casa? — murmurou ela, ressentida, fitando o advogado. — Uma casa é uma coisa. Ele amava *pessoas*?

Paul Winnig sorriu, triste.

— À sua maneira.

— E que maneira era essa?

— Em silêncio. Distante.

— E ausente?

Casey sentia-se angustiada, com vontade de amassar o papel e jogá-lo longe. Estava furiosa porque o pai não lhe dissera coisa alguma em vida, furiosa porque o bilhete não continha nada do que ela ansiava por ler.

— E se eu não quiser a casa? — indagou ela.

— Se não quiser, pode vendê-la. Vale três milhões de dólares. É o seu legado, Srta. Ellis.

Casey não duvidava do valor da casa. Ficava num dos pontos mais valorizados de Leeds Court, que já era um dos pontos mais valorizados de Beacon Hill. Passara por lá muitas vezes. Em nenhuma dessas ocasiões, no entanto, aflorara em sua mente a idéia de que poderia um dia se tornar a proprietária da casa.

— Já entrou na casa algum dia? — perguntou o advogado.

— Não.

— É uma linda casa.

— Já tenho onde morar.

— Pode vender seu imóvel.

— E assumir uma hipoteca maior?

— Não há hipoteca. Nenhum ônus.

E ele estava dando a Casey? Uma casa de três milhões de dólares totalmente paga? Tinha de haver alguma cilada.

— Então é o custo de manutenção... aquecimento, ar-condicionado. E os impostos... o imposto predial deve ser o dobro do que eu pago por ano na minha hipoteca.

— Há um fundo para os impostos. E para o pagamento dos empregados. Há também vagas de estacionamento, duas nos fundos, com acesso exclusivo, duas na própria Court, tudo pago. Quanto ao aquecimento e o resto, ele achava que você poderia assumir o encargo.

Claro que ela podia... isto é, poderia, se Stuart Bell não tivesse fugido com o dinheiro de sete meses de aluguel.

— Por quê?

— Como assim?

— Por que ele está fazendo isso? Por que um presente tão pródigo depois de nada durante tantos anos?

— Não sei a resposta.

— A esposa sabe que ele deixou a casa para mim?

— Sabe.

— E não protestou?

— Não. Ela nunca fez parte da casa em Boston. E, mesmo sem isso, ficou muito bem pelo testamento.

— Há quanto tempo ela sabe a meu respeito?

— Já faz algum tempo.

Casey sentiu uma pontada de amargura.

— E ela não poderia ter me telefonado para avisar sobre a morte dele? Descobri no jornal. E não foi nada agradável.

— Sinto muito.

— Ele determinou que a mulher não entrasse em contato comigo?

O advogado suspirou, parecendo um pouco cansado.

— Não sei. Seu pai era um homem complicado. Creio que nenhum de nós sabia como ele era por dentro. Ruth, a esposa, chegou mais perto do que qualquer outra pessoa, mas você sabe como eles viviam.

Casey sabia. Mas não sabia se devia se sentir pior por sua própria mãe, que perdera Connie Unger antes mesmo de tê-lo, ou pela esposa de Connie, que chegara a tê-lo, mas o perdera.

— Tenho a impressão de que o homem não era fácil.

— Não era mesmo. — O advogado levantou-se. — Seja como for, a casa é sua. Tudo foi transferido para o seu nome. Mandarei um mensageiro entregar os documentos amanhã. Sugiro que os guarde num cofre.

Casey permaneceu sentada.

— Não tenho um cofre.

— Eu tenho. Gostaria que eu guardasse os documentos?

— Por favor.

Winnig tirou um cartão de visita do bolso.

— Aqui está meu endereço e telefone.

Casey pegou o cartão.

— E as coisas dele? Estão todas na casa?

— As coisas pessoais, sim. Ele acertou para que Emmett Walsh assumisse seus clientes. Por isso, o computador, as fichas e o arquivo de mesa Rolodex lhe foram entregues.

Uma bolha pequena e distante estourou. De vez em quando, contivera um sonho. Um dia Connie passaria a respeitá-la como profissional, o suficiente para lhe encaminhar clientes. Até mesmo a tornaria sua protegida. *Talvez* até a convidasse para partilhar seu consultório, formando uma dupla de pai e filha.

O desapontamento foi breve. Afinal, o sonho nunca recebera o menor estímulo.

— Ah... — murmurou ela, ainda sentada.

— Está um pouco pálida — disse o advogado. — Não se sente bem?

Casey balançou as cabeça.

— Estou apenas um pouco surpresa.

Ele sorriu.

— Vá até lá agora e conheça a casa por dentro. Tem um certo charme.

Casey não pôde ir naquele dia. Recebeu clientes até oito horas da noite. Depois, relegou o problema da casa para o fundo da mente e foi se encontrar com os colegas na sala de reunião. Cornelius Unger, epítome do decoro, teria ficado horrorizado com a cena que se seguiu. O clima foi de hostilidade desde o início. O grupo já tivera muitas divergências internas, mas agora os problemas foram ampliados pela crise.

— Onde está Stuart?

— Como vou saber? Já dei uma dúzia de telefonemas e não consegui localizá-lo.

— Precisamos chamar a polícia.

— Não concordo. A questão deve ser tratada em particular. Ele é nosso amigo.

— Nosso, não... *seu* amigo. Antes mesmo de abrirmos o consultório.

— O que estávamos pensando ao deixar que ele cuidasse das despesas?

— Stuart só assumiu esse encargo porque ninguém mais queria ter o trabalho.

— Ele sempre foi absolutamente racional, o que é mais do que posso dizer de alguns terapeutas — comentou Renée, a companheira de mestrado de Casey.

— Com licença, mas estou me sentindo ofendido pelo comentário — protestou John, irritado.

— Foi apenas uma brincadeira.

— Acho que não foi, não. Você e Casey nem sempre compreendem que não teriam validade sem nós.

Agora foi a vez de Casey se sentir ofendida.

— Teríamos validade de qualquer maneira.

— E um ambiente de trabalho mais agradável — acrescentou Renée.

— Podem ir — desafiou John. — Precisaremos de menos espaço de sala que teremos de alugar.

— Que locador nos alugaria salas?

— Não vamos esquecer que não estamos inadimplentes em nada — argumentou Marlene Quinn, a especialista em adolescentes, precisando se absolver por ser a mais ligada ao ladrão. — Foi Stuart quem assinou o contrato de locação. Seu nome era o único que constava no documento. E só ele está inadimplente.

— Ele levou nosso dinheiro.

— Não quero me mudar.

— Podemos arrumar o dinheiro?

— Casey está preocupada com dinheiro? — escarneceu John. — Logo você, tão generosa e sentimental que aconselha os clientes de graça.

— O que eu faço não tem nada a ver com generosidade e sentimentalismo — argumentou Casey. — Apenas preciso concluir o tratamento, quer o seguro concorde, quer não. E alguma vez atrasei a minha parte no aluguel?

— Não — respondeu Renée. — Nem eu. O despejo é inadmissível. Tenho pacientes para receber.

— Clientes — corrigiu John. — Eu recebo pacientes. Você recebe clientes.

— Nenhum de nós receberá ninguém se formos despejados — interveio Casey. — E este locador não hesita em despejar os locatários. Lembram o que ele fez com os advogados no terceiro andar?

— Mas eles acabaram caindo de pé, pois conseguiram um contrato muito melhor em outro prédio — lembrou Marlene.

— Por que temos de manter consultório bem na Copley Square? Se estivermos dispostos a nos deslocar por quatro quarteirões, teríamos condições muito melhores.

— *Eu não vou* trabalhar no South End — declarou John.

— Como Stuart conseguiu esvaziar nossa conta? — indagou Casey, ainda incrédula.

— Ele dispunha de autorização para isso. O banco não tinha motivos para questionar.

— *Por quê*, então? Ele está endividado? Por acaso é um jogador? Seu casamento entrou em colapso?

Renée pegou de onde Casey parara.

— E nenhum de nós percebeu o que estava para acontecer? Afinal, a percepção é o nosso ofício.

— Não lemos pensamentos — argumentou Marlene. — Não podemos ser perceptivos até que trabalhamos um cliente ao ponto em que podemos derrubar as muralhas da negação e desconfiança.

Casey não via nenhuma analogia com o caso de Stuart.

— Não é isso.

— Claro que é.

— Não é, não — insistiu ela, renunciando à teoria formal pelo bom e antigo senso comum. — Somos humanos. Stuart servia a um propósito aqui, e por isso víamos apenas o que queríamos ver.

— Isso não nos leva a parte alguma — declarou Renée. — Precisamos de dinheiro o mais depressa possível. Como vamos conseguir?

A reunião terminou sem qualquer resolução. Exausta, Casey deixou o consultório e saiu da Copley Square. Dava longas passadas, respirando com o diafragma, ao estilo ioga, enquanto descia pela Boylston Street, para a Massachusetts Avenue. Virou à esquerda, depois à direita, atravessou várias ruas, até alcançar a Fenway, com sua fileira de casas antigas, dando para uma faixa de água e árvores.

A respiração de ioga só ajudava de uma maneira secundária. As lágrimas há muito que tinham secado, mas não conseguia se manter calma, apesar das vezes incontáveis em que ali estivera em visita. Não era um lugar em que desejasse estar, ali, visitando a mãe. Se pudesse mudar uma única coisa em sua vida, seria aquilo.

Ela subiu cinco degraus de pedra e entrou. Com um breve aceno para a recepcionista, subiu apressada por dois lances de escada. Entrou no corredor do terceiro andar e cumprimentou a enfermeira de plantão.

— Oi, Ann. Como ela está?

Ann Holmes era um tipo maternal, cuja calma sugeria que não se incomodava em cuidar das pessoas com severas lesões cerebrais. Caroline Ellis estava a seus cuidados havia três anos. Ann acenou com a mão.

— O dia não foi dos melhores. Ela teve dois acessos esta manhã. O Dr. Jinsji não ligou para você?

— Ligou, mas a mensagem dizia que o Valium ajudou.

A mensagem também dizia que o médico estava preocupado com a crescente freqüência dos acessos. Mas Casey sentira-se mais encorajada do que preocupada. Optara por acreditar que, depois de tantos meses de vida vegetativa, os acessos eram um sinal de que Caroline começava a despertar.

— Ela já superou os acessos — informou a enfermeira. — Está dormindo agora.

— Neste caso, não farei barulho — sussurrou Casey.

Ela seguiu pelo corredor até o quarto da mãe. O quarto era iluminado apenas pelas luzes da cidade, mas Casey seria capaz de encontrar o caminho mesmo em total escuridão. Além dos poucos equipamentos médicos necessários para a alimentação e hidratação, o quarto não era bastante grande para caber mais do que uma cama, duas poltronas e uma cômoda. Como Casey trouxera e instalara as poltronas e a cômoda, sabia onde se encontrava cada coisa. Além disso, visitava Caroline Ellis várias vezes por semana, nos três anos transcorridos desde o acidente. Depois de tantas horas ali, andando de um lado para outro, olhando para aquelas paredes, tocando nos móveis, Casey conhecia cada palmo de espaço.

Nas sombras, ela se adiantou sem hesitação até a cama. Beijou a testa da mãe. Caroline recendia a um banho recente. Sempre era assim, um dos motivos pelos quais Casey a mantinha ali. Além das flores frescas que eram postas na cômoda todas as semanas, dispensava-se o maior cuidado às questões de qualidade de vida, como a higiene pessoal. É verdade que isso, como as flores, quase sempre importava mais para as famílias do que para os próprios pacientes. Acontecia em particular com Casey. A Caroline que ela conhecera antes limpava as baias dos animais que possuía, mas o único cheiro que Casey sempre associara à mãe fora o do creme de eucalipto que ela costumava usar. Casey mantinha um suprimento permanente ali, e as enfermeiras aplicavam generosamente. Não podiam comprovar que ajudava Caroline de qualquer forma, mas com certeza acalmava Casey.

Sentada ao lado de Caroline, Casey pegou sua mão rígida em cima do lençol, abriu a mão e esticou os dedos, comprimindo-os contra a própria garganta. Os olhos de Caroline continuaram fechados. Embora ela não estivesse consciente, seu corpo ainda mantinha o ritmo circadiano dos ciclos de sono e vigília.

— *Oi, mãe. Já é tarde. Sei que você está dormindo. Mas eu tinha de vir.*

— *Um dia ruim? — perguntou Caroline.*

— *Não sei se foi "ruim". Mas pelo menos foi estranho. Connie me deixou a casa em Boston.*

— *Ele o quê?*

— *Deixou-me a casa em Boston.*

— *A casa de Beacon Hill?*

A indagação evocava uma lembrança. Casey subitamente tinha dezesseis anos de novo, e acabara de voltar de uma tarde em Boston.

— Beacon Hill? — repetira Caroline.

Casey, numa rebeldia furiosa, acabara de mencionar o lugar. Beacon Hill era um ponto de referência que oferecia muitas coisas, mas a menção na casa das Ellis só acarretava um pensamento: Connie Unger.

— Foi até lá para vê-lo? — indagara Caroline.

Casey negara, mas a mãe se mostrara magoada, como era previsível.

— Ele nunca esteve aqui para apoiá-la, Casey. Nem a mim. Mas nos saímos muito bem sem ele.

Naquele tempo, havia raiva e mágoa. A reação de Caroline que Casey imaginava agora tinha mais a ver com espanto.

— *Por que ele deixaria para você a casa em Boston?*

— *Talvez não soubesse o que mais fazer com a casa.*

*Caroline não respondeu de imediato. Casey sabia que ela estava pensando na melhor maneira de lidar com a situação. Finalmente, com muito tato, ela perguntou:*

— *Como você se sente a respeito?*

— *Não sei. Só descobri esta tarde.*

Casey não mencionou a cerimônia fúnebre. Não tinha certeza se Caroline compreenderia por que ela comparecera. Não queria que Caroline pensasse que procurava qualquer coisa de Connie. Caroline sempre fora a mãe perfeita, segura em todos os aspectos, exceto no que se relacionava com o pai de Casey. Em sua atual situação, com as economias de uma vida consumidas pelos custos médicos, ela se sentiria ameaçada por um legado tão valioso de Connie.

Ansiosa em mudar de assunto, Casey abriu a boca para comentar a crise no consultório. Antes de dizer qualquer coisa, porém, ela pensou duas vezes. As crises vinham e passavam. Não precisava preocupar Caroline com a mais recente. As energias de Caroline seriam mais bem consumidas em sua recuperação.

Ela permaneceu em silêncio por algum tempo, alternadamente massageando os dedos rígidos para um arremedo de flexibilidade e aquecendo-os no contato com seu pescoço. Quando Caroline se encontrava num sono tranqüilo, ela ajeitou sua mão por baixo do lençol. Beijou o rosto da mãe.

— *Uma casa em Boston nada significa. Só você conta, pois é toda a família que tenho. Pode melhorar por mim?*

Na escuridão, ela examinou o rosto da mãe. Depois de um minuto, saiu do quarto, em silêncio.

Casey deixou a Fenway com uma angústia profunda. Caminhou por dez minutos na direção do rio, até o prédio na Back Bay em que ficava seu pequeno apartamento de quarto e sala. Comprara-o dois anos antes, e ainda especulava se teria condições de pagar. O problema deixaria de existir se ela aceitasse o cargo de professora, e se mudasse para Providence. Mas não queria pensar nessa decisão naquela noite. Já estava exausta depois de verificar a correspondência e esquentar um prato da Lean Cuisine. Com um cliente marcado para oito horas da manhã seguinte, foi dormir.

Ela não foi a Beacon Hill na quinta-feira, porque, nas raras ocasiões em que não tinha clientes, discutia o problema de Stuart com Renée, Marlene e John. A mulher de Stuart alegava que não tinha a menor idéia de seu paradeiro. O banco alegava que nunca houvera na conta, em nenhum momento, o dinheiro correspondente a sete meses de aluguel. Por mais que se encontrassem na sala de reunião, nenhuma conversa era produtiva. Não chegavam a qualquer conclusão, e só conseguiam irritar uns aos outros.

— Você não examinava o extrato da conta? — perguntou Marlene a John.

— Eu? Por que logo eu? Essa função era de Stuart.

— Mas você é o psiquiatra. O associado sênior. E foi *você* quem quis este consultório.

— Está enganada. Eu queria Government Center, não Copley Square.

— Como vamos fazer para conseguir vinte e oito mil dólares? — indagou Casey.

— Pense em trinta e oito mil. O locador vai cobrar juros, e ainda por cima quer dois meses adiantados.

— Podemos fazer um empréstimo.

— Não tenho condições de fazer outro empréstimo.

— Neste caso, qual é a *sua* sugestão?

— Vamos nos mudar para um lugar menor.

— Como? Ainda precisaremos de quatro salas, uma sala de reunião e um lugar para um contador.

— O contador pode trabalhar em casa.

— O que é um convite para também nos roubar, não concorda?


Casey deixou o consultório às seis horas, tão tensa que foi para a sede feminina da ACM. Precisava de uma sessão de ioga muito mais do que uma visita a Beacon Hill. Ao final da sessão, sentia-se relaxada demais para pensar em Connie Unger. Ansiosa por um agrado, decidiu jantar com duas amigas que haviam sido colegas de turma. Riram muito, enquanto tomavam uma garrafa de Merlot. Quando o jantar acabou, já era tarde demais para fazer outra coisa que não ir dormir, e mesmo assim apenas por um breve período. Às seis horas da manhã de sexta-feira ela já estava na estrada, a caminho de uma oficina em Amherst.

Só voltou ao seu carro ao final da tarde. Quando acessou os recados, durante a viagem de volta, ouviu as mesmas queixas dos associados. Subitamente, Casey cansou de tudo aquilo. A mudança para Rhode Island, como professora, seria uma maneira de escapar de toda aquela confusão.

Não retornou as ligações. A mesquinhez a embaraçava... e isso antes mesmo de considerar o que Cornelius Unger diria a respeito de um grupo tão discordante. Ela fracassara de novo, comentaria Connie. *Ele* nunca fora roubado por um associado.

É verdade que ele sempre trabalhara sozinho. E Casey também podia fazer isso. Provavelmente faria, se aceitasse o cargo de professora, porque só receberia clientes durante umas poucas horas por semana, ainda por cima no espaço da universidade. Não podia, é claro, renunciar por completo à terapia. Adorava o trabalho clínico.

Mas a mudança para Providence acarretaria outro problema. Casey não sabia se queria ficar tão longe da mãe. O que era uma tremenda ironia. Casey fora criada em Providence; Caroline residia ali

Pelo Amor de Pete

até o acidente. Durante todo o tempo intermediário, Casey ansiara em se manter a distância. Caroline era a epítome do lar perfeito, tudo o que Casey não era. Quanto mais perto viviam uma da outra, mais óbvio isso se tornava. Apesar da carreira de Casey, não era fácil acompanhar a atividade de Caroline.

Casey confirmou tudo isso agora, ao voltar para casa. Em vez de limpar a geladeira, examinar a crescente pilha de correspondência, aumentando como mofo no balcão da cozinha, ou mesmo ler um livro, ela preferiu assistir às reprises de *Buffy, a Caça-Vampiros*, até que adormeceu no sofá da sala. Levantou-se à meia-noite e foi para a cama. Mas não dormiu bem. Se não estava concentrada naquela palavra horrível, "preocupação", que o médico tornara a usar naquele dia, pensava no cargo de professora, que já passara do prazo de resposta, ou na situação no consultório, que começava a se deteriorar cada vez mais, ou no fato de que tinha 34 anos e ainda não criara raízes. Até que pensou na casa em Beacon Hill, que herdara de uma maneira tão inesperada. E uma angústia silenciosa começou.

Vinha evitando a casa. Não precisava que um estimado colega lhe dissesse isso. Era uma declaração expressa para o falecido pai, de que se ressentia por só ser reconhecida quando ele morrera, e que não precisava de uma casa de três milhões de dólares. Ela o mantinha esperando. Era simples assim... e muito infantil.


Ela acordou se sentindo encorajada na manhã de sábado. Queria pensar que se encontrava também no ânimo de adulta, embora receasse estar pedindo demais. Em desafio à sensatez convencional, que lhe dizia que ia à parte mais elegante de Boston e devia se vestir de acordo, quando menos não fosse por respeito ao pai, Casey deixou o rosto sem qualquer maquiagem, vestiu um short de corrida bem curto e uma camiseta, e enfiou os cabelos louro-avermelhados pela abertura posterior do seu mais velho boné de beisebol. Depois de calçar os tênis de corrida bem velhos, pôs os óculos escuros maiores e mais em moda. Partiu para Beacon Hill. Percorrera apenas dois quarteirões quando, desolada, teve de voltar, pois esquecera a chave. Pôs a chave, o celular e uma pequena garrafa de água mineral numa capanga, e partiu de novo.

Era uma manhã maravilhosa. Às nove horas já havia quase tantos corredores nas ruas quanto carros. Casey corria num ritmo tranqüilo. Desceu pela Commonwealth Avenue, à sombra dos velhos bordos e carvalhos que dominavam o centro comercial. Depois de correr no lugar enquanto esperava que um sinal vermelho mudasse, na Arlington Street, ela entrou no Public Garden. Permitiu-se uma indulgência, contornando o lago. Passou pelos pedalinhos em forma de cisnes, que começavam a adquirir vida, por pais empurrando bebês em carrinhos, outras crianças jogando pedrinhas na água. Cada baque atraía um bando de patos, que se afastavam assim que compreendiam que as pedrinhas não eram amendoins.

Completado o círculo, continuou pelo cruzamento da Beacon com a Charles. Num súbito capricho — um desafio final, um esforço derradeiro para desdenhar o espírito de Connie —, ela desceu toda a extensão da Charles Street. Virou à direita no final, subiu pela Cambridge Street, continuou ofegante pela Joy Street e virou na Pinckney, para descer a ladeira.

Sempre gostara da Pinckney Street. Tinha as mesmas casas iguais de tijolos e blocos de arenito que o resto de Beacon Hill, com uma ou outra casa de madeira para dar um charme adicional. Tinha as mesmas vielas compridas e estreitas entre muros, as mesmas jardineiras cheias de flores nas janelas, as mesmas grades ornamentais nas janelas e portões.

No meio da ladeira, porém, as pernas avisaram de repente que não agüentavam mais. Da Pinckney, ela virou à esquerda na West Cedar, depois outra vez à esquerda para Leeds Court.

O calçamento ali era de pedras. A rua só permanecia estreita pela distância suficiente para ultrapassar os muros das casas na Cedar West, depois se abria para formar um oval, em torno de um pequeno bosque central de pinheiro e plátanos.

Ofegante e suada, Casey passou correndo pelos carros estacionados, olhando para sua herança a cada passada. Espremida entre as vizinhas, a casa era virada para oeste, no ponto mais profundo de Leeds. Construída com tijolos cor-de-vinho, agora cobertos por hera,

Pelo Amor de Pete

erguia-se por quatro andares, acima do porão. Os dois primeiros andares tinham janelas altas e venezianas de um preto lustroso; as janelas do terceiro andar tinham um remate triangular; o quarto andar era menor, uma cúpula.

Casey sempre se sentira fascinada pelo quarto andar, uma coisa tão delicada, empoleirada por cima das janelas triangulares. Sempre imaginara que seria um refúgio encantador... e continuava a pensar assim. Mas seus olhos não perduraram ali por bastante tempo. Havia muita coisa para ver.

As jardineiras nas janelas do primeiro e segundo andares pareciam vibrar com as flores cor-de-rosa. Uma cerca de ferro na altura da cintura delimitava um pequeno jardim na frente, com flores azuis nos lados, cercando uma árvore de flores brancas. Um corniso, pensou Casey... mas era apenas um palpite. Não era uma pessoa que conhecesse árvores... nem flores, diga-se de passagem. Nunca precisara ser, porque sua mãe era a especialista. Relutante em competir, Casey não se empenhara no conhecimento da flora. O pouco que sabia fora adquirido por osmose.

Se tivesse de dar um palpite, ela diria que as flores nas jardineiras eram mauritânias, embora não pudesse determinar como sabia do nome. O que quer que fossem, porém, eram mesmo lindas. E eram bem-cuidadas e abundantes, ofuscando os gerânios nas jardineiras da casa à esquerda e os amores-perfeitos nas jardineiras da casa à direita. Ela presumiu que o jardineiro de Connie, que amava a casa, era o responsável por aquilo; e permitiu-se admirar o resultado de seu empenho por mais tempo do que poderia levar se pensasse que o próprio Connie plantara as flores.

Era uma tática final de protelação. Mas o tempo estava passando. Não queria passar o dia inteiro ali. Tinha outras coisas para fazer.

Ela pegou a garrafa de água mineral na capanga, tomou um gole, fechou e tornou a guardá-la. No processo, descobriu um tablete velho da goma de mascar Juicy Fruit. Sem se importar com o tempo em que devia estar ali, tirou o papel, dobrou o tablete e meteu na boca.

E mastigando com força, em desafio, Casey empinou os ombros, abriu o portão de ferro e se encaminhou para a casa.

# Dois

O caminho era coberto por vitríolo azul. Um caminho lateral, para a esquerda, levava a uma escada para o andar inferior. Casey seguiu em frente. Subiu quatro degraus de pedra. A porta da frente e as duas estreitas janelas laterais eram de madeira, pintadas com o mesmo preto lustroso das venezianas. A maçaneta, a aldraba e a placa de metal na parte inferior da porta eram todas de latão polido.

Com o coração na boca, junto com a goma de mascar, ela enfiou a chave na fechadura, virou-a e abriu a porta. Memorizara o código de entrada, mas não houve zumbido para indicar que o alarme fora acionado. Consciente de que podia ser silencioso — e avessa à idéia de ativá-lo e chamar a polícia — ela passou para o vestíbulo.

Era escuro ali dentro... madeira escura, tapete escuro, paredes escuras. Casey detestou.

Mas o ar era fresco em sua pele aquecida, o que ela adorou.

Tirou os óculos escuros, ergueu a cabeça para ver melhor sob a pala do boné, e olhou ao redor, frenética. Avistou o painel do alarme na parede à esquerda, mas a luz acesa era de um verde firme. O que indicava que a última pessoa que deixara a casa esquecera de ligar o alarme, ou que havia mais alguém ali.

— Olá?

Casey pendurou os óculos escuros no decote da camiseta. À sua frente, da esquerda para a direita, havia um corredor levando para os fundos da casa, uma escada subindo, e um par de portas entreabertas. Sem os óculos, o lugar não era tão escuro. O vestíbulo e a escada exibiam tapetes orientais, em grená, verde-oliva, creme e preto. O corrimão e a balaustrada eram de mogno. Tudo estava limpo e bem-cuidado.

Ela sentiu-se suja em comparação, suando agora de nervosismo. Limpou as gotas de suor do nariz com a base da mão. Transferiu a goma de mascar para o lado da boca e chamou de novo, cautelosa:

— Olá?

O eco mal desaparecera quando Casey ouviu passos, subindo um lance de escada, nos fundos da casa. Eram passos leves, não de pés enormes; e, além do mais, um intruso aproveitaria para se esgueirar pelos fundos. Só podia ser a empregada.

Enquanto esperava, ela mal teve tempo de observar um aparador de carvalho, ladeado por cadeiras de madeira lavrada, quando uma mulher veio correndo do corredor. Tinha os olhos arregalados e o rosto pálido. Trazia na mão um atiçador de lareira.

A corrida devia ter alertado Casey. Uma criada tradicional, de uniforme cinza discreto, com cabelos grisalhos discretos para combinar, não correria. Poderia andar em passos apressados, mas seria decorosa ao fazer isso.

Havia pouca coisa decorosa naquela empregada. É verdade que o short cáqui não era nem de longe tão curto quanto o de Casey, que era de náilon. A camisa pólo era limpa e passada, mas não fora enfiada na cintura com muito cuidado. Calçava tênis brancos, com meias brancas arriadas. Os cabelos eram penteados para trás do rosto e presos num rabo-de-cavalo casual, quase tão escuros quanto o corrimão de mogno.

A pele lisa indicava que ela não devia ser muito mais velha do que Casey. E também, verdade seja dita, não parecia mais controlada do que Casey se sentia por dentro. Apesar da corrida, estava pálida e confusa, sem saber o que fazer. Casey se acalmou no mesmo instante.

— Meg Henry?

Era esse o nome que constava na lista.

A mulher confirmou com um aceno de cabeça. Casey concluiu que ela não devia ter trinta anos.

— Quem é você? — perguntou Meg, a voz assustada.

— Casey Ellis. Filha do Dr. Unger.

— É filha de Ruth?

— Não. De Caroline.

Meg engoliu em seco.

— Desculpe, mas não sei quem é Caroline.

Ela deu um passo à frente, e espiou por baixo da pala do boné de Casey. Respirou fundo.

— Sardas?

— Isso mesmo. — Era uma das desvantagens de sair sem maquiagem. — Tenho sardas.

Meg desmanchou-se num sorriso. Sem saber o que depreender disso, Casey explicou:

— Herdei esta casa. Fui informada de que você viria com a casa. Mas hoje é sábado. — Ela olhou para o atiçador na mão de Meg. — Ele a obrigava a trabalhar também aos sábados?

Meg estendeu o atiçador para as costas.

— Trabalho todos os dias. Se não fizesse isso, quem cuidaria dele?

Casey não lembrou a ela que Connie havia morrido. Havia alguma coisa de frágil na mulher... uma expressão nos olhos, uma inclinação da cabeça, os ombros um pouco vergados.

— Ele não lhe dava nenhuma folga?

Meg balançou a cabeça.

— Sempre que eu queria. Mas eu quase nunca queria. Era maravilhoso trabalhar para o Dr. Unger.

Enquanto ela dizia a última frase, seus olhos se encheram de lágrimas. *Uma filha substituta*, pensou Casey no mesmo instante, notando que Meg tinha mais ou menos sua altura e peso. *Uma filha substituta que podia limpar tudo.*

Casey também falharia sob esse aspecto. A limpeza da casa nunca fora uma de suas prioridades.

Com as mãos nos bolsos de trás, ela respirou fundo. Sentiu o cheiro de couro. Sentiu o cheiro de livros. Sentiu o cheiro de terra quente e úmida. Sentiu *realmente* o cheiro de tudo isso. O rosto franzido, olhou para um vaso grande, por trás do corrimão da escada. Tinha barba-de-velho e samambaia. Meg acompanhou seu olhar e tratou de se desculpar:

— Acho que pus muita água. Jordan não veio hoje, e passei a semana inteira achando que essa planta parecia ressequida. Ele deve ter regado ontem.

Jordan era o jardineiro... Jordan da Daisy's Mum, segundo a lista de Casey. Ela presumia que Daisy's Mum era uma das pequenas e elegantes lojas de flores do bairro, que também prestavam serviços de jardinagem, criadas para cuidar das plantas dos *yuppies*. Connie Unger não era um *yuppie*, mas se Daisy's Mum oferecia bons serviços e Jordan amava a casa, quem era Casey para argumentar? Sua falta de jeito com as plantas era outro ponto desfavorável.

— Enxuguei o que derramou — acrescentou Meg. — Mas a terra vai cheirar assim até secar. Sinto muito.

— Não há problema.

Casey respirou fundo de novo, dessa vez com alguma incerteza. Além da questão da filha substituta, ela não sabia o que fazer com uma criada. Era a primeira vez que tinha uma.

— Eu gostaria de dar uma olhada na casa. Por que não continua... a limpar a lareira?

— Eu ia tirar o pó dos livros. Sabia que entre o escritório e a sala íntima há 923 livros?

Casey ficou impressionada.

— Parece que você já tirou o pó dos livros mais de uma vez.

— Tirei mesmo — respondeu Meg, com o maior orgulho. — Não há nada pior do que olhar para um determinado livro, tirá-lo da prateleira e descobrir que tem uma camada de poeira. Era assim quando vim trabalhar para o Dr. Unger. A Sra. Wheeler era muito velha para subir e tirar o pó dos livros. Gostaria de tomar alguma coisa gelada? O Dr. Unger gostava de chá gelado.

— Não é o meu caso. — Casey sentiu-se feliz ao dizer isso. — Prefiro café gelado. Mas não quero nada, por enquanto. Obrigada.

Ela gesticulou para a porta à direita.

— Vou apenas dar uma volta pela casa.

Ao virar-se, Casey ouviu um suspiro de espanto. Olhou para trás.

— Seus cabelos... — murmurou Meg. — Não deu para ver quando estava de frente. Eu não esperava essa cor.

Com um sorriso e um dar de ombros, Casey foi para a sala de estar. Era comprida e estreita, com teto alto e duas metades distintas. Na metade da frente havia poltronas e sofás de dois lugares, estofados em veludo e brocado, mesinhas laterais de madeira com tampo de mármore, abajures altos com copas na cor marfim. A outra metade era dominada por um piano de cauda. Cada parte tinha seu tapete oriental. Embora as diferenças nos padrões fossem sutis, ambos baseavam-se em grande parte no grená, para combinar com o tema da sala. Cortinas diáfanas cobriam as janelas, que davam para a frente e para os fundos. Eram ladeadas por tapeçarias que se prolongavam pelo chão. Ao lado das tapeçarias, pegando a claridade que entrava pelas janelas, em vasos sobre suportes de ferro altos, havia samambaias de Boston, as folhas pendendo por uma longa extensão.

Casey verificou as mesinhas laterais, à procura de fotos. Não esperava encontrar nenhuma foto sua, mas gostaria de saber como eram os outros parentes de Connie. Por causa de seu isolamento e natureza pouco sentimental, as pessoas podiam presumir que não havia parentes. Mas ele tinha de vir de algum lugar. Se havia fotos, aquele seria o lugar apropriado para mantê-las... e se não houvesse fotos de parentes, pelo menos as de Connie quando era menino. Fotos antigas, com uma tonalidade sépia, combinariam com uma sala como aquela. Mas não havia nenhuma foto ali. Também não havia no piano de cauda, muito bonito, com a tampa levantada.

Apesar da beleza, Casey não podia nem sequer começar a imaginar o que Cornelius Unger, tão anti-social, fazia com aquela sala. Não podia conceber que ele a usasse com freqüência. Os móveis pareciam sem uso, e o piano de cauda provavelmente só servia pelo efeito. Havia óleos antigos de florestas e campinas nas paredes, lindos vasos e castiçais nas mesas. Mas a sala mais parecia a obra de um decorador. Ela duvidava que houvesse qualquer coisa ali que tivesse um significado especial para o homem que fora seu pai. Esqueça as fotos; não havia absolutamente nada de natureza pessoal ali.

Ao sair da sala, Casey parou no vestíbulo por um momento. Levantou os olhos. Se era pelo elemento pessoal que procurava, lá em cima era o lugar onde encontraria. O pensamento deixou-a inquieta. "Lá em cima" era o domínio particular de Connie. Ela não sabia se já estava preparada para invadi-lo.

Lembrar a si mesma que o homem estava morto ajudou um pouco. Em última análise, porém, foi a força de sua curiosidade que a impeliu a subir a escada.

Pelo Amor de Pete

O corrimão era liso e envernizado; se o pai o tocava, as impressões digitais já teriam sido limpas, com certeza. O patamar no alto da escada era ornamentado por enormes vasos com plantas. Havia um cômodo em cada lado do patamar, com outra escada subindo do meio.

Cautelosa, Casey aproximou-se do quarto à esquerda. Deu uma olhada. Em tons de azul, variando do azul-esmalte ao azul-marinho, tinha uma enorme cama de quatro colunas, uma escrivaninha e uma cadeira, uma lareira e um sofá estofado de dois lugares. Ela poderia ter gostado do quarto — azul era sua cor predileta — se não parecesse tão abandonado. Nem mesmo as heras que caíam na frente das janelas alteravam essa impressão. Havia um banheiro no fundo do quarto. Depois de dar uma olhada nas toalhas felpudas azuis, no papel de parede que acrescentava um tom amarelo-alaranjado ao azul e num roupão azul-claro — tudo parecendo novo —, ela voltou ao patamar.

O outro quarto era o de Connie. Ela sentiu-o ao se aproximar, percebeu no tapete mais gasto em uma extremidade. A porta estava entreaberta. Com a sensação agora de que era uma intrusa, Casey empurrou a porta mais um pouco e deu uma olhada. A claridade era intensa, entrando pelas janelas na frente e atrás, mas derramava-se sobre um interior decididamente escuro. Ela só permaneceu ali pelo tempo suficiente para divisar plantas em vasos junto das janelas, uma enorme *sleigh bed*, uma espécie de cama com a cabeceira e o pé curvos e lavrados, duas cômodas e a porta do banheiro. Recuou, assim se sentindo mais segura. Subiu para o andar seguinte.

Não havia plantas naquele patamar, mas apenas um quadro a óleo, uma cena de bosque, outra escada e duas portas fechadas. Ao abrir uma porta, ela encontrou um quarto de hóspede em lilás, com duas camas, uma cômoda e um sofá de dois lugares. O aproveitamento principal do quarto, no entanto, era como depósito. Caixas de vários tipos ocupavam a maior parte do espaço. Ela encontrou mais da mesma coisa no outro quarto, decorado em bege. Como as camas ali eram em beliche, havia ainda mais espaço para guardar coisas, todo aproveitado.

Casey sentiu-se um pouco intimidada pela grande quantidade de caixas. Os arquivos ativos de Connie haviam sido transferidos para um colega, mas ela desconfiava que uma quantidade considerável de livros e papéis permanecia ali. A mulher que o idolatrara como profissional especulou se ele deixara instruções para que seus papéis fossem legados para uma biblioteca. A mulher que morria de vontade de conhecer o próprio homem especulou se haveria itens pessoais misturados ali.

Claro que ia verificar. Não podia deixar de fazê-lo. Mesmo que não fosse curiosa, Casey não podia vender a casa até que tudo aquilo fosse disposto, de um jeito ou de outro.

Ela fechou a porta do quarto e subiu a última escada. Era mais íngreme do que as outras e levava à cúpula que admirara da rua.

A sensação ali era totalmente diferente, um espaço pequeno mas aberto, teto em domo, com as vigas de carvalho claro à mostra, vidro na frente e atrás. Ela olhou para a frente, dando para a Leeds Court, por um longo momento, antes de se virar para os fundos da casa. Por trás de um trio de fícus em vasos, um único sofá estava virado para uma porta de vidro corrediça, dando para um deque. A porta estava aberta, com telas cobrindo o espaço. Casey adiantou-se, empurrou a tela e saiu. O deque não devia ter mais do que quatro por quatro metros. O chão era de tábuas corridas de cedro, com uma grade na altura da cintura da mesma madeira. Havia uma abundância de plantas e flores em vasos de cerâmica, esmaltado, em várias tonalidades de verde. No meio, havia uma triste cadeira de jardim.

Casey ficou impressionada com a extrema solidão.

Ela tratou de descartar um calafrio. Concentrou-se na vista. As copas das árvores estendiam-se por baixo, com deques vizinhos nos dois lados. À frente, árvores de um verde mais claro, heras de um verde mais escuro, vermelhas e cor-de-rosa, flores e guarda-sóis, com uma sucessão de telhados, subiam pela encosta de Beacon Hill.

Havia um homem em um deque. Quando Casey virou em sua direção, ele acenou. Ela sorriu e acenou em resposta. Depois, virou-se para contemplar sua própria casa.

*Sua própria casa.* Pois era isso, pelo menos por um breve período. O deque tinha potencial e com certeza aumentaria o valor de revenda. Bastava acrescentar uma churrasqueira, uma mesa e cadeiras, e um punhado de pontos de luz, e ela não poderia imaginar um lugar melhor para uma festa. Connie, é claro, nunca fora um festeiro. Esse era um dos muitos aspectos em que diferiam.

Ela tinha os cabelos do pai, embora Meg Henry não pudesse saber disso. Connie morrera aos 75 anos, e durante os últimos 15 anos os poucos cabelos que lhe restavam eram brancos. Muito antes disso, porém, tinham uma tonalidade loura; e ainda antes, segundo a mãe de Casey, eram louro-avermelhados, como os cabelos da filha.

Casey também tinha os olhos azuis de Connie. Mas ela tinha a visão da mãe, que era perfeita. Nunca usara óculos. Connie, por outro lado, usava óculos de lentes grossas, o que reduzia o impacto dos olhos azuis e o tornava menos parecido com a filha.

Ela tornou a entrar. Desceu a escada. As portas fechadas no terceiro andar eram de fato um desafio. Casey especulou se haveria uma foto de um jovem Connie guardada numa das caixas ali. Especulou se haveria fotos de parentes há muito perdidos, ou da fazenda no Maine em que ele fora criado. A biografia oficial quase não oferecia mais informações além do estado e das datas. Casey sabia da fazenda porque fora uma das poucas coisas que a mãe partilhara... e isso apenas para explicar a comparação entre a atitude social do homem e o comportamento de um asno.

Caroline Ellis não era uma mulher amargurada. Só expressava sua opinião sobre Connie quando Casey a pressionava... e era sempre uma opinião distorcida, como não podia deixar de ser. O homem a amara e fora embora, não chegando a negar que ocorrera um relacionamento, mas apenas se mostrando indiferente. Caroline nunca pedira sua ajuda, mas ficaria agradecida se fosse oferecida. Depois que Casey crescera e passara a se sustentar, Caroline não tinha mais qualquer proveito para o homem.

Casey também tinha seus ressentimentos. Mas havia uma ligação de sangue entre Connie e ela. O vínculo primal justificava sua curiosidade.

Ela achou interessante que as caixas estivessem empilhadas e ocultas por trás de portas fechadas, num lugar em que qualquer um poderia passar sem vê-las. Alguns homens da estatura de Connie haveriam de querer apregoar seus tesouros, mas não era o que acontecia com ele. Connie podia ser ensimesmado e míope, mas não era arrogante. Era algo que Casey não podia deixar de reconhecer.

Por outro lado, também era possível que ele fosse o único que já subira aquela escada. Entre o sofá por trás do pequeno muro de árvores em vasos e a cadeira única lá fora, o lugar era perfeito para um homem solitário contemplar um mundo que não podia acessar.

Sendo assim, Casey recusou-se a sentir compaixão. Se Cornelius Unger fora solitário, ela refletiu, enquanto descia, só podia culpar a si mesmo. Tivera uma esposa que ignorava. Tivera colegas que também poderiam ser amigos, mas nunca lhes dera o menor encorajamento. Tivera uma filha que viria correndo ao primeiro convite... e *essa* era a verdade pura e simples, por mais que ela detestasse admitir. Podia se ressentir de Connie, mas estaria ali no instante em que ele a chamasse.

Com uma profunda tristeza, Casey foi para o segundo andar. Se Connie fosse um tipo diferente de homem, poderia imaginar que fizera o quarto azul para ela. A única maneira de saber que azul era sua cor predileta, no entanto, seria vê-la de vez em quando.

Cética quanto a *isso*, ela continuou a descer, até o vestíbulo. Ali, pegou o corredor à esquerda, e encontrou a cozinha depois de uma arcada no final. Em contraste com a sala de estar, era aberta e clara, com paredes brancas, ladrilhos brancos no chão, armários e mesas de carvalho. A área de trabalho era virada para os fundos da casa, com pias e armários sob janelas de barras verticais, abertas agora, deixando passar uma brisa amena. A copa tinha janelas que davam para as árvores no jardim da frente.

A mesa era redonda, com quatro cadeiras de braço confortáveis, bem espaçadas. As cadeiras tinham almofadas quadriculadas em verde e branco, um padrão que se repetia nas cortinas, no cesto com guardanapos e na capa da torradeira.

Casey sentiu-se mais à vontade ali do que nos outros cômodos, embora calculasse que isso tinha mais a ver com o cheiro de café fresco no bule, na bancada central. Viu um suporte com canecas, largou a goma de mascar num cesto de lixo por baixo da pia e serviu-se do café. Tomou vários goles, parada diante da janela da frente, olhando para as argolas grandes da cortina. Imaginou que o pai muitas vezes ficava assim, meio oculto ali, como acontecia no sofá na cúpula, querendo ver o mundo sem ser visto.

Num súbito impulso, ela puxou as argolas para os lados, abrindo a cortina.

Satisfeita em pôr a sua primeira marca na casa, deixou a cozinha com a caneca e desceu. Marinhas em aquarela estavam penduradas uma depois da outra nas paredes cor de creme da escada; os quadros eram suaves e atraentes. Casey admirou-os, até que registrou o nome da pintora no canto: *Ruth Unger*. A esposa de Connie. Por lealdade à sua mãe, ela deixou de olhar.

Ao chegar lá embaixo, encontrou uma porta à direita. Como sentia que ingressava no espaço profissional de Connie, ela testou a maçaneta com todo o cuidado. Deu uma espiada na pequena área de recepção, em que os pacientes deveriam esperar, até que Connie os chamasse. Uma porta levava direto para fora; estava trancada. Outra, no lado oposto da sala, dava para o consultório de Connie.

Como ainda não se sentia preparada, Casey voltou ao vestíbulo e foi para a sala no outro lado da escada. A porta ali estava aberta. Era a sala íntima, um lugar aconchegante. Não chegava a ter a metade da profundidade da casa. Tinha apenas duas janelas estreitas na frente. Havia ali uma sensação de lugar abrigado, com as paredes de um verde-escuro, móveis maciços, muitas almofadas, e uma colcha de crochê. Entre as estantes com livros, havia um aparelho de televisão e outro de som.

Foi nesse instante que Meg, de cabeça baixa, veio pelo corredor, carregando o material de limpeza. Estava quase alcançando Casey quando levantou os olhos. Teve um sobressalto, alarmada. Vários momentos passaram antes que sua mente voltasse do lugar em que estivera, qualquer que fosse. Olhou para a caneca na mão de Casey, e assumiu uma expressão desolada.

— Tomou o café antes que eu pudesse gelá-lo.

Casey sorriu.

— Como já me refresquei, o café quente foi ótimo. E estava maravilhoso.

O rosto de Meg transformou-se com o elogio.

— Não imagina como isso me deixa contente. Deseja mais alguma coisa?

— Não, obrigada. O café foi suficiente.

— Eu não sabia que ele tinha uma filha. Não parece mais velha do que eu... e ele era um homem bem mais velho. — As sobrancelhas de Meg se altearam de medo; tinham a mesma tonalidade castanho-avermelhada dos cabelos. — Isto é... não estou criticando.

— Sei disso — respondeu Casey, gentilmente. — Tenho trinta e quatro anos. Ele tinha quarenta e um anos quando eu nasci.

Outra vez transformada, Meg ficou radiante.

— Tenho trinta e um anos. Nasci em agosto. Sou de Leão. Qual é o seu signo?

— Sagitário.

— É uma boa época do ano. Eu costumava fazer o jantar do Dia de Ação de Graças para o Dr. Unger. Ele tinha outros jantares para ir, é claro, mas sempre ficava em casa.

— Com a esposa?

— Não. Só ele. Sempre fazíamos o jantar de comemoração na noite anterior, porque no feriado ia visitar Ruth. Sempre a chamo de Ruth. Foi ela quem mandou. Por que ele não fazia o jantar do Dia de Ação de Graças com você?

— Não éramos muito chegados.

— Fazia o jantar com sua mãe?

— E com amigos. Sempre havia muitas pessoas que não tinham família.

— É o meu caso — declarou Meg, com uma falsa jovialidade. — Não tenho família, e só contava com o Dr. Unger.

A jovialidade desmoronou.

— Ele era um homem bondoso. — O queixo tremeu. — Sinto saudade.

— Talvez possa me falar mais sobre ele algum dia.

Na verdade, Casey achava que era uma excelente idéia. Se queria investigar a vida de Connie Unger, Meg Henry devia ter algumas pistas.

Os lábios comprimidos, Meg acenou com a cabeça. Ainda fazendo um esforço para controlar a emoção, seguiu adiante e subiu a escada.

Casey respirou fundo, tomou um gole do café e virou-se para a sala íntima.

Era um lugar de relaxamento. Tudo na sala dizia isso, mas ainda assim ela não podia imaginar Connie ali. Ele era um homem formal. Nem uma única vez ela o vira sem camisa de colarinho e gravata. Mas ele não se vestiria assim naquela sala. Não se usava camisa de colarinho e gravata para assistir a *Toy Story*, *O Último dos Moicanos* ou *Sinfonia de Amor*, três dos filmes da coleção de vídeos e DVDs nas prateleiras. A coleção de livros também era a mais diversificada possível. Entre os volumes antigos, encadernados em couro, havia um conjunto amplo de romances populares e obras recentes de não-ficção, todos com a lombada vincada ou as capas dobradas nas extremidades. Connie lera aqueles livros. Casey estremeceu ao pensar que ele se mantivera a par do mundo além de sua vida imediata, lendo livros e assistindo a filmes.

A música era diferente. Havia uma coleção de LPs que pareciam igualmente usados no armário por baixo do aparelho de som, mas era unidimensional, mantendo uma elegante consonância com o piano de cauda lá em cima. Connie era um fã de música clássica.

Casey, em toda a sua vida, nunca tocara piano nem em um LP de música clássica. Não era a sua preferência. Gostava de *bluegrass*, uma variedade da música *country*.

O que era outro fator contra a compatibilidade de pai e filha. Apesar dos olhos e cabelos parecidos, eram duas pessoas muito diferentes... e uma indicação disso, não das menores, era a preferência de Casey por espaços abertos e ar fresco. Ela calculou que se tivesse um consultório no porão, como aquela sala, acharia restritivo demais.

Numa onda de desafio, voltou ao corredor. No final, havia uma porta direta para o consultório. Ela abriu-a, entrou, tornou a fechar a porta. A pulsação disparada, encostou-se na porta e olhou ao redor. Quase que imaginara que Connie estaria ali, esperando, observando.

Ele não se encontrava ali, é claro. A sala estava vazia. Era a mais ampla da casa, estendendo-se de um lado ao outro do prédio. Como a maior parte do resto da casa, era toda decorada em cores escuras. Ela sentiu o cheiro tênue de fumaça de lenha; havia uma lareira na parede das estantes, por trás dela, o atiçador agora de volta ao seu lugar, junto com as outras ferramentas, num suporte de ferro.

À esquerda, havia uma escrivaninha grande, com uma cadeira alta, de couro, por trás. Uma mesa de reunião, não muito grande, ficava à direita, cercada por seis cadeiras, com assento de veludo. No meio da sala havia uma área com um sofá grande num lado, duas poltronas no outro e uma mesinha baixa no meio. O sofá e as poltronas eram estofados em xadrez escuro. Junto com a mesinha de café, assentavam sobre um tapete bordado em lona, com tonalidades escuras de vermelho, azul e verde. Mas os olhos de Casey não se mantiveram ali. Por mais convidativo que o conjunto fosse, ela ficou olhando para duas portas de painéis de vidro, que estavam abertas. Mas seus olhos também não perduraram nas portas, por mais bonitas que fossem. Sua atenção foi atraída para fora, por uma visão de sol, flores e árvores.

Quando a compreensão a atingiu, ela ficou sem fôlego. Mas se o gesto foi uma tentativa subconsciente de se conter, não adiantou. Foi amor à primeira vista. Ela estava perdida.

# Três

ais tarde, Casey poderia desconfiar que fora simplesmente arrebatada pelo sol, que iluminava o jardim, em contraste com as cores escuras do consultório. Ou que adorara o fato de que o jardim *não* era como a imagem que fazia de Connie. Ou que o jardim parecera um lar porque ela fora criada por uma mãe que amava tudo o que se relacionava com a vida ao ar livre.

Qualquer que fosse o motivo, Casey sentiu uma atração irresistível. Saiu pela porta de tela e passou por uma pérgula, para um caminho de pedras grandes. Havia musgo entre as pedras, nos pontos em que a sombra prevaleceria quando a tarde chegasse. Mas agora o sol estava alto, incidindo não apenas sobre o caminho, mas também sobre um enorme canteiro de flores à direita. Ela viu variedades de flores brancas agrupadas, assim como variedades de rosas; mais além, havia um agrupamento de flores azuis e púrpuras.

Casey encontrou um pátio à esquerda, com duas bétulas na frente, os galhos compridos e grossos por cima dos troncos brancos descascando. No meio do chão de pedra destacava-se uma elegante mesa de aço, de tampo de vidro, com três cadeiras em torno. No centro da mesa havia um vaso com jacintos, numa tonalidade azul-púrpura.

Casey inclinou-se para aspirar a fragrância. Empertigou-se em seguida, virou-se, sorriu. Não deveria gostar de qualquer coisa que pertencera a Connie, mas não havia como evitar.

O jardim era surpreendentemente grande, estendendo-se por toda a largura da casa no início, mas se alargando à medida que se aprofundava pelo terreno. Havia três platôs acompanhando a subida da colina. O primeiro, onde ela se encontrava agora, era o mais cultivado. Subia-se por um degrau de dormente de ferrovia para o segundo platô, o caminho de pedra passando por disposições mais informais, com uma ampla variedade de arbustos floridos, uma fonte borbulhante, dois bordos e um carvalho.

O terceiro platô era bosque puro. Ali, o caminho subia entre vegetação rasteira e arbustos de folhagem permanente, com vários pinheiros. Um dos cantos no fundo era ocupado, há muitos e muitos anos, pelo que Casey presumiu, por um enorme castanheiro. O tronco erguia-se sem galhos até alcançar o sol, onde se espalhava numa coroa de folhas da primavera e flores cor-de-rosa. Na base do castanheiro, havia um banco de madeira rústico.

No outro canto havia um barracão encostado na cerca alta de madeira que delimitava o jardim. Entre o castanheiro e o barracão, Casey avistou um portão. Curiosa, foi abri-lo. Lá fora, como o advogado avisara, havia um espaço pavimentado, bastante grande para estacionar dois carros.

Ela tornou a fechar e trancar a porta. Desceu pelo jardim. No pátio, sentou numa cadeira, apoiou a caneca com café na barriga, e admirou tudo ao redor. O jardim era fantástico, alegre, bem-tratado, projetado com imaginação. Árvores frondosas resguardavam-na das casas ao redor e vice-versa. Mas não havia ali qualquer sensação de sufocamento. Os muros laterais do jardim eram de pedras, cobertos de hera. O aroma era de solo fértil e plantas saudáveis. O ar era quente, mas numa temperatura agradável. Ela viu dois tendilhões passarem entre as barras que cercavam um alimentador de passarinhos, cheio de sementes, pendurado na árvore. Bicaram um pouco. Um instante depois que alçaram vôo, outros dois passarinhos entraram.

Casey ergueu o rosto para o sol. Fechou os olhos e absorveu seu calor. Respirou fundo, desfrutando um momento de serenidade, depois outro e mais outro. A angústia pela crise no consultório desapareceu, junto com o ressentimento contra o pai, o medo pela mãe e a solidão que às vezes a fazia acordar durante a noite. Ali, no jardim, encontrava uma paz inesperada.

Largou a capanga na mesa, arriou ainda mais na cadeira, e se aqueceu ao sol. Levantava a cabeça de vez em quando para tomar um gole de café, mas estava muito mais interessada em ouvir o murmúrio das árvores, o chilrear dos passarinhos, que voavam de um lado para outro, o borbulhar da fonte. Era um lugar encantado, que por si só justificava o preço da casa. Casey podia não distinguir um viburno de uma vinca, mas sabia que os jardins municipais não podiam ser melhores do que aquele.

A porta de tela foi aberta. Ela levantou a cabeça no momento em que Meg saiu da casa com uma bandeja. Levou-a para a mesa que Casey estava sentada e começou a arrumar tudo. Ao sentir um aroma apetitoso, Casey empertigou-se na cadeira.

— Ei, esses *croissants* parecem frescos! Foi você quem fez?

— Foi minha amiga Summer. Ela é dona da padaria na esquina. Paro ali todos os dias, quando venho para cá. Tenho certeza de que conhece o lugar. — Meg apontou com o polegar na direção da Charles Street. — Já esteve aqui antes, não é?

— Não. Nunca estive.

— Nem à noite, quando eu não estava?

— Não.

O rosto de Meg era um caleidoscópio de emoções, mudando de surpresa para perplexidade e embaraço num piscar de olho. Pareceu compreender que nada conseguiria descobrir e tornou a se virar para a bandeja com comida.

— Fui eu que fiz isto. — Ela tirou a tampa de uma omelete. — Tem queijo, *champignon* e tomate. Eu poderia acrescentar cebola, mas o Dr. Unger não gostava muito de cebola.

Casey também não gostava.

— Mas estou vendo cebolinha.

— Só um pouco — admitiu Meg. — Mas são orgânicas e totalmente frescas.

Enquanto falava, ela empurrou para o lado a caneca de café de Casey. Serviu de uma garrafa térmica num copo gelado, pôs na mesa o açúcar e o creme.

— São cultivadas aqui, ao lado do barracão. Jordan fez uma horta de ervas, com cebolinha, salsa, manjericão, sálvia e tomilho. O Dr. Unger nunca se importou com a cebolinha.

Casey não sabia se iria se importar. Mas a omelete tinha uma aparência apetitosa, e ela sentiu uma súbita fome. Pôs no colo o guardanapo xadrez, em verde e branco, e começou a comer. Meg só permaneceu ali pelo tempo necessário para que ela começasse a comer, antes de voltar para a casa. Casey não parou de comer até terminar a omelete. Também comeu um *croissant* e meio, além de tomar um copo de suco de laranja.

Sentindo-se mimada, ela arriou para o chão de pedra quente, estendeu-se ao sol, puxou o boné para cobrir o rosto e começou a digerir a comida. Não esperava adormecer, assim como também não imaginara que comeria uma lauta refeição naquela manhã. Quando acordou, o sol já estava alto, a mesa limpa, com um novo copo de café gelado em cima.

Ela fez um esforço para se livrar da sonolência, sentou e olhou ao redor. Aquele lugar lhe pertencia? Era difícil acreditar. A questão, é claro, era o que fazer com a propriedade.

Meg veio da casa. Parecia um pouco mais arrumada agora, como se tivesse ajeitado os cabelos, a blusa, as meias. Havia uma certa ansiedade em seus olhos.

— Pensei em fazer uma salada de frango para o almoço. Costumo fazer com *cranberries* e nozes. Fica muito gostosa.

— Não sei se posso ficar tanto tempo. — Como Meg se mostrasse aturdida, ela acrescentou: — Tenho meu apartamento em Back Bay.

— Não vai se mudar para a casa agora? Há bastante espaço, com os quartos, o escritório, o jardim e a sala íntima. Posso ajudar a arrumar espaço para as suas coisas... por exemplo, esvaziando a cômoda que o Dr. Unger usava. Mas imagino que vai querer fazer isso pessoalmente. Basta me dizer o que prefere. Farei qualquer coisa que quiser... qualquer coisa mesmo.

Casey refletiu que se alguém devia tocar no que Connie guardava na cômoda era a esposa.

— A Sra. Unger já esteve aqui?

— Já. Mas não levou nada.

— Nem mesmo as fotos pessoais?

Isso explicaria a ausência.

— Nunca vi nenhuma foto.

— Talvez estejam guardadas nas caixas no terceiro andar.

Meg virou-se ao som de uma campainha distante. Depois, riu de si mesma.

— É apenas a secadora. Lavei de novo toda a roupa de cama do quarto principal. É seu agora.

Casey teve vontade de dizer que tinha seu próprio quarto, mas Meg afastou-se antes que ela pudesse enunciar as palavras. Provavelmente era melhor assim. Meg ficaria nervosa se soubesse que Casey pensava em vender a casa.

Ao ouvir um chocalho baixo — a vibração de seu celular na mesa do pátio —, Casey tirou-o da capanga, abriu-o e olhou para o número de quem chamava.

— Olá, Brianna — entoou ela, sentindo-se mais animada.

Ela e Brianna Faire haviam sido colegas de quarto na universidade e na pós-graduação. Seguir por caminhos diferentes depois da formatura, em vez de montarem um consultório juntas, fora uma decisão consciente.

Brianna continuava a ser a melhor amiga de Casey. Fora uma válvula de segurança nos últimos anos, preenchendo o vazio em que poderia haver uma família. O conhecimento de que ela estava no outro lado da linha deixou Casey mais decidida, o que explicava seu excitamento.

Intuitiva como sempre, Brianna perguntou, curiosa:

— O que aconteceu?

— Você precisa ver uma coisa. Está ocupada?

— Acabei de acordar. Fui dormir tarde ontem à noite.

— Uma festa?

— Uma discussão.

— Essa não!

Brianna suspirou.

— A mesma história de sempre. Ele quer que eu seja uma coisa que não sou. Mas ele partiu agora, voltou a Filadélfia para passar o fim de semana. Trate de me animar. O que pretende me mostrar?

— Vou lhe dar um endereço. Fica em Beacon Hill. Quanto tempo precisa para chegar aqui?

Brianna era a única pessoa a quem Casey já contara sua ligação com Cornelius Unger. Agora, ela ficou calada por um segundo a mais, antes de indagar, cautelosa:

— Estamos falando de Leeds Court?

— Exatamente. — Casey já a levara de carro pela frente da casa mais de uma vez. — Lembra como chegar aqui?

— De olhos fechados. Preciso ir toda arrumada?

Casey sorriu.

— Ao contrário. Eu vim correndo... literalmente.

— Dê-me vinte minutos.


— *Sua?* — indagou Brianna, as duas paradas no portão da frente, lado a lado, olhando para a casa.

— É o que parece.

— Mas que coisa sensacional!

— Sensacional é mesmo uma palavra para descrever a situação — comentou Casey. — Outra é patética. Eu me sentiria mais feliz com um telefonema antes de sua morte. Ou uma carta. Uma carta seria uma iniciativa muito gentil.

— Ele não era do tipo, Casey. Você sabia disso.

— Tem razão, sabia mesmo. Mas sempre houve uma parte de mim que dizia que ele era apenas retraído ou tímido... ou *alguma outra coi-sa...* que não sabia *como* me procurar. Sempre acalentei alguma espe-rança de que ele encontraria um jeito.

— Talvez tenha sido esta a sua maneira.

— O grande gesto?

— Falo sério, Casey. Esta é a casa dele. É ele próprio.

Um portão de ferro fez barulho no outro lado de Leeds Court. As duas olharam, no momento em que um homem saía. Devia estar na casa dos trinta anos, era alto, usando uma camisa multicolorida e um short preto de ciclista. Enquanto as duas observavam, ele se inclinou para pegar uma bicicleta de corrida amarela e passar por cima do portão.

— Incrível... — murmurou Casey.

Era óbvio que ela não se referia à bicicleta. Brianna inclinou-se para sussurrar:

— Quem é *ele*?

— Não faço a menor idéia. Só posso dizer que tem um corpo perfeito.

O homem montou na bicicleta e pôs o capacete. Ajeitou a bunda estreita no selim, enfiou o primeiro pé no pedal. Já ia partir quando as viu. Desmontou de novo e aproximou-se, empurrando a bicicleta, com um sorriso.

— Se estão pensando em comprar esta casa, devo avisar que há um fantasma aí dentro — advertiu ele. — Seu nome é Angus, e mora no quarto principal.

— É mesmo? — indagou Casey, sorrindo também.

— Foi o que me contaram. Mas, diga-se de passagem, quase todas as casas por aqui têm histórias de fantasmas. Pretendem *realmente* comprar?

— Depende — respondeu Brianna. — Recomendaria a vizinhança?

Ele pensou a respeito por um momento.

— Está melhorando. Vai se tornando mais jovem, pouco a pouco, à medida que a velha-guarda morre.

Casey sacudiu a cabeça para a casa de Connie.

— Ele era da velha-guarda?

— Pela sua aparência, era, sim. Pessoalmente, nunca falei com o velho. Ele se mantinha retraído. Não era nem um pouco extrovertido, se entendem o que estou querendo dizer. Seria ótimo ter sangue novo por aqui. Vocês duas são irmãs?

Não era a primeira vez que perguntavam isso. Brianna tinha cabelos escuros, enquanto os de Casey eram claros, mas eram da mesma altura, o corpo parecido, e muitas vezes vestiam-se da mesma forma, como agora.

— Amigas — respondeu Brianna.

— Fomos colegas de quarto na universidade — explicou Casey. — Sou eu que estou dando uma olhada na casa. Ela veio pelo passeio.

Para que não houvesse qualquer mal-entendido sobre o relacionamento, ela acrescentou:

— Minha amiga tem um namorado.

— Com quem ela acaba de romper — disse Brianna, no mesmo instante. Apontou Casey com o polegar. — Ela tem dois.

— Errado — protestou Casey. — Dylan é apenas um amigo, e já acabei com Ollie.

Ela tornou a se virar para o vizinho.

— O que alguém simpático como você faz num lugar antigo e pomposo como este?

Ele sorriu.

— Pensava ter alcançado o sucesso permanente como corretor de investimentos. Por isso, minha mulher e eu viemos para cá. Agora, o mercado está quase parando, e esperamos uma criança. Acho que gosto de ficar hipotecado até a alma.

Brianna inclinou a cabeça para o lado.

— Ele é casado.

Casey suspirou.

— Os bons sempre são. Quando sua esposa deve ter a criança?

— Em agosto. Ela pedalava comigo até que o médico proibiu. Se querem fazer mais perguntas sobre a rua, toquem nossa campainha. Ela se chama Emily e adora conversar. Eu sou Jeff, e preciso dar minha volta de bicicleta.

Ele levantou um dedo para o capacete lustroso, tornou a ajeitar o pé no pedal. Numa atitude sensata, manteve a bunda acima do selim, enquanto a bicicleta avançava aos solavancos pelas pedras do calçamento. Só sentou quando virou a esquina para West Cedar. E sumiu de vista segundos depois.

Como não era de se afligir por uma causa perdida, Casey levou Brianna pelo caminho.

— Vamos entrar. Você precisa conhecer a casa.


As duas atravessaram a sala de estar. Subiram a escada. Exploraram o quarto de hóspede.

— Suas cores — comentou Brianna, de passagem.

Ela se limitou a dar uma espiada rápida no quarto de Connie. Abriram e fecharam portas nos quartos do terceiro andar. Admiraram o deque no telhado. Olharam a cozinha. Se Brianna notou que os quadros na parede que desciam para o andar inferior eram da mulher de Connie, teve a sensatez de não fazer qualquer comentário. Visitaram a sala íntima, depois o consultório. Mas o último era apenas um prelúdio para o jardim. Como Casey, Brianna foi no mesmo instante atraída pelo jardim. O sol se deslocara o suficiente para incidir sobre o banco de madeira sob o castanheiro. Foi ali que as duas se sentaram. O lugar era tão resguardado quanto qualquer cômodo da casa. Brianna contemplou a casa.

— A flor na pérgula é glicínia. É linda. Tudo aqui é lindo.

Casey ergueu os joelhos e passou os braços ao redor. Não olhou para a casa. Manteve os olhos no jardim. Todo aquele verde era tranqüilizador.

— Eu gostaria que a ocasião fosse melhor. Há muita coisa acontecendo em minha vida neste momento.

— Já decidiu se vai aceitar aquele cargo de professora?

— Ainda não.

— Quando eles precisam de uma resposta?

— Precisavam na semana passada.

— É sua mãe que a detém aqui?

— Em parte. Eu poderia transferi-la para Providence. Se ela estivesse ali, as amigas poderiam visitá-la com mais freqüência. Mas não gostei da instituição que me indicaram. A que tenho aqui é muito melhor.

— Mas você sempre quis ser professora.

Casey olhou para a casa nesse instante. Imaginou Connie parado na janela, olhando para fora e dizendo a mesma coisa, mas num tom de censura.

— A mudança é um problema, e não apenas por causa de mamãe. Também penso no consultório. Em meus amigos.

— Acabou mesmo com Oliver?

Casey torceu o nariz.

— Acabei. Talvez eu seja louca. Ele é muito gentil.

— Na semana passada ele era maravilhoso.

— Porque eu queria que ele fosse. Mas não é. Claro que alguma mulher vai achá-lo maravilhoso, mas eu? Não há a menor possibilidade. Estamos em posições diferentes. Ele já conseguiu... tem o escritório de advocacia, o BMW, a casa numa comunidade suburbana.

— E as crianças.

— Isso mesmo, em fins de semana alternados. Mas eu adoro aquelas crianças. São inteligentes, divertidas, interessantes, espontâneas.

— Parece que você gosta mais das crianças do que de Ollie.

— É a pura verdade. É por isso que acabou o que havia entre nós, antes que as crianças fiquem magoadas.

— E o que me diz de Dylan? É apenas um amigo?

Casey balançou um pouco.

— Isso mesmo. Não há nenhuma química. — Considerando essa conversa encerrada, ela aspirou fundo. — Essas flores têm uma fragrância extraordinária. Todo o jardim é maravilhoso.

— O que torna a mudança para Providence ainda mais difícil.

— Não por causa disto.

Ela se recusava a permitir que Connie influenciasse sua permanência em Boston. Qualquer outro dos motivos para evitar a mudança era muito mais forte.

— Sempre posso vender a casa.

— É o tipo de casa que você sempre sonhou ter. Por que a venderia?

— Porque era dele.

— É por isso que deve mantê-la.

— Se ficar com a casa, será um convite para ele julgar tudo o que eu fizer.

Brianna era capaz de analisar sentimentos e pensamentos tão bem quanto qualquer clínico. O que Casey mais apreciava nela, no entanto, era o fato de ser, em primeiro lugar e acima de tudo, prática e objetiva.

— Casey, ele está morto.

— Em termos técnicos, é verdade. Em termos espirituais, nem tanto. Em minha mente, ele continua nesta casa.

— É ele mesmo, ou o fantasma que vive no quarto principal?

— Angus? Um bom nome para um fantasma. Mas não é ele. Estou falando de Connie. Ele continua na casa, no sentido mais amplo da palavra.

— Não vejo assim. A casa é quase tão impessoal quanto seu apartamento.

— Meu apartamento não é impessoal. Minhas coisas estão por toda parte.

— Desordem não significa pessoal. Desordem significa apenas que você não é arrumada. Mas não é disso que estou falando. Suas paredes permanecem vazias. As prateleiras contêm apenas livros profissionais. A geladeira não tem absolutamente nada que dê uma pista sobre você e seus amigos.

— Meu quadro de avisos está cheio de fotos pessoais.

— Presas com tachinhas. Ou com fita adesiva. Equilibradas de maneira precária umas sobre as outras, como se você não soubesse se vão ou não continuar ali... nem se importasse com isso. Vem falando em pendurar cortinas desde que comprou o apartamento, mas não saiu para procurá-las nem uma única vez.

— Cortinas são caras. E já tenho dificuldade para pagar a hipoteca. Se eu vender esta casa, posso liquidar a hipoteca dez vezes.

Esse fato impressionante silenciou as duas. Os sons da cidade afloraram. O tráfego vibrava em Beacon Hill, vindo das ruas ao redor, uma sirene soou estridente, uma buzina protestou. Um helicóptero sobrevoou o prédio da Assembléia Legislativa. Um ônibus desceu resfolegando pela Beacon Street.

Estava tudo ali, mas distante. Casey sentia-se apartada do mundo exterior. Naquele jardim, os cheiros eram de terra pura, flores desabrochando, água escorrendo sobre a pedra gasta pelo tempo. A sirene, a buzina, o barulho do tráfego, tudo isso era abafado pelo farfalhar das folhas. Um esquilo cinzento subiu pelo carvalho próximo a caminho do alimentador de passarinho que havia ali. Pulando de um galho, caiu sobre a grade que cercava o tubo com as sementes. Como não conseguiu se espremer entre as barras, tentou roer uma delas, depois uma segunda e uma terceira. Acabou desistindo, saltou para o chão e se afastou em disparada.

— A sensação é de que foi desencorajada? — murmurou Casey.

— Que se sente confusa? Que foi um fracasso aos olhos dos pais? Não. Apenas... continua como antes. Acho que eu gostaria de ser um esquilo.

— Não, não gostaria. Vi um esquilo esmagado na rua quando vim para cá. Aconteceu porque ele carecia de cérebro para olhar para os dois lados. — Brianna exibiu um sorriso irônico. — Não que você sempre olhe para os dois lados.

Ela fez uma pausa. O sorriso desapareceu.

— Vai mencionar isto a Caroline?

Casey sentiu a pressão por dentro que sempre experimentava quando pensava na mãe.

— Já contei. Ela nem pestanejou.

— Oh, Casey...

— É sério. Pensei que poderia despertá-la... fazer com que me fitasse nos olhos e dissesse alguma coisa perfeitamente razoável, provocando um profundo sentimento de culpa. — Ela sustentou o olhar de Brianna. — Mas não houve uma só palavra.

Brianna também não disse nada. Poderia ter comentado: *Claro que não. Ela está tão próxima de ter morte cerebral quanto uma pessoa pode ficar sem ter morte cerebral.* Mas Casey não queria ouvir isso. Casey apegava-se à convicção de que Caroline ouvia alguma coisa, sentia alguma coisa, pensava alguma coisa. A ciência médica dizia que essa possibilidade era mínima. Apesar disso, ainda havia ondas cerebrais. Eram fracas, mas existiam.

— Ela ficaria feliz com isso, Brianna?

— Claro. Caroline adora você. Quer o melhor para você. Ficaria emocionada ao saber que você herdou a casa.

Casey queria acreditar, mas tinha suas dúvidas. Sentia-se uma traidora só de se sentar ali, no jardim de Connie.

Com o peso desse sentimento, Casey escorreu para a terra. Ficou de cócoras. Depois, gentilmente, baixou a parte superior do corpo, até encostar nas coxas. A testa tocou no chão. Os braços estendidos para trás, as palmas viradas para cima, ela fechou os olhos. Respirou fundo, bem devagar.

A terra tinha um cheiro fértil. Era úmida no contato com sua testa. Respirando pelo diafragma, várias vezes, ela se concentrou em esvaziar a mente. Concentrou-se em liberar a preocupação, em relaxar, na força positiva da energia que seu corpo criava.

— Isso ajuda? — indagou Brianna, de algum lugar por cima.

Casey concentrou-se no frescor primordial da terra. Respirou fundo, bem devagar.

— Hum...

— É seu telefone que está chocalhando em cima da mesa?

— Ignore-o — murmurou ela, entre mais respirações iguais, profundas e lentas.

Depois de um minuto, ela balançou a cabeça de um lado para outro, esticando o pescoço, gentilmente.

— Ainda está vibrando — informou Brianna, numa voz que se aproximava do som intrometido.

— Receba o recado — instruiu Casey.

Sua mãe não iria mesmo a qualquer lugar. Os médicos eram alarmistas. Os amigos podiam esperar. Ela não queria falar com Oliver ou Dylan. Os clientes não ligavam para ela pelo celular.

— Alô?... Não, aqui é Brianna. Quem... Ah, sim. Oi, John. Casey não pode atender no momento... Não, ela vai demorar um pouco... Tenho certeza de que você não ligaria se não fosse muito importante, mas ela não pode atender no momento.

Casey soltou a respiração. Ergueu a parte superior do corpo. Estendeu a mão no momento em que Brianna voltava com o telefone. Ao encostá-lo no ouvido, ela declarou:

— Espero que seja mesmo importante.

— Acho que é — garantiu John, em tom jovial. — Tomei uma decisão. Vou deixar o grupo.

Casey se empertigou.

— Deixar para quê?

— Walter Ambrose e Gillian Bosch. Eles têm uma sala pronta para mim. Uma recepcionista já está ligando para os meus pacientes, avisando sobre a mudança.

— E como nós ficamos? O que vai acontecer com o nosso grupo? E o aluguel?

— Pela maneira como eu vejo, paguei o aluguel todos os meses. Se Stuart optou por ficar com o dinheiro, isso é problema do locador. Que ele vá atrás de Stuart. Quanto ao grupo, não está mais sendo benéfico para mim. Tenho de cair fora agora, Casey. Tenho de zelar por meus pacientes e minha reputação.

— Eu também — disse Casey.

— Tenho coisas mais importantes para fazer do que ficar discutindo com mulheres.

— *Eu* também — insistiu Casey.

— Estou fora.

— *Eu também!*

Casey não recuou. Dominada pela indignação contra o tom condescendente, ela disse a John quais eram seus planos, à medida que afloravam na cabeça. Foi somente quando seu polegar apertou o botão que encerrava a ligação que ela ergueu os olhos arregalados para a amiga, com uma expressão que indagava: O que eu fiz?

# Quatro

$\mathcal{C}$asey não disse nada. Apenas prendeu a respiração e olhou para Brianna. Um longo momento passou antes que Brianna dissesse:

— Diga-se de passagem, também não é sempre que você olha para os dois lados.

— É verdade — admitiu Casey, raciocinando em voz alta. — Estou apenas usando o instinto neste caso, mas não é tão absurdo assim, não é mesmo? Tenho uma sala aqui pronta para ser usada. Inclusive com uma área de espera e uma entrada independente. E, ainda por cima, o aluguel é zero.

— Você acabou de dizer que pretendia vender a casa.

— Isso foi antes de John pular fora. Sem ele, não há grupo. — Quando ela falou, a realidade se tornou evidente. — Teríamos de arrumar outro psiquiatra, porque um grupo clínico precisa pelo menos de um. Isso significaria espalhar o aviso e entrevistar candidatos. Mas, mesmo antes disso, há a questão se quero continuar com Marlene e Renée. E há o problema de procurar um novo espaço, porque não há possibilidade de pagar o aluguel atrasado, ainda mais agora que John resolveu lavar as mãos sobre tudo. Ele tem razão nesse ponto. Todos nós pagamos o aluguel. Stuart assinou o contrato; Stuart recebeu nosso dinheiro; Stuart embolsou-o e partiu ao pôr-do-sol. Se o locador processar alguém por falta de pagamento, será Stuart. Talvez eu devesse me preocupar com a possibilidade de ter acontecido alguma coisa terrível com ele, mas a verdade é que nunca nos demos bem. Agora compreendo o motivo. Ele abandonou a esposa, com quem me preocupo... mas Stuart? Acho que ele é pior do que cobra. Foi para algum lugar com o meu dinheiro, que ganhei com tanto esforço. Mas tenho clientes e preciso de um lugar em que possa recebê-los. — Ela olhou na direção do consultório. — Pode imaginar um encontro com os clientes ali, olhando para fora e vendo isto? Seria totalmente terapêutico.

— É de seu pai.

— Era. Ele morreu. Você fez questão de ressaltar isso.

— É verdade. Mas, quando eu falei, você disse que não em sua mente.

Casey respirou fundo.

— Terei de trabalhar essa questão. E nós duas sabemos que a melhor maneira de fazer isso é enfrentar o problema. Confrontar o homem. Desafiar o leão em seu covil. E este é o covil.

— Pretende vender o apartamento?

— Não sei. Ainda não pensei a respeito. E não estou, necessariamente, falando de uma decisão irrevogável. Permanecer aqui pode ser uma coisa temporária.

— Temporária como? Providence não vai esperar por muito mais tempo.

— As coisas acontecem por um motivo. — Casey pegou o celular. — Se tenho de fazer o esforço de instalar o consultório aqui, ligar para os clientes, talvez isso signifique que devo permanecer em Boston. Talvez minha mãe acorde. Talvez o homem certo apareça em Beacon Hill e me veja, se eu me mostrar por tempo suficiente no deque no telhado.

Ela apertou um número com o polegar e fez a chamada.

— Neste caso, talvez o desaparecimento de Stuart e a deserção de John fossem cartas marcadas desde o início.

Com os olhos cheios de expectativa fixados em Brianna, ela esperou que a outra amiga atendesse.

— Oi, você — disse a voz na secretária eletrônica. — Sou eu, Joy. Você me pegou num mau momento, quando não posso atender. Deixe seu recado que retornarei assim que puder.

Depois do bipe, Casey disse:

— Sou eu. Lamento que você não esteja livre, porque o Plano A é você vir para cá imediatamente, para se encontrar com Bria e comigo. Como você não está em casa, vamos para o Plano B. Estou dando uma festa de mudança de consultório e preciso de sua presença, amanhã de manhã. Arrumaremos tudo na Copley Square e levaremos para Beacon Hill. O prêmio, no final, será um *brunch* no Jardim do Éden. Apareça no consultório às nove horas da manhã. Sei que é cedo, mas confie em mim. Será divertido. Até amanhã.

Ela sorria quando encerrou a ligação. No instante seguinte, apertou outro número, de um dos telefones programados no celular.

— *Brunch?* — indagou Brianna.

Casey fez a ligação.

— Isso mesmo.

Ela encostou o fone no ouvido.

— Sua empregada?

Casey confirmou com um aceno de cabeça.

— Precisa saborear a omelete que ela faz. — Um movimento na porta atraiu sua atenção. — Dê uma olhada.

Meg entrou com outra bandeja. Se o objetivo era impressionar Brianna, o momento não poderia ser mais oportuno.

— Oi, Darryl — disse Casey, quando ele atendeu o telefone. — Você é o homem de que preciso.

— É uma proposta romântica?

— Se fosse, sua mulher me mataria. — Casey levantou-se para dar uma olhada no que havia na bandeja quando Meg se aproximou, enquanto acrescentava ao telefone: — Preciso de vocês dois para amanhã de manhã. Mais do que isso, preciso também de sua picape.

Ela explicou sobre a mudança, enquanto a bandeja era posta na mesa do pátio e dois lugares arrumados.

— Jenna ficará na maior satisfação. Ela detestou meu grupo desde o início. — Jenna, a mulher de Darryl, fora colega de Casey, Brianna e Joy no curso de pós-graduação. — Portanto, nada mais apropriado que ela esteja presente quando eu consumar o rompimento. E há um prêmio no final... um *brunch* num jardim em Beacon Hill.

Os pratos continham agora a salada de frango que Meg mencionara antes. Parecia espetacular.

— Tenho certeza de que você vai adorar, Darryl. Tenho de desligar agora. Garanto que será divertido. Pode vir?

— Eu não perderia de jeito nenhum.

Casey encerrou a ligação e concentrou-se na mesa. A salada de frango fora arrumada sobre uma camada de alface americana. Era acompanhada por uma salada de melão cantalupo, cenoura e passas, com pão torrado e molho. Como se isso ainda não fosse suficiente, Meg estava enchendo dois copos de um jarro.

— Não me diga que é limonada fresca — arriscou Casey.

Meg ficou radiante.

— É, sim. Depois de chá gelado, o que o Dr. Unger mais gostava era de limonada fresca.

Casey foi salva de reagir ao comentário em razão da intervenção de Brianna, que disse:

— Eu *adoro* limonada fresca!

Casey também gostava. E, por acaso, também estava com sede. Depois de tomar um gole longo, ela virou-se para Meg.

— Tenho uma pergunta a fazer. Se eu chamasse uma dúzia de pessoas aqui, entre onze horas e meio-dia, você poderia nos preparar um *brunch*?

Os olhos de Meg iluminaram-se com um entusiasmo infantil.

— Claro que poderia. Já trabalhei com um *chef*. Fazíamos *brunch* com bastante freqüência. Doze pessoas não são problema. O que gostaria que eu fizesse?

Casey e Brianna trocaram olhares de expectativa.

— Que tal uma quiche? — sugeriu Brianna.

— Posso fazer.

— Omelete, *croissant* e *brioche* — acrescentou Casey.

— Isso é fácil.

— Mimosa, o coquetel de champanhe e suco de laranja. Limonada. Refrigerantes. Café.

— Já tenho tudo o que é preciso em casa.

— E salada... salada de frango?

— Como vai comer uma salada de frango agora, por que não uma salada de presunto e uma de lagosta amanhã? — propôs Meg.

— Salada de lagosta... — balbuciou Brianna.

— Meu prato predileto. — Casey ergueu as mãos. — Combinado, Meg.

Isso decidido, ela sentou-se à mesa como uma dama, desdobrou outro daqueles fascinantes guardanapos axadrezados em verde e branco, e gesticulou para que Brianna a acompanhasse.

Ao final, foram quatorze pessoas para o *brunch* naquela manhã de domingo, outra vez sob um céu claro e um sol quente. Meg armou uma mesa no jardim, cobriu com uma toalha, e pôs em cima todos os pratos que haviam combinado no dia anterior. Não haviam conversado a respeito da sobremesa. Por isso, ela serviu doces italianos do North End. Os convidados de Casey ficaram maravilhados.

Comeram muito bem, o que era merecido, depois de algumas horas frenéticas encaixotando as coisas no consultório de Casey e levando para Beacon Hill. Como Casey não mexera nas gavetas de Connie, as únicas caixas abertas ali foram as que continham os arquivos, que cabiam sem problemas no espaço desocupado pelas fichas dos pacientes transferidos para o colega. As outras caixas foram empilhadas no corredor. Depois que foi instalado o computador de Casey, que continha sua agenda, anotações de casos e informações sobre contas, devidamente ligado à Internet por Evan, seu amigo que era o mago nessas coisas, ela estava pronta para começar a trabalhar... ou estaria se os amigos a deixassem.

Mas eles ficaram. Serviram-se de mais café gelado, comeram outra *pizzelle*, deitaram-se no chão, acompanhando o deslocamento do sol, e relaxaram. Permaneceram tanto tempo quanto podiam, ignorando as demandas de suas próprias vidas, até o último minuto possível. Depois, pouco a pouco, sempre com a maior relutância, eles foram embora.

No meio da tarde, finalmente, houve silêncio. Todos os sinais da festa foram removidos do jardim. Meg foi embora. Casey sentou-se no banco de madeira, sob o castanheiro, com Brianna à esquerda e Joy à direita. As duas continuaram ali por um longo tempo, até que também tiveram de partir. Sozinha, em seu jardim que mais parecia um bosque, Casey olhou ao redor, num estupor que nada tinha a ver com uma mimosa a mais.

Há pouco menos de uma semana, ela não seria capaz de imaginar aquela cena, nem mesmo em seus sonhos mais delirantes. A propriedade, sem dúvida, era uma imensa responsabilidade, que lhe fora impingida por um homem sem sequer pedir "por favor", um homem que nunca encontrara um único momento para ela em trinta e quatro anos. Mas ela amava aquele jardim. Com seu abrigo de árvores, suas flores vibrantes e seus caminhos ensombreados, suas aves, seus esquilos e chafariz, era um autêntico oásis. Sua apreciação pelo resto da casa era intelectual. Ali, no jardim, havia uma ligação visceral.

E esse pensamento trouxe uma onda de culpa.


Casey partiu para visitar a mãe pouco tempo depois. De Beacon Hill a Fenway não era muito longe, em linha reta, mas a distância aumentou com o tráfego e uma parada em seu apartamento em Back Bay para trocar de roupa. Nos quarenta minutos que durou todo o processo, sua mente vagueou até Providence.

Fizera a viagem de ida e volta entre Providence e Boston tantas vezes, ao longo dos anos, que podia agora realizá-la até dormindo. De treze anos em diante, ela e as amigas iam de trem. Passeavam pelo Common, almoçavam na Copley Place, viam as vitrines na Newbury Street. Casey furara as orelhas numa loja na Boylston quando tinha quinze anos. Aos dezesseis, descobrira que seu pai biológico vivia em Boston e aprendera o caminho para Beacon Hill.

A essa altura, já tirara a habilitação como motorista. Assim, passou a viajar no itinerário que sua mente percorria agora, modificado apenas à medida que Caroline mudava de uma casa para outra. As primeiras lembranças de Casey eram de uma casa de alvenaria antiga, no estilo conhecido como Federal, na área de Blackstone, uma das mais ricas de Providence. Caroline quase fora à falência pela compra da casa, mas, como mãe solteira, precisando de renda e flexibilidade de horário, tornara-se corretora de imóveis, e uma boa casa fazia parte da imagem. Ela lutara por doze anos, tanto para manter a casa quanto para persistir na carreira. Ao final, jogara a toalha. Comprara uma casa vitoriana num terreno de um acre, nos arredores da cidade, e passara a empregar seu talento artístico para tecer pequenos produtos de utilidade doméstica. Um tear de mesa transformou-se em quatro. Um enorme tear de chão logo foi acrescentado, acompanhado por um segundo, quando ela contratou uma ajudante para tecer os tecidos que desenhava. A garagem desligada da casa virou uma oficina, mas logo se tornara pequena. A essa altura, a visão de Caroline se alargara. Comprou uma propriedade para a criação de ovelhas, e empenhou-se em produzir, fiar e tingir a lã que tecia.

Na ocasião do acidente, ainda tinha algumas ovelhas. A essa altura, porém, seu maior interesse eram os coelhos da raça angorá. Mantinha-os num viveiro especial que construíra nos fundos da casa, com aquecimento e ar-condicionado controlados para manter uma temperatura constante. Ela mesma limpava as gaiolas de dois em dois dias, escovava os animais quatro vezes por semana, limitava os alimentos mais apreciados a uma vez por semana. Alimentava-os com uma dieta rica em proteínas, tendo como base o capim rabo-de-gato e água fresca. Em troca, os coelhos produziam uma lã delicada, de cheiro agradável, quatro vezes por ano. E era uma lã para a qual havia uma enorme demanda, tanto em rama quanto tecida.

Agora, esperando no tráfego parado em Boston, Casey reconstituiu mentalmente o desvio na estrada rural, com a caixa de correspondência pintada à mão que indicava a entrada da propriedade de Caroline. Ovelhas pastavam nos campos, planos e abertos; a relva estaria viçosa nessa época do ano, as árvores exibiriam as novas folhas da primavera. Ao se aproximar da casa, tudo era lindo e pastoral. Quanto a isso, não havia a menor dúvida.

Casey não podia deixar de fazer comparações. A ligação visceral que sentia com o jardim em Beacon Hill? Nunca sentira nada parecido com a fazenda de sua mãe. Era um lugar tão prático e natural quanto Caroline, igualmente franco, direto, sem rodeios. Tudo objetivo. O que você via era o que existia.

Mas Casey gostava de camadas. Gostava de complexidades. A terapeuta que havia nela sempre apreciara puxar a pele que encobria uma personalidade, um lugar, um evento. A fazenda da mãe era um lugar adorável para se visitar, mas nunca mantivera sua atenção por muito tempo.

O sentimento de culpa agravado, Casey espremeu o seu pequeno Miata vermelho numa vaga, a vários prédios da casa de saúde. Vestia uma blusa branca e uma calça preta, com sandálias de saltos altos; os cabelos estavam presos atrás por um prendedor largo. A bolsa de couro pendurada no ombro, ela subiu os degraus e entrou.

Havia outros visitantes agora. Casey conhecia todos de vista, se não de nome, e cumprimentou-os. Subiu os dois lances de escada para o terceiro andar. Acenou para a enfermeira de plantão no domingo e seguiu pelo corredor.

Era um daqueles dias. Ela nunca sabia qual era a causa, se a maneira como o sol entrava pela janela, o jeito como a enfermeira ajeitara a cabeça de Caroline ou alguma coisa que vinha do interior daquela carapaça, que os médicos alegavam nada conter de substância. O que quer que fosse, a crueldade que o destino reservara para a mãe fez Casey parar à porta.

Caroline parecia muito bonita. Com apenas cinqüenta e cinco anos, tinha cabelos compridos e incrivelmente abundantes, que os anos haviam tornado de um prateado deslumbrante. Mas a cor não acrescentava um só dia à sua aparência. A pele era lisa, embora pálida. Os poucos sulcos no rosto tinham uma expressividade espontânea. Ela sorria com freqüência.

Ou costumava sorrir. Casey tratou de corrigir o pensamento, porque não havia expressão agora. As feições de Caroline continuavam tão vazias quanto as encontrara em todas as suas outras visitas, nos últimos três anos. Se os olhos estivessem completamente abertos, ao invés de meio fechados, o castanho-claro irradiaria ternura. Se ela estivesse falando, exibiria olhos úmidos. Se estivesse absorvida em conversa, poderia se inclinar para a frente, com o queixo na palma da mão, uma expressão fascinada nos olhos castanho-claros.

Caroline tinha vinte anos e fazia um curso de psicologia avançada, em que Connie era professor, quando Casey fora concebida. Casey imaginava que Connie ficara encantado com a aparência de sua mãe... embora, na verdade, ela não tivesse a menor idéia de quem atraíra a atenção de quem e como o romance começara. Caroline nunca falara a respeito, e Casey, apesar de todo o seu desafio, nunca tivera coragem de perguntar. Seu nascimento mudara a vida de Caroline para sempre.

Se não fosse por aquela única noite, quem sabia onde Caroline poderia estar agora? Poderia ter continuado a estudar, fazendo uma pósgraduação. Poderia ter a liberdade para se empenhar em seu amor pela arte, para ensinar ou escrever. Poderia ter se tornado uma artista têxtil renomada, viajando pelo mundo. Sem a carga da maternidade sozinha, ela poderia ter se casado e ter uma casa cheia de crianças, com um homem que pagasse as contas, sem que ela precisasse se preocupar.

Uma coisa era certa: ela não se encontraria agora naquele leito de hospital. Caroline atravessava uma rua em Boston, para visitar Casey, quando fora atropelada por um carro. O trauma do impacto lesionara o cérebro, deixando-o sem oxigênio por tempo suficiente para agravar o problema. Embora ela respirasse por si mesma, seguisse os ciclos costumeiros de sono e vigília, e fizesse movimentos reflexivos ocasionais, não apresentava nenhum sinal de processar qualquer coisa de natureza inteligente. Dependia para viver de alimentação e hidratação artificial.

*Se Casey não existisse, aquela viagem não seria feita, e Caroline estaria muito bem.*

Sempre se recusando a acreditar que a mãe nunca mais seria como antes, Casey deixou a porta e adiantou-se.

— Oi, mamãe.

Ela beijou-a, pegou sua mão e empoleirou-se em seu lugar habitual, à beira da cama.

*— Oi, querida — disse Caroline, com uma satisfação evidente, na recepção calorosa que sempre oferecia à filha.*

Em Providence, ela estaria descalça, usando uma camisa enorme, muito acima do seu tamanho, para fora do jeans desbotado, que revelava sua esbelteza. Se estivesse saindo do banho, exalaria a fragrância de eucalipto. Enrolaria os cabelos úmidos em torno da mão, levando-os com extrema habilidade para o topo da cabeça, onde ficariam presos por uma agulha de tricô feita de bambu.

Isso mesmo, Caroline também tricotava. Não apenas criava coelhos angorá, tirava sua lã, fiava, tingia e tecia, mas também fazia suéteres. E luvas e cachecóis. Estava ansiosa em tricotar para um neto. Era o que dizia constantemente a Casey.

*— Fico contente que você esteja aqui — disse ela agora. — Não estou com a menor disposição para cozinhar. Pode nos fazer um ensopado de carneiro?*

*Casey sentiu um aperto no coração.*

*— Oh, não! Rambo?*

*Caroline suspirou fundo.*

*— Ele morreu em paz. Eu estava ao seu lado. Teve uma longa vida.*

*Ela estava racionalizando. Rambo fora um dos prediletos no rebanho. Sentiria falta dele, Casey sabia.*

*— Sinto muito, mamãe.*

*Caroline passou o dorso da mão pelo nariz.*

*— Agora ele morreu. Em algum lugar, lá em cima, está feliz. Quero comemorar isso.*

*Casey não queria. Já haviam passado pela mesma situação antes, em outros anos, com outros animais.*

*— Já sei — disse Caroline, antecipando a resposta da filha. — Você não pode absolutamente entender como sou capaz de comer um animal que tanto amei. Mas a natureza é assim, meu bem. É uma honra para um animal como Rambo não apenas produzir lã durante sua vida, mas também produzir alimento quando sua vida acaba. Eu adoraria se você quisesse partilhar isso comigo.*

*— Eu aceitaria em qualquer outro dia, mas estou sem tempo neste momento.*

*— Então costeletas. É mais rápido para fazer.*

*— Só quero partilhar uma notícia.*

*Os olhos de Caroline se arregalaram.*

*— Uma boa notícia?*

Uma boa notícia, na linguagem da mãe, significa um homem. Caroline queria um genro quase tanto quanto queria netos.

Casey pressionou os dedos da mãe até conseguir abri-los. Entrelaçou seus dedos com os dela.

*— Acho que é uma boa notícia. Estou deixando o consultório.*

*Caroline recuou, surpresa.*

*— É mesmo? Por quê?*

*— Conflitos de dinheiro, conflitos de personalidade. E não sou a única. O grupo se desintegrou. Estamos tomando todas as providências necessárias.*

*— E quando você pretende entrar em outro grupo?*

*— Não vou parar de clinicar. Meus clientes me seguirão.*

# Pelo Amor de Pete

— *Para onde?*

— *Tenho um novo consultório.*

*Houve uma pausa, depois uma percepção intuitiva.*

— *Não está se referindo à casa de Connie, não é?*

— *É um lugar extraordinário, mamãe. Quatro andares, mais uma cúpula, jardim e estacionamento.*

Ela não mencionaria a criada e o jardineiro. Como Caroline sempre desempenhara todas essas funções sozinhas, mesmo quando estava exausta, seria como despejar sal na ferida.

— *Quatro andares, uma cúpula, jardim e estacionamento, em Beacon Hill? — indagou Caroline, agora no tom de corretora de imóveis. — Deve valor dois milhões.*

— *O advogado acha que vale três.*

— *Já mandou avaliar?*

— *Ainda não. A casa é meu consultório agora. Não posso vendê-la enquanto não tiver outro ligar para receber os clientes.*

— *Quanto tempo vai demorar?*

— *Não sei.*

— *Não espere muito, Casey. O mercado está em alta agora, mas não há qualquer garantia de que continuará assim no próximo mês, ou no próximo ano. E a manutenção de uma casa assim não deve sair barata. Que tipo de hipoteca ele tinha?*

— *Nenhuma.*

*Caroline ficou momentaneamente surpresa.*

— *Já é alguma coisa... — Ela recuperou-se no instante seguinte. — Mas é uma razão ainda maior para pôr a casa à venda. Todo esse dinheiro investido vai lhe proporcionar uma reserva incrível. É uma coisa que não poderei lhe proporcionar. Minha fazenda não vale nem uma fração de todo esse dinheiro. Se você vender e investir, poderá alugar o melhor espaço de consultório apenas com os dividendos.*

*Casey sabia disso.*

— *Vai vender? — insistiu Caroline.*

*Casey nunca fora capaz de mentir de uma maneira convincente.*

— *Algum dia.*

— *Em breve? — suplicou Caroline.*

— E se eu decidir ficar com a casa por algum tempo?

Caroline mordeu o lábio inferior. Olhou para Casey, depois para o chão. Quando tornou a levantar o rosto, havia uma certa angústia nos olhos.

— Eu não gostaria que fizesse isso.

Casey sentiu um aperto no coração. Caroline estava sendo franca, e ela ficava grata por isso. Mas não diminuía o sentimento de culpa de Casey.

— Está bem, mamãe. Há uma analogia aqui. Lembra o que acabou de dizer sobre Rambo?

— Eu amava Rambo — argumentou Caroline, bastante perceptiva para saber onde a filha queria chegar. — Ele deu e deu e deu durante toda a sua vida.

— Mas ele morreu agora, e você tem carne de carneiro na geladeira... pois no cenário mais primitivo de caçar e colher, Rambo nasceu para virar alimento. E por que não? Ele morreu. É o caso de Connie. Assim como o corpo de Rambo é seu, a casa de Connie é minha. Posso fazer o que quiser ali, rabiscar grafites nas paredes, ser grosseira com os vizinhos ou oferecer festas que fariam o homem se revirar na sepultura.

Casey fez uma pausa. Abrandou o tom.

— Há também os aspectos positivos. Posso usar a casa em meu benefício. Preciso de um consultório, e agora que estou instalada ali...

— Já se instalou na casa? — indagou Caroline, alarmada. — Você está vivendo lá?

— Não.

— Mas é o que planeja?

— Ainda não sei. Mas a casa é deslumbrante, mamãe. Não quer ir até lá comigo para conhecê-la?

Caroline aspirou o ar lentamente.

— Acho que não poderei fazer isso.

— Por que não? Ele já morreu.

— Não é por isso, meu bem. O problema tem a ver comigo. Ando muito cansada.

— Nem podia ser de outra forma — argumentou Casey. — Está cansada deste quarto, cansada desta cama. As convulsões são um sinal, mamãe. Indicam que as coisas estão curando por dentro. Vai despertar muito em breve.

Caroline prendeu a respiração por um instante, para depois perguntar:

— E se eu não acordar?

— Vai despertar, mamãe — insistiu Casey. — Tenho certeza. Temos coisas para fazer juntas, você e eu... coisas de mãe e filha.

— Você jamais gostou de fazer essas coisas, Cassandra — censurou Caroline.

— Talvez não antes. Mas gosto agora. Você é parte de minha vida. É por isso que preciso que visite a casa comigo.

— Desculpe, meu bem. Tenho o meu orgulho.

— Isto tem mais a ver com espírito prático do que com orgulho. Preciso de um consultório. A casa tem um consultório.

Caroline pressionou as pontas dos dedos contra os lábios. Não precisava falar. Os olhos expressavam uma profunda tristeza. Depois de um longo momento, ela baixou a mão e suspirou.

— Se o aspecto prático fosse tudo o que importava, você venderia a casa, pegaria o dinheiro e esqueceria o resto. Mas sempre foi obcecada pelo homem.

— Não obcecada.

— Então fascinada. Decidiu fazer carreira na mesma área. Abriu consultório na mesma cidade. Comprou um apartamento a dez minutos de sua casa. Alguma vez ele lhe encaminhou um cliente? Alguma vez convidou-a para visitar sua casa? Você se empenhou pelo fracasso, e foi isso o que obteve. Fracassou ao tentar atrair a atenção dele.

— Consegui, no final. Ele me deixou a casa.

— É verdade. Mas não perguntou se você queria. Não perguntou o que faria com a casa, apenas largou-a em cima de você. Não tinha tempo para você quando era vivo. Agora que morreu, quer que você limpe seus armários.

Casey não estava pensando em armários.

— Precisa ver o jardim, mamãe.

— Tenho meu jardim.

E tinha mesmo. Um jardim e uma horta espetaculares. Caroline Ellis não se contentaria com menos. Cultivava alface. Cultivava vagem, abóbora e brócolis. Cultivava tomate.

— Este é diferente — insistiu Casey.

— Ora, meu bem, é sempre diferente. Mas isso não é suficiente. Você merece mais.

— Eu diria que uma casa de três milhões de dólares é alguma coisa — sugeriu Casey.

— *Vai lhe proporcionar estabilidade?*

*Casey inclinou a cabeça. Aquela era outra discussão que já haviam tido antes. Ela tornou a levantar os olhos, suspirando.*

— *Você quer que eu tenha um marido e filhos. Também quero. Mas não é essa a questão agora. Não pedi a casa, mamãe. Estava preparada para sepultar o homem e seguir adiante. E, de repente, descubro que ele me deixou a casa, o que abre todo um novo reino de possibilidades... e problemas.*

— *É verdade* — *concordou Caroline.*

— *Quero sua ajuda com isso.*

— *Meu conselho é vender. É o melhor que pode fazer.*

— *Quero que você veja a casa.*

*Os olhos de Caroline continuaram a fitá-la. Lentamente, ela sacudiu a cabeça.*

— *É uma casa, mamãe... cimento e tijolos. Por que se sente tão ameaçada?*

*Caroline, levantando a mão, ofereceu um olhar de advertência para a filha. Dizia: não me analise.*

*Casey recuou, mas apenas de parecer uma terapeuta. Como uma filha, ela disse:*

— *Isto não tem nada a ver com amor. Eu a amo. Você me criou. Sacrificou-se por mim. Acontece apenas que eu nunca soube qualquer coisa sobre ele. Você não queria falar...*

— *Não podia* — *interrompeu Caroline.* — *Não tinha nada para dizer. O homem não se abria com ninguém.*

— *Ele deve ter dito alguma coisa antes... depois... isto é, você e ele...*

— *Dormimos juntos? Ele quase não falou.* — *Caroline assumiu uma expressão irônica.* — *Você nunca se sentiu atraída pelo tipo moreno e calado? Connie não era moreno, mas era calado. O silêncio cria um mistério, que exerce uma extrema atração. Toda mulher pensa que será ela quem vai romper o encantamento. Eu não consegui. Portanto, fracassei.*

— *Mas me teve.*

— *Você entendeu o que eu quis dizer.*

— *E você também entendeu o que eu quis dizer* — *insistiu Casey, porque precisava desesperadamente da compreensão da mãe.* — *Você não pôde romper o encantamento, penetrar na carapaça. Outras pessoas também não conseguiram. Mas eu tenho uma oportunidade.*

— Ele morreu.

— Mas sua casa continua viva. Talvez tenha histórias para contar. Pense da seguinte maneira. Quando tiver filhos, eles terão a metade dos meus genes, que são os seus genes juntos com os genes de Connie. Vão conhecê-la e amá-la. O que não observarem por si mesmos, você poderá lhes contar. Não seria ótimo se eu tivesse também alguma coisa para dizer a respeito de Connie?

Caroline pensou por um longo momento. Depois, sempre a mãe que queria mais para sua filha do que ela própria tivera, Caroline sorriu.

— Promete que o marido virá primeiro?

Sentada no carro estacionado na Fenway, com os sentimentos da mãe ainda recentes em sua mente, Casey ligou para o corretor que cuidara da compra de seu apartamento. O telefone tocou no outro lado; uma voz gravada convidou-a a deixar uma mensagem. Ela respirou fundo para falar, hesitou e desligou em seguida. Como explicar que se tornara de repente a proprietária de uma casa em Beacon Hill e queria vendê-la? Ninguém optava por um pequeno apartamento em detrimento de uma casa em Beacon Hill. O corretor pensaria que ela enlouquecera. Dizer tudo direto para ele, mesmo que por telefone, seria melhor do que deixar um recado na secretária eletrônica. Casey tentaria em outra ocasião; Caroline tinha razão; havia um mérito incontestável na idéia de vender a casa, investir o dinheiro e deixar Connie no passado. Era o que ele merecia.

Primeiro, no entanto, Casey precisava explorar a casa, descobrir o que pudesse sobre Connie, convencer-se de que não havia mais nada de interesse. Em termos mais imediatos, precisava comunicar aos clientes a mudança de endereço.

Com esse pensamento, seguiu direto para a casa. Estacionou na frente, abriu a porta e entrou. Teve um pensamento aberrante ao descer a escada... de que se ficasse ali por mais tempo, teria de substituir os quadros de Ruth Unger. Mas recuperou o foco assim que entrou na sala que servia como escritório e consultório. Pegou a lista de clientes em seu computador e começou a fazer as ligações. Quando abriu as portas para o jardim, alegou para si mesma que era apenas para deixar entrar o ar do final da tarde. Quando saiu entre ligações, disse a si mesma que era apenas para esticar as pernas. Assim que acabou de deixar os recados para os clientes de segunda e terça-feira, porém, fechou o computador, pôs de lado o telefone e desistiu de qualquer tentativa de resistir.

O crepúsculo no jardim era especial. Pequenos lampiões iluminavam o caminho; regadores por trás das moitas projetavam borrifos prateados nas árvores. Não havia passarinhos ou esquilos agora, mas a fonte continuava a correr. Sons baixos saíam pelas janelas dos vizinhos. Alguém estava fazendo um churrasco... de filé, a julgar pelo cheiro.

Ela deitou no banco de madeira e levantou os olhos. Mais estrelas eram visíveis do que costumava ver no meio da cidade grande. Casey especulou se era apenas porque a noite era mais clara, ou se era o poder da sugestão. Aquele jardim era um lugar mágico. Fechar os olhos, porém, proporcionou o prazer maior. Entre os cheiros das árvores de vegetação permanente, das flores cujos nomes ela nem sabia, mas cujas fragrâncias amava, da terra e do churrasco, o sussurro da brisa entre os galhos, ela sentiu-se totalmente saciada.

Era de novo aquele sentimento visceral, compreendeu Casey. Se acreditasse em reencarnação, poderia ter pesado que fora outrora uma ninfa do bosque. Pois sentia que aquele jardim era o seu lar.


Casey acordou deitada de lado, toda enroscada. Eram duas horas da madrugada, e estava com frio. Consternada por ter adormecido no banco — e por tanto tempo —, ela entrou para apagar as luzes, ligar o alarme e ir para o apartamento. Estava bastante escuro na escada, e por isso não teve de confrontar a arte de Ruth. Mas, quando chegou à cozinha, foi envolvida por outra sensação. E optou por chamá-la de fadiga.

Continuou a subir, foi para o quarto de hóspedes, despiu-se, lavou-se e vestiu o roupão azul-claro pendurado no banheiro. Era novo, nunca fora usado. Em sua sonolência, imaginou que fora comprado para ela, deixado ali, à sua espera, durante todo aquele tempo. Era sem dúvida a sua cor predileta.

De volta ao quarto, ela foi fechar a porta; afinal, o quarto de Connie ficava no outro lado. Sim, ele estava morto. Ela sabia disso.

Mas ainda restava alguma coisa de Connie naquele quarto. Angus, o fantasma? Ela achava que não. Brincadeiras à parte, não acreditava em fantasmas. Mas, com toda a certeza, havia uma presença ali.

Decidiu que não queria dormir naquele andar. Tornou a descer dois lances de escada, para a sala íntima. Connie também se encontrava ali, mas havia um certo aconchego na sala. Enroscada no sofá, Casey cobriu os pés com a manta de crochê, ajeitou uma almofada por baixo da cabeça e voltou a dormir.

Acordou antes das cinco horas, com a primeira claridade do dia. Sentiu-se desorientada no mesmo instante. Ao compreender onde se encontrava, não conseguia mais dormir de novo. Levantou-se. Ficou parada por um momento no meio da sala, tentando decidir para onde ir, o que fazer, como se sentir. Despertar na casa do pai era uma coisa que nunca fizera em toda a sua vida. Era anormal.

E ela precisava do normal. Café era normal.

Por isso, Casey subiu para a cozinha e fez um café. Enquanto esperava que ficasse pronto, olhou para o jardim pela janela dos fundos. Mas a escuridão ainda persistia ali. Embora o céu a leste se tornasse mais claro a cada minuto, o sol ainda não subira o suficiente para se derramar pelo seu lado do morro.

Ela encheu uma caneca verde-musgo com café e tornou a descer. Dessa vez, foi para o consultório. Seu computador estava ali. O Rolodex também. Em circunstâncias normais, quando chegasse uma hora razoável, começava a trabalhar com os dois e mais o telefone, muitas vezes argumentando com uma empresa de seguro em nome de um cliente, ou fazendo a programação das contas a pagar. Era por isso que nunca marcava nenhum cliente antes das dez horas da manhã de segunda-feira. O primeiro hoje seria às onze horas. Ela tinha de ir até seu apartamento para pegar roupas, e voltar antes disso. Mas ainda eram cinco horas da manhã. Tinha tempo suficiente.

Esquentada pelo café, correu os olhos ao redor, à procura de sinais do pai. As únicas coisas com seu nome eram dois diplomas na parede, mas não lhe diziam qualquer coisa que ela já não soubesse. Havia várias gravuras botânicas originais, emolduradas com simplicidade.

Mas, embora fossem bonitas, a única coisa que indicavam era a capacidade de Connie de comprá-las.

Isso na parte dos elogios. Um visitante nunca saberia que o homem que vivera e trabalhara ali fora um ícone em sua profissão, que recebera inúmeras homenagens ao longo da carreira ou que publicara muitas obras. Ao esquadrinhar as prateleiras com livros, ela não conseguiu encontrar nenhum de autoria de Connie... e os teria reconhecido à primeira vista, pois possuía todos.

Avistou vários dos mesmos livros de referências que ela possuía. Eram indispensáveis para o consultório de um terapeuta... o tipo de coisa, refletiu Casey, que um pai passaria para o filho ou filha que estivesse ingressando em sua profissão. Ela largou a caneca na mesa e foi pegar um dos livros. Abriu-o, fantasiando que poderia encontrar uma dedicatória, *Para Casey, de seu pai, com muito amor e os melhores votos para uma carreira bem-sucedida.* Ficaria satisfeita mesmo que não houvesse a parte do amor. Mas a folha de rosto estava vazia.

Ela verificou um segundo livro e também encontrou a folha de rosto vazia.

Desapontada, examinou as estantes. Os livros mais acessíveis da mesa eram mais focalizados em psicanálise do que as obras que Casey preferia. Num acesso de irritação, ela tirou os mais pomposos e exilou-os para lugares distantes. Pouco a pouco, fez a mesma coisa com outros livros, até que duas prateleiras de fácil acesso ficaram completamente expurgadas. Depois, ela procurou nas caixas empilhadas no corredor, até encontrar seus livros prediletos. Num instante, instalou-os no lugar de honra, arrumados com todo o cuidado.

A reorganização fez com que as prateleiras parecessem mais receptivas, concluiu Casey. Estimulada, ela concentrou sua atenção na mesa. Era grande, de mogno, com três gavetas de cada lado, uma gaveta mais rasa no meio. A cadeira tinha estofamento de couro, também grande, o encosto alto. Ela sentou, testando. Inclinou-se para a frente, depois para trás, para a esquerda e a direita. Tornou a virar para a esquerda, abriu a gaveta de cima nesse lado. Encontrou blocos de papel amarelo pautado. A segunda gaveta continha um grampeador e caixas de grampos, caixas de lápis pretos e vermelhos, caixas de clipes, um gravador minicassete e um pacote de fitas.

Ela pegou o gravador, como Connie devia fazer, e ligou-o, na esperança de ouvir sua voz. Mas a fita estava vazia.

Ela tornou a guardar o gravador, fechou a gaveta e abriu a de baixo. Os suportes de metal indicavam que a gaveta outrora continha pastas de arquivo. Estava vazia agora, mas não continuaria assim por muito tempo. Num instante, ela ajeitou ali suas próprias pastas. Fez a mesma coisa na gaveta do fundo no lado direito. A gaveta de cima continha o papel timbrado de Connie, tanto este, com um cabeçalho formal, com a insígnia de Harvard, que ele tinha o direito de usar, como um membro do corpo docente, quanto seu papel de cartas particular possuíam tal insígnia. O último era cor de marfim, com letras maiúsculas em preto. CORNELIUS B. UNGER.

Casey não fazia a menor idéia do que o B. representava. Perguntara a várias pessoas, ao longo dos anos, mas ninguém sabia.

O papel timbrado oferecia uma oportunidade de ouro. Se Casey estivesse no lugar de Connie, deixando sua casa para uma filha com quem nunca conversara, teria deixado um bilhete ali.

As duas pilhas estavam arrumadas de uma forma impecável, mas não havia nada escrito nas folhas de cima.

Desanimada, ela fechou essa gaveta e abriu a de cima. Encontrou meia dúzia de caixas pequenas. Uma continha elásticos, outras borrachas, uma terceira blocos com pequenos papéis adesivos para recados. As demais continham balas de caramelo Callard & Bowser.

As balas provocaram um sobressalto em Casey. Adorava balas de caramelo. Fora uma comedora compulsiva durante a pós-graduação, a ponto de partir vários molares, pelo hábito de morder em vez de chupar. Ou seja, ela também não sabia comer a bala de forma comedida. Só que Connie não poderia saber disso. Bem que gostaria de pensar que ele enchera as caixas com as balas pensando na filha, se não fosse tão improvável.

Ela estendeu a mão para pegar uma bala. Pensou duas vezes e recolheu a mão.

Fechou a gaveta. Abriu a rasa, no meio. Meia dúzia de canetas Bic, numa pequena bandeja... e isso fez bem a seu coração. Detestava a caneta Bic, nunca usava nenhuma... mas nunca *mesmo*. A caneta que ela gostava de usar era uma Mont Blanc. Presente da mãe.

Sentindo-se redimida, confortada pelo pensamento de que frustrara Connie pelo menos nesse ponto, ela abriu a gaveta ainda mais. Por trás da bandeja de canetas havia uma régua de madeira, depois um envelope de papel pardo.

Ao pegá-lo, Casey sentiu a pulsação acelerar. Havia um "C" rabiscado no envelope, indubitavelmente por Connie. C era para Cornelius, mas não havia motivo para que ele pusesse a própria inicial no envelope. C era também para Casey.

O coração batendo forte, ela soltou o fecho do envelope, abriu-o e tirou um maço de folhas datilografadas, presas por um clipe grande. *Pelo Amor de Pete*, ela leu, no centro da folha; e por baixo, em letras menores, *Um Diário*.

*Pelo Amor de Pete. Um Diário.*

Casey folheou as folhas por baixo. Estavam todas datilografadas, em espaço dois, numeradas. Ela voltou à primeira página.

*Pelo Amor de Pete. Um Diário.*

O C era mesmo para Casey. A mesma coisa que lhe dizia que isso era verdade impeliu-a a seguir adiante.

Tirou o clipe, ajeitou os papéis em cima da mesa, virou a primeira página e começou a ler.

# Cinco

Little Falls

O nevoeiro na manhã de sexta-feira era tão denso que Jenny Clyde não podia ver muito mais do que um pouco de relva rasteira à direita, uma faixa de estrada esburacada à esquerda, e as pontas de borracha dos tênis velhos levando-a em passos firmes para a cidade. Ao se desviar para a esquerda, avistou menos relva e mais estrada. Um pouco mais para a esquerda, e a relva desapareceu por completo.

Sempre se mantendo firme no meio da estrada, ela concentrou-se no caminho à frente, bloqueando tudo que não fosse o asfalto acinzentado, cheio de manchas, e o nevoeiro branco que pairava por cima. O nevoeiro era comum em Little Falls ao final do verão. Espremida numa ravina, entre dois picos altos, a cidade ficava no meio da guerra entre dias quentes e noites frias. Jenny sempre imaginara que as nuvens envolvidas nessa guerra batiam nas encostas, escorregavam para o fundo e ali ficavam, impotentes, enquanto se dissipavam.

Não que ela se importasse com o nevoeiro. Permitia-lhe supor que a cidade era protetora, gentil, que sabia perdoar. Resguardava-a dos fatos frios e objetivos de sua vida.

Um carro aproximou-se, um zumbido abafado a princípio, depois um gargarejo que foi se tornando mais nítido à medida que se aproximava. Jenny não saiu do meio da estrada. O gargarejo virou uma tosse ruidosa. Ela continuou a andar. Tornou-se mais alto e mais próximo... mais alto e mais próximo... mais alto e mais próximo...

No último instante, ela se desviou do perigo.

Baixou ainda mais o boné de beisebol, inclinou o queixo para o peito, enfiou as mãos nos bolsos do jeans, e fez o melhor que podia para se encolher até sumir. Mas Merle Little a viu. Via-a quase sempre no mesmo lugar, quase todos os dias, quando ia para casa, no meio da manhã, para tomar um café com a esposa.

— Saia da estrada, MaryBeth Clyde! — berrou ele, através da janela do carro, antes de ser tragado de novo pelo nevoeiro.

Jenny ergueu a cabeça. "Ei, Sr. Little", ela poderia ter dito, se Merle diminuísse a velocidade, "como se sente hoje?"

"De bom para regular", o velho Merle poderia ter respondido, se fosse um homem mais compadecido. "E você, Jenny? Puxa, você está bonita hoje!"

Ela poderia ter oferecido um sorriso doce ou envergonhado. Poderia até ter agradecido o elogio e fingir que era merecido. Com toda a certeza, acenaria quando ele se afastasse, porque esse era o comportamento com alguém que você conheceu durante toda a sua vida — alguém cuja família fundara a cidade —, alguém que morava na mesma rua, mesmo que ele se ressentisse do fato e desejasse que não fosse assim.

Jenny continuou a andar. Os vira-latas dos Booth latiram, embora ela não pudesse vê-los através do nevoeiro. Também não podia ver a dobradiça enferrujada no portão dos Johnson, à sua frente, nem as flores desabrochando no jardim dos Farina. Mas sabia que todas essas coisas estavam ali. Podia ouvir a primeira e aspirar a fragrância das últimas.

"Psiu!", ela poderia advertir os filhos que tivesse. "Falem baixo. O velho Farina é estourado. Nunca é bom irritá-lo."

"Mas ele não é capaz de vir atrás de nós, mamãe", uma das crianças poderia ressaltar. "Não pode andar."

"Pode, sim", argumentaria outra criança. "Ele tem bengalas. Bateu com uma em Joey Battle, mesmo depois que o guarda Dan disse a ele para não fazer isso. Como ele pôde fazer, mamãe, se o guarda Dan mandou que não fizesse?"

Porque algumas pessoas são más, Jenny poderia responder, se tivesse filhos; e durante todo o tempo ela estaria com o bebê equilibrado no quadril, uma menina doce, de cabelos sedosos, com uma profunda ternura, oferecendo todo o amor e necessidade por que Jenny ansiava. A tal ponto que teria dificuldade para largar a criança, mesmo que fosse apenas parar tirar um cochilo. Algumas pessoas não se importam com o que é a lei e o que não é. Algumas pessoas não se importam com o guarda Dan, nem um pouco.

O nevoeiro deslocou-se de novo, e ela imaginou que havia uma cidade diferente mais além. Às vezes imaginava um lugar como a cidade de Nova York, com edifícios altos, longas avenidas, e ninguém sabendo de onde ela viera, quem fora ou o que fizera; e, se não fosse Nova York, então algum lugar no estado de Wyoming, com vastos espaços abertos que se prolongavam interminavelmente. Também poderia se perder ali. Primeiro, porém, precisava escapar de Little Falls.

Ela desviou-se de novo para a esquerda, os olhos fechados agora, combinando os sons de seus tênis no asfalto com as batidas de Essie Bunch no tapete de retalhos pendurado na grade da varanda, além do nevoeiro. Deslocou-se de novo para a esquerda, depois ainda mais para a esquerda, até calcular que estava de novo no meio da estrada. E continuou a andar. A imaginação contava as antenas parabólicas no caminho. Os ouvidos captaram a voz de Sally Jessy Raphael, saindo pela janela aberta da casa dos Webster. O som do programa de TV The Price Is Right vinha da casa dos Cleeg, enquanto da casa de Myra Ellenbogen podia-se ouvir o programa de vendas QVC. Quanto mais ela se aproximava da cidade, mais as casas eram próximas umas das outras. Podia ouvir vozes abafadas, o barulho de uma bandeira esvoaçando no mastro, o zumbido de uma serra cortando lenha para as noites frias de setembro, que eram iminentes.

Os sons eram bastante reais. Quando ela abria os olhos, no entanto, o turbilhão do nevoeiro sugeria alguma coisa de outro mundo... como os Portões do Paraíso, que eram um sonho permanente. Só que Jenny Clyde tinha certeza de que não iria para o paraíso

Outro carro se aproximou no nevoeiro. O motor era mais suave, mais novo, mais firme. Ela conhecia o som. Aquele carro pertencia a Dan O'Keefe.

Jenny continuou a andar pelo meio da estrada um pouco mais... um pouco mais... um pouco mais...

Só correu para o lado segundos antes de o jipe sair do nevoeiro. Não foi de surpreender quando o veículo emparelhou com ela e parou.

— Jenny Clyde, vi você no meio da estrada — disse o policial, em tom de censura.

Ela deu de ombros e olhou para a traseira do jipe. O nevoeiro se movimentava ao redor, como pequenos duendes brancos, primeiro no pára-lama, depois na janela e em seguida no bagageiro no teto.

— Você corre risco quando faz isso — acrescentou Dan, numa voz que tinha uma preocupação genuína, o que ela não ouvia com freqüência.

Ele não herdara essa preocupação do pai. Edmund O'Keefe era frio e duro. Talvez não pudesse ser de outra forma, como chefe de polícia e todo o resto. Mas Dan era diferente.

— Um dia alguém não vai vê-la.

— Sempre me desvio a tempo.

— Consegue fazer isso porque sabe quem está guiando que carro, e a velocidade em que se aproxima. Mas um dia haverá um carro que não conhece. Vai esperar por tempo demais e... pam!... vão jogá-la pelo ar. Só Deus sabe onde cairá. O que está fazendo, Jenny Clyde, é um jogo de roleta-russa.

— Não é isso — insistiu Jenny, muito séria. — Se fosse roleta-russa, eu taparia os ouvidos.

— Por Deus do céu, nem sequer pense em fazer isso! — Dan esfregou o ombro. — Então será nesta semana.

O dar de ombros de Jenny foi torto. Um ombro recusou-se a acompanhar o outro no gesto de indiferença que o resto do corpo tentava expressar.

— Sente-se bem com a perspectiva? — indagou ele.

Com os olhos no chão, Jenny sorriu.

— Por que não me sentiria? Ele é meu pai.

— Por que sua resposta não faz com que eu me sinta melhor?

Ela tentou pensar em termos positivos.

— Aguardo ansiosa o dia em que tornarei a vê-lo. Cuidei da casa, como ele pediu. Tudo continua como era na ocasião em que ele foi embora. Isto é, fiz algumas coisas, como arrumar uma fornalha nova quando não dava mais para consertar a antiga, e reformar o telhado depois que aquele carvalho caiu em cima. Mas não tive opção nessas mudanças. E, de qualquer forma, obtive sua permissão. Por isso, ele não ficará zangado.

Darden Clyde zangado era um pesadelo que Jenny conhecia muito bem.

— Já se passaram seis anos — comentou Dan.

Seis anos, dois meses e quatorze dias, pensou Jenny.

— E você se sente bem com a volta dele?

— Claro que sim.

O que mais ela podia dizer?

— Tem certeza?

Jenny não tinha nenhuma certeza, mas as opções não levavam a nada. Quando se permitia pensar a respeito, sentia-se nauseada. A mente começava a lutar consigo mesma — ficar, fugir, ficar, fugir —, até que o corpo acabava paralisado, não conseguia se mexer. Por isso, não pensava com freqüência sobre as opções. Era mais fácil esquadrinhar o nevoeiro e acalentar pensamentos felizes.

— Vou dançar esta noite — anunciou ela.

— É mesmo uma boa idéia. Há anos que você não aparece num baile na cidade.

— Comprarei um vestido novo para o baile.

— Outra boa idéia.

— Na loja de Miss Jane. Um vestido bonito. Sei dançar.

— Aposto que sabe, Jenny.

Ela deu um passo na direção do jipe, passando os dentes pelo lábio superior. Focalizou o ponto em que uma veia proeminente, no lado de baixo do antebraço de Dan, encostava na janela, enquanto murmurava:

— Ele não sabe que venho usando o nome de Jenny. Acho que não gostaria. É o meu nome do meio, mas ele gostava de MaryBeth, o nome de minha mãe...

O que era o motivo pelo qual ela detestava, o simples som provocando uma pontada de dor em seu estômago. Mas uma pontada de dor era melhor do que sofreria se deixasse Darden furioso.

— Assim, poderia voltar a me chamar de MaryBeth, daqui por diante, só por precaução?

Como Dan não respondesse, ela ousou lançar um olhar para seu rosto. E o que viu ali não contribuiu em nada para sua paz de espírito. Ele sabia muito mais do que a maioria das pessoas sobre o que acontecera para que mandassem Darden para longe durante seis anos, dois meses e quatorze dias... e, o que ele não sabia, com certeza adivinhara.

Jenny balançou a cabeça numa súplica, depois desviou os olhos.

— Jenny combina melhor com você — declarou Dan.

A gentileza deixou-a com vontade de chorar. Em vez disso, limitou-se a dar de ombros, os dois dessa vez.

— Jenny... MaryBeth... você deveria sair da cidade antes que ele volte.

Ela fincou o lado do tênis no asfalto rachado na beira da estrada.

— Assumiria outro nome e começaria uma vida nova, longe daqui. Compreendi por que não fez isso antes. Afinal, tinha apenas dezoito anos e não contava com ninguém para ajudá-la. Mas tem vinte e quatro anos agora. E tem experiência de trabalho. Há restaurantes por toda parte que terão o maior prazer em contratar uma garçonete de confiança como você. Ele nunca conseguiria descobri-la. Você precisa escapar. Ele é um agente do mal, Jenny.

Dan não estava dizendo qualquer coisa que Jenny já não dissera a si mesma centenas de vezes, milhares de vezes. A segurança que sentira quando o pai fora levado para longe começara a minguar até acabar ao longo das últimas semanas. Sentia-se angustiada, com os nervos à flor da pele, quando se permitia pensar a respeito.

Por esse motivo, não pensou. Em vez disso, recomeçou a caminhada para a cidade, através do nevoeiro, pensando no vestido que ia comprar. Passara a maior parte do verão pendurado na vitrine da loja. Parecia olhar para ela, dizendo: Fui feito para você, Jenny Clyde. Tinha pequenas flores sobre um fundo cor de vinho tinto, mangas curtas, cintura alta. Alcançava o meio das pernas no manequim. Se ficasse assim em Jenny, cobriria as cicatrizes em suas pernas. Se não cobrisse, ela poderia usar meias escuras.

Poderia usar um collant escuro de qualquer maneira. Meg Ryan usara, com um vestido quase idêntico, num filme a que Jenny assistira. Não que Jenny tivesse a aparência de Meg Ryan, seu sorriso, sua energia. Nem Jenny poderia suportar que as pessoas a olhassem como olhavam para Meg Ryan. Jenny era uma pessoa muito reservada, mas muito mesmo.

Naquela noite, porém, coisas iam acontecer. Naquela noite, ela encontraria alguém tão bonito quanto o Homem Mais Sensual do Mundo. Ele estaria de passagem pela cidade, a caminho do lugar em que tinha um bom emprego e uma boa casa. Haveria de se apaixonar por ela, com tanta intensidade que lhe pediria para fugir em sua companhia antes que a semana terminasse. E ela aceitaria. Não pensaria duas vezes. Era o homem pelo qual esperara durante tanto tempo.

Ao virar a esquina para a Main Street, o nevoeiro se tornou menos denso, revelando os toldos que a cidade decidira instalar em março último, em nome da reforma urbana. Eram de um verde-escuro, com o nome da loja em letras brancas enormes. Havia na loja de ferragens, farmácia, sede do jornal, armarinho e padaria, num lado da rua, e mercearia, quitanda, lanchonete, sorveteria e loja de roupas, no outro.

Jenny nada sabia sobre reforma urbana. Não sabia que efeito os toldos teriam se tudo o mais permanecesse igual. Os carros estacionados um pouco inclinados eram os mesmos carros que estacionavam nas mesmas vagas, nas mesmas horas, todas as manhãs. As mesmas pessoas sentavam nos mesmos bancos de madeira. As mesmas pessoas fitaram-na fixamente quando ela passou.

Ela não podia fazer com que parassem de fitá-la daquele jeito, mas não precisava observá-las tampouco. Por isso, baixou a cabeça o suficiente para que a pala do boné cobrisse o rosto, e seguiu adiante. Não esperava cumprimentos e não recebeu nenhum. Ao chegar à loja, lançou um olhar de expectativa para o vestido e entrou.

Miss Jane era uma mulher pequena com uma voz enorme. Qualquer dificuldade que pudesse ter ao esticar e puxar enormes folhas de papel de seda, para embrulhar o que parecia ser uma compra considerável de Blanche Dunlap, ela compensava com uma conversa trovejante.

— ...e ela foi de carro até Concord e comprou aqueles pratos a um preço altíssimo. Eu poderia compreender se fosse um vestido... — Um comentário feito com evidente amor. — ...mas pratos? Pratos são cobertos por ensopados, bifes sangrentos, até por fígado! E depois com sobras, que sempre serão muitas, porque ela não sabe cozinhar. Estou preocupada...

Foi nesse instante que ela avistou Jenny. E parou de falar. Depois, acenou com a cabeça.

— MaryBeth.

— Olá.

Jenny assumiu o que esperava ser uma expressão afável. Permaneceu na porta, alternando olhares para cada rosto e o chão, até que as duas mulheres voltaram a concentrar sua atenção nas roupas que estavam sendo embrulhadas. No farfalhar subseqüente de papel de seda, ela tentou pensar em alguma coisa para dizer, mas o único pensamento que lhe ocorreu foi o de que eram bem poucos os moradores da cidade que a chamavam de Jenny. Havia menos para mudar agora. Era mais seguro.

E no instante seguinte ela não tinha mais nada para dizer, porque a cortina da cabine foi puxada para o lado, e a filha de Blanche, Maura, saiu.

— Preciso de ajuda, mamãe.

Ela mexia na alça que passava por seu ombro, presa a um moisés, que pendia torto na sua frente.

Jenny fora colega de escola de Maura. Nunca haviam sido amigas, mas isso não impediu que Jenny oferecesse um sorriso.

— Oi, Maura.

Maura levantou os olhos, surpresa. De Jenny, ela olhou para a mãe, depois para Miss Jane. Chegou mais perto da mãe, puxando a alça.

— Oi, MaryBeth. Há séculos que não a vejo. Como você está?

— Muito bem. É seu novo bebê?

— É, sim.

O bebê era visível em duas saliências no moisés. Jenny deu um passo à frente — o máximo que ousava — e esticou o pescoço. Não dava para ver muita coisa.

— Menino ou menina?

— Um menino. Qual é o problema aqui, mamãe? Alguma coisa está torta. Meu vestido já foi embrulhado? Estou atrasada.

Miss Jane trabalhava mais depressa agora, metendo os embrulhos de papel de seda numa bolsa. Blanche concentrava-se nas tiras do moisés. Maura cobria a cabeça calva do bebê com uma touca.

Jenny sentiu um vazio angustiado por dentro. Depois de uma vida inteira sendo olhada com cautela, contornada com algum nervosismo e evitada com uma deliberação ostensiva, ela já deveria estar acostumada. Mas nunca perdera a esperança de que a situação poderia mudar. Ainda sonhava com o dia em que os moradores da cidade a cumprimentariam com a mesma cordialidade que demonstravam uns com os outros.

O sonho estava rapidamente se tornando uma oração. Darden Clyde estava de volta. Ela precisava de ajuda.

Blanche terminou de ajeitar a alça com um exagero de esmero. O moisés parecia tão torto quanto antes, mas Maura já se apressava em pegar as compras, ao mesmo tempo que ela e a mãe agradeciam a Miss Jane com sorrisos rápidos e olhares sugestivos. Os sorrisos eram rígidos quando alcançaram Jenny, que deu um passo para o lado, a fim de deixá-las passar.

— Estou mesmo muito atrasada — murmurou Maura. — Passe bem, MaryBeth.

Jenny mal levantara a mão para acenar quando a porta se fechou por trás das duas. Ela contraiu os dedos, e se deu um momento para deixar o vazio angustiado passar.

— Posso ajudá-la, MaryBeth? — perguntou Miss Jane, polida.

Jenny virou-se para o vestido na vitrine.

— Eu gostaria de comprar.

— O quê?

Jenny indicou o vestido com um movimento do queixo.

— Passei o verão inteiro admirando aquele vestido. Gostaria de usá-lo no baile esta noite.

— Esta noite? Aquele vestido? Infelizmente, não será possível, minha cara. Aquele vestido já foi vendido.

Jenny sentiu um aperto no coração.

— Se foi vendido, por que continua na vitrine?

— Aquele não foi, mas duvido que seja do seu tamanho. O vestido do seu tamanho já foi vendido.

Ao olhar para o vestido por trás, Jenny pôde perceber que estava cheio de alfinetes, puxado para caber no manequim. Mas o manequim era magricela, enquanto Jenny era apenas esguia. Podia caber nela.

— Posso experimentar?

— Pode, pela cor e estilo. Mas seria uma perda de tempo. Eu não conseguiria arrumar o tamanho certo a tempo para o baile. Na verdade, duvido que consiga o tamanho certo mesmo depois. Aquele vestido foi parte da linha de verão. Tudo que estão mandando agora é para outono e inverno.

Há semanas que Jenny pensava no baile. E pelo mesmo tempo, vinha se imaginando naquele vestido. Foi até a vitrine e tocou no vestido. O tecido era macio como ela imaginara.

— Pode fazer alterações, não é?

— Alterações, posso, novos cortes, não. Esse vestido ficará ridiculamente grande em você, MaryBeth.

— Meu nome é Jenny.

A voz era suave, mas o tom de desafio, porque alguma coisa lhe dizia que Miss Jane a chamaria de MaryBeth até o dia de sua morte, e não seria uma ameaça quando tivesse de tratar com o pai de Jenny.

— Posso experimentar, por favor? — acrescentou ela.

Um olhar para o espelho de três lados na cabine quase a fez perder a coragem. Mas queria demais aquele vestido. Por isso, virando-se, tirou os tênis, pressionando a ponta do pé no calcanhar de cada um. Também tirou o boné. Ainda de costas para o espelho, tornou a ajeitar o elástico em torno dos cabelos. Tentava juntar os fios soltos no emaranhado quando Miss Jane, numa expressão contrafeita, chegou com o vestido.

Jenny estendeu as mãos para pegá-lo. Mas em vez de entregar o vestido ou pendurá-lo num gancho, Miss Jane enfiou os braços por dentro, da bainha à gola, e esperou.

Jenny não contava com uma audiência. Ninguém a vira sem roupas há seis anos, dois meses e quatorze dias. Ter Miss Jane para vê-la era tão ruim quanto o espelho contemplá-la. Mas não havia como evitar. Tinha o pressentimento de que Miss Jane não largaria o vestido sem uma luta, e Jenny precisava provar uma coisa.

Por isso, ela se apressou em tirar o jeans e a blusa, refugiando-se no vestido, antes que qualquer das duas pudesse ver muita coisa. Enquanto ela se ocupava em alisar o vestido na frente, Miss Jane prendeu os botões atrás, puxou os ombros e esticou as mangas.

— Não ficou tão grande quanto eu pensava que ficaria — admitiu a mulher, com um suspiro. — Mas ainda assim acho que não fica bem em você. A cintura é muito alta.

Jenny olhou para baixo.

— Não é como deveria ser?

— Hum... é isso mesmo. Talvez o problema esteja nas mangas. Não parecem muito confortáveis.

Jenny mexeu os braços.

— Acho que estão ótimas.

Miss Jane levantou a mão para o queixo, preocupada. Sacudiu a cabeça.

— O decote está errado. Alguém com sardas como você precisa de um decote mais alto. E há também a cor. Com toda a franqueza, não combina com seus cabelos.

— Com toda a franqueza, nada combina com os meus cabelos. Mas ainda assim preciso de um vestido para o baile.

— Talvez outro vestido sirva.

Jenny passou as mãos pelas pregas que desciam da cintura que Miss Jane achava alta demais.

— Mas eu gosto deste.

— Sabe, minha cara, as pessoas compram aqui porque respeitam minha opinião. Confiam no que eu direi se experimentarem um vestido e não ficar bem. Todas as pessoas na cidade viram esse vestido na vitrine. Saberão onde você o comprou. E pensarão que não fiz a coisa certa com você. Eu não gostaria que isso acontecesse.

Jenny passou as pontas dos dedos pelo decote, que se estendia sobre as sardas.

— Direi a todo mundo que comprei contra a sua recomendação. Direi que insisti.

— Olhe-se no espelho, MaryBeth — disse Miss Jane, numa irritação evidente. — Não é você.

Jenny imaginou que estava usando uma meia-calça escura e sapatos de saltos altos. Imaginou que acabara de tomar um banho e exalava uma fragrância agradável, os cabelos escovados, as faces com blush, os cílios escurecidos. Com tudo isso em mente, pronta para sobrepor à sua imagem, ela virou-se para o espelho e ergueu os olhos lentamente.

Prendeu a respiração em alegria. O vestido era lindo. Tinha o comprimento certo, a linha certa, a cor certa. Era a coisa mais elegante que ela já vestira, e ajustava-se muito bem.

Miss Jane podia ter razão: talvez o vestido não fosse Jenny. Mas era o que ela queria ser... e isso, com as esperanças que tinha para aquela noite, era suficiente.

 # Seis

Jenny sentia a maior animação enquanto caminhava pelos três quilômetros de sua casa até o salão dos Veteranos de Guerras no Exterior, onde seria realizado o baile. Não importava que sentisse os dedos dos pés doloridos nos sapatos de camurça de saltos altos que a patroa lhe emprestara. Também não importava que nenhum carro parasse para lhe dar uma carona. Era apenas porque não a reconheciam, já que estava linda demais.

E era a pura verdade. Jenny confirmara. Só precisara tirar três coisas do espelho — uma capa de caixa de fósforo da festa de noivado de Lisa Pearsall, um adesivo de pára-choque autografado de PONHA MOONY NA ASSEMBLÉIA LEGISLATIVA e o cardápio impresso da espetacular bodas de ouro de Helen e Avery Phippen — para haver espaço suficiente para contemplar seu rosto. Vira o resto refletido no painel de vidro fosco na porta da frente de casa. A imagem ali era escura e um pouco vaga, mas atraente... muito mais do que ela fora por um longo tempo.

O salão apareceu à frente. A claridade do interior projetava-se pelo crepúsculo, espalhando fragmentos amarelos sobre o estacionamento, onde os risos e cumprimentos gritados sobrepunham-se ao barulho de portas de carro batidas.

Jenny passou a andar mais devagar para observar o fluxo de moradores da cidade que subiam os degraus e atravessavam a varanda. As pessoas que sabiam cozinhar levavam pratos cobertos por papel laminado. A própria Jenny fizera biscoitos de limão, pelos quais o serviço de bufê de Miriam, Neat Eats, tornara-se famoso. O peso em sua mão era um compromisso. Significava que não podia voltar atrás. Não se limitaria a assistir ao baile detrás dos castanheiros dessa vez. Teria de entrar.

O embrulho de papel laminado equilibrado com todo o cuidado numa das mãos, ela abaixou-se para limpar a poeira dos sapatos de Miriam com a outra mão. Ao se erguer, ficou horrorizada ao perceber que havia poeira na bainha do vestido. Quando constatou que a mão também ficara suja, bateu-a nas costas do vestido, onde ninguém veria. Depois, respirou fundo.

Foi nesse instante que pensou nos cabelos. Deixou escapar a respiração e passou a mão pela cabeça, à procura de fios que pudessem ter escapado da mousse e da trança francesa. Mas não havia nenhum. Ela alisou os lados, como precaução. Respirou fundo outra vez, para tomar coragem, mas hesitou de novo, agora para comprimir os dedos contra o alto do nariz. E ainda bem que teve essa lembrança, porque encontrou pequenas gotas de suor ali. Não sabia se eram a conseqüência de andar ou pelo nervosismo, mas tomou cuidado ao enxugá-las para não borrar a maquiagem. O pouco que usava era essencial, em particular no nariz. Sardas muito vermelhas afugentavam os homens.

Ela examinou os rostos à sua frente, procurando algum que fosse novo. Mas todos eram familiares.

Sentia o estômago embrulhado pelo nervosismo. Pôs a mão na barriga, respirou fundo mais uma vez e forçou-se a avançar. Em segundos, juntou-se às pessoas que subiam os degraus. Para seu alívio, ninguém pareceu notá-la. Era como se fosse um deles, de tão descontraídas que as conversas continuaram.

Uma vez lá dentro, ela olhou ao redor. Miriam lhe dissera para ir direto até a mesa do bufê. Jenny apressou-se até lá. Tirou o papel laminado que cobria os biscoitos, e pôs o prato no lado das sobremesas. Isso feito, virou-se para a pista de dança. Não havia muita coisa acontecendo. Constrangida por ficar parada ali, ela virou-se para a mesa e observou a comida. Havia três pratos de brownies e outros três de biscoitos de aveia, dois pratos de chips de chocolate e dois de biscoitos de manteiga de amendoim, além de um sortimento variado de bolos de cenoura, cheesecakes e quadrados de bolo de gengibre. No meio da mesa, além das sobremesas, havia salgadinhos e pipoca. As bebidas ficavam na outra extremidade.

— É a disposição mais eficaz — comentou ela, dirigindo suas palavras para as mulheres no outro lado da mesa.

Mas, quando Jenny ousou olhar, teve a impressão de que nenhuma ouvira. Tornando a olhar para a comida, ela acrescentou, mais alto:

— Quem arrumou esta mesa fez um excelente trabalho. É assim que Miriam e eu costumamos armar nossas mesas de bufê.

Quando ela levantou os olhos de novo, descobriu que duas mulheres fitavam-na. Jenny sorriu.

— Ficou ótima.

As mulheres pareciam apreensivas. Não, não apreensivas, concluiu Jenny. Confusas. Por isso, resolveu ajudá-las.

— Sou MaryBeth Clyde. Sei que pareço diferente. É por causa do vestido.

Ela aumentou ainda mais o constrangimento das mulheres ao se virar. A banda tocava uma música ligeira, mas as pessoas ainda não haviam começado a dançar. Deslocavam-se de um lado para outro, formavam grupos. Havia mais pares de pernas do que Jenny podia contar. Ela avistou pernas em jeans e em calças cáqui. Também

Pelo Amor de Pete

havia pernas à mostra. As que mais a agradavam, no entanto, eram as pessoas cobertas por meias escuras, como as suas. Eram usadas por mulheres elegantes... mulheres comuns. Um bom presságio.

— Uma linda festa — disse ela, tornando a se virar para as mulheres das sobremesas. — Precisam de ajuda?

— Não, obrigada.

— Está tudo bem aqui.

Jenny acenou com a cabeça e foi para junto da parede, num espaço vazio entre as cadeiras. Era um ponto que proporcionava uma boa vista do salão, o que ela tratou de aproveitar. As pessoas continuavam a passar pela porta. Ela observou seus rostos e tornou a olhar para os que haviam chegado antes. Parecia que toda a cidade comparecera para celebrar o final do verão.

Ela recordou que também fora assim há muitos anos. Tinha doze anos na ocasião, e viera com os pais. Mas não formavam um trio feliz, com o pai furioso com a mãe por não ter comprado um vestido novo para Jenny. A mãe também estava furiosa, pelo fato de a filha precisar de um vestido novo.

Agora ela tinha um vestido novo, e era uma beleza. Olhou para o palco, sorrindo. A canção terminara. O líder da banda — o reverendo George Putty, da Comunidade de Cristo — acenou com os braços no ar. Manteve-os erguidos, enquanto contava apenas com os dedos indicadores. Jenny teve um sobressalto quando os pratos e tambores ressoaram. Seu coração mal se recuperara quando o reverendo Putty começou a balançar sobre as pontas dos pés. Segundos depois, a banda passou a tocar uma música mais alta e mais rápida, totalmente diferente, Jenny era capaz de apostar, de qualquer coisa que se ouvia dentro das frias paredes de pedra da igreja.

A multidão aplaudiu e começou a se movimentar no ritmo.

Jenny acompanhou com as pontas dos pés. Também bateu palmas no compasso por um minuto. Depois, cruzou os braços sobre o peito. Ao recordar um artigo sobre linguagem do corpo que saíra na "Cosmo", ela logo baixou os braços.

Contagiada pelo ânimo da multidão, ela sorria quando seus olhos se encontraram com os de Dan O'Keefe, que a observava do outro lado da sala. Ele tocou com um dedo na ponta do quepe que não estava usando. Jenny ofereceu-lhe um aceno de cabeça, no compasso da música, para depois desviar os olhos, sempre à procura do rosto novo. Um homem novo na cidade a notaria, olharia para ela, como mais ninguém ali podia fazer. Iria convidá-la para dançar. E toda a cidade veria.

Seria maravilhoso.

Ela correu os olhos por toda a sala, antes de se concentrar na porta da frente. Queria que ele aparecesse logo. Sentia-se impaciente, é verdade, mas também tinha esse direito. Precisara de muita coragem para vir à festa naquela noite, semanas mudando de idéia, pulando de um lado para outro, até compreender que não tinha opção. Era agora ou nunca. Depois que o pai voltasse para casa, não haveria mais bailes para ela, nada de homens, nenhuma esperança.

E naquela noite ela estava muito bem, bonita de verdade.

Jenny prendeu a respiração. Havia alguém nas sombras, logo depois da porta. Ele parou ali... sem pressa para entrar... talvez olhando ao redor... avaliando tudo. Jenny se empertigou, parecia mais alta, umedeceu os lábios e esperou, esperou, esperou que ele passasse pela porta, para a luz.

O que finalmente aconteceu. Mas era apenas Bart Gillis. Quase chegando aos cinqüenta anos. Barrigudo. Casado, com cinco crianças e sem emprego.

Jenny suspirou. A noite mal começava. Ainda havia tempo.

À medida que os minutos passavam, Little Falls dançou uma canção depois da outra. Pares povoavam a pista de dança, jovens e velhos; do mesmo sexo, de sexos diferentes, irmãos e irmãs, pais e mães com filhos e filhas. Se os dançarinos eram bons, ótimo; se não tinham idéia do que faziam, também estava tudo bem. Quanto a Jenny, não estava bancando a tola. Deslocava o peso do corpo de um pé para outro, a fim de aliviar a pressão nos dedos, à espera da dança certa.

E, finalmente, chegou. A banda começou a tocar uma melodia country. Uma linha se formou. Jenny conhecia a dança. Praticara na frente da TV, e era capaz de dançá-la tão bem quanto qualquer outra pessoa. Mais importante ainda, não havia qualquer necessidade de um parceiro.

Enquanto ela se adiantava, avistou amigos entrando nos lugares ao lado de amigas, namorados e namoradas, irmãs e tias, até mesmo garotos irritantes, empurrando e pisando, um espetáculo e tanto... e, por mais incrível que pudesse parecer, antes que Jenny parasse de olhar, aturdida, e ocupasse um lugar na fila, o momento passara.

Ela voltou ao seu lugar junto da parede e prometeu a si mesma que seria mais rápida na próxima vez.

Quando a banda começou a tocar "Blue Moon", a multidão abandonou a dança coletiva e se dividiu em casais. A dança se tornou lenta, romântica, rosto colado, como Jenny treinara em casa tantas vezes, com seu travesseiro como parceiro, enlevada pelos sonhos mais doces. Ela manteve os olhos abaixados, observando apenas o deslizar dos sapatos e o roçar íntimo de pernas, sentindo-se mais constrangida e sozinha a cada minuto que passava.

Um rosto pequeno e familiar entrou em seu campo de visão. A pele era da cor de alabastro, com sardas de um vermelho intenso, sob os cabelos ruivos desarrumados e flamejantes, o todo contribuindo para atraí-la e vice-versa... se o movimento furtivo de sua mão segurando a dela servia de indicação. Era sempre assim quando ele a via. Os dois eram amigos.

Joey Battle era seu nome. Embora a família fizesse questão de negar, Jenny estava convencida de que, de alguma forma, em algum lugar, eram parentes distantes. Jenny só conhecia três pessoas assim: sua mãe, ela própria e Joey. Se o menino fosse mais velho, Jenny poderia imaginar que era seu irmão biológico, dado em adoção ao nascer. Mas Joey mal completara cinco anos; a mãe de Jenny já estava morta havia dois anos quando ele nascera.

Sempre apertando a mão de Jenny, ele se esgueirou para o espaço estreito entre ela e a cadeira. Jenny ajoelhou-se ao seu lado.

— O que aconteceu, Joey?

— Mamãe está me procurando — sussurrou ele.

— Algum problema?

— Ela diz que não posso ficar além das nove horas. Mas ninguém mais vai embora. Não sei por que tenho de ser o primeiro a ir para a cama.

Porque sua mãe sente o maior tesão pelo irmão de seu pai, pensou Jenny. Ela ouvira os rumores. Era impossível não ouvir, se a pessoa parava em qualquer caixa registradora da cidade. Não que isso a surpreendesse. Ela estivera na escola junto com Selena Battle. Vira-a em ação. Selena tinha três crianças de três homens diferentes, e estava conquistando o quarto. E não permitiria que Joey atrapalhasse.

— Talvez sua mãe ache que você precisa dormir mais cedo, já que vai começar o jardim-de-infância.

— Mas isso só vai acontecer daqui a três dias. Então por que tenho de ir para a cama agora?

— Joey Battle, onde você estava?

A mãe agarrou-o pela camisa e tirou-o do esconderijo. Lançou um olhar nervoso para Jenny.

— Oi, MaryBeth. Ele a estava incomodando? — No ouvido de Joey, Selena sussurrou: — O que está fazendo aqui? Ela tem coisas mais importantes para fazer do que tomar conta de crianças.

Pelo Amor de Pete

— Não me importo...

Antes que Jenny pudesse continuar, Selena já arrastava Joey para longe. O relógio grande, por cima do palco, marcava nove horas.

Jenny olhou para o relógio, fazendo um esforço para não se preocupar. Há algum tempo que ninguém mais entrava na festa, embora ela imaginasse que isso nada significava. Ele estava atrasado, mais nada. Ela imaginou que fora retardado pelo trabalho. Ou pelo tráfego na rodovia interestadual. Imaginou que ele poderia até, no último minuto, descobrir que não tinha uma camisa limpa; e pôde vê-lo a correr da lavadora para a secadora, depois passando a camisa... ou tentando, da melhor forma possível, porque não sabia passar direito. Isso mesmo, ele precisava de alguém como Jenny para passar suas camisas.

Ela era uma boa passadeira.

Ao calcular que ele demoraria mais um pouco, Jenny parou de sorrir, dando um descanso aos músculos do rosto. Ao seu redor, as pessoas faziam a mesma coisa com os pés. Anita Silva arriara na cadeira ao lado de Jenny, e se virara para falar com Bethany Carr. Tudo o que Jenny podia ver de Johnny Watts, à sua esquerda, eram as costas e os ombros largos, enquanto ele se mantinha virado, conversando com a esposa.

Jenny encostou-se na parede. Alternadamente, deslocava o peso do corpo de um pé para outro. Fazia o melhor possível para parecer sem fôlego de tanto dançar, grata pelo intervalo, como todo mundo.

— Escolham os parceiros, minhas caras damas! — gritou o reverendo Putty.

Por todo o salão, as mulheres pegaram seus homens e levaram para a pista de dança.

Escolha alguém, disse Jenny a si mesma. Mas, por sua própria vida, não via ali um único homem com quem quisesse dançar, certamente ninguém ao seu alcance, muito menos alguém que pudesse aceitar, se ela convidasse. Depois de um momento, sentiu-se tola por sequer procurar.

Por isso, tocou na garganta, numa indicação de sede. Esgueirou-se ao longo da pista de dança para a mesa de refrescos. A espera ali foi longa. Sempre que chegava sua vez, alguém com mais sede passava à sua frente. Mas não valia a pena fazer uma cena. Quando finalmente pegou sua sidra, ela foi para um novo refúgio, no outro lado do salão. Bebeu em pequenos goles. Batia com a ponta do pé, virava a mão contra a coxa, acenava com a cabeça, ao ritmo da música.

Mal terminara de tomar a sidra quando se formaram as filas para dançar a Electric Slide. Rapidamente, antes de perder a coragem, ela atravessou a pista e entrou no ritmo dos outros. Se o seu coração batia duas vezes mais depressa, ninguém podia perceber, porque a Electric Slide era a sua dança. O corpo conhecia os movimentos. Não precisava pensar para executá-los. Antes que pudesse sequer começar a perceber quem a observava ou não, com que grau de desconfiança, ela já se movimentava para a frente e para trás pela pista de dança, no mesmo passo de todo mundo.

Jenny relaxou pela primeira vez em dias, o corpo envolvido pelo ritmo. Braços, pernas, quadris... ela se movimentava com a maior facilidade. E como era divertido! Não pensava nos cabelos, nas sardas ou no pai. Ofereceu sorrisos ao reverendo Putty e às pessoas ao seu lado. Por mais incrível que pudesse parecer, elas retribuíam. Nesse instante, Jenny foi tudo o que nunca fora em Little Falls: bonita, feliz e integrada no grupo.

Dançou até a última nota, depois bateu palmas, junto com os outros. Muito depressa, a linha se dissolveu, as pessoas se dispersando em grupos menores. Ainda se apegando ao momento, Jenny ergueu as mãos e bateu pal-

# Pelo Amor de Pete

mas para a banda. Mas seu aplauso foi solitário dessa vez. Todos já se ocupavam com outras coisas.

Ao sentir que corava, ela se encaminhou para a porta. Uma onda de ar frio e revigorante envolveu-a no instante em que saiu para a varanda. Abanou-se com a mão, enquanto considerava suas opções. Avistou um lugar livre e foi se debruçar na velha grade de madeira.

— Oi, MaryBeth.

Ela virou o rosto para se deparar com Dudley Wright III, parado a pouco mais de um metro de distância. Ele era alto, magro, ainda com uma aparência de adolescente, embora já devesse estar com vinte e seis anos, pois estava dois anos à sua frente na época da escola.

De qualquer forma, não era o homem dos sonhos de Jenny.

Dudley era repórter do jornal semanal local, fundado por seu avô, e agora dirigido pelo pai. Todos sabiam que Dudley III queria ser o editor-chefe ao completar trinta anos, mas essa promoção dependia da demonstração de obstinação, imaginação e talento para escrever que o avô, Dudley Senior — aposentado, mas ainda dando as ordens —, julgava necessários para continuar a tradição da família.

Em algumas ocasiões, Jenny já especulara sobre as pressões que o pobre Dudley sofria. Só que aquela não era uma dessas ocasiões. Como os Wright só abordavam os Clyde por um motivo, apenas um motivo, ela manteve-se de guarda. Ele chegou mais perto.

— Eu a vi dançando. Parecia feliz. Era pela dança, ou por saber que Darden vai sair?

Jenny tocou no pescoço e descobriu que fios de cabelos soltos estavam grudados ali. Empurrou-os de volta para a trança.

— Está fazendo muito calor lá dentro.

— Terça-feira é o grande dia, não é mesmo?

Ela não queria pensar a respeito. Não naquela noite.

— Como se sente em relação a isso? Quanto tempo faz... cinco anos?

Jenny refletiu que ele sabia que haviam sido seis anos, não cinco. Calculou que Dudley conversara com o pai a respeito. O pai cobrira todo o caso, desde a prisão até o julgamento e condenação. E haviam decidido que a reportagem seria agora de Dudley III.

Ela correu os olhos pela noite à procura do castanheiro. Avistou-o, e desejou estar ali.

— Ele vai sair antes do tempo — comentou Dudley.

— Deram um desconto por bom comportamento.

— Ainda assim, ele foi condenado por homicídio.

— Homicídio involuntário.

— Fico imaginando como é saber que você tirou a vida de uma pessoa.

— Pode perguntar a ele.

Jenny sabia muito bem que se Dudley Wright III aparecesse na casa, Darden bateria a porta em sua cara. Darden era um homem reservado. Alegava que a prisão fora um alívio, depois do assédio da imprensa.

— O que ele pretende fazer quando voltar? — indagou Dudley. — Como é um livramento condicional, ele precisa trabalhar, não é mesmo?

— Ele tem um negócio de mudança.

— Tinha — lembrou Dudley. — Depois de tanto tempo, seus contatos devem ter secado, para não falar no caminhão. Será que ainda funciona?

Jenny não queria falar a respeito. Não queria mesmo. Imaginou que estava encostada em sua árvore, na escuridão da noite, conversando com alguém que se importava com ela. O homem que ela esperava naquela noite tinha mais dedicação em seu dedo mindinho do que Dudley Wright III em todo o seu corpo cheio de calombos.

— Tenho de lhe dizer que as pessoas estão preocupadas — advertiu ele, como se estivesse prestando um favor. — Não sabem direito como será a vida com um ex-condenado na cidade. Não a preocupa a possibilidade de Darden não se ajustar?

— Ele nunca se ajustou.

Ela fez o comentário num tom distraído. Seria capaz de jurar que viu algum movimento em sua árvore. Havia alguém ali.

— Ser independente é uma coisa, ficar no ostracismo é outra — argumentou Dudley. — Como seu pai vai encarar isso? Ele pensou em toda a situação?

Um carro saiu do estacionamento. Quando os faróis descreveram um arco, iluminaram um homem parado ao lado do castanheiro, observando a movimentação. Um habitante local saindo do baile para descansar um pouco? Jenny achava que não. Ninguém na cidade era tão alto assim. Ninguém usava um blusão de couro e botas bastante lustrosas para refletir os faróis de um carro. Ninguém andava com um capacete de motociclista.

— Ele pensou no que vai significar voltar para um lugar em que todo mundo sabe onde ele esteve e por quê? — perguntou Dudley.

Jenny estava fora de si de excitamento. Tentava decidir se permanecia ali na varanda, esperando que o estranho viesse ao seu encontro, ou se deveria tomar a iniciativa de ir procurá-lo, quando Dudley se intrometeu em seus pensamentos com um lembrete incisivo:

— MaryBeth?

— Como?

— Perguntei se Darden está a par das desvantagens de voltar ao local do crime.

Ela franziu o rosto.

— Como assim?

— Algumas pessoas acham que ele deveria se mudar, começar a vida em outro lugar.

Jenny pensava a mesma coisa, mas sabia que não aconteceria. Darden deixara esse ponto bem claro na última vez em que fora visitá-lo. Little Falls era sua cidade, dissera ele. Tinha o direito de voltar, e não se importava nem um pouco se a cidade gostava ou não. Estava na hora de aturarem alguma coisa de que não gostavam, para variar.

— Coisas ruins aconteceram com ele aqui — continuou Dudley. — Talvez fosse melhor se não voltasse.

— É isso o que as pessoas estão dizendo?

— Algumas... isto é, muitas.

— Você também?

— Sou um jornalista. Não posso assumir uma posição.

Jenny não gostava de covardes. Ao concluir que ele não valia nem mais um segundo de seu tempo, ela tornou a olhar para a árvore. Mas já desaparecera qualquer que fosse a aura que a alertara antes para a presença do motociclista. Ela ergueu as mãos em concha em torno dos olhos, a fim de bloquear a claridade lateral e aguçar a visão. Mesmo assim, não pôde mais vê-lo.

A culpa era de Dudley. Ele vira Dudley ao seu lado, conversando, e pensara que ela já estava comprometida.

— Darden a assusta? — perguntou Dudley.

Jenny lançou-lhe um olhar furioso.

— Por que deveria? E por que você está me fazendo todas essas perguntas? O que quer de mim?

— Uma entrevista. As pessoas querem saber como se sente em relação à saída de Darden da prisão e de sua volta para casa. Querem saber o que ele planeja fazer. Querem saber o que você planeja fazer depois que ele voltar. Todos estão curiosos e preocupados, e você é a única pessoa que pode oferecer uma perspectiva de quem está por dentro. Esta é a maior notícia na cidade desde o dia em que o primo de Merle apareceu casado com uma dançarina de striptease. É matéria de primeira página.

Jenny sacudiu a cabeça, decidida. A curiosidade da cidade não era problema seu. As preocupações da cidade não eram problema seu. Já tinha seus próprios problemas. Uma entrevista na primeira página? Pelo bom Deus, essa era a última coisa que ela poderia querer. Darden a mataria.

— Por favor, deixe-me sozinha.

Jenny fez o pedido porque lhe ocorrera que não era tarde demais. O homem ao lado do castanheiro poderia

# Pelo Amor de Pete

ter apenas recuado para o bosque. Se visse Dudley se afastando, talvez ele voltasse.

— Pode ajudar as pessoas a compreenderem como é — insistiu Dudley.

— Ninguém pode compreender.

Ela falou em tom ríspido, embora soubesse que era perda de tempo tentar conversar com Dudley. Nada do que Dudley Wright dissesse, fizesse ou escrevesse poderia alterar os fatos de sua vida.

Ela se afastou da grade.

— Está querendo dizer que é terrível? — perguntou ele.

Jenny virou-se para deixar a varanda.

— Eu pagarei, MaryBeth.

Ela não sabia se cuspia na cara de Dudley, ou se orava para que um buraco se abrisse no chão e a tragasse. Todos na varanda a observavam.

— Não acha que deve isso à cidade? — gritou Dudley.

Cabeça erguida, o queixo projetado para a frente, ela desafiava as pessoas a dizerem qualquer coisa, enquanto contornava o poste da escada e descia os degraus. Atravessou o pátio e a estrada, seguindo direto para sua árvore. O outro lado do tronco era familiar e escuro. Jenny encostou-se ali, até que sua raiva se desvaneceu. Mas continuou ali, porque a raiva não era seu único problema. Havia embaraço também. Não deveria ter fugido, não na frente de todo mundo. Isso fazia com que fosse mais difícil voltar.

Mas ela tinha de fazê-lo. Não haveria outra noite como aquela antes do retorno de Darden. Era a sua última oportunidade. Tinha de entrar de novo.

Ela afastou-se da árvore e olhou para a varanda. A música mudara várias vezes, e por isso as pessoas na varanda agora não eram as mesmas que haviam testemunhado sua fuga. Dudley não estava à vista em qualquer parte.

Os lábios comprimidos, ela levou a mão aos cabelos. Apalpou as sardas. Palmas úmidas alisaram o vestido.

Ela respirou fundo, pensou em seus sonhos e voltou ao baile.

Duas horas se passaram. Jenny observava tudo, do lado esquerdo do salão, do lado direito, da mesa de refrescos, dos degraus perto do palco. Ela sorriu. Balançou a cabeça no ritmo da música. Tentou parecer acessível.

A única pessoa que olhou para ela foi Dan O'Keefe, à sua maneira vigilante; e a única pessoa que lhe dirigiu a palavra foi Miriam, indagando ao passar, ofegante, enquanto dançava o Hully Gully:

— Seus pés estão bem?

A volta seguinte trouxe outra pergunta:

— Por que você não está dançando?

A última volta foi acompanhada por mais uma indagação:

— Posso esperar por você amanhã de manhã, às dez horas?

À medida que a noite se aproximava do fim, a música se tornou mais lenta, para dançar de rosto colado. E à medida que cada família se retirava, cada grupo de amigos, cada casal, Jenny sentia-se mais e mais assustada. Aquela deveria ter sido sua noite. Seu tempo estava se esgotando.

Ela ficou até que a última música foi tocada. Até que o reverendo Putty bateu palmas para a banda e disse:

— Obrigado, boa-noite, e que Deus abençoe todos vocês.

Até que os últimos dançarinos passaram pela porta. Até que o comitê do baile começou a recolher o lixo em sacos, a limpar as mesas, dobrar as cadeiras. Só então Jenny foi embora.

A varanda estava vazia. Restavam apenas uns poucos carros no estacionamento. Ela desceu os degraus. Parou por um momento no caminho, olhando desolada para o castanheiro. E, depois, começou a caminhar pela estrada.

A noite era sem lua, escura como breu. O nevoeiro pairava nas copas das árvores, uma pesada cortina esperando para baixar e encerrar o espetáculo. Já era, pensou Jenny, angustiada. Enquanto voltava para casa, porém, ela disse a si mesma que o fracasso daquela noite não era o fim do mundo. Mas seu coração não aceitava essa alegação; parecia pesado como chumbo.

Era o que dava esperar demais de vestidos novos. De maquiagem e mousse. De nada adiantara tomar emprestado os sapatos de Miriam, suportar horas de tortura para os dedos dos pés, só porque assim ficava mais bonita.

Ela parou, tirou os sapatos e continuou a andar só de meias. A sensação de liberdade foi tão boa que, momentos depois, Jenny parou de novo e tirou a meia-calça. Jogou-a no meio do mato e recomeçou a andar. Segundos depois, soltou a trança francesa.

Os passos tornaram-se longos e desafiadores. Deixou que os pés caminhassem pela relva fresca durante algum tempo, mas logo se afastou para o meio da estrada, onde permaneceu. Não tinha nada a perder. Absolutamente nada.

Um carro aproximou-se por trás e buzinou. Ela demorou para se afastar, e mesmo assim não se desviou muito. O carro teve de usar o acostamento para passar, e o motorista saltou uma saraivada de insultos. Segundos depois, o carro foi sugado pelo nevoeiro cada vez mais denso.

Dan O'Keefe não buzinou nem gritou insultos. Parou à frente de Jenny, e esperou que ela o alcançasse.

— Entre.

Jenny observou a maneira como os faróis varavam o nevoeiro, e pensou no sabre de luz de Luke Skywalker.

— Estou bem.

— O frio está vindo com o nevoeiro. Você ficará doente, e eu terei de responder a Darden por isso. Vamos embora, Jenny. Eu a levarei para casa.

Mas ela ainda não estava disposta a voltar para casa. Depois que chegasse, o desapontamento da noite a deixaria sufocada. E ainda não se sentia preparada para isso.

— Tem certeza, Jenny?

— Tenho.

Dan suspirou, esfregou o ombro, esperou. Como ela não se mexesse, Dan disse:

— Eu ofereci.

Ele engrenou o jipe e partiu. Jenny ficou observando o nevoeiro tragar as luzes traseiras. Depois, sentou no meio da estrada e desafiou outro carro a se aproximar.

Nenhum apareceu. E sentada ali, apenas sentada ali, com o corpo exposto, exceto a parte coberta pelo vestido — que não era muito grosso —, ela começou a sentir a umidade e o frio. Por isso, levantou-se, encontrou uma faixa de terra mais macia e mais quente no acostamento, e continuou a caminhar.

Não percorrera uma grande distância quando uma motocicleta rompeu a cortina de nevoeiro por trás e passou por ela, diminuiu a velocidade e parou. O motor continuou ligado, à beira de um arco de luz. O motorista pôs um pé calçado com bota na estrada, e olhou para trás. Depois de um momento, ele tirou o capacete.

Jenny mal respirava.

# Sete

*Boston*

"*J*enny mal respirava."

Casey leu a frase de novo. Pegou o envelope de papel pardo e enfiou a mão por dentro, à procura de mais páginas. Como nada sentisse, abriu mais o envelope e olhou. O envelope estava vazio. Não havia uma carta de explicação, nenhum cartão de visita, nenhum memorando para dar uma idéia do que era a história que acabara de ler, e por que estava ali. Não havia qualquer orientação, exceto a letra "C" rabiscada na frente do envelope, que podia ser um C de Casey, C de Cornelius, ou C como uma nota para um medíocre trabalho de inglês.

Casey teria dado um A ao trabalho. O que podia carecer em sofisticação de prosa mais do que compensava em conteúdo. Ela ficara fascinada, sem a menor sombra de dúvida. Agora, o que desejava com mais urgência era saber se o cara da motocicleta era bom ou mau, se levaria Jenny para longe antes que o pai voltasse; e se não, o que aconteceria com Jenny... e tudo isso antes mesmo de começar a relacionar as indagações sobre Jenny e seu pai. A terapeuta nela sentira o desespero; especulou se Connie também sentira... se Jenny não seria uma cliente sua, o que levou Casey a todo um outro conjunto de indagações. Além do conteúdo, ela queria saber quem escrevera aquelas páginas, o que faziam na mesa de Connie, quando todo o resto fora removido — tudo o que podia ser até remotamente sensível —, e se o envelope fora deixado ali deliberadamente, para que ela encontrasse.

Mas não havia respostas. Era como se estivesse encalhada, sem saber para onde podia seguir.

Irritada, ela empurrou a cadeira para trás e puxou a gaveta do meio até onde podia ir. Não havia mais nada ali, nenhuma folha de papel solta ou blocos usados pela metade. A gaveta estava vazia, exceto pelas canetas e lápis na bandeja da frente, e aquele envelope logo atrás.

C era para Casey, o instinto lhe dizia.

Ou talvez ela apenas quisesse sentir isso.

Mas tratou de descartar esse pensamento, e pôs-se a procurar por mais da história. Tateou no fundo das outras gavetas da mesa, para ter certeza de que não deixara escapar nenhum envelope na primeira busca. Como nada encontrasse, passou a procurar nos arquivos, por baixo das prateleiras atrás da mesa, de uma maneira sistemática. Presumira simplesmente que estavam vazios quando ela e as amigas guardaram ali suas próprias pastas. Agora, ela puxou cada gaveta, procurando por baixo e atrás das pastas.

Nada encontrando, foi verificar nos arquivos em que ainda não tocara.

Vazios.

Casey recuou, esquadrinhando as estantes, prateleira por prateleira, à procura de um envelope projetando-se por trás ou entre os livros. Frustrada, virou-se para estudar outros lugares na sala em que um diário podia ter sido escondido.

Na passagem, os olhos contemplaram o jardim. Era iluminado agora pela luz da manhã, um brilho suave sobre o verde, com a promessa de outro dia quente de junho. Já sentindo a necessidade de ser parte daquilo, ela abriu as portas de vidro. Foi atraída para fora, no mesmo instante, pela fragrância do bosque. Já ia empurrar a tela para o lado e sair quando um movimento no fundo do jardim a deteve. Era a tranca de ferro do portão subindo.

A porta foi aberta. Um homem entrou. Era alto, com os ombros absurdamente largos... até que Casey compreendeu que ele carregava alguma coisa. O homem já alcançara o barracão quando Casey identificou "alguma coisa" como uma caixa de mudas de flores.

O jardineiro.

Casey não se mexeu.

Ele se abaixou ao lado do barracão, e pôs no chão a caixa com as mudas de flores. Tornou a se levantar, desenrolou a mangueira verde, ligada a uma torneira no lado do barracão. Depois que uma chuva fina caía sobre as flores, ele saiu de novo pela porta nos fundos do jardim. Casey viu-o mexendo na traseira de um jipe empoeirado. Ele reapareceu com dois sacos de terra no ombro, e mais outro debaixo de um braço. Largou os três junto do barracão e entrou.

O jardineiro.

O *deslumbrante* jardineiro, corrigiu Casey, quando o homem saiu do barracão, carregando ferramentas. Porque ele era mesmo deslumbrante. Tinha cabelos escuros, ombros largos, mesmo sem a caixa de flores, tronco afilado e pernas compridas. Usava uma camisa de malha preta com um rasgão na manga, jeans desbotado em pontos estratégicos e sujo de terra em outros, e botinas de trabalho com os cordões quase soltos, numa ostensiva demonstração de negligência. Os antebraços eram musculosos; as mãos, fortes. Casey calculou que ele devia ser um ou dois anos mais velho do que ela.

*Saia e se apresente*, pensou Casey. *Você é a nova dona do solar e ele é um dos seus empregados.*

Ainda assim, ela não se mexeu... ou pensou não ter se mexido. Mas alguma coisa atraiu a atenção do jardineiro. Ele levantou os olhos, parecendo alarmado a princípio, e permanecendo surpreso mesmo depois que muitos segundos se passaram. Ela teve tempo de perceber a sombra de uma barba, antes que o jardineiro reconhecesse sua presença com um breve aceno de cabeça, e voltasse a se concentrar em seu trabalho.

Casey nunca fora tímida em relação aos homens. Abriu a porta de tela e subiu pelo caminho do jardim, jovial. Passou pelo primeiro platô, pelo dormente que servia como degrau, já estava no meio do caminho para o platô intermediário, que não era tão meticuloso quanto o primeiro, antes de fazer uma pausa para especular se era sensato. Descalça e sem ter nada por baixo do roupão, ela dava a impressão de que acabara de sair da cama. Não era a melhor maneira de cumprimentar um estranho de aparência pouco respeitável e que era seu empregado.

Mas ela não podia voltar. O jardineiro a observava de novo. E, além do mais, ela adorava os homens de aparência pouco respeitável.

— Oi — disse ela, atravessando o terceiro e último platô. — Sou Casey Ellis. Você deve ser Jordan.

Ele era ainda mais atraente de perto. Tinha olhos castanhos profundos. Os cabelos eram bastante curtos para deixar à mostra as orelhas encostadas na cabeça, e estavam tão desgrenhados que davam a impressão de que ele também acabara de sair da cama. A pele em torno da sombra de barba exibia o início de um bronzeado, um pouco avermelhada no nariz e nas faces. Algumas rugas finas irradiavam-se dos cantos dos olhos.

O que levou Casey a repensar sua idade. Se ela tinha trinta e quatro anos, calculou que ele devia estar beirando os quarenta. A conclusão não se baseava apenas nos pés-de-galinha. Aqueles olhos castanhos eram sábios. Possuíam um brilho e uma profundidade surpreendentes. Fixados nela, o contato era quase físico.

— Sou a filha do Dr. Unger — anunciou ela.

Ele acenou com a cabeça.

— Herdei a propriedade.

— O advogado me informou. — A voz era profunda. — Não esperava a semelhança.

— Dá para perceber?

Ele tornou a acenar com a cabeça. Os olhos esquadrinharam o rosto de Casey por um momento, depois desceram pelo roupão e foram até os pés.

— Não sabia que havia se mudado.

— Não me mudei. Apenas peguei no sono aqui, ontem à noite, e não voltei para casa. Tenho de ir agora, para trocar de roupa. Recebo um cliente às onze horas.

Casey olhou para as flores que ele ia plantar. Algumas eram cor-de-rosa; outras, brancas; outras, púrpuras. Todas eram pequenas.

— São begônias?

— Marias-sem-vergonha.

— Parecem um pouco...

— Esparsas? Não estarão mais em duas semanas. Crescem bem depressa.

— Ah... Isso mostra o quanto eu conheço de plantas. Quais são as flores lá na frente?

— Cravina nas jardineiras e murta no chão. As árvores são cornisos.

Casey sorriu, recordando seus palpites.

— Nada mau. Acertei duas em três. Não conhecia a maria-sem-vergonha.

— Quer dizer que não se importa com os lugares em que serão plantadas?

Importar-se? Jordan podia plantá-las na pia da cozinha, desde que ela pudesse observar.

— Plante onde crescerem melhor.

Ele apontou para o platô intermediário.

— A maria-sem-vergonha gosta de sombra. Nós costumávamos plantá-las junto das árvores.

— Nós?

— O Dr. Unger e eu.

— Ele também cuidava do jardim?

Ao compreender como a pergunta devia parecer, Casey apressou-se em acrescentar:

— Eu não o conheci. — Frívola, ela concluiu: — Sou o resultado de um romance de uma noite.

O jardineiro sustentou seu olhar com olhos que eram masculinos e perceptivos.

— O que é totalmente irrelevante, mas impede outras perguntas — continuou Casey. — Mas tenho algumas perguntas para você. Com que freqüência você comparece?

Ele não piscou, embora houvesse a sugestão de um pequeno movimento no canto da boca. Antes que ela pudesse reagir — não tivera a intenção de usar uma frase de duplo sentido e foi lenta para encontrar as palavras apropriadas, ainda mais para se recuperar da expressão nos olhos de Jordan —, ele murmurou:

— Segundas, quartas e sextas.

Casey balançou a cabeça. Fez um esforço para pensar numa seqüência, e finalmente indagou:

— Sempre a esta hora?

— Ou cedo ou tarde.

Ela sabia o que era cedo.

— Tarde a que horas?

— Cinco ou seis horas da tarde. É melhor regar quando o sol não está mais tão forte. Quando planto, como farei hoje, preciso de três horas. Depois que o plantio termina, bastam duas. No inverno, uma hora, duas vezes por semana, é suficiente.

— O que há para fazer aqui no inverno?

— Não muita coisa. Mas as plantas dentro de casa ainda precisam de cuidados.

Casey tornou a balançar a cabeça, sorrindo. Distraída, ela juntou as golas do roupão.

— São todas bonitas. Ele devia gostar muito de plantas.

— Gostava.

— Há plantas em todos os cômodos.

— Exceto no consultório. Ele não queria correr o risco de que eu entrasse ali quando estivesse com um cliente.

Casey também não gostaria. Perderia totalmente a concentração.

— Basta me avisar quando eu não puder entrar na casa — acrescentou Jordan.

— Não será um problema. Posso trabalhar com você dentro de casa.

— Quer dizer que não vai receber clientes aqui?

— Vou, sim. — Ela hesitou. Ao que parecia, o jardineiro sabia mais a seu respeito do que apenas o fato de que herdara a casa de Connie. — O advogado disse que eu era terapeuta?

Ele tornou a sustentar o olhar de Casey sem piscar.

— Seu pai mencionou isso uma vez.

— É mesmo? — Aquilo era interessante. — Ele disse mais alguma coisa?

— Não. Deveria ter dito?

Casey sorriu.

— Claro que não.

Ela não disse mais nada sobre Connie. Seria impróprio envolver o jardineiro em questões pessoais. Não que ele parecesse um jardineiro, com tanta sabedoria nos olhos. Ainda por cima, não falava como um peão. Apesar da aparência rude, não era nem um pouco parecido com os ajudantes que a mãe costumava contratar.

Casey balançou sobre os calcanhares. Ergueu o queixo na direção do tapete de folhas verdes sob o castanheiro.

— Que plantas são aquelas?

— Paquisandras.

— E as que sobem pelo barracão ali?

— Clematites. Mais duas semanas e estarão desabrochando. As flores são cor-de-rosa.

— Ah... — Casey deslocou o olhar para os arbustos perto da tuia. — E que plantas são aquelas?

— Os mais largos são juníperos, os mais altos são teixos.

Ela olhou para o platô abaixo, focalizando as lindas flores brancas entre folhas verdes, sob o carvalho.

— E aquelas?

— São as triliáceas. Desabrocham na primavera. E se dão bem sob árvores decíduas.

Os lábios comprimidos, Casey acenou com a cabeça e olhou na direção da casa. Segundos depois, tornou a olhar para Jordan, que ainda a observava, o que era desconcertante.

— Sabe que horas são?

Ele olhou para o relógio. Era um relógio preto, numa velha correia preta.

— Sete e trinta e cinco.

Casey ficou impressionada. Ele pegara as mudas de maria-sem-vergonha — provavelmente junto com outras plantas para clientes diferentes — e já estava trabalhando.

— Você levanta cedo.

— Não há nada para me manter na cama.

Jordan sustentou o olhar dela por mais alguns segundos, antes de desviar sua atenção para as flores.

Não apenas se sentindo dispensada, mas também sem saber o que responder, Casey desceu pelo caminho. As pedras eram frias no contato com seus pés. Ela passou a andar mais depressa ao se aproximar da casa, quase correndo nos últimos passos. Depois de entrar no consultório, fechou a porta de tela.

Não olhou de novo para o jardineiro. Com a intenção de subir para tomar mais um café e depois se vestir, ela atravessou o consultório. Na porta, porém, fez meia-volta e retornou à escrivaninha. Se o jardineiro podia andar à vontade pela casa — o que era uma perspectiva atraente —, ela devia ter alguma prudência. Juntou as folhas datilografadas do relato e prendeu com o clipe. Já ia guardar de volta no envelope pardo quando alguma coisa a deteve. Tirou as folhas e espalhou-as sobre a mesa, viradas para baixo, para poder ver o que atraíra sua atenção. No verso da última folha, com um lápis, tão leve que quase não dava para perceber, Connie rabiscara uma anotação. Era breve, mas objetiva: *Como ajudar? Ela é parente.*

Isso mudava tudo. Se Jenny era "parente", não importava se C era para Connie ou Casey. Qualquer pessoa que fosse parente de Connie também era parente de Casey.

Isso mudava *tudo*.

Ela afastou-se da mesa, tornando a olhar para as estantes. Havia mais do diário. Tinha de haver. Mas onde?

Casey verificou prateleira por prateleira, livro por livro, mas não havia nada que parecesse sequer remotamente com o envelope que encontrara na mesa. Meg limpava o pó ali. Mas, se encontrasse alguma coisa, com toda a certeza teria deixado no lugar. Casey não acreditava que ela tivesse a coragem de jogar fora papéis soltos ao fazer a limpeza.

Casey foi para as prateleiras laterais e examinou-as com o mesmo cuidado. Como nada encontrasse, foi para a sala íntima. Havia estantes ali também. Mais uma vez, ela parou diante de cada uma, olhou para a prateleira mais alta e foi descendo. Ao constatar que precisava empurrar alguns livros para o lado, tirar outros, a fim de olhar atrás, virou-se à procura de uma cadeira em que pudesse subir. Mas tudo ali era grande, pesado demais para deslocar.

O que não acontecia no consultório. A cadeira da escrivaninha tinha rodinhas.

Ela voltava para buscá-la quando registrou uma coisa que já vira antes. Levou um minuto, parada na frente das prateleiras laterais, com as mãos nos quadris, antes de avistar o que queria. Sem a saliência de arquivos para se apoiar, ela puxou a cadeira e subiu com todo o cuidado. Segurou-se na beira de uma prateleira para manter o equilíbrio, estendeu a mão tão alto quanto podia e pegou vários livros. Sentiu a cadeira se deslocar um pouco, e transferiu o peso do corpo de acordo. Estava no processo de baixar os livros e o próprio corpo quando a porta de tela foi aberta.

— Vai acabar caindo — advertiu Jordan.

Casey podia ouvi-lo se aproximando.

— Não precisa me ajudar. Estou bem.

Segundos depois, ela conseguiu pôr a mão no braço da cadeira e arriou no assento. Não foi um movimento dos mais graciosos, muito menos típico de uma dama, mas Casey desceu sem ajuda. O que era muito importante para ela.

Com todo o cuidado, segurando os livros numa das mãos, com a outra fechando o roupão, tirou os pés debaixo do corpo e estendeu-os para o chão. Jordan era mais alto do que ela, a tal ponto que teve de inclinar a cabeça para fitá-lo. Mas seu sorriso de triunfo servia para compensar.

— Pronto! — exclamou ela. — Não foi tão ruim assim.

Ela ergueu os livros.

— E veja o que consegui pegar!

Com toda a dignidade possível diante das circunstâncias, ela contornou o jardineiro e se encaminhou para a escada.

Little Falls estava no mapa, no final das contas. Havia uma cidade com esse nome em Minnesota, outra em Nova York e uma terceira em Nova Jersey.

Sentada à mesa da cozinha, onde Jordan não podia vê-la, Casey localizou cada uma no mapa. Excluiu logo a de Nova Jersey; a Little Falls ali era muito próxima de áreas metropolitanas para ser tão rural quanto a Little Falls de Jenny Clyde. As de Minnesota e Nova York eram boas possibilidades, por serem mais remotas. Ela calculou que devia haver outros lugares com o mesmo nome, com uma população tão pequena que nem apareciam no mapa. Havia também os povoados que não chegavam a ser cidades. Little Falls podia ser um distrito de South Hadley Falls em Massachusetts, River Falls em Wisconsin, ou Idaho Falls em Idaho. Podia ser um canto de Great Falls em Montana ou Carolina do Sul. Ou podia ser um nome inventado pela pessoa que escrevera o relato, para preservar a privacidade.

As publicações do Sierra Club, que pegara junto com o atlas, focalizavam o norte da Nova Inglaterra, mas mesmo assim ela verificou no índice. Nada encontrou. Tornou a se servir de café e foi até a janela.

Jordan ainda se encontrava ali, visível entre os galhos das árvores, plantando as flores que trouxera. Trabalhava com as mudas e um saco de terra adubada, alternadamente recostando-se e inclinando-se para a frente. Para um homem alto, parecia muito à vontade naquela posição. Para ser mais precisa, dava a impressão de se sentir muito à vontade com as plantas. E ponto final.

Era algo que Casey admirava. Jardineiros, pedreiros, pessoas que trabalhavam ao ar livre... ela apreciava quem podia usar seu corpo daquela maneira. Não precisavam correr pelo exercício, fazer ioga ou aliviar o estresse. Casey invejava-as pela simplicidade de suas vidas.

Jordan olhou em sua direção. Ela poderia recuar para não ser vista. Em vez disso, ergueu a caneca em saudação. Tomou um gole do café quente. Podia olhar, se quisesse. Era a patroa.

Ainda observava Jordan quando a porta do jardim foi aberta, e Meg apareceu. Conversou com ele por um momento, lançou um olhar surpreso para a casa e depois veio apressada. Mas não entrou pelo consultório. Casey observou-a desaparecer num canto do jardim. Segundos depois, houve a batida de uma porta, seguida por passos subindo a escada. Casey esperou no alto da escada, até que Meg apareceu.

— Como entrou na casa? — perguntou ela.

— Pela entrada de serviço. — Meg se apressou ainda mais nos últimos degraus. — Fica no lado. Desculpe. Não sabia que passaria a noite aqui. Se soubesse, viria mais cedo. Trouxe pão fresco. Quer que eu faça alguma coisa?

Casey sacudiu a cabeça em negativa. Como Meg se mostrasse desolada, ela mudou de idéia.

# Pelo Amor de Pete

— Adoraria o seguinte: um ovo com a gema mole, fritado com um mínimo de gordura; uma fatia de torrada, sem nada; e mais café. O que me diz?

Meg ficou radiante.

— Muito fácil!

Ela se virou para começar a preparar. Casey subiu para o quarto, a fim de pegar suas roupas. Planejava só tomar um banho de chuveiro quando chegasse ao apartamento. Mas o banheiro era tentador demais... tudo novo, tudo limpo, tudo suplicando para ser usado. Ela encontrou sabonete. Encontrou xampu. Encontrou loção para o corpo. Até encontrou escova e pasta de dente num pequeno estojo de viagem.

Vinte minutos depois, de banho tomado e arrumada, embora com as roupas que usara no dia anterior, ela saiu do quarto. Já ia descer quando ouviu um murmúrio baixo no quarto de Connie. Parou e ficou escutando. Foi até a porta. Tentava entender as palavras quando o murmúrio cessou. No instante seguinte, Meg saiu do quarto, sorrindo.

— Estava fazendo uma limpeza depois da noite. Já aprontei seu café da manhã. Prefere comer na cozinha? Ou no pátio? O Dr. Unger sempre preferia o pátio num dia como este. Jordan não se importa. Continuará a trabalhar sem qualquer dificuldade. Você pode sentar ali e ler o jornal que eu trouxe.

— Tenho uma idéia melhor — disse Casey. — Preciso verificar uma coisa na Internet. Pode levar tudo para o consultório?

Enquanto comia, Casey procurou informações sobre Little Falls. Encontrou referências sobre o que já conhecia, mas nenhuma delas parecia se ajustar. Connie era do Maine; e alegava que Jenny Clyde era parente. Casey procurou informações sobre o Maine, mas não encontrou nenhuma referência a Little Falls. Encontrou Island Falls, Lisbon Falls, Kezar Falls e Livermore Falls. Em teoria, Little Falls poderia ser um distrito de qualquer uma dessas cidades. Ela experimentou outro *site* de busca, depois um terceiro, mas nada encontrou de definitivo; e, a essa altura, seu tempo esgotou.

De volta ao seu apartamento, ela se maquiou apenas um pouco, prendeu os cabelos para assumir uma aparência profissional, vestiu uma calça de linho e blusa de seda. Já se encaminhava para a porta quando voltou para pegar os trajes de corrida. Pensou melhor, pôs também o estojo de maquiagem e uma muda de roupa na bolsa de ginástica. E foi para seu carro.

O jipe de Jordan não estava mais ali quando ela desceu pela viela estreita e parou na porta no fundo do jardim. Não teve tempo para se sentir desapontada, pois o primeiro cliente chegou assim que ela desceu pelo jardim e entrou na casa.

Também não pôde pensar em Little Falls. Nem na estranheza de receber clientes no consultório que fora de seu pai. Havia um relance de pensamento de vez em quando — a imagem de uma menina brincando de adulta, sentada àquela escrivaninha enorme —, mas a verdade era que passava a maior parte do tempo com os clientes na área dos sofás e poltronas, um lugar muito mais relaxante.

Recebeu clientes às onze horas, meio-dia e uma da tarde, gastando cinqüenta minutos com cada um, mais dez minutos para escrever as anotações. Entre duas e duas e meia, comeu um sanduíche, enquanto fazia algumas ligações. Durante a tarde, recebeu mais quatro clientes.

A primeira foi Joyce Lewellen. Casey gostava de Joyce. Era uma mulher meticulosa. Sempre se vestia de uma maneira impecável e adoraria que sua vida fosse ordenada, mas estava a um passo de ser obsessivo-compulsiva. Comunicava-se bem e era bastante perceptiva para identificar um problema com facilidade. Casey sempre desconfiara que Joyce usava as sessões apenas para descarregar seus pensamentos em ouvidos sem preconceitos.

Joyce tinha pouco mais de quarenta anos. Dezoito meses antes, o marido morrera de complicações do que deveria ser uma operação rotineira de hérnia. Incapaz de aceitar sua morte, muito menos explicá-la para as crianças, Joyce precisava descobrir alguém para culpar. Seguira o curso da ação judicial de negligência e imperícia médica. As bases para o processo não eram consistentes; tivera de conversar com três advogados antes de encontrar alguém que quisesse representá-la.

Casey recebera-a uma vez por semana, por vários meses a fio. Seu maior problema era a raiva. Mantinha-a acordada durante a noite, distraía sua atenção durante o dia, transformava-a numa mulher de uma única questão. A terapia concentrara-se em fazer com que a raiva se dissolvesse.

— Já faz algum tempo — comentou Casey quando as duas se sentaram, ela numa poltrona, Joyce no sofá.

— Quatro meses. — Por fora, Joyce mantinha o controle. O único sinal de tensão estava nas mãos, cerradas com toda a força em seu colo. — Mas tenho passado bem. E as meninas também. Elas voltaram à sua vida normal... futebol, balé, todo o resto. Irão para o acampamento de verão dentro de uma semana.

— E você? Já voltou a trabalhar?

Joyce era vitrinista antes do casamento. Fazia alguns trabalhos isolados, como *free-lancer*, depois que as meninas foram para a escola, mas parara tudo quando Norman morrera. Casey e ela haviam conversado sobre seu retorno ao trabalho, se não pelo dinheiro, de que ela precisava, então pelo valor terapêutico. Agora, Joyce torceu o nariz.

— Não. Queria estar disponível para qualquer coisa que o advogado precisasse. Eu sei, eu sei... Você disse que isso só servia para manter a raiva viva. Mas não posso me controlar. É uma coisa que preciso fazer. Por Norman. Mas juro que estou muito bem. O advogado tem se empenhado. E minha raiva está sob controle.

— Tem saído de novo com suas amigas?

— Só para almoçar. Ainda não quero sair de noite.

— Continua a se vestir de preto.

— Parecia apropriado enquanto o processo se desenrolava. Houve uma audiência no mês passado. Os dois lados apresentaram os depoimentos de testemunhas e suas argumentações. O outro lado entrou com uma petição de julgamento sumário, alegando que não podíamos provar o caso para um júri. A decisão do juiz deve sair no final da semana.

— Como se sente em relação a isso?

— Não consigo fazer nada — respondeu Joyce, a voz estridente. — É por isso que estou aqui. Preciso do dinheiro, sem dúvida, mas é mais do que isso. É uma questão de princípio. Norman não deveria ter morrido. Deixou duas filhas pequenas que sentem sua falta. Nunca as verá se tornarem adolescentes, casarem-se, terem filhos. E eu dependia dele. Deveríamos envelhecer juntos. Agora, não podemos. Alguém tem de pagar por isso.

Casey podia perceber a mesma raiva antiga. No início da terapia, haviam conversado sobre coisas ruins acontecendo com pessoas boas. Joyce não aceitara então, e continuava a não aceitar agora.

— Nossas chances de ganhar não são boas — continuou Joyce. — Meu advogado disse isso quando o contratei. Repetiu de novo, ao final da audiência. O juiz fez coisas e apresentou perguntas que não eram um bom presságio para o nosso lado. O que farei agora? E se ele decidir contra nós? Não precisa ser o fim, é claro. Podemos levar o caso a um tribunal de recursos. Mas meu advogado não faria isso. Diz que devemos respeitar a decisão do juiz agora, e talvez tenha razão. Há momentos em que me sinto tão cansada de tudo que quero que acabe logo de uma vez. Depois, tenho um segundo fôlego e quero vencer, de qualquer maneira.

— Se vencer, o que fará?

— Terei provado uma coisa. Poderei deixar tudo para trás e levar minha vida adiante.

— E se não vencer?

Joyce foi mais lenta para responder.

— Não sei. E é isso que me deixa nervosa. Temos falado sobre a raiva, você e eu. Mas o que farei com a raiva se não restar mais ninguém para culpar?


Três sessões com clientes depois, Casey ainda pensava nas palavras de Joyce. Fora fácil sustentar a raiva enquanto Connie estava vivo; enquanto ele vivia, sempre podia telefonar, mandar um e-mail, um bilhete pelo correio ou até mandar um recado por um intermediário. Agora que ele morrera, esses caminhos haviam se fechado. E sua raiva?

Ao sair para o jardim, ela não podia manter a raiva. Bem que tentou. Pensou em transferir a mesa e as cadeiras do pátio para outro lugar, em fazer tudo o que *ela* quisesse. Três passos por baixo da pérgula, no entanto, e não podia pensar num lugar melhor para a mesa do que o lugar em que já estava.

O jardim era um buraco negro quando se tratava de pensamentos negativos, sugando todos, fazendo com que desaparecessem.

O céu estava nublado, o ar mais úmido, mas o jardim não sofria pela ausência do sol. Para falar a verdade, a luz difusa proporcionava um sentimento ainda mais exuberante. As árvores se diferenciavam umas das outras pela cor, não mais pela textura dos galhos. As flores pareciam mais suaves; as pedras, mais macias.

No instante em que ela soltou os cabelos da travessa larga que os prendia, eles começaram a se expandir. Casey passou os dedos para acelerar o processo. Levantou a cabeleira e fechou os olhos. Tornou a abri-los segundos depois, quando ouviu a porta de tela ser aberta, o que foi acompanhado pelo som de passos. Era Meg, saindo de casa. Trazia uma garrafa de vinho e um prato com espetos de vegetais e carne grelhada. Casey especulava como conseguiria comer tudo aquilo quando recebeu uma companhia para ajudar.

— Resolvi correr o risco de vir até aqui para encontrá-la — explicou Brianna, jovial. — Posso acabar me acostumando com isso.

Casey pensou que também podia.

— Como é trabalhar aqui em comparação com seu antigo consultório? — perguntou Brianna.

Casey largou um espeto vazio no prato. Recostou-se na cadeira do pátio, com o copo de vinho na mão, e tentou processar seus sentimentos.

— Muito estranho... mas muito mesmo. Não parei de pensar: O que *está fazendo* aqui, Casey? Ele escrevia nesta mesa. Falava por este telefone. As idéias que saíram desta sala são lidas no mundo inteiro. E, agora, a única coisa que resta aqui é a velha Casey.

— E o que há de errado com a velha Casey?

— Não posso nem começar a fazer o que ele fazia. Eu me identifiquei com a cliente de uma hora. É uma mulher inteligente, uma empresária de sucesso... possui três restaurantes de alta classe... mas sofre de um severo complexo de impostora.

— De onde vem isso?

— O pai tinha uma *delicatessen*. A mãe cuidava da casa. Os dois achavam que ela estava desperdiçando sua vida ao ingressar na escola de culinária. Advertiram-na contra a compra do primeiro restaurante.

Disseram que era uma loucura quando comprou o segundo. E tiraram-na do testamento quando abriu o terceiro.

— *Por quê?*

— Disseram que ela era uma perdulária, e não queriam que esbanjasse suas economias, acumuladas com tanto esforço. Ela tem uma excelente situação financeira, lucros cada vez maiores, mas ainda assim acha que os restaurantes são como um castelo de cartas, à beira do colapso. É assim que os pais pensam. E conseguiram incutir o pensamento nela.

— Mas essa não é a sua história. Connie nunca lhe disse que você não era boa.

— Não em palavras.

Casey começou a esfregar a borda do copo de vinho contra os lábios.

— Ele teria lhe deixado esta casa, sabendo que você receberia seus clientes aqui, se achasse que era uma péssima terapeuta?

Casey deu de ombros. Não tinha a menor idéia do que Connie pensava a seu respeito, se era bom *ou* ruim.

— Você tem uma clínica *extraordinária*, Casey. Joy e eu optamos pelo caminho mais fácil, de trabalhar como contratadas.

Joy trabalhava para o estado; Brianna, para um centro de reabilitação.

— Eu não diria que é o caminho mais fácil.

— Não precisamos nos preocupar com os clientes. Sempre estão à nossa disposição. Mas você precisa se preocupar, e mesmo assim desenvolveu uma clínica excepcional. Dê-me um relatório dos problemas de hoje.

Casey sempre podia contar com Brianna para levantar seu moral.

— Duas fobias, o caso de baixa auto-estima, três transtornos de personalidade e um ataque de pânico.

— O seu ou o dela?

— O dela. Não conseguiu encontrar esta casa. Entra em pânico quando as coisas não se ajustam com perfeição em seus lugares e começa a imaginar uma porção de desastres.

— Por exemplo?

— A voz do marido. Ele a maltratou verbalmente por tantos anos que ainda pode ouvi-lo gritar. O que a deixa transtornada.

— Ela já alcançou o estágio em que sabe que o marido não está realmente presente? — indagou Brianna.

— Em termos intelectuais, sim. Em termos emocionais, não. Há ocasiões em que ela fica paralisada por isso.

— Ela não deveria deixá-lo?

— Deveria... se a questão fosse apenas o seu crescimento pessoal. Mas a situação é bem mais complexa. Eles têm quatro filhos ainda em casa. A única carreira que ela conhece é a de ser dona de casa. Considera-o seu empregador. Se deixá-lo, para onde iria? O que poderia fazer? O que aconteceria com as crianças? Assim, ela não vai deixá-lo. O melhor que posso fazer, nas circunstâncias, é ajudá-la a adquirir uma perspectiva... recuar, avaliar o que ela faz bem, aprender a lidar com as coisas que o marido diz. E ela ouve mesmo a voz dele.

Brianna manteve um silêncio desconfiado. Tomou um gole de vinho, pensativa. E, depois, perguntou:

— Como está sua mãe?

Casey lançou-lhe um rápido olhar.

— Falando em ouvir uma voz...

— Você ainda ouve?

— À minha maneira.

— Casey...

— Já sei. Se ela se encontra num estado vegetativo persistente, como os médicos alegam, não ouve, não pensa, não sabe. Mas posso senti-la ali, Bria. Juro que posso. Sei o que ela está pensando.

— Há alguma melhoria?

— Ela teve outra convulsão hoje. O médico diz que está definhando.

— E como você se sente em relação a isso?

— Se ela está definhando, sei que será para o melhor. Não choro mais. Depois de três anos, já chorei tudo o que tinha para chorar. Nem mesmo começo a tremer como acontecia antes. Já me acostumei a vê-la nessa condição.

— Então, como se sente? — insistiu Brianna.

— Arrasada — murmurou Casey, levando a mão para a angústia em seu peito.

Ao longo de três anos dolorosos, Casey aprendera que a melhor maneira de lidar com o desespero era preencher sua mente com outras coisas. Sentia-se bem quando recebia clientes, quando seu trabalho era sentir os pensamentos *deles*. Sentia-se bem quando fazia ioga, corria, ou se divertia com os amigos.

Naquele início de noite, porém, depois que Brianna foi embora, ela pensou apenas em Connie e *Pelo Amor de Pete* para se distrair. Se o texto era parte de uma caçada, ela estava mais do que disposta a participar.

Revistou a sala íntima, palmo a palmo. Não encontrou nada que fosse sequer remotamente relacionado com o diário, mas descobriu os arquivos pessoais de Connie, extratos bancários, cheques cancelados, declarações para o imposto de renda. Tudo com as devidas etiquetas e arrumado em ordem consecutiva. Ao examiná-los, ela constatou que Connie preenchia os cheques à mão, pagava as contas pontualmente, ajudava emissoras de rádio e televisão de interesse público e dava grandes quantias de dinheiro para causas naturalistas no Maine, todos os anos.

Ele nascera no Maine. E continuara a sentir uma atração pelo Maine. Casey era capaz de apostar que Little Falls, um lugar fictício ou não, ficava no Maine.

Ela verificou os recibos do Maine, à procura de alguma referência à cidade. Examinou também os folhetos em que ele preenchera os cupões para excursões a pé, passeios de canoa, expedições de observação de aves e aventuras de escalada de montanhas. Uns poucos davam a impressão de nunca terem sido enviados... na verdade, mais do que uns poucos, alguns até com cheques não cancelados grampeados em cima. Ela leu todos. Não encontrou qualquer referência a Little Falls.

Ao terminar de guardar tudo, sentia-se cansada demais para voltar ao apartamento. E não fazia sentido, com uma cliente devendo chegar às oito horas da manhã seguinte.

Dessa vez, ela foi direto para o quarto de hóspede. Connie ainda permanecia no outro lado do corredor, mas ela sentia-se ousada e firme, depois de examinar suas contas e compreender o tamanho da responsabilidade que ele lhe deixara. Afinal, raciocinou Casey, já que era ela quem pagaria aquelas contas agora — não algum fantasma —, tinha o direito de dormir onde lhe agradasse.

Adormeceu pensando em coisas seguras, práticas, físicas, como aquecimento, ar-condicionado, consertadores de telhado, pintores de paredes, dedetização... e acordou à meia-noite com um sobressalto, convencida de que ouvira um barulho. Sentou-se na cama e olhou ao redor. O quarto era iluminado pelos lampiões de gás da Court. Havia claridade suficiente.

E ela não viu nada.

Prendeu a respiração por um momento e escutou. A cidade dormia, roncando baixinho, além da janela. Casey não ouviu coisa alguma no quarto. Não ouviu coisa alguma no corredor.

Disse a si mesma que sua imaginação escapara ao controle enquanto dormia. Tornou a deitar e fechou os olhos. Segundos depois, no entanto, levantou-se de novo; e dessa vez saiu da cama. Vestiu o roupão, foi até a porta e escutou. Deixara-a entreaberta, e assim continuava.

Claro que isso não fazia a menor diferença. Afinal, fantasmas passavam *através* de portas.

Mas ela não acreditava em fantasmas.

Saiu para o corredor. Ficou completamente imóvel, escutando. Ouviu um zumbido em algum lugar no fundo da casa, mas era um som mecânico. Nada tinha de estranho ou fantasmagórico. Na ponta dos pés, Casey foi até a porta de Connie. Parou e escutou. E ouviu alguma coisa. O som era muito baixo. Não dava para defini-lo.

Como sempre, a porta estava entreaberta. Sem tocá-la, ela deu uma espiada no interior. Quase nada viu.

Não entraria ali. Não era tão corajosa assim. Recuou, assegurando a si mesma que havia uma explicação absolutamente racional para o som que ouvira, e Meg revelaria tudo pela manhã. Foi nesse instante que ela viu os olhos.

# Oito

$C$asey não permaneceu ali. Num instante, voltou a seu quarto e fechou a porta.

Imaginara os olhos. Não havia qualquer psicose, apenas o poder da sugestão. O vizinho mencionara um fantasma. Portanto, fora um fantasma o que ela vira. No fundo, não era muito diferente de manter uma conversa com a mãe. Os médicos alegavam que Caroline não falava há três anos, e quem era Casey para contestar? Se ouvia uma voz, era porque a imaginava.

É verdade que ouvia a voz de Caroline porque queria ouvi-la, o que não acontecia com um fantasma.

Portanto, fora a estranheza da casa que ativara sua imaginação? Ou o fato de que o quarto na extremidade do corredor fora de seu pai, e parte dela o queria ali, depois que fora convidada a entrar em sua casa?

Sem fazer barulho, ela voltou para a cama. Não tirou o roupão, pois não podia permitir que algum fantasma imaginário a visse nua. Deitou de costas, no meio da cama; ficou imóvel, as mãos entrelaçadas sobre a barriga, de olho na porta.

Não houve qualquer movimento. Nenhum som. Ela ficou escutando e observando por uma hora, antes de finalmente adormecer. Mas foi um sono irrequieto, em que acordou várias vezes, para ouvir e observar. Quando a claridade do dia finalmente chegou, Casey sentia-se mais perturbada do que qualquer outra coisa.

Pegou uma camiseta e um *short* amarelo na bolsa de ginástica e vestiu-os. Prendeu os cabelos com uma faixa. Pensou por um momento nos sons noturnos que ouvira quando abriu a porta do quarto, lançando um olhar para a faixa estreita de escuridão no espaço da porta entreaberta de Connie. Mas alcançou a escada sem qualquer contratempo. De lá, era uma descida em linha reta, a travessia do vestíbulo, a passagem pelos quadros de Ruth — tomando cuidado com os degraus —, a saída para o jardim, pelo consultório.

Só de entrar na pérgula, ela sentiu um conforto imediato. O amanhecer no jardim era fresco, mesmo em outro dia quente. O ar perfumado com... lilases. Isso mesmo, sentia a fragrância de lilases. O que a atraiu para um par de arbustos à direita. As flores púrpuras destacavam-se no meio das folhas verdes. Ela sorriu, fechou os olhos, saboreou a fragrância.

Minutos depois, tranqüilizada pelas flores, numa espécie de preliminar espiritual, procurou um ponto do jardim ainda imerso na sombra e arriou para o chão. Fez a rotina de exercícios com perfeição, quinze minutos passando pelas posturas de saudação ao sol, concentrando-se na respiração tanto quanto na fluidez e alongamento. Relaxou uma parte do corpo depois de outra, concentrou-se — concentrou-se ao máximo — em liberar a tensão provocada por pensamentos assustadores, como fantasmas, o fracasso como terapeuta no consultório de Connie e a morte de Caroline, deixando-a sozinha no mundo. Ao atrair a energia positiva para o organismo, a cada respiração completa, ela sentiu que aliviava a pressão no pescoço, costas, barriga e pernas. Quando a mente começava a vaguear, ela fazia um esforço para trazê-la de volta. Muitas e muitas vezes aspirou fundo, com o diafragma, e exalou devagar, expelindo todo o ar.

Passou pelo ciclo das poses três vezes. Ao terminar, sentia-se infinitamente mais relaxada. Como sempre, reservava o melhor para o final. Usando o tronco do velho castanheiro como apoio, ela ajustou o topo da cabeça na terra, cruzou os dedos por trás para dar equilíbrio e lentamente levantou o resto do corpo — quadris, pernas e pés — até ficar imóvel, num equilíbrio perfeito.

A inversão era restauradora. Ela sempre se sentia renovada, ainda mais depois de uma noite irrequieta. A força da gravidade puxando seu corpo numa direção diferente proporcionava ao fluxo do sangue um solavanco revigorante. Fazia o corpo comichar, a pele respirar, os seios subirem. Como água fria nas faces ardendo em febre servia para despertá-la.

Contemplado de ponta-cabeça, o jardim era um mundo revisado de cores e formas. Não havia fantasmas ali. Tudo era geométrico e sólido... a começar pelo homem que, subitamente, sem qualquer barulho, surgiu à sua frente. Ele entrara pelo portão no fundo enquanto Casey se absorvia na respiração profunda e na concentração, mas era tão real quanto os juníperos e teixos que formavam o cenário para seu corpo em posição invertida.

Ou pelo menos ela pensou que era real.

Depois, mudou de idéia. Terça-feira não era o dia de Jordan. Casey simplesmente queria que ele estivesse ali... queria que Jordan visse como ela era atlética, como era atraente em seu traje amarelo de exercício. Queria provocá-lo, queria sentir poder na provocação, para contrabalançar a falta de poder que experimentava em relação aos pais. Queria-o ali para o sentimento de homem e mulher. A presença dele acrescentava prazer ao jardim, um Adão para sua Eva.

Imaginar Jordan não era tanto o poder da sugestão, mas sim o poder de um desejo de realidade. O jardineiro era uma presença sensacional para conjurar... e intrigante quando se estava de cabeça para baixo. Ele era sólido como rochedo, com o peso do corpo apoiado nos ombros, que eram bastante largos para sustentá-lo. Eram ombros bonitos, decidiu Casey. Não volumosos em excesso. Apenas esguios e musculosos. Podia perceber isso porque em sua mente ele usava uma camiseta. Era preta, para fora do jeans baixo, cujas bainhas eram presas nas botinas. Casey sabia que o jeans e as botinas eram uma proteção para trabalhar no jardim, mas pensou que isso fazia com que ele sentisse calor. O vermelho em suas faces indicava isso. E havia aqueles olhos castanhos, firmes como o castanheiro em que ela se apoiava. E os cabelos castanhos desmanchados da cama. Enquanto via de ponta-cabeça, ela fantasiou que ele fora plantado ali, no jardim de seu pai, enraizado pelos cabelos. Mas, refletiu, Jordan era o tipo de homem que sempre estaria enraizado com firmeza, qualquer que fosse o lugar em que se encontrasse.

Pelo Amor de Pete

A imagem se mexeu. Foi um movimento sutil, o deslocamento do peso de um quadril para outro, mas foi o suficiente para deixá-la desequilibrada.

Casey balançou e começou a cair.

Ele adiantou-se, estendendo o braço.

— Não, não, não... — protestou ela, a ausência de gravidade fazendo com que a voz soasse mais alta do que o normal. — Não me toque!

Casey firmou-se.

— Estou bem.

Ela concentrou, respirou fundo para recuperar o controle, tornou a focalizar.

Jordan continuava ali.

— Hoje não é quarta-feira.

A voz soou de novo mais alta do que o normal. Ela não costumava balançar. Seu instrutor de ioga sempre se impressionara com o tempo em que ela podia passar de cabeça para baixo. Em matéria de *performance*, aquela não era a melhor que ela podia oferecer.

— As flores que plantei ontem precisam de água — explicou Jordan.

Era uma explicação bastante razoável, embora levantasse outra questão.

— Meu pai tinha todos os utensílios modernos em casa. Por que não instalou aqui um sistema de rega automático?

— Não precisava. Podia contar comigo.

— Passar por aqui para regar as plantas não é muito eficiente em termos de tempo e de custo.

Jordan ergueu um dos ombros largos, num gesto que a mente de Casey presumiu corretamente como um dar de ombros.

— Não me incomoda.

— Você gosta de regar.

— Gosto.

— Mas vir até aqui...

— A loja não fica longe.

— Ah...

Casey especulara onde ele morava. Não podia imaginá-lo a viver ali, em Beacon Hill. Até o menor apartamento no bairro era caro demais.

— Há quanto tempo cuidava do jardim para ele?

— Sete anos.

— E antes de você?

— Não havia ninguém. O jardim era dominado pelo mato alto.

— E por árvores maravilhosas, tuias, bordos, bétulas e carvalhos — lembrou Casey, docemente.

Ele ficou calado por um momento, antes de admitir.

— É verdade. Havia essas árvores.

— E aquelas plantas no platô abaixo... as que têm botões prestes a abrirem? Parecem muito antigas.

— As grandes são rododendros, as pequenas são azaléias... e fomos nós que as compramos.

— Quem fez o projeto de paisagismo?

Casey estava se controlando bem agora, até se acostumando com a própria voz.

— Fui eu.

— Através da Daisy's Mum?

— Isso mesmo.

— Fez um curso de paisagismo?

— Não. Apenas conheço plantas.

— Ele também conhecia?

— Quem?

— Meu pai. Já definimos que ele amava plantas. Também as conhecia?

— Sabia do que gostava.

— E você partiu daí?

Houve uma pausa, e depois ele perguntou, curioso:

— Isso a incomoda?

Era o tipo de pergunta que Brianna teria feito, o tipo que poderia provocar um aceno de cabeça em aprovação de Connie, porque era a pergunta certa. E a resposta? Era verdade, incomodava Casey. Que se chamasse de inveja ou ciúme. Ou mesmo ressentimento. Parecia-lhe que os empregados do pai mereciam sua confiança e respeito, até afeição, enquanto a filha ficava sem nada.

Mas ela não podia culpar o jardineiro. Ele era obviamente competente no que fazia.

— Você fez um jardim incrível. Mas nunca me disse se ele também trabalhava no jardim.

— Seu pai? Ele fazia algumas coisas, de vez em quando.

— Ou seja, ele também gostava de trabalhar no jardim?

— Não. Era sua maneira de me agradecer por ajudá-lo nas outras coisas.

— Que coisas?

— Várias. Mudar coisas de lugar. Carregar pela escada.

— Que tipo de coisas você carregava?

— Arquivos. Sempre que encerrava um caso, ele punha a pasta numa gaveta especial. Quando a gaveta ficava cheia, ele levava o conteúdo lá para cima.

— Para os quartos vagos? Todas aquelas caixas não podem estar cheias apenas de pastas de arquivo.

— Há livros também.

— Mais livros? Ó Deus!

— E cartas. Correspondência profissional.

— Alguma coisa pessoal?

— Devem estar nas caixas com as letras m-e em cima.

Portanto, essa era a indicação dos arquivos pessoais de Connie. "Me" indicava a própria pessoa em inglês. Se houvesse mais do diário para ser lido, estaria ali. Os pensamentos de Casey voaram para os quartos cheios de caixas de papelão, tão depressa que ela balançou de novo.

E o jardineiro estendeu a mão outra vez.

— Não me toque — advertiu ela, como fizera antes, enquanto fazia um esforço para se controlar. — Estou bem.

Mal ela conseguira se firmar, Jordan perguntou:

— Você tem algum problema com isso?

— Algum problema com o quê?

— O contato físico. Seu pai tinha. Não gostava de ser tocado. Se havia o roçar de um braço ou mão, era sempre acidental. Ele mantinha uma certa distância física de qualquer pessoa.

Casey sempre sentira assim, mas também só vira Connie em situações profissionais, em que a distância física era apropriada. Era diferente com alguém que trabalhava na casa e no jardim. Ela poderia fazer mais perguntas a Jordan sobre isso, se não estivesse incomodada com a primeira questão. Sua própria imagem estava em jogo. E sentiu-se compelida a esclarecer.

— Não, não tenho qualquer problema com o contato físico.

— Tem com um empregado? Esta é a terceira vez que você me diz para não tocá-la.

Terceira vez? Ah, sim... No consultório, a primeira, no dia anterior. Duas vezes agora.

— Não — respondeu ela, paciente. — Mas é uma questão de autoconfiança. Eu não ia cair da cadeira ontem. E não estava prestes a cair agora.

Como se quisesse provar, ela dobrou os joelhos, lentamente. As mãos ladeando os ombros, ela curvou o corpo para a frente, com todo o cuidado. Baixou as pernas, até que os pés tocaram no chão. Recusou-se a se mover mais depressa, apesar da visão de sua bunda que oferecia a Jordan. Ergueu a cabeça devagar, ajustando-se à sensação de ficar ereta de novo. Quando estava confiante de que não sentiria qualquer tontura, respirou fundo, ergueu-se por completo e virou-se. O jardineiro era alto, muito mais do que o 1,62m de Casey. Ela compensou ao erguer o queixo para fitá-lo nos olhos.

— Alguns homens pensam que as mulheres são frágeis. Eu não sou.

Ele parecia ligeiramente divertido.

Não era isso, compreendeu Casey. Ele parecia um pouco *excitado*. Aqueles olhos escuros exibiam um brilho inconfundível de apreciação.

Estimulada por isso — e, verdade seja dita, por uma súbita e fantasiosa recordação da ardente Lady Chatterley de D. H. Lawrence e seu viril guarda-caça —, Casey adiantou-se.

— Quanto ao contato físico — murmurou ela passando o braço pela cintura de Jordan —, eu gosto muito.

Sempre fitando-o nos olhos, desafiando-o a ser o primeiro a recuar, ela comprimiu a palma levantada contra o peito de Jordan, o ombro, o braço, o pulso. Seus dedos se espalharam sobre os dedos de Jordan, apertaram-nos por um instante.

— *Adoro* o contato físico. Nunca tive qualquer problema com isso. E quanto ao fato de você ser um empregado, cresci jantando com os empregados no sítio de minha mãe. Partilhei um quarto na universidade com uma amiga que era uma empregada, e perdi a virgindade para um homem que trabalhava num rancho.

Ela não deveria ter dito isso, porque o momento era de súbito tesão. O brilho nos olhos de Jordan transformara-se em algo além do contato da mão, acariciando todos os pontos de contato dos dois corpos. A menção a sexo não ajudava nem um pouco. Ela se apressou em corrigir o problema, sem se afastar, porque não apenas ele era adorável para se tocar, mas também cheirava como puro homem.

— Não, não tenho qualquer problema com empregados. Mas tenho um problema com fantasmas. O que sabe sobre Angus?

Jordan fitou-a em silêncio por um longo momento. Seus olhos exibiam um castanho ainda mais intenso e profundo, as faces pareciam mais coradas. Casey sentia o movimento de seu peito, a poucos centímetros do seu próprio peito, menos firme do que antes. Era uma sensação inebriante.

Só depois ela compreendeu que o movimento do peito era de riso reprimido. Tratou de retirar a mão e recuou. Foi com alguma indignação que ela perguntou:

— Angus é uma piada?

— Não — respondeu ele, o canto da boca tremendo um pouco. — É um gato.

— Um *gato*?

— Ainda não o encontrou?

Os olhos no escuro, os passos suaves no chão à noite, o som que podia ser tanto um ronronar quanto a palpitação do sopro de um fantasma. E os murmúrios de Meg. Claro. Casey deveria ter adivinhado. Franziu o rosto, sentindo-se uma tola.

— Não, ainda não o conheci. Ninguém me falou nada sobre um gato.

— Se é um problema, eu o levarei.

Ela não podia admitir.

— Se veio com a casa, então é meu.

— Angus e eu nos damos muito bem.

— Também posso me dar bem com ele. — Podia haver um problema. — Ele está sempre no quarto principal?

A boca de Jordan perdeu o humor.

— Durante o dia, ele fica ali. Pode vaguear à noite, mas não se afasta muito desde que Connie morreu. Espera pela volta de seu amigo.

Casey sentiu uma súbita aflição.

— É uma situação muito triste. — Ela começou a se encaminhar para a casa, mas parou e olhou para Jordan. — Ele vai se ressentir da minha presença?

— Não sei.

— Ele arranha e rosna?

— Nunca fez isso.

Casey ergueu as sobrancelhas, comprimiu os lábios, recuou, lançou para o jardineiro um olhar de é-melhor-verificar e foi embora. Atravessou o consultório, subiu um lance de escada, depois outro. O ritmo diminuiu quando alcançou o patamar do quarto. Aproximou-se com a maior cautela da porta de Connie. Não era um fantasma, mas um gato; não era um fantasma, mas um gato... ela disse a si mesma, várias vezes, embora o coração ainda continuasse a bater forte contra as costelas. A um metro de distância da porta, sentou no tapete e cruzou as pernas.

Conhecia gatos. A mãe sempre tivera gatos no estábulo. Havia dois ali na ocasião do acidente. Casey os teria levado para seu apartamento se uma das tecelãs de Caroline não suplicasse para levá-los. A mulher tinha uma casa grande, um coração enorme e um vazio profundo em sua vida, depois de perder de repente o marido de trinta anos, no ano anterior. Como Casey podia dizer não? Seu apartamento era pequeno, o coração se preocupava com Caroline e já se acostumara a ignorar o pequeno vazio interior... o que não significava que não pensara em seqüestrar os gatos. Poderia ter apreciado a companhia à noite. Mais importante, porém, é que gostaria de dizer a Caroline que estava cuidando dos gatos. Caroline teria aprovado.

— Angus... — chamou ela, baixinho, adiantando-se mais um pouco. — Você está aí, Angus?

Casey esperou, prestou atenção, não ouviu absolutamente nada. Ocorreu-lhe que o gato devia estar dormindo em algum lugar do quarto e que aproveitaria melhor seu tempo — e não restava muito,

Pelo Amor de Pete

antes que precisasse tomar banho e se vestir — se fosse examinar as caixas com os arquivos pessoais de Connie. Mas o diário era uma história, talvez real, talvez não, mas de qualquer forma não era imediata. O gato, no entanto, estava vivo. E se encontrava ali, esperando por Connie, como fazia há quase quatro semanas. Casey precisava avisar que também podia cuidar dele.

— An-gus... — Ela chegou mais perto. O gato de Connie, agora seu? Embora ainda não o tivesse visto, já se sentia possessiva. — Venha me dar um alô, gatinho bonito.

Casey jamais conhecera um gato que não fosse bonito, jamais se encontrara com qualquer um que não gostasse de ser elogiado.

Avançou mais um pouco, a porta agora ao alcance dos braços. Inclinada para a frente, ela espiou pelos poucos centímetros da abertura. Quando imaginou que divisava olhos, ela recuou. *Não é um fantasma, Casey, apenas um gato*, ela lembrou a si mesma. Estendeu a mão e abriu a porta mais um pouco.

Os olhos estavam mesmo ali, com toda a certeza. Não eram imaginários. Brilhavam a pouco mais de meio metro da porta, de um ponto na sombra. Com a claridade do dia, os contornos do animal estavam delineados. Casey divisou as linhas das orelhas nos cantos da cabeça, mas pouco mais.

*Espera pela volta de seu amigo.* Ela sentiu o coração se desmanchar. Podia se ressentir de Connie Unger por muitas coisas, entre as quais fazer com que se sentisse indesejada, desamada, inadequada para a função de ser sua filha. Mas não se ressentia por ele ter deixado um gato. Afinal, um gato era o melhor que ela podia conseguir para ter uma parte viva do pai. Um gato era mais importante do que uma casa. Podia se relacionar com um gato. E muito bem. Ela estendeu a mão na direção dos olhos.

— Ó Angus, sinto muito. Não sou Connie, mas amo gatos. E teria o maior prazer em cuidar de você.

Casey avançou mais um pouco, o que a levou tão perto do limiar quanto ousava ir. Manteve a mão estendida, convidando o gato a vir farejá-la.

— Venha falar comigo, grandalhão — murmurou ela, insinuante.

— Como sabe que ele é grande? — perguntou Jordan, subindo a escada.

— Olhos grandes, orelhas grandes, gato grande — acrescentou Casey, prudente: — Não é?

Afinal, Jordan conhecia o gato. Jordan também conhecia o jardim. E também conhecia a casa. Casey poderia se fixar na injustiça de um estranho conhecer tudo que ela desconhecia, se não estivesse pensando em uma coisa que sabia. E sabia que aquele homem, apesar de sua rudeza aparente, recendia a sabonete, que sentira cabelos macios por baixo da camisa quando passara a mão por seu peito, que mesmo àquela hora da manhã seu corpo já estava quente. Essas coisas haviam se enraizado em seu cérebro e agora, quando ele se aproximou, ficaram espremidas em sua garganta.

— É, sim — confirmou Jordan, enquanto contornava o pilar do corrimão.

Ela se permitiu saborear a visão de Jordan por um momento. Depois, como uma boa moça, voltou a se concentrar no gato.

— Que idade ele tem?

— Oito anos. Ainda lhe restam muitos anos de vida. Connie cuidava bem dele. — Ele agachou-se ao lado de Casey e chamou, gentilmente: — Ei, Angus, venha até aqui. Sou seu amigo.

Jordan estalou a língua, baixinho.

— Ele tem comida e a caixa para as necessidades aqui? — sussurrou Casey.

— Tem tudo do que precisa. Os gatos são muito independentes. — Ele se adiantou, sobre um joelho, e abriu a porta um pouco mais. — Venha até aqui, Angus. Ela não morde.

Ao ver o gato agora, Casey suspirou de satisfação.

— Mas ele é lindo!

Quase todo cinzento, com manchas brancas e pretas, o gato tinha um focinho quadrado, nariz achatado e um colar de pêlo felpudo no peito. Olhava para Jordan com olhos enormes e verdes... e *suplicantes*, que poderiam sugerir infelicidade, confusão ou medo.

— Ele é um Maine Coon, não é mesmo? — perguntou Casey.

— É, sim. — Jordan estendeu as mãos, mas o gato recuou. Ele

censurou-o, a voz um pouco estridente: — Qual é o problema? Você me conhece. Sou seu amigo.

Angus sabia disso. Foi o que dizia o olhar que lançou para Jordan. *Você pode ser amigo,* parecia dizer o gato, enquanto desviava os olhos cautelosos para Casey, *mas quem é ela?*

— Ela é filha de Connie. Uma boa pessoa.

Angus não parecia apaziguado.

— Eu não imaginaria que Connie fosse uma pessoa que gostasse de animais — comentou Casey. Ele sempre parecera, afinal, formal demais.

— Só de gatos. Mais nada. Para ser mais preciso, só de Angus. O Dr. Unger não era apreciador de outros animais, nem mesmo de outros gatos... e o sentimento era mútuo. Angus, por sua vez, só se sentava no colo do Dr. Unger.

— E Connie permitia?

Surpresa, Casey fitou-o. Jordan sustentou seu olhar.

— Está se referindo ao problema do contato físico? Acho que se aplicava apenas a pessoas. Ele era um velho de coração mole quando se tratava de Angus.

— Por quê?

— Por que ele amava Angus?

— Por que não amava as pessoas?

Jordan deu de ombros.

O gesto não era suficiente para Casey. Embora aquele homem soubesse mais sobre adubo vegetal do que sobre a mente humana, era tudo o que ela tinha no momento.

— Alguma vez ele deu uma dica... sabe como é, sugeriu que o pai batia nele? Ou que foi criado com pessoas que não suportavam ser tocadas? Ou que sofreu abusos sexuais?

O jardineiro ofereceu-lhe um olhar irônico.

— Se foi isso o que aconteceu, é evidente que ele superou, pelo menos em parte, já que a gerou.

— Uma noite. Isso foi tudo o que ele teve com minha mãe. E o que tinha com a esposa não era o que eu chamaria de casamento.

— Os dois pareciam muito felizes juntos. Além do mais, quem pode dizer se não era ela quem preferia viver separada?

— Se foi isso o que aconteceu, talvez fosse porque ele não a tocava. Eu diria que isso deixaria uma mulher louca, depois de algum tempo.

— Nem todas as mulheres são como você.

Casey recuou.

— Como?

— Nem todas as mulheres se definem em termos de sexo

— Eu não faço isso.

— Não foi o que me disse no jardim?

— Queria apenas deixar bem claro que sou diferente de meu pai — informou Casey. — Gosto da companhia das pessoas. Gosto do contato físico com as pessoas. Meu maior sonho é acordar todas as manhãs com um corpo quente ao meu lado... e não estou falando de um cachorro ou gato.

Ela não podia acreditar que dissera isso — não podia sequer acreditar que era verdade —, mas o dano já fora causado. Ela se apressou em continuar.

— Não posso nem começar a imaginar o que fez com que meu pai não gostasse. Tive clientes disfuncionais, em termos sociais e sexuais, mas apenas uns poucos eram tão solitários quanto Connie Unger parece ter sido. Ele era anormal. Brilhante. Mas anormal.

— E você é normal — comentou Jordan. — Brilhante também?

Casey sustentou o olhar dele.

— Não. Não teria conseguido um Ph.D. mesmo que minha vida dependesse disso. Tive de me esforçar muito no ensino médio, ainda mais na universidade. E não incendiei o mundo acadêmico durante a pós-graduação. Mas sou uma excelente psicoterapeuta.

Com esse lembrete, ela olhou para o relógio.

— Ó Deus! — Casey levantou-se, apressada. — Tenho de ir agora.

Ela se lembrou do gato. Olhou para a porta, mas ele já havia desaparecido. Fitou Jordan, inquisitiva.

— Tornou a entrar — disse ele. — E está esperando.

Mais uma vez, Casey sentiu-se enternecida.

— É *muito* triste. — Ela foi até o limiar da porta. — Angus? Eu vou voltar.

— Pode entrar para vê-lo.

Ela podia. Mas ainda não estava preparada.

— Talvez mais tarde.

— Não tem medo de um gato, não é?

Casey lançou-lhe um olhar que dizia que não tinha medo algum. Começou a atravessar o patamar, a caminho de seu quarto. Ainda não percorrera a metade da distância quando se virou, abruptamente. Jordan acabara de levantar.

— Aquelas caixas lá em cima... as pessoais. Estão dispostas de alguma maneira específica?

— Por exemplo?

— Em ordem cronológica.

— Não sei.

— Ajudou-o a levar as coisas lá para cima.

— Não examinei o conteúdo. Não me compete. Sou apenas o jardineiro.

Casey teve a noção absurda de que ele era mais. Sem saber se isso era verdade — e se fosse, o que significava —, ela sentia-se ameaçada.

— Se você é apenas o jardineiro, o que está fazendo aqui em cima? — Ela não via um regador, uma tesoura de poda ou mesmo um vaporizador para molhar folhas e flores. — Não deveria estar lá embaixo com as tulipas?

— Não temos tulipas.

— Então os amores-perfeitos.

— Viburnos, agapantos, gardênias, verbenas, tremoços-de-florazul, aquilégias, heliotrópios. Mas não amores-perfeitos.

— Tudo isso?

— Para começar.

— Neste caso, tem muito trabalho a fazer, não é mesmo?

Ele fitou-a em silêncio por um longo momento. Depois, erguendo as mãos, foi para a escada.

— O gato é seu. Faça o que quiser.

O que Casey queria mesmo fazer era dividir a manhã entre explorar as caixas que Connie guardara e persuadir Angus a sair do quarto. Depois que se vestiu, no entanto, teve de revisar as anotações sobre os clientes do dia. Fez isso enquanto comia o que Meg insistia em preparar para o café da manhã. Depois que comeu, ela precisava dar alguns telefonemas. Tinha de comunicar o novo endereço do consultório aos clientes marcados para quarta e quinta-feira, a seu contador, aos prestadores de serviços com quem costumava trabalhar e a um psiquiatra que receitaria os medicamentos para os clientes dela, agora que John saíra de cena. Depois de fazer tudo isso, o primeiro cliente chegou, e então ela não teve mais tempo para pensar em Angus ou nas caixas de Connie. Quando estava com um cliente, seu foco era total.

Sentia-se mais à vontade no consultório hoje... o que não significava que se serviu de um caramelo. É verdade que considerou a possibilidade. Afinal, as balas Callard & Bowsers eram ótimas. Bem que precisou, uma e outra vez, do estimulante que era o açúcar. Mas as balas eram de Connie. E o conforto hoje derivava de fazer com que o consultório dele se tornasse o seu.

Ela fez isso ao espalhar seus papéis, empurrando-os de um lado para outro, deixando-os fora de qualquer alinhamento. Connie teria detestado. Mas ela não era Connie. Não tinha a compulsão de manter tudo na mais perfeita ordem. Era organizada, sem dúvida. Sabia o que havia em cada pilha de papéis. Mas eram *seus* papéis, estavam ao lado de *seu* computador, com *seus* livros nas prateleiras mais próximas. E aqueles eram *seus* clientes. Devia-lhes uma atenção total.

Por isso, Casey só pensou neles, até que o último foi embora. A essa altura, estava mentalmente esgotada. Precisava de um tempo de sossego. Pediu a Meg que arrumasse um café gelado num copo grande e saiu para o jardim.

O ar estava pesado de calor e umidade.

Jordan podava os arbustos.

Casey surpreendeu-se ao vê-lo. Ainda era terça-feira, e ele não estava mais regando as marias-sem-vergonha. Ela queria dizer alguma coisa inteligente, mas sentia-se cansada demais. Levou seu copo para a mesa no pátio, arriou numa cadeira e ficou observando-o trabalhar.

Ele também aparentava o cansaço do dia. Os cabelos estavam úmidos, a barba por fazer destacava-se no queixo, o jeans se tornara sujo de terra nos joelhos e no fundilho. O suor deixara a camiseta escura e proporcionava um brilho à pele.

Casey pensou em perguntar se ele não gostaria de tomar alguma coisa gelada. Mas Jordan não era um convidado em seu coquetel.

Embora Jordan não olhasse em sua direção, Casey sabia que ele sabia de sua presença... e ali ela permaneceu, relaxando enquanto o observava, sentindo uma indolência agradável por dentro.

Ele demorou para cortar um galho, depois outro. Jogou o que tirara para o lado, recuou um pouco, avaliou o arbusto, adiantou-se e cortou mais dois ou três pedaços. Passou o antebraço pela testa. Minutos mais tarde, passou o dorso da mão pelo alto do nariz. Tinha os cabelos úmidos e espetados. Os ombros brilhavam em torno de uma e outra cicatriz. Estava com calor.

Casey sentiu pena e já se preparava para perguntar se ele não queria beber alguma coisa gelada quando Jordan tirou a camiseta pela cabeça. Enxugou o rosto com a camiseta, jogou-a para o lado, tornou a pegar a tesoura de poda e voltou a trabalhar. Mas passaram-se apenas alguns minutos antes que ele largasse a tesoura de novo. Dessa vez pegou a mangueira do jardim, que pingava na terra em que ficava o arbusto, suspendeu-a por cima da cabeça, e deixou a água correr, molhando o tronco e o jeans.

Era um espetáculo fascinante. Casey mal respirava, não querendo perder um momento sequer. Ele tinha um pescoço forte, com o pomo-de-adão saliente. O peito era musculoso e cabeludo. O tronco era afilado, sem ser magro. O jeans estava bastante baixo nos quadris para deixar à mostra uma flecha de pêlos e a insinuação do umbigo, mas só isso. Enquanto observava a água escorrer por tudo aquilo, ela se sentia extasiada.

E ele sabia disso. Casey podia perceber porque Jordan não olhou para ela uma única vez. Vira o tesão em seus olhos naquela manhã. Agora, ele procurava se controlar. Também não havia o sinal óbvio para denunciá-lo, já que ele era bem-dotado, para começar. Mas Casey queria-o excitado. Não seria certo que ela se sentisse tão atraída, e ele não experimentasse o mesmo fogo.

O desejo não correspondido, é claro. O pobre Dylan sentia-se atraído por ela, que nada sentia por ele.

E *isso* acontecia, ela concluiu, num momento de ironia, porque guardara tudo para o jardineiro de seu pai. A química existia, com toda a força. O corpo de Casey vibrava. Não podia se lembrar de jamais ter sentido tanta atração física por um homem. Observá-lo trabalhar era um prazer que se aproximava do pecado.

Quando acabou de se molhar, ele enrolou a mangueira em torno do arbusto e recomeçou a podá-lo. Casey continuou a observá-lo. Só se mexia para tomar goles do café gelado. Fora isso, apenas admirava o corpo de Jordan, enquanto ele se curvava e se esticava, virava, aparava, puxava.

À medida que os minutos foram passando, no entanto, o prazer começou a se desvanecer, substituído por algo mais ameaçador, como a trovoada no calor. Ela reconhecia a solidão quando a sentia; convivera com isso durante muito tempo, e ultimamente vinha sentindo uma intensidade ainda maior. Agora, surgindo na esteira do desejo intenso, era mais forte e mais triste... e ela não estava preparada. Quando seus olhos se encheram de lágrimas, não pôde fazer nada para impedi-las. Também não podia se retirar. Não sabia se era subitaneidade da emoção que a fazia sentir a fadiga do dia, mas alguma coisa a retinha no lugar. Mortificada, ela comprimiu os dedos contra os lábios superiores.

O movimento atraiu a atenção de Jordan. Ele fitou-a, franziu o rosto, começou a se adiantar.

Sem saber o que mais fazer, Casey inclinou-se, comprimiu o rosto contra os joelhos e chorou baixinho. Queria parar, desesperadamente, porque aquele não era o lado de si mesma que desejava mostrar a Jordan. Mas os outros anseios eram tão grandes que prevaleciam sobre esse pequeno.

Ela queria estar com alguém. Queria ter uma família. Queria ser amada.

Jordan, com toda a certeza, não era o homem. A atração física *não* fazia um relacionamento. Naquele momento, porém, consumida como estava pela solidão, daria qualquer coisa para que ele a abraçasse, para que a apertasse com tanta força que a solidão estouraria e se dissiparia.

Embora continuasse de cabeça baixa, ela percebeu, pela proximidade da voz de Jordan, que ele estava bem na sua frente, agachado.

— Posso fazer alguma coisa? — perguntou ele, com tanta gentileza que Casey sentiu-se ainda mais angustiada.

Mas, o que ele podia fazer? Não podia fazer com que Caroline acordasse, nem trazer Connie de volta do mundo dos mortos; e Casey não podia sequer começar a lhe contar a história de sua vida. Jordan não era seu terapeuta. Não era sequer seu amigo.

Por isso, ela sacudiu a cabeça em negativa.

Mal acabara de fazê-lo quando sentiu um contato, tão leve que a princípio pensou que era sua imaginação, depois mais firme. Era a mão de Jordan, dedos e palma cobrindo seus cabelos, transmitindo um conforto surpreendente. Por aquele momento, pelo menos, Casey não estava completamente sozinha.

Não se mexeu, pois não queria desalojar aquela mão. Pouco a pouco, as lágrimas foram diminuindo. Além de um ou outro soluço, ela se tornou mais calma.

— Terminarei o trabalho aqui amanhã — murmurou ele, com a mesma voz gentil.

Segundos depois, a mão deixou a cabeça de Casey. Ela não levantou os olhos. Em vez disso, escutou enquanto ele recolhia as ferramentas, levava de volta para o barracão e saía pela porta no fundo do jardim. Ouviu também o carro pegar, mas vários minutos se passaram antes que ele partisse. Só depois é que Casey levantou-se, enxugou os olhos com a base das mãos e voltou para a casa.

A campainha da porta tocou vinte minutos depois. Casey pusera um pano úmido para aliviar os olhos e retocara a maquiagem. Por isso, sentia-se mais forte. Mesmo assim, teria preferido que Meg abrisse a porta. Só que Meg já fora embora.

Ela desceu a escada e espiou pelo vidro lateral. Uma mulher de cabelos e pele escuros estava parada ali. Usava uma camisa enorme que caía sobre o *collant*. Carregava um maço de papéis num braço. Tinha a pele mais linda que Casey já vira... a pele mais linda e a barriga mais proeminente, embora o resto dela fosse de uma elegante esbelteza.

Casey abriu a porta com um sorriso cauteloso. O sorriso que obteve em retribuição foi muito mais descontraído.

— Sou Emily Eisner. Vim lhe dar as boas-vindas ao nosso bairro. Você conheceu meu marido, Jeff, outro dia. Moramos aqui na Court... — Ela gesticulou. — ... quatro casas abaixo.

— Lembro-me de Jeff. Ele disse que você estava muito grávida, mas não informou que era também muito bonita.

— Aposto que também não disse que eu era negra — comentou Emily, com uma franqueza que Casey adorou no mesmo instante. — Isso provoca um choque nas pessoas. Acho que sou a primeira pessoa de minha raça a morar aqui e dormir num quarto no segundo andar, se entende o que estou querendo dizer.

Casey entendia. Estendeu a mão.

— Sou Casey Ellis. É um prazer conhecê-la.

— O prazer é meu. — O aperto de mão de Emily foi efusivo. O sorriso se desvaneceu. — Jeff não sabia que você tinha um parentesco com o Dr. Unger. Não toma conhecimento das fofocas dos empregados por aqui. Meus pêsames.

— Obrigada. Mas eu não cheguei a conhecê-lo.

— Não importa. Ele era seu pai. E uma perda é uma perda. Sei que acaba de se mudar e tem muito para fazer, mas eu queria devolver isto. — Ela estendeu os papéis. — São pautas de músicas. O Dr. Unger e eu costumávamos trocar. Estas são dele.

Casey pegou a pilha.

— Você toca piano?

— Não tão bem quanto ele. Tive aulas, mas nunca dispus de muito tempo para tocar, até agora. Para ser franca, acho que eu enlouqueceria de tédio se não fosse pelo piano. Estou acostumada a trabalhar, mas decidimos que queríamos um bebê mais do que os rendimentos. Tive dois abortos espontâneos em três anos. Por isso, estamos sendo extremamente cautelosos agora.

Casey recuou.

— Não quer entrar e sentar?

— Não, obrigada. — Emily sorriu. — *Adoro* ficar de pé.

Outra vez, o sorriso se desvaneceu, enquanto ela acrescentava:

— Eu só queria que você soubesse que sentirei saudade de seu pai. Ele não se dava com as pessoas na Court. Sempre fui uma das poucas a bater em sua porta. Ouvi-o tocando piano um dia e não pude resistir.

— Não sabia que ele tocava até que vi o piano. E você diz que ele tocava bem?

O sorriso de Emily era agora pensativo.

— Ele era... meticuloso. Não tinha um ouvido natural. Não podia pegar uma pauta de música e simplesmente tocar. Tinha de trabalhar em tudo. Estudava, praticava, praticava e praticava. Mas obtinha bons resultados.

— Ele tomava aulas?

— Não, ao que eu saiba.

— Nunca?

— Era o que ele dizia. O que torna tudo ainda mais admirável. Pois era um pianista refinado. Poderia até tocar num grupo de câmara. Mas não creio que outras pessoas, além de Meg e de mim, jamais o tenham ouvido tocar. Para ele, era como uma coisa totalmente pessoal.

— Ele era tímido — murmurou Casey.

Pela primeira vez, não era uma crítica, mas apenas uma observação... e empática ainda por cima.

— Muito tímido. Quase não conversávamos. Apenas tocávamos.

— Disse que os dois faziam intercâmbio. Ele ficou com alguma coisa sua?

— Algumas pautas... — Ela fez um gesto para indicar que isso não tinha a menor importância. — ... mas posso vir buscá-las em outra ocasião.

Casey acenou para que Emily entrasse, com mais determinação desta vez.

— Onde podem estar?

— No banco do piano. Era o lugar em que ele guardava tudo.

— Neste caso, é muito fácil.

Casey levou Emily pelo saguão até a sala de estar. Na outra extremidade, à sombra do piano, estava o banco. Era da mesma madeira nobre que o piano e tinha um assento com um estofamento bordado. Casey nunca pensara em abri-lo.

Na verdade, ela concluiu, a maior surpresa era o fato de o banco estar *fechado*, por causa das três pilhas de músicas empilhadas lado a lado. Para tornar o espaço ainda mais apertado, havia um envelope pardo grande pregado com fita adesiva na parte inferior da tampa do banco.

# Nove

## Little Falls

Com um pé calçado com bota na estrada e o capacete apoiado na coxa, o motociclista disse, através da clareira:

— É um pouco tarde para andar sozinha por aqui.

A voz era baixa e rude. Jenny não se mexeu.

— E frio também — acrescentou ele. — Onde está seu acompanhante?

— Eu... ah... ele já foi embora.

O homem correu os olhos pelo nevoeiro.

— Alguma possibilidade de mais alguém passar e lhe dar uma carona?

Jenny sacudiu a cabeça em negativa.

— Então é melhor você subir.

Ele se sentou um pouco mais para a frente. Apenas um pouco. Jenny não podia fazer muito mais do que ficar olhando, aturdida. Reconhecia o blusão e as botas. E o capacete. Podia constatar agora que ele vestia um jeans, e tinha um princípio de barba por fazer no queixo. Os cabelos eram tão pretos quanto o blusão, as botas e a motocicleta. E, de perto, ele parecia ainda maior, até mesmo perigoso.

# Pelo Amor de Pete

Darden o odiaria por ser maior e mais jovem do que ele. Porque se sentiria ameaçado.

Jenny beliscou-se na parte interna do cotovelo. Não era um sonho. O beliscão doeu de verdade, e o homem sensual na motocicleta continuou parado na estrada. Ela quase correu através da clareira, antes que ele pudesse retirar o oferecimento de uma carona.

A questão agora era a melhor maneira de subir na motocicleta. Nunca fizera isso antes, e a maneira como estava vestida não ajudava. Depois de avaliar as opções, ela levantou um joelho, passou a perna por cima do selim e sentou. Um puxão no vestido, e ela estava pronta para partir.

— Nada mau — comentou o homem.

Jenny teve a impressão de que o tom era divertido.

— Obrigada.

— Ponha isto.

Ele pegou os sapatos de Jenny e entregou-lhe o capacete.

— O que você vai usar?

— Nada.

— Mas...

— Se sofrermos um acidente e você morrer, terei de viver com o sentimento de culpa. É melhor que eu morra no acidente.

Jenny podia muito bem se identificar com esse tipo de pensamento. Conhecia o sentimento de culpa... sempre conhecera. Mas não estava pensando a respeito agora, com o capacete envolvendo seu rosto, quente, com um cheiro de homem; e depois com as mãos grandes e competentes do motociclista puxando-a por trás dos joelhos, para se encostar nele. Ela ainda tentava se recuperar do movimento quando o pé esquerdo do homem deixou a estrada e se projetaram para a frente, direto para o nevoeiro.

O coração de Jenny subiu para a garganta. Ela agarrava o blusão nos lados, as mãos querendo segurar mais cada vez que a motocicleta se inclinava, avançando pouco a pouco, até que a única coisa que fazia sentido era estender os braços e enlaçá-lo, segurando-se com firmeza, por sua vida. Jenny sentia-se apavorada; mas se ele parasse e oferecesse para deixá-la saltar, ela recusaria. Aquilo era bom demais para renunciar.

E, depois, a motocicleta diminuiu a velocidade. Ele pôs a bota no chão quando parou. Jenny preparava-se para resistir, pensando que não saltaria de jeito nenhum, independentemente do que pudesse acontecer. Foi nesse instante que ela sentiu o homem mudar a posição do corpo, ouviu o barulho do zíper e depois o sussurro do couro. Ele estendeu o blusão para trás.

— É melhor vestir isto. Você está tremendo de frio.

E Jenny estava mesmo, embora pudesse ser da umidade, de medo, de alívio, até mesmo de exultação. Só depois de vestir o blusão, que era grande demais, é que ela notou que o homem vestia apenas uma camisa de algodão.

— E você? — indagou ela.

— Tenho calor de sobra.

Ele acelerou. A motocicleta partiu, com o cascalho espirrando, o rugido crescente.

Jenny segurava-o com mais facilidade agora. O homem não tinha barriga de cerveja, mas sim firme e ondulada como uma tábua de lavar, irradiando calor, nos pontos em que suas mãos tocavam.

Ela especulou de onde ele seria. Especulou para onde ele seguia, se podia ficar; e se pudesse ficar, por quanto tempo.

Alcançaram uma encruzilhada na estrada. Jenny apontou o caminho, e tornou a apontar em outra encruzilhada. A essa altura, o medo já não era mais um fator. Sentia que ele controlava a motocicleta e relaxou. A noite em disparada ofuscava os terríveis detalhes de sua vida. As únicas coisas em foco eram o homem, a motocicleta e o senso de que algo incrivelmente bom estava prestes a acontecer. Percorreram o trecho final

Pelo Amor de Pete

para sua casa com tanta facilidade que Jenny compreendeu que tudo aquilo estava fadado a acontecer.

Quando ele entrou no terreno e parou na porta lateral que ela sempre usava, Jenny tirou o capacete e sacudiu os cabelos. Mas não fez qualquer movimento para desmontar.

— É aqui? — perguntou ele.

— É, sim.

O homem virou a parte superior do corpo para fitá-la, contraindo os olhos para discernir suas feições à tênue claridade projetada pela luz na varanda.

— Tem alguém em casa?

Jenny desviou o olhar. Observou os contornos indefinidos pelo nevoeiro da garagem que abrigava o velho Buick de Darden.

— Ah... tem.

— Não vou machucá-la — disse ele, mais gentilmente.
— Só estava querendo saber por que você não saltou logo. Se a casa está vazia e isso a deixa nervosa, posso acompanhá-la até a porta.

— Não. — Jenny sentia-se uma tola. — Não há necessidade.

Mas ela gostava de usar o blusão. Gostava da sensação das coxas do homem comprimidas contra as suas. Não queria que ele fosse embora. Finalmente saltou da motocicleta e perguntou:

— Não quer entrar?

Ele fitou-a em silêncio por um longo momento, depois sacudiu a cabeça.

— Não sou o tipo de homem que pode querer em sua casa por muito tempo.

— Por que não?

— Simplesmente não sou.

— Mas por que não?

Ele suspirou.

— Porque estou apenas de passagem. Os homens apenas de passagem agem sem pensar. Sentem-se solitários. E quando ficam solitários tornam-se egoístas. Sou egoísta, solitário ou não. — Outro movimento com a cabeça. — Eu não me arriscaria se fosse você.

Mas Jenny não tinha opção. Absolutamente nenhuma opção.

— De onde você é?

Ela fez a pergunta tentando parecer o mais descontraída possível, como se apenas puxasse conversa, como se fizesse esse tipo de coisa a todo instante. Não queria que ele soubesse que se sentia desesperada. Isso o afugentaria.

Além do mais, ela queria saber a resposta. O homem não era daquelas bandas, o que Jenny podia determinar pela maneira como falava. E a maneira como parecia... todo aquele mistério. Ela não conseguia desviar os olhos do motociclista.

— Onde eu nasci? Para oeste.

— É mesmo? Onde?

— Wyoming. Logo ao sul de Montana.

Não dava para acreditar! Jenny sonhara em ir para Wyoming, logo ao sul de Montana. Cavalos, gado, búfalos. Vastos espaços abertos. Pessoas afáveis, dispostas a viver e deixar viver.

— Já faz tempo que não vou lá — acrescentou ele.

— Tem família ali?

— Sempre tive.

Ela não podia acreditar. Era o seu sonho.

— Uma família grande?

— Eu diria que sim. — Ele desviou os olhos para a escuridão. — Grande família, grande responsabilidade, grande sentimento de culpa. Como eu disse, já faz algum tempo que não vou lá.

— E por onde andou?

— Aqui e ali.

— Esses lugares não constam do mapa.

Ele emitiu um som que poderia passar por uma risada, se tivesse aberto a boca.

Pelo Amor de Pete

— Não pode dizer onde? — insistiu ela.

Jenny já conversara mais com ele do que com qualquer outra pessoa em um mês inteiro. Nem por isso ele estava se retirando ou fitando-a como se fosse lixo.

— Atlanta, Washington, Nova York, Toronto.

— O que foi fazer nesses lugares?

— Provar que sou tão inteligente e esperto quanto qualquer outro.

— E é?

— Claro que sou.

— E o que está fazendo aqui?

Ele virou o rosto para fitá-la.

— Tentando descobrir por que ser tão esperto não me deixa feliz.

— Já encontrou a resposta?

— Não. Ainda estou procurando.

Jenny observou os olhos dele e viu alguma coisa acolhedora.

— Está com fome?

— E cansado também. Estou viajando desde o amanhecer.

— Posso preparar algo.

— Isso significaria que eu teria de entrar. Já expliquei. Não é uma boa idéia.

— Solitário e egoísta.

— Isso mesmo.

— E o que significa?

— Adivinhe.

— Não sei.

Um minuto se passou antes que ele murmurasse:

— Não sabe mesmo, não é?

Ela sacudiu a cabeça.

— Eu a vi no baile esta noite. Sabia disso?

Jenny confirmou com um aceno de cabeça.

— Não vi mais ninguém. Não podia. Não depois que a vi.

Ela não acreditava.

— Deve ter reparado em Melanie Harper. Estava nos degraus. Uma loura...

Jenny fez um gesto para indicar seios grandes.

— Uma loura não é tão excitante quanto uma ruiva.

Jenny levou a mão aos cabelos, pronta para contestar, mas a expressão no rosto dele dizia-lhe para não fazer isso. Por esse motivo, ela apenas sorriu. E, depois, soltou uma risada. Cobriu o rosto com a mão. Ele pegou sua mão e baixou-a.

— Você é muito bonita.

Mais uma vez, ela teria contestado, se o homem não a fitasse como se falasse a sério. Ele olhou para os seios de Jenny... só por um instante, mas a expressão era deliberada.

— É o vestido — murmurou Jenny.

Ele balançou a cabeça.

— Portanto, é melhor eu não entrar. Já faz muito tempo que não tenho uma comida caseira.

A voz era rude de novo, arrastada, para combinar com a imagem de Wyoming logo ao sul de Montana. Ela esqueceu tudo sobre os cabelos e os seios.

— A comida caseira é minha especialidade. Tenho um serviço de bufê. — Era uma pequena mentira, apenas uma palavra errada. — Farei um almoço de comemoração amanhã, e por acaso já tenho almôndegas prontas na geladeira. Posso aprontar num instante.

— Almôndegas caseiras.

— No espeto, com pimentão, cebola e berinjela.

Ele deixou escapar um pequeno suspiro.

— Se eu comer, o que servirá amanhã?

— Tenho tantas que poderia lhe oferecer dezenas, e ainda assim não faltariam.

Ele parecia considerar a oferta a sério.

— Por favor...

Jenny fazia o melhor que podia para não parecer desesperada, mas ele era muito bonito, o homem que esperava conhecer naquela noite... e parecia gostar dela.

Ela tornou a beliscar a parte interna do cotovelo. Sentiu dor. Ainda não estava sonhando. E o motociclista

# Pelo Amor de Pete

gostava mesmo dela. Dava para sentir pela maneira como a fitava. Tornava fácil sustentar seu olhar, para variar. Ele tinha de ficar. Se partisse agora, Jenny morreria.

— Está bem — disse o homem. — Só para comer. Se não der muito trabalho.

Ela afastou-se da motocicleta. Subiu os degraus dos fundos e entrou na cozinha, sem olhar para trás. Como ainda estava com o blusão e o capacete, sabia que ele a seguiria. Jenny pôs o capacete em cima do balcão e foi até a geladeira. Havia ali quatro bandejas com espetos de almôndegas. Ela pegou duas e acendeu o forno.

A porta foi fechada. Ela prendeu a respiração quando se virou. Há anos que um homem não entrava em sua cozinha, e aquele era ainda mais alto do que ela pensara. Devia ter 1,93m. E era sólido como um rochedo. Era também deslumbrante... talvez não um artista de cinema perfeito, como Tom Cruise ou Brad Pitt, mas melhor do que qualquer um que ela já vira em Little Falls. Além disso, já estivera por todo o país, o que fazia com que parecesse ainda maior aos olhos de Jenny.

Ela engoliu em seco. Tentou pensar em alguma coisa para dizer. Lançou um olhar rápido pela cozinha, mas nada a inspirou. Ele ajudou-a a sair do impasse.

— Sua cozinha é muito limpa.

Jenny limpou a garganta.

— Sempre limpo tudo depois de cozinhar. Fiz as almôndegas esta tarde. E biscoitos de limão, para o baile.

Ela desejou ter alguns para oferecer, mas haviam desaparecido de uma maneira suspeita logo depois que os pusera na mesa de refrescos. Era possível que aquelas velhas megeras tivessem jogado fora. Aquele homem comeria até a última migalha.

— Qual é o seu nome? — perguntou ela.

— Pete.

Pete... Ela gostava. Parecia real.

— O meu é Jenny.

— Não foi esse o nome pelo qual aquele cara na varanda a chamou.

Jenny ficou aturdida.

— Você ouviu?

E quanto mais ele teria ouvido?

— Ouvi apenas o final da conversa. Ele estava sendo insuportável. Mais um minuto de sua impertinência e eu teria me adiantado para fazê-lo calar a boca.

Jenny corou. Ninguém jamais a defendera antes. Ele era tão perfeito que ela não podia suportar, tão alto e bonito que seus olhos não sabiam o que fazer. Bem que tentaram se desviar, mas perduraram em seu peito.

— Ei, sua camisa está molhada! Quer uma seca? Meu pai tem um armário cheio.

Seca e passada com perfeição. Mas Jenny, sua maluca, Pete não ia querer uma camisa passada. Podia ser assim na cidade grande. Mas não em Wyoming, logo ao sul de Montana. E não ali. A camisa que ele usava era de cambraia, Jenny percebeu agora, e com toda a certeza fora vestida sem estar passada.

Ela queria tocá-lo de novo, como fizera enquanto andavam na motocicleta, mas receou que ele a achasse muito avançada. Em vez disso, ela apontou para o corredor.

— O banheiro fica ali. À direita. Quer uma cerveja?

— Claro.

Ele desapareceu no corredor. Jenny pôs as assadeiras no forno e deixou-o entreaberto. O calor se elevou. Ela afastou-se. Levou as palmas ao rosto. Estavam quentes por si mesmas, vermelhas como beterraba, refletiu ela. Não que se importasse com isso. Não naquela noite.

Não vi mais ninguém. Não podia. Não depois que a vi.

Jenny tentou se manter calma, mas sentia tudo borbulhar por dentro, prestes a transbordar. Quase explodindo de excitamento, foi abrir a geladeira, como se dançasse. Havia ali quatro embalagens de seis garrafas da cerveja Sam Adams, compradas por ordem de Darden, na expectativa de seu retorno. Jenny achou que Darden não daria pela falta de uma garrafa; e, se desse, ela lhe diria o que acontecera com a garrafa; e se ele não gostasse, que fosse reclamar com Pete.

Pete não aturaria os insultos de Darden... não o Pete que voltou à cozinha naquele momento, o retorno anunciado pelos passos confiantes e a voz rouca de barítono:

— Estou impressionado. A julgar pelo que vi naquele espelho, você é bastante popular.

A aparência de Pete surpreendeu-a de novo. Agora, era a impressão de pele lavada em torno dos olhos, as marcas dos dedos penteando os cabelos escuros e abundantes. Ele se tornava melhor a cada momento que passava.

— Muitas festas — acrescentou ele. — Você teve uma porção de amigos.

Ela deu a resposta habitual de Miriam.

— Os amigos surgem do nada quando é você quem faz a comida.

Ela estendeu a garrafa de Sam Adams. Ele pegou-a pelo gargalo, mas não se apressou em beber.

— Um serviço de bufê, hein?

Diga a verdade.

— Neat Eats.

— Um bom nome. Há quanto tempo tem o negócio?

A verdade, Jenny.

— Venho trabalhando... — Ela estudou o teto. — Hum... há cinco anos.

O que não era mentira. Levara um ano a mais para se formar no ensino médio, com a morte da mãe e todo o resto. Dan arrumara o emprego com Miriam logo depois.

— Começamos com encomendas locais. Depois, pessoas de fora passaram a nos chamar. Agora, às vezes temos de viajar duas ou três horas de carro. Fizemos uma festa em Salem. Fica perto de Boston.

Ele correu os olhos pela cozinha.

— Não cozinha tudo aqui, não é mesmo?

— Claro que não. Temos uma cozinha grande na cidade. Além de carros e uma van. — Como ele devia estar especulando, Jenny tratou de acrescentar: — Mantenho esta cozinha antiquada de propósito. Para me lembrar de minhas origens. Aprendi a cozinhar aqui.

Ela não sabia por que dissera isso. Era verdade, sem dúvida. Mas não era uma coisa que gostava de lembrar. Pete parecia satisfeito.

— É revigorante encontrar hoje em dia uma mulher que admite que gosta de cozinhar. Você é uma das poucas que já conheci neste caso. Sem falar nas minhas irmãs. Você gostaria delas.

Jenny gostaria; claro que gostaria. Sempre desejara ter uma irmã, e ficaria feliz com apenas uma. Pete tinha ainda mais.

— Aposto que tem um caderno com antigas receitas de família — comentou ele.

— Não. Quase tudo foi passado de boca em boca.

Ela ouviu o grito tão claramente como se a mãe estivesse parada ali, em vez de morta há anos. Pelo amor de Deus, MaryBeth, não é preciso ter qualquer inteligência. Apenas corte tudo o que tivermos, jogue na frigideira com ovos e manteiga, e tem uma refeição.

Jenny fez um esforço para resistir à sensação de sufocamento.

— Como é o Wyoming?

— Um lugar de vastos espaços abertos.

Ela passou a respirar mais facilmente.

— São quantas pessoas em sua família?

— Pela última contagem? Três avós, cinco irmãos e irmãs, quatro cunhados e cunhadas, e onze sobrinhos e sobrinhas. E você?

— Nenhuma.

— Nenhuma?

— Meus pais morreram. — Que vergonha, Jenny! — Não. Isso não é verdade.

Ela fez uma pausa, estudando as mãos.

— Meu pai está vivo. Mas teve de se ausentar por algum tempo.

— De quem são aquelas roupas no cabideiro?

No vestíbulo. Jenny esquecera. Os dois casacos de Darden, a capa, as botas por baixo, tudo parecendo muito limpo, porque estava mesmo limpo. Ela tirara da garagem, arejara, pusera no cabideiro há uma semana, para que Darden pensasse que estivera ali durante todo o tempo, do jeito como ele queria.

Ela ouviu um chiado.

— Ó Deus!

Jenny virou-se e abriu o forno. Os espetos estavam mais do que prontos. Ela pôs em cima do fogão, e pegou um prato e um garfo.

— Posso ajudar?

Ela sacudiu a cabeça e apontou para uma cadeira. Segundos depois, pôs o prato cheio na frente de Pete.

Ele comeu tudo, até o último fragmento, repetindo pela segunda e terceira vez... mas sem se mostrar sôfrego. Tinha boas maneiras. Quando fazia uma pausa, era para dizer que a comida estava deliciosa.

Jenny contentou-se em sentar e observá-lo comer, sorrir quando ele a fitava, e encher de novo o prato vazio. Durante todo o tempo, ela beliscava a parte interna do cotovelo, porque nunca antes tivera tanta sorte, e queria ter certeza de que era mesmo real.

— Foi a melhor refeição que já tive em muitos anos — declarou Pete, quando finalmente empurrou a cadeira para trás. Ele olhou para as assadeiras vazias. — Comi tudo. Tem certeza de que não fará falta amanhã?

— Não fará a menor diferença.

Jenny levou o prato para a pia. Ensaboou e enxaguou. Estava pondo no escorredor quando ele disse seu nome. Ela fitou-o. Pete olhava para suas pernas com o rosto franzido. Ela desejou que o vestido fosse mais comprido.

— O que é?

— O que são essas marcas?

— Nada. Um acidente quando eu era pequena. — Ela sorriu. — Quer ver uma coisa?

— Claro.

Ela levou-o para o vestíbulo. Subiram a escada. Tinham de passar por seu quarto, mas era uma coisa que Jenny não podia evitar. Procurou agir como se fosse normal ter homens em seu quarto durante todo o tempo. Era o que parecia, com a cama enorme e todos os lençóis de seda que Darden comprara para ela. Também os tirara do lugar em que os guardara por muito tempo.

Ela olhou para Pete, a fim de se tranqüilizar. Depois, abriu a porta do closet, empurrou para o lado a velha colcha pendurada na frente e baixou a escada para o sótão. Lá em cima, era mínima a distância para o coruchéu na frente. A janela subiu com facilidade. Deus sabia que ela a abria com freqüência. Sentou-se no peitoril, e pôs as pernas para fora.

— O que está fazendo? — perguntou Pete, por trás.

Ela esticou o corpo e escorregou.

— Meu Deus, Jenny...

Os calcanhares descalços prenderam na calha, com a facilidade decorrente da experiência. Ela deslocou-se de lado, até sair do coruchéu e alcançar a parte aberta do telhado. Afastou-se mais um pouco, para dar espaço para Pete.

— Jenny, Jenny... — advertiu ele, da janela.

Era o que Dan O'Keefe fazia cada vez que alguém a via no telhado e comunicava a ele. Jenny sorriu.

— Não quer olhar para essa vista? Não é sensacional?

Uma perna passou pela janela. O calcanhar da bota prendeu na calha.

— Só vejo o nevoeiro.

— Espere só até o nevoeiro se deslocar.

Outra perna passou pela janela e foi esticada. Pete juntou-se a ela sem qualquer esforço, também apoiado sobre os cotovelos. O nevoeiro deslocou-se nesse momento.

Pelo Amor de Pete

— Parece uma cidade de brinquedo — comentou ele. — Diga-me o que é cada coisa.

Jenny apontou.

— Aquela linha reta de luzes é o centro da cidade. As linhas pequenas são as ruas transversais. Aquilo ali? É a escola. E ali? A biblioteca. E o campanário da igreja.

— O que é aquilo?

Pete apontava para o leste.

— A pedreira. Há cem anos, cortavam granito ali. Quando acabaram, o buraco enorme ficou cheio de água. Agora, a cidade tem um lugar para nadar. Diz a lenda que um pedido de casamento tem de ser feito ali para que a união seja abençoada. Mas tudo o que eu quero é dar um mergulho à meia-noite, com a lua, as estrelas e todo o resto. As luzes que você vê ali são as traseiras dos carros. As pessoas estacionam de traseira para a beira.

— Vão até ali para nadar?

— Não é provável.

Ele deu um sorriso sugestivo, que fez o estômago de Jenny palpitar.

— Ah, os namorados... Você também já esteve lá?

— Dezenas de vezes.

Ela falou em tom descontraído, como se fosse muito popular. Pensou nas Selenas Battles da cidade, que tinham de fato ido até lá dezenas de vezes. Não queria que Pete pensasse que ela era como essas garotas. Por isso, tratou de confessar:

— Menti. Só estive lá umas poucas vezes. — Ela fez uma pausa, antes de acrescentar, em voz baixa: — Para nadar. Durante o dia.

Pete sorriu, um sorriso exuberante, de muitos dentes, que fez vibrar todas as cordas de seu coração.

— Fico contente por isso, Jenny.

Ela adorou ouvir isso. Queria que ele gostasse dela de qualquer maneira. E como ele sorriu ao saber da verdade, Jenny resolveu acrescentar:

— Também menti sobre o negócio. Trabalho para um serviço de bufê. Não sou a dona.

— Mas cozinha.

— Cozinho.

— E serve, limpa e faz tudo o que sua patroa manda?

Ela confirmou com um aceno de cabeça.

— Então presta todos os serviços de bufê. Além do mais... — Ele olhou para a cidade. — ... não precisa ser dona de um negócio quando tem esta vista.

— Tem razão — murmurou Jenny, com um sorriso de satisfação. — Sou dona desta vista.

Ela sabia que Pete compreenderia. Fora por isso que o trouxera até ali. Jenny cruzou os tornozelos, respirou fundo, expandindo os pulmões pela primeira vez em séculos, e desfrutou o momento.

— Dizem que é perigoso subir aqui. Que eu poderia escorregar. Mas não tenho medo. Além do mais, sou alguém aqui. É a minha vista. Posso ver tudo, fechar os olhos ou simplesmente me virar. Posso fazer o que quiser. Aqui em cima, sou eu quem decide.

— A maioria das pessoas chama isso de poder — comentou Pete.

— Eu chamo de liberdade — disse Jenny.

— Como subir até o alto das colinas, por cima do rancho, com um chão firme sob os pés, o céu ilimitado, as estrelas e a lua. Como a sua pedreira, sem a água. Tenho certeza de que você gostaria.

Ela sabia que gostaria. Mas a liberdade seria diferente se estivesse lá com Pete. Como era diferente agora em sua companhia. Menos solitária. Mais completa. A liberdade de ser e a liberdade para desfrutar.

— Passe a noite aqui.

Quando os olhos dos dois se encontraram, Jenny apressou-se em acrescentar:

— Só para dormir. Disse que estava cansado. Tenho um quarto vago.

— Estaria abusando.

— Não.

— Você mal me conhece.

— Conheço o suficiente.

Ela deslizou por cima de Pete — sentindo a dureza e o calor de seu corpo por baixo — e tornou a entrar no sótão. Mas foi ele quem desceu primeiro pela escada, depois segurou a velha colcha de lado, a fim de que ela voltasse sã e salva para seu quarto.

Jenny instalou-o no quarto vago e foi para seu próprio quarto. Deixou a porta aberta. Tirou o vestido, que fora tão importante naquela noite, e pendurou-o com o maior cuidado. Pôs a camisola e deitou, imaginando-o a dormir no outro lado do corredor.

Mas os lençóis de seda a incomodavam. Por isso, saiu da cama, completamente desperta agora. Olhou para a revista aberta na cadeira. Pegou-a e foi virando uma página atrás de outra. Tornou a visitar Jeffrey City, Shoshoni, Casper e Cheyenne. Depois de algum tempo, fechou a revista e colocou-a na prateleira.

A noite era silenciosa. De pé, no meio do quarto, ela ouviu as batidas do coração de Pete. Mas seu próprio coração batia muito mais alto, refletindo o clamor interior. No passado, teria sido de medo e repulsa, mas naquela noite era por alguma coisa nova e maravilhosa.

Ela tirou a camisola pela cabeça. Tocou com os dedos no vale entre os seios. Fechou os olhos. A cabeça pendeu para trás. Imaginou que Pete a via, que a amava, e com a imaginação veio uma plenitude interior, tão intensa que ela quase chorou.

Mas não queria fazer isso. Não queria acordá-lo. Pegou a colcha velha que ele tocara. Ainda nua, envolveu-se com a colcha, da cabeça aos pés. Depois, deitou-se no chão e acomodou a cabeça na almofada macia da esperança.

# Dez

Jenny acordou com as linhas da almofada marcadas no rosto e a certeza de que Pete fora embora.

— O que você esperava? — perguntou ela ao reflexo no espelho, através da boca cheia de espuma de pasta de dente. — Por que ele ficaria com você quando pode arrumar qualquer uma que quiser, dez vezes mais bonita, mais inteligente e mais limpa?

Ela cuspiu na pia.

— Você tem sorte por ele ter ficado tanto tempo quanto ficou!

Ela enxaguou a boca. E tornou a bochechar, mais duas vezes, porque o gosto desagradável do medo voltara.

Faltavam três dias. Faça alguma coisa, Jenny. Mas o quê?

Ela esfregou o banheiro já limpo. Esfregou a cozinha já limpa. Esvaziou o closet no vestíbulo. Tirou tudo e depois tornou a guardar.

Finalmente, usando a camisa pólo azul-clara, a bermuda, meias altas e tênis, o uniforme da Neat Eats para eventos informais, ela tirou as bandejas com espetos de carne da geladeira e pôs na bolsa térmica de Miriam. Com a caixa equilibrada no ombro, partiu para a cidade.

O nevoeiro era mais tênue do que o normal. Não fora muito longe quando o Fairlane de Merle Little passou,

# Pelo Amor de Pete

ruidoso. Ela manteve os olhos no lado da estrada para não ver o cumprimento que não receberia. Mas foi saudada, como era de esperar, pelos vira-latas dos Booth. Mal alcançara a casa quando os cachorros pularam da varanda e correram pelo gramado, latindo alto. Não havia como fazer amizade com aqueles animais. Jenny já tentara, centenas de vezes. Imaginava que eles sabiam de tudo a seu respeito; e sendo cachorros, eram menos contidos em sua aversão do que um humano seria.

— Calem a boca — resmungou ela, ao passar, sempre olhando para a frente.

O portão da frente dos Johnson rangeu. Mais além, ela deparou com um presente para os olhos. Quando o nevoeiro se dissipou um pouco, pôde contemplar as flores dos Farina.

Jenny adorava flores. Os melhores dias — sem qualquer dúvida — eram aqueles em que os floristas que serviam aos eventos atendidos por elas deixavam os descartes junto da porta. Às vezes as flores já haviam passado do ponto. Em outras ocasiões, no entanto, quando Jenny as pegava ainda cedo, tinha um ramo que podia levar para casa. E transformavam sua cozinha num lugar de sonhos.

As flores dos Farina eram muito bonitas, sucessivos canteiros de cores, formatos e alturas diferentes, mudando de acordo com a estação. Jenny não podia dizer que amava mais os tons de rosa da primavera do que os vermelhos do verão, ou os azuis, amarelos e púrpuras do outono. Lá estavam agora, as tagetes e sua flor predileta, a margarida-de-olho-preto.

Ela soltou um grito e quase largou o saco com comida quando o velho Farina ergueu-se detrás dos ásteres.

— Acha que pode fazer melhor? — desafiou ele. — Pois não pode. O verão foi tão seco que tudo murchou.

Ele apontou a bengala para Jenny, enquanto acrescentava:

— Portanto, não me olhe com essa cara de desprezo, mocinha. Não tem um pingo de cor naquele seu jardim. É uma desgraça. Tudo é uma desgraça.

Jenny ignorou-o. Concentrou-se nas faias no outro lado da estrada e seguiu adiante. Pelo menos as faias não podiam lhe responder. Nem podiam fazer com que seus sonhos se tornassem realidade, embora Deus soubesse que ela pedira. Escrevera muitos e muitos desejos em pedaços encrespados de casca de faia, para depois jogar no fogo. Mas nenhum desejo se tornara realidade.

Apesar disso, ela amava as faias. Em dias como aquele, seus troncos se pareciam com pérolas.

Ou couro.

Jenny contraiu os olhos. Um blusão? Botas? Estariam ali? Ela procurou nos espaços escuros entre as árvores. Vasculhou a estrada.

Nada.

Então, quem vai salvá-la agora, Jenny Clyde?

Ela não sabia. Não sabia. Não sabia...

E seguiu em frente. Passou por Essie Bunch, pelos sons de televisão, pelos sons de cortador de grama. Dan O'Keefe parou o carro ao seu lado quando se encontrava a um quarteirão da cozinha de Neat Eats.

— Acabei de receber um telefonema de John Millis. Ele é o agente da liberdade condicional de Darden. Queria saber de você.

Jenny sentiu o estômago embrulhado. Abaixou-se, pôs a bolsa no chão. Ajoelhou-se ao lado e estendeu a mão para o zíper.

— O que ele quer saber a meu respeito?

— Perguntou se você trabalhava; e se trabalhava, se pretende deixar o emprego quando Darden voltar.

— Por que eu faria isso?

— Para ajudar Darden a recomeçar seu negócio. Darden deve ter falado de você.

Ela recordou o que Dudley Wright dissera.

— Ele pode não conseguir isso tão depressa.

— Neste caso, você continuará com Miriam?

Ela tinha de continuar. Não queria trabalhar com Darden. Não queria ver Darden, ouvir Darden, sentir o cheiro de Darden. Não queria estar em qualquer lugar perto de Darden.

— Estou pedindo a ela para aumentar meu horário. Para me manter ocupada, entende?

Era sua penúltima esperança. A última era a de que alguém como Pete a levasse para um lugar em que Darden não poderia alcançá-la. O retorno de Darden era a sua punição. Ele suportara sua punição. Agora era a vez de Jenny.

Antes que Dan pudesse continuar, dizendo coisas que ela já sabia que não podia mudar, Jenny levantou-se, ergueu a bolsa e afastou-se.


— Oh, Jenny, eu bem que gostaria que fosse possível! — disse Miriam, quando Jenny reuniu coragem suficiente para perguntar.

Voltavam para casa, com quarenta minutos de viagem de carro, no percurso que durava cinqüenta minutos. O resto do pessoal — mais três pessoas — seguia em outro carro. Ela e Miriam estavam sozinhas na van. Fora uma viagem silenciosa até aquele momento.

— Mas foi até bom você mencionar isso. Eu não sabia como abordar o assunto.

Jenny não gostou da maneira como Miriam a fitava.

— Vou fechar a Neat Eats.

Jenny decidiu que devia ter ouvido errado. Manteve-se imóvel e calada, desejando fazer com que, dessa forma, as palavras se dissipassem.

— Não aceitei nenhum pedido além do final do mês — acrescentou Miriam. — Vou fechar a empresa.

A mensagem era a mesma, mas inconcebível.

— Não pode fechar.

— Era o que eu insistia em dizer para mim mesma. Estou feliz aqui, obtendo bons trabalhos, ganhando dinheiro. Por isso, resolvi me dar outro mês, mais outro... até que agora chegou o momento em que tenho de tomar uma decisão de qualquer maneira.

— Como assim?

— Lembra aquele meu irmão que tem um restaurante em Seattle? Há muito tempo que ele insiste para que eu me torne seu chef. Sempre respondi que não podia sair daqui. Mas agora ele terá de fechar se não tomar uma providência drástica, e eu sou a única providência drástica ao seu alcance, entende?

Jenny não podia entender. Só entendia que trabalhava para a Neat Eats, e ficaria desempregada se a empresa fechasse. Com Darden voltando para casa.

Ela teve a sensação de que ia vomitar. Engoliu em seco uma vez, depois outra. Miriam lançava-lhe olhares nervosos.

— Ninguém mais na cidade sabe até agora. Eu só contaria para todo mundo na próxima semana. Isso daria tempo para arrumarem outros empregos. Sei que a ocasião é a pior possível para você, Jenny, mas não tenho como evitar.

Jenny procurou por razões.

— Meus espetos de carne não estavam bons?

— Estavam deliciosos. A decisão nada tem a ver com você.

— Foi o prato de biscoitos de hortelã, não é?

Escapulira de sua mão.

— O prato de biscoitos de hortelã... o pote com os palitos... o pote de creme que transbordou... hoje não foi um bom dia para você, e acho que sei o motivo.

Jenny comprimiu a base da mão contra a barriga.

— Estou um pouco nervosa.

— Não deveria ficar. Ele é seu pai. Não levantaria a mão contra você. Além do mais, não é a primeira vez que o verá.

# Pelo Amor de Pete

Era verdade. Jenny visitava o pai todos os meses.
Era uma viagem de ônibus longa, sufocante e enjoativa,
que ela teria o maior prazer em fazer pelo resto de sua
vida se significasse que Darden permaneceria a distância. Ela virou-se para Miriam, suplicante agora.

— A volta dele não vai mudar nada. Continuarei a
merecer tanta confiança quanto antes. Prometo. Só preciso de mais trabalho.

— E Darden? Ele não pode trabalhar também?

— Não é o dinheiro. É para me manter ocupada. — A
Neat Eats era uma das poucas coisas boas em sua vida.
— Aceite mais contratos, Miriam. Posso trabalhar mais.
E não precisa nem me pagar pelo tempo extra.

Miriam soltou uma risada tensa.

— Isso não tem nada a ver com você, Jenny.

— Então o problema é Darden. Tem a ver com ele, não
é? Tem medo do que pode acontecer quando ele voltar.
Mas Darden não vai machucá-la. Não é um assassino.

— Jenny... — Miriam murmurou o nome com um suspiro,
os olhos grudados na estrada. — Por favor. Não torne
isso mais difícil do que precisa ser. Você encontrará
outro emprego.

— Onde?

— Por que não como garçonete naquela taverna em
Tabor?

Jenny sacudiu a cabeça. Um emprego assim ficava a
mundos de distância do que fazia para Miriam. Miriam
mantinha-a em segundo plano na maior parte do tempo; e
mesmo quando tinha de servir, era diferente. O cardápio era determinado. Não havia pedidos individuais.
Raramente ela precisava falar com os convidados.

Mas ser garçonete num restaurante significaria servir um milhão de refeições diferentes para um milhão de
pessoas diferentes, que tinham um milhão de maneiras
diferentes para lhe dizer que você era uma péssima garçonete. Ser garçonete assim significaria ter de fitar
as pessoas nos olhos. Significaria estar desprotegida.

— Não há ônibus para Tabor — balbuciou ela.

— Talvez seu pai possa levá-la de carro.

Ele levaria mesmo, com toda a certeza. Adoraria a intimidade da viagem de carro, na ida e na volta, adoraria se envolver em sua vida daquela maneira. Também adoraria assustar qualquer amizade que ela pudesse fazer, como já acontecera antes. Jenny acabaria enlouquecendo. Miriam deve ter percebido sua aversão, porque fez outra sugestão:

— Então tente a padaria na cidade. Annie fica mais e mais enorme com a gravidez, e Mark vai precisar de alguém para ficar em seu lugar.

Jenny apertou a maçaneta da porta e olhou pela janela. Mark Atkins não a contrataria, ainda mais depois da volta de Darden.

— Jenny? — Miriam lançava olhares para seu braço. — O que é essa marca vermelha? Não se queimou, não é?

Jenny esfregou a marca na parte interna do cotovelo. Não podia dizer que fora causada pelos beliscões que dera em si mesma. Miriam pensaria que ela era louca. Por isso, disse apenas:

— Devo ter batido em alguma coisa.

— Hoje? Enquanto trabalhava?

— Não. Ontem à noite.

— Fiquei preocupada. Lesões relacionadas com o trabalho são a última coisa que eu poderia querer quando estou tentando fechar a empresa. Os empregadores são processados pelas coisas mais absurdas hoje em dia. Não que você fosse capaz de fazer isso.

Ela diminuiu a velocidade ao entrar no centro de Little Falls. Virou na primeira rua à esquerda. Depois de parar junto do toldo da Neat Eats, virou-se para Jenny:

— Três horas da tarde de amanhã? Sem comida. Apenas você. Usando a mesma roupa de agora, mas lavada. Combinado?

Enquanto voltava para casa, a pé, Jenny tentou relaxar. Concentrou-se... pé esquerdo, pé direito, pé esquerdo. Manteve-se empertigada... pé esquerdo, pé direito, pé esquerdo, pé direito. Empurrou as preocupações para fora de sua mente, depois repetiu o processo quando tentaram voltar. Fez absolutamente tudo o que a revista dissera que a acalmaria... pé esquerdo, pé direito, pé esquerdo, pé direito. Ainda assim, seu estômago parecia gelatina quando subiu os degraus laterais e entrou na casa.

E foi então que ela viu as flores. Estavam na mesa da cozinha, na garrafa azul de água mineral que ela tirara de uma lata de lixo na festa do bicentenário da expedição histórica de Lewis e Clark, que desbravara o oeste dos Estados Unidos. Havia três margaridas-de-olho-preto. E ela adorava as margaridas-de-olho-preto.

Ela olhou ao redor, correu da cozinha para o corredor e a sala, voltou à cozinha. Mas não encontrou qualquer sinal de Pete.

E foi então que ouviu a motocicleta. Correu para a porta, na expectativa de vê-lo subindo os degraus. Mas ele não desmontou. Apenas tirou o capacete. Parecia inseguro.

— Várias vezes decidi ir embora, para depois voltar. Se eu tivesse um mínimo de bom senso, já estaria em outro Estado a esta altura. — Ele examinou o rosto de Jenny. — Não consegui chegar ao condado seguinte.

Pergunte-lhe por quê, disse Jenny a si mesma. Mas mudou de idéia, porque não queria que ele sequer pensasse no motivo pelo qual sentira necessidade de partir.

Pois precisava que ele ficasse.

Pergunte como ele está. Pergunte como dormiu. Pergunte se encontrou muito tráfego, ou quando comeu pela última vez, ou se sente fome. Pergunte a ele se não quer entrar.

— Trouxe flores para você — disse ele. — Olhei para as rosas e lírios, mas foram as margaridas-de-olho-preto que mais me agradaram. Talvez seja o garoto do interior que ainda existe em mim.

São lindas, pensou Jenny, mas teve medo de dizer em voz alta. Teve medo de dizer qualquer coisa, para que ele não desaparecesse de novo.

Ele mordia o canto da boca.

— Não paro de pensar em você. É diferente das outras mulheres que conheci. Isso a torna interessante. Começando pelos cabelos. Nunca vi cabelos assim. Ou sardas.

— São horríveis.

— São lindas.

— Não são, não.

— Claro que são. E tem mais. Nunca conheci uma mulher... desde que saí de casa, e já tem uma vida inteira... nunca conheci uma mulher que arriscasse a própria vida para subir num telhado pela pura alegria de possuir uma vista.

— As pessoas por aqui acham que sou louca.

— Se ser louca significa pensar por si mesma, sou a favor. Conheci muitas pessoas que fazem apenas o que se espera delas, e são chatas demais. Você é uma individualista. Procura pessoalmente, em vez de se sentar e precisar que os outros façam isso por você. Era o que eu mais detestava lá em casa.

Jenny queria ouvir mais.

— O que é mesmo que você mais detestava?

Pete sacudiu a cabeça e sorriu.

— Você primeiro. Por que vive sozinha?

Ela respirou fundo, com todo o cuidado.

— Com quem eu poderia viver?

— Um marido.

— Não há marido.

E nunca haveria, enquanto Darden vivesse. Fora o que ele jurara. E também jurara que a única coisa que o mantinha vivo na prisão era o pensamento de voltar para casa

Pelo Amor de Pete

e para ela. Dissera que Jenny lhe devia isso, e talvez estivesse certo. Mas era doentio, doentio, doentio...

— Onde está seu pai?

— No norte.

— O caminhão atrás da garagem é dele?

Jenny confirmou com um aceno de cabeça.

— E o Buick dentro da garagem também?

Outro aceno de cabeça.

— Por que você não anda com ele?

— Não tenho habilitação.

— Por que não?

— Havia muita coisa acontecendo, e acabei esquecendo de tirar a carteira. Mas não tem problema. Posso andar por toda parte, e há ônibus que vão para a maioria dos outros lugares. O que você mais detestava em casa?

— Como sua mãe morreu?

Ela não podia responder.

— O que você mais detestava em casa?

Pete cedeu.

— Pessoas que se apoiavam nas outras.

— É um luxo se apoiar nos outros. E às vezes bastante agradável.

— Às vezes, mas não todo o tempo. Você tem de fazer coisas na vida. — Foi a vez de Pete respirar fundo. — Mas também não posso falar muito.

— Por que não?

— Olhe para mim, sempre viajando, na metade do caminho entre aqui e ali, sem coragem para fazer o que tenho de fazer.

— E o que você tem de fazer?

— Voltar para casa. — Pete ofereceu um sorriso surpreso, os dentes muito brancos em meio ao escuro da barba por fazer. — É estranho. Não costumo falar às pessoas sobre os meus defeitos. Mas você arranca tudo de mim.

Jenny ficou assustada.

— Não tive essa intenção. E não é importante. Esquecerei o que você falou... e não precisa dizer mais nada. Não tentava ser intrometida. Acontece que você está aqui, é um homem interessante, e há muito tempo que ninguém conversava comigo assim...

Ela parou de falar abruptamente, incapaz de acreditar no que dissera. Agora, Pete saberia como ela era patética, solitária e desesperada.

Mas ele sorria.

— Vamos fazer um acordo?

Jenny teve medo de sentir qualquer esperança.

— Que tipo de acordo?

— Outra refeição feita em casa, em troca de qualquer coisa que seu coração desejar.

— Acho que não deveria oferecer isso.

— Por que não?

— Posso aceitar.

Pete considerou o comentário por um momento. Estudou o capacete. Saltou da motocicleta, pôs o capacete no assento. Ficou de costas para Jenny por outro minuto. Depois, virou e caminhou na direção dela.

Jenny estava com a mão na tela. Quando Pete a alcançou, seu coração saltou pela garganta. Ele tocou com os nós dos dedos na palma de Jenny, roçando pela tela. Olhando para o movimento, ele disse:

— A oferta continua de pé. Não há nada que você possa pedir que eu não esteja disposto a dar, pelo menos hoje. Não posso lhe dizer como será amanhã, ou depois. Não sou bom em promessas a longo prazo. Meus antecedentes são os piores possíveis. Tenho o hábito de desaparecer quando as coisas se tornam difíceis. As pessoas me condenam por isso.

— Pois esta é a sua oportunidade de redenção.

Mas Jenny perdeu a capacidade de dizer mais alguma coisa quando os olhos de Pete subiram pela tela e se encontraram com os seus. Eram olhos ardentes, convidativos, como ela nunca vira antes, fazendo o calor descer de seu rosto para a garganta e o peito, acariciando o coração por um instante, antes de se projetar para a barriga. Ele olhou para a boca de Jenny, e murmurou:

— É perigoso. Sabe o que eu quero?

Ele queria sexo. E sexo com um homem como Pete seria de uma beleza empolgante.

Jenny abriu a tela. Ele entrou e parou na sua frente, tão alto que ela teve de inclinar a cabeça para fitá-lo, tão alto que se sentia resguardada. Ela sentia um calor intenso por dentro, o corpo tremia todo, como as revistas diziam que acontecia quando se encontrava o homem certo.

Pete ia beijá-la. Ela sabia disso. E sentiu um súbito pavor, o medo de que os bons sentimentos morreriam. Mas precisava dele. Pete era tudo o que lhe restava. Sua única esperança de escapar.

As bocas se encontraram. Ela se empertigou, contra a sensação de sufocamento, mas não foi o que aconteceu. Não houve sufocamento, nem vertigem, nem terror. Apenas gentileza, suavidade e o desejo — isso era novidade — de querer mais.

Mas Pete se inclinou, sussurrando... beijando, sugando, mordiscando, tudo em sussurros. Não pediu nada em troca, o que foi bom. Jenny não seria capaz de dar, mesmo que sua vida dependesse disso. Além do mais, estava tão envolvida pela novidade do que sentia para fazer qualquer outra coisa que não ficar parada ali, os joelhos bambos, os olhos fechados, a cabeça inclinada para trás, os olhos entreabertos.

Jenny especulava o que mais seria verdade naquelas revistas quando ele soltou-a e respirou fundo.

Jenny encostou-se na parede, o queixo abaixado, e esperou que ele dissesse alguma coisa mesquinha e repulsiva. Como isso não acontecesse, ela ousou levantar os olhos. Pete sorria.

— Está vendo? — murmurou ele. — Foi interessante. E ainda estamos vestidos.

Ela engoliu em seco. Pete era maravilhoso. Tinha de persuadi-lo a ficar.

— Não precisamos continuar assim.

Ele apenas sorriu. Roçou o polegar pelas sardas de Jenny.

— Há tempo.

O coração de Jenny se derreteu. Pete era tudo o que ela sempre sonhara que um homem poderia ser. Pensou em se beliscar para ter certeza de que era real. Mas como uma presença física tão grande podia deixar de ser real? Ao fitá-lo, sentindo o carinho em seu sorriso, Jenny soube pela primeira vez o que significava estar apaixonada, querer oferecer tudo a um homem. Infelizmente, o que tinha para oferecer era mínimo.

— Você gosta de fajitas de frango?

— Adoro fajitas de frango.

— Fiz para uma festa, mas exagerei na quantidade. Há muitas no freezer. Posso fritar... a menos que você prefira um filé Wellington...

— Fico com as fajitas de frango.

Jenny sorriu.

— Boa escolha.

— Faça isso de novo... o pequeno sorriso.

— Que sorriso?

— O que acabou de dar. Deixa-a iluminada.

— É mais provável que faça minhas sardas realçarem.

— Faz você parecer feliz.

Ela estava feliz.

E foi nesse instante que o telefone tocou. Ela ficou paralisada. Nada de bom vinha de telefonemas para Jenny. Jamais.

Ela queria deixar tocar. Mas se fosse Darden, não haveria fim para suas perguntas depois sobre o lugar em que ela se encontrava, o que fazia, por que não atendera.

— Alô?

— Sou eu, Dan. Temos um problema, MaryBeth. O velho Nick Farina está armando a maior confusão. Diz que você roubou suas flores. Sei que há uma explicação, mas ele não quer me escutar. Insiste que tenho de ir até aí e procurar, que você roubou as margaridas-de-olho-preto de seu jardim. Fez isso?

— Por que eu faria?

— Foi o que perguntei a ele. Há margaridas-de-olho-preto crescendo por toda parte. Ele jura que viu você pegando três grandes em seu jardim.

— Eu estava na estrada. Não há outro jeito de voltar para casa do trabalho senão passando pela casa dos Farina.

— Eu disse isso a ele. — Dan suspirou. — Vou telefonar e avisar que já conversei com você. Mas esteja preparada. Ele é capaz de brigar com você quando passar por lá amanhã.

Jenny agradeceu pelo aviso e desligou. Virou-se e prendeu a respiração. Depois, ofereceu um enorme sorriso a Pete. Porque ele ainda estava ali. Isso deixou-a feliz de novo.

— Quer uma cerveja enquanto cozinho?

— Claro.

Ela pegou outra Sam Adams na geladeira — Darden não daria pela falta de outra garrafa — e entregou-a. Depois, abriu o freezer. Num instante, tinha todos os ingredientes para as fajitas chiando numa frigideira de ferro, a salsa borbulhando numa panela, as tortillas esquentando no forno. Não derramou nada porque não estava nervosa. Pete era diferente de todos os homens que já conhecera. Enquanto ela cozinhava, Pete sentou sossegado, apenas observando-a, como se só isso já fosse suficiente para lhe proporcionar prazer. Não a deixava constrangida. Não fazia perguntas que ela não queria responder, não praguejava, não ameaçava vingança. Várias vezes se ofereceu para ajudá-la a cozinhar, mas ela sempre recusou. Não demorou muito para que os dois estivessem rindo a respeito. Mas o riso também era fácil. O riso era maravilhoso! E Jenny descobriu subitamente que se sentia relaxada, o que era uma sensação nova para ela.

Terminaram de comer e ficaram sentados de frente um para o outro, deixando a comida assentar. Foi quando ela começou a se sentir inibida pela opção que tinha de fazer. O que seu coração desejava em troca de uma refeição? Não podia sequer começar a escolher. Por isso, perguntou:

— Por que disse que era egoísta?

Quando ele franziu o rosto, Jenny acrescentou:

— Ontem à noite. Quando o convidei a entrar. Você disse que era egoísta, solitário ou não.

Um minuto inteiro se passou antes que ele respondesse:

— Não tenho sido generoso.

— Com sua família?

Ele parecia angustiado.

— Eu era o mais velho dos filhos. Durante todo o tempo, tinha mais responsabilidade do que os outros. Meu pai descarregava em cima de mim, dizia que eu tinha de dar o exemplo para os outros. O que eu detestava. Assim, quando tive a oportunidade de ir para a universidade, não hesitei em aproveitá-la, e fui para o mais longe que podia. Achei que os outros poderiam aprender a fazer o trabalho, como acontecera comigo. E eles aprenderam. Só que surgiram alguns problemas ao longo do caminho, e eu não ajudei. Tornei-me um mestre em não retornar ligações.

— Por quê?

Jenny não conseguia desviar os olhos dele. Não parava de estudá-lo. Gostava da maneira como ele flexionava a mão, forte, mas sem ameaça. O mesmo com o antebraço, a manga enrolada: forte, mas sem ameaça. Até mesmo as sobrancelhas unidas indicavam sabedoria.

— Por algum tempo, apenas senti raiva — disse Pete. — Estava convencido de que ganhara o direito a ter um pouco de liberdade. Não queria tomar conhecimento das preocupações dos outros e ser absorvido. Não queria

# Pelo Amor de Pete

dizer não, ou me sentir culpado ao fazê-lo. Não queria ser obrigado a ter as respostas. Agora, não tenho realmente as respostas. É como se estivesse paralisado.

— Como se quisesse voltar, mas não ser capaz de se obrigar a fazer isso.

— Exatamente.

— Como se soubesse o que tem de fazer. Relacionou todas as razões, e as outras pessoas também, mas ainda assim não pode partir.

— Isso mesmo!

— Como se, entre todas as suas opções, apenas uma fizesse sentido. Mas essa opção é muito mais difícil.

Pete parecia espantado.

— Você compreende.

Claro que ela compreendia. Sabia de tudo sobre paralisia, sobre engano e culpa.

— Como sua mãe morreu? — perguntou Pete.

— Foi um acidente.

— Vocês duas eram muito ligadas?

Jenny sacudiu a cabeça em negativa.

— Eu não era o menino que ela queria. Teve um antes de mim, mas ele morreu quando era pequeno. Eu deveria substituí-lo. Mas nasci uma menina. Ela jamais gostou de mim.

— Não acredito.

— É verdade... e por mais razões do que isso.

— Que razões?

Mas Jenny já falara demais. Olhou para suas mãos.

— Não tenho nada para lhe dar.

Pete atraiu os olhos dela com uma risada.

— Você faz uma fajita razoável.

Ele pôs os cotovelos na mesa, aqueceu-a com os olhos — pestanas compridas e escuras, lindas de morrer — e ofereceu um sorriso divertido, que a deixou enternecida.

— O que vai ser, Jenny? Qual é o desejo do seu coração?

Ficar aqui, bem aqui, neste momento. Emoldurar a expressão em seu rosto e pendurar no espelho, por cima de todos aqueles convites para festas que roubei. Congelar este momento e guardá-lo para a ocasião em que... para a ocasião...

— Uma excursão. Há uma estrada sinuosa nas montanhas. Trilha Nebanonic. Deixa a pessoa atordoada quando se vai muito depressa.

— Já fez essa trilha antes?

— Não.

Darden não queria levá-la quando era pequena, e não havia ninguém para levá-la mais tarde. Mas ela ouvia o que as crianças diziam a respeito na escola, e muitas vezes sonhara em ir até lá.

Pete bateu com as mãos na mesa e levantou-se.

— Vamos embora.

# Onze

Duas horas depois, Jenny ainda não estava disposta a entrar. De volta a casa, ela deitou-se numa tenda de galhos de pinheiros pendendo, no quintal dos fundos, e recordou a exultação da trilha Nebanonic. Todas as coisas que ouvira falar, ao longo dos anos, eram verdadeiras. A trilha era tão assustadora quanto era emocionante. Na motocicleta de Pete, fora inacreditável: vinte minutos a se inclinar em uma curva depois de outra, de abraçar Pete, enquanto o vento assobiava, o nevoeiro zombava, e a noite escondia seus segredos até o último minuto, quando entravam numa curva ou mergulhavam num declive. Durante todo o tempo, Jenny sentira-se viva, livre e ousada. Se sofressem um acidente, ela morreria feliz.

Os galhos se abriram e Pete apareceu em seu refúgio. Teve de se abaixar para entrar. Mas em vez de se empertigar, depois que estava lá dentro, acomodou-se no chão, de pernas cruzadas, como ela. Os joelhos se encostaram.

Embora escuro, Jenny viu o sorriso dele e sorriu também. Sabia que exibia um sorriso tolo, com os cabelos desmanchados em todas as direções pelo vento. Mas Pete não parecia se importar. Se por acaso se importasse, poderia ir embora, poderia dizer, por exemplo: "O desejo do seu coração já foi atendido, e agora chegou o momento de eu seguir adiante." Mas não foi o que ele fez.

Ela queria lhe agradecer por isso, por levá-la pela trilha; e ofereceu um pouco de si mesma:

— Este é o meu lugar especial. Passava horas escondida aqui quando era pequena.

— Escondida?

— Minha mãe me batia quando ficava zangada. E se zangava com freqüência. Eu me escondia aqui até ela se acalmar.

— Foi ela que fez as cicatrizes nas suas pernas, não é mesmo?

Jenny respirou fundo.

— Ela usava a bengala de seu pai. Tinha uma cinta de latão na extremidade e parafusos prendendo a cinta.

— Ela batia em você com essa bengala? Que tipo de mãe é capaz de fazer isso?

— Eu a deixava furiosa.

— Ela poderia até gritar com você. Mas deixá-la sangrando? Com cicatrizes permanentes nas pernas? Alguém devia tê-la impedido. Porque alguém notou, com toda a certeza.

— Eu usava calça comprida. Ou meias altas.

— Então seu pai. Ele devia saber. Por que não a impedia?

— Ele tinha uma empresa de mudança. Às vezes passava quatro ou cinco dias fora de casa.

— Ele nunca via suas pernas?

— Claro que via. Mas deixava-a fazer, porque se sentia culpado.

— Pelo quê?

As forças de Jenny definhavam. Ela ergueu as pernas, encostou o queixo nos joelhos e sacudiu a cabeça.

Pete pegou sua mão. Deixou-a pendendo entre as suas. A cada pequeno movimento, o passado se desvanecia... mais... mais. Ajudava o fato de contar com os dedos de Pete para se concentrar. Eram finos, as pontas rombu-

Pelo Amor de Pete

das, tão reais que as outras coisas também se tornaram reais. Como o tamanho de Pete, sua força. Como ele tinha um cheiro agradável. Como o calor de sua pele, os arrepios que provocava na barriga de Jenny, cada vez mais profundos, um anseio intenso.

Ela nunca sentira esse anseio antes... nem a curiosidade que o acompanhava, uma curiosidade sobre coisas físicas, sobre Pete. Por exemplo, se ele tinha cabelos no peito, até que ponto seus mamilos eram escuros ou se havia pintas em suas costas. Deveria se sentir repugnada por esses pensamentos, mas não era o que acontecia. Em vez disso, especulava se ele não estaria sentindo as mesmas coisas em relação a ela. Pete não estava calmo, a julgar por sua respiração. Mas era um anseio sexual? Ou uma coisa mais profunda? Ou ela estaria imaginando tudo? Ainda não sabia por que um homem como Pete haveria de querê-la.

Mas lá estava ele, chegando mais perto, tocando em seu pescoço, sua garganta, na abertura da camisa pólo. E, de repente, Jenny se descobriu de joelhos, segurando-se com toda a força em seus ombros, querendo uma coisa que não podia definir, porque o significado era novo para ela.

— Pode me dizer — sussurrou ele.

As mãos de Pete pairavam sobre os seios dela. Ela sentia que seus seios intumesciam, mas não podia se projetar ao encontro de suas mãos. Não foi capaz, talvez num gesto deliberado, porque os seios doíam durante o sexo. O que não explicava o anseio pelas mãos de Pete... não explicava nada. Confusa, mas compulsiva, Jenny gritou:

— Pode fazer o que quiser, qualquer coisa, que não vou me importar!

O que Pete fez foi enlaçá-la e puxá-la ao seu encontro. Manteve-a assim, até que ela se sentiu menos frenética. Jenny sentiu o peso do corpo dele sobre seus seios e barriga, até mesmo entre as pernas, por um instante muito breve para ser uma ameaça, antes que ele rolasse de lado e a aconchegasse em seu braço.

Nenhuma ameaça, nada de força, apenas um abraço carinhoso. Jenny deixou escapar um suspiro trêmulo, enquanto se aninhava ainda mais. A ânsia interior diminuiu. O prazer tomou seu lugar. Depois, quando o calor de Pete a envolveu, seguiu-se o contentamento. Ela começou a sorrir.

— Ah, Jenny, por que não nos conhecemos em outra ocasião? — indagou ele, a voz rouca.

— Porque eu precisava de você agora. — Ela escutou os sons da noite. — Acredita em Deus?

— Às vezes. Por quê?

— Lembro de ter ido à igreja quando era pequena. Fiquei olhando para a batina do sacerdote. Imaginei que Deus também usava um traje assim. Eu me esconderia ali, e fingiria que estava sob a saia de Deus. O que proporcionou um sentimento de segurança. Sinto a mesma coisa agora. Como se estivéssemos isolados do mundo. Como se nada da feiúra pudesse nos alcançar. Entende o que estou querendo dizer?

Pete dormiu no quarto vago, depois de levá-la para casa, e fazer o comentário de que ninguém podia lhe dizer que o cavalheirismo não estava vivo e bem.

Jenny podia viver sem o seu cavalheirismo. Quando estava nos braços de Pete, o mundo tornava-se um lugar de possibilidade e esperança. Gostaria de passar a noite ali. Apenas sendo abraçada.

Em vez disso, ela deitou-se de novo na colcha velha, estendida no chão de seu quarto. Não podia deitar-se na cama, não naqueles lençóis de seda repugnantes, não com Pete na casa. Iria se sentir suja. E, de qualquer forma, não estava cansada. Deitou-se, sentou-se, tornou a deitar-se, virou de lado, sentou-se outra vez. Foi até a porta e escutou. Saiu para o corredor, aproximou-se em silêncio da porta de Pete e escutou. Quando ouviu a respiração do sono, entrou no quarto e comprimiu-se contra a parede.

Ele estava deitado de barriga para baixo. Tinha um braço estendido por baixo do travesseiro, o outro pendendo para o chão. A mão estava relaxada. Os ombros eram largos, a pele lisa e brilhante por cima da sombra dos cabelos nas axilas. O tronco afilava para a cintura e quadris estreitos. Não usava cueca. Havia apenas o lençol, empurrado para baixo, cobrindo as pernas, que eram longas e musculosas, saliências sinuosas na paisagem, fora isso, retilínea da vida de Jenny.

Ela se aproximou na ponta dos pés. Como ele não acordasse, Jenny chegou ainda mais perto, até que pôde divisar os detalhes da orelha, a protuberância do pomo-de-adão, a parte posterior enrugada do cotovelo. E, subitamente, ela sentiu uma incrível plenitude. Como se o seu interior absorvesse litros e mais litros de emoção. Como se estivesse prestes a estourar.

Trêmula com o sentimento, mas tão silenciosa quanto possível, ela baixou para o tapete trançado e enroscou-se ao lado do lugar em que Pete dormia. Não queria explodir. Significaria perder o que tinha lá dentro, e ela não queria renunciar a nada. Por isso, abraçou a si mesma, fechou os olhos e ficou contando as respirações de Pete, até que adormeceu.


Dormiu até tarde e sentia-se pesada quanto o telefone tocou. Fazia um chá para conseguir despertar por completo, mas o som do telefone conseguiu isso.

Eram 8h35. Ela sabia quem era. E seu estômago também sabia, porque se contraiu todo, duro e dolorido.

Não atenda, Jenny. Mas ela tinha de atender. Ele estará em casa dentro de dois dias. Não pode esperar? Passara seis anos preso... por ela. E daí? Não atenda.

— Alô?

— Olá, meu bem.

Ela engoliu em seco. Aquela voz monótona, untuosa, insinuante, já era suficiente para deixá-la nauseada.

— Oi, papai.

— Como está minha garota? Cada vez mais empolgada? Diga a ele que não. Diga que você não estará aqui quando ele voltar para casa. Diga que vai embora.

— Fiz tudo o que pediu, papai.

Não era verdade, mas ela precisava de alguma coisa para dizer.

— Já tirou de casa as coisas de sua mãe?

— Já.

Uma pequena mentira. Mas o trabalho pavoroso estaria concluído quando ele chegasse à casa.

— Esvaziou as gavetas?

— Esvaziei.

Faria isso amanhã.

— Não serve para nada ter lembretes. Vamos começar tudo de novo, meu bem. Tudo o que aconteceu vai ficar para trás.

Jenny encostou-se na pia, tentando respirar pelo nariz.

— Não se pode dizer que não a amávamos — continuou Darden. — Mas ela era ciumenta demais, para o seu próprio bem. Ciumenta e má. Podemos dizer isso agora. Pagamos por sua morte. Agora, os bons tempos começam. Mais duas noites aqui, e depois estarei em casa. Dizem que será depois do almoço, na terça-feira, que toda a documentação estará pronta. São uns burocratas filhos-da-puta. Mas não tem problema. Significa que você pode dormir um pouco mais, vestir-se sem pressa, arrumar os cabelos. Está deixando-os soltos para mim, não é? Sabe que é assim que eu adoro.

— Não posso ir — balbuciou Jenny.

A voz untuosa endureceu.

— Como?

— Não posso ir buscá-lo. Tenho de trabalhar.

— Seu velho está saindo da prisão, e você tem de trabalhar? Acho que sou razão suficiente para você tirar o dia de folga.

Jenny tremia toda. Mas o que significava mais uma pequena mentira quando a alternativa era tão infame?

— Haverá um almoço grande, maior do que qualquer outro que já fizemos. Será numa casa nas montanhas, oferecido por alguém muito ligado ao governador. Virão pessoas de vários lugares, em jatos particulares, até mesmo em helicópteros. Miriam precisa de mim.

— Eu também preciso de você. Tenho apodrecido aqui pelo seu próprio bem. Quem você vai escolher, Miriam ou eu?

Jenny estava à beira das lágrimas. Darden sempre tornava tudo tão difícil quanto era possível.

— Não estou escolhendo entre você e ela. Apenas trabalhar faz mais sentido. Se eu pudesse ir de carro até aí, seria uma coisa. Mas não posso. O trabalho vai terminar a tempo de encontrá-lo na parada de ônibus na cidade.

— Não ali. Quero você aqui, MaryBeth.

— Não posso, papai. — Jenny teve uma idéia. — Escute, papai. Se eu fizer esse trabalho grande para Miriam, ela não vai negar quando eu disser que não posso trabalhar depois. Assim, passarei mais tempo com você.

Isso o acalmou um pouco.

— Não vai trabalhar pelo resto da semana?

— Não.

— Acho que está certo.

— Bem, talvez não dê... Provavelmente estarei a caminho. Mas sei que vai querer falar com outras pessoas, com as quais não se encontra há anos...

Jenny parou de repente, sem dizer mais nada. Darden não precisava lhe dizer que suas palavras eram absurdas. Não havia mais ninguém que ele quisesse ver. Ela era a única. E na voz que ela mais detestava, a que indicava que não aceitaria suas desculpas, Darden disse:

— Quero você esperando naquele ponto de ônibus, usando aquele vestido florido que encomendei. E quero seus cabelos lavados, crespos e macios. Já devem passar da cintura a essa altura. Medirei quando chegarmos em casa, contra sua pele. Portanto, mantenha a pele macia sob o lindo vestido. Não deixe de me esperar no ponto de ônibus, entendido?

Jenny mal largara o fone no gancho quando vomitou o pouco que tinha no estômago. Mesmo depois que despejou tudo, ela continuou a ter ânsias de vômito. Foi molhar o rosto. Passou água no pescoço. Pôs na boca, gargarejou várias vezes. A essa altura, estava chorando, enormes soluços que sacudiam todo o seu corpo, porque restavam apenas dois dias. Sentia-se nauseada e assustada... e com raiva, por não ter sido mandada para a prisão, por não ter morrido ali, no chão da sala, porque não era justo, tudo que tinha na cabeça, e estava ficando cada vez pior. Ela não se importava por Darden dizer que fizera por ela; fizera por ele próprio, e agora pretendia aproveitar, e se ela tentasse impedi-lo, ele a lembraria, traria tudo de volta, até que ela começasse a chorar, para poder abraçá-la, enfiar os dedos por seus cabelos...

Ela pegou na gaveta a tesoura da cozinha, pegou um punhado dos odiados cabelos ruivos e cortou. Pegou outro punhado e cortou também. Continuou assim, até que os cachos ruivos estavam espalhados sobre o balcão, o chão, a mesa da cozinha.

— Ei! — A voz de Pete era profunda, ressonante e preocupada. — Jenny, Jenny, o que está fazendo?

Ele tirou a tesoura de sua mão.

— Pelo bom Deus, Jenny, qual é o problema?

Ele levantou o rosto de Jenny e fitou-a nos olhos.

— Detesto meus cabelos! São nojentos!

Os polegares de Pete removeram suas lágrimas.

— Não são, não.

— Falo sério. Odeio meus cabelos. Preferia ser careca!

Ele sacudiu a cabeça, devagar, deliberado.

— Não, sei que não preferia.

— Claro que preferia. Você não compreende. Era meu pai ao telefone. Ele voltará para casa na terça-feira. Sabe onde ele estava? Na prisão. Passou seis anos ali. Sabe por quê? Homicídio. Sabe quem ele matou? Minha mãe!

Ela sentiu que ficava vazia por dentro, como acontecera no tribunal. Era a primeira vez que dissera isso tão abruptamente desde então, e o horror era terrível. Nada mudara, absolutamente nada.

Só uma coisa era diferente. Não dissera apenas para as paredes; contara para Pete. Agora ele sabia o que o resto da cidade sabia, e por que evitavam-na durante todos aqueles anos. Esperou que Pete recuasse, esperou pela expressão de repulsa que era inevitável; e se não houvesse repulsa, haveria compaixão; e se não houvesse compaixão, medo.

Mas ele não recuou e a expressão em seu rosto foi de aflição e carinho, a tal ponto que ela desatou a chorar.

— Oh! Jenny... — sussurrou ele, abraçando-a. — Sinto muito.

Ela chorou ainda mais. Pete puxou sua cabeça contra o peito. Estendeu as mãos para as costas de Jenny, a fim de apertá-la. Ela se entregou, deixando que os braços a protegessem do mundo. Enquanto as lágrimas escorriam, seus pensamentos mais sinistros também se esvaíram. Em seu lugar veio alguma coisa mais quente e mais brilhante, que lhe deu força.

— Ele adora meus cabelos compridos — balbuciou Jenny, entre os soluços. — E quando passa os dedos por meus cabelos, tenho vontade de vomitar.

— Você o odeia?

— Sim... não. O que posso dizer? Ele me apavora. Faz isso com as pessoas. Controla as pessoas. Antes de ir embora, avisou que qualquer um que me fizesse mal iria se arrepender. Que qualquer pessoa que me tocasse se arrependeria. — Ela levantou os olhos para Pete. — Por isso, as pessoas são corteses, mas não chegam perto. Você corre risco por estar aqui.

Ele removeu as últimas lágrimas, para que ela pudesse ver seu sorriso torto.

— Já era tempo, eu diria.

O sorriso se tornou mais gentil. Os olhos desviaram-se para os cabelos. Ele inclinou a cabeça para um lado e outro.

— Quer saber de uma coisa? Não está nada mau. Ao contrário. Posso ver melhor seu rosto sem tanto cabelo. Acho que acertou em cheio. — Pete pegou a tesoura. — Posso acertar as pontas?

Ele cortou por vários minutos, movimentando-se em torno de Jenny. Depois, dobrou os joelhos para que seus olhos ficassem no mesmo nível. Pegou o queixo de Jenny e virou o rosto para um lado e outro.

— Nada mau... — murmurou Pete, sorrindo. — Vá tomar uma chuveirada, enquanto eu limpo aqui.

Ele virou-a na direção do corredor e deu um empurrão de leve.


Miriam teve uma reação de surpresa quando Jenny apareceu na porta traseira aberta da van da Neat Eats. Abriu a boca, tornou a fechar, abriu de novo.

— Jenny?

Jenny tocou os cabelos. Sentira-se confiante ao se contemplar no espelho em casa, mas essa confiança fora abalada pelos olhares que recebera na vinda para a cidade. Agora, pensava a mesma coisa que as pessoas espantadas: Darden vai matá-la.

— Eu queria mudar — disse ela a Miriam.

— E mudou mesmo.

Miriam enfiou as bandejas nas prateleiras na van, limpou as mãos na toalha presa na cintura e pegou Jenny pelo braço.

— Deixe-me acertar as pontas, pelo menos.

# Pelo Amor de Pete

— Não é problema. Pete já fez isso.

— Pete? Quem é Pete?

Jenny não tinha certeza se deveria ter dito qualquer coisa. Mas escapara.

— É um amigo.

Ela sentiu um toque de orgulho, algo tão novo que as faces ficaram rosadas. Mexeu no trinco da porta.

— Você não o conhece. Pete não é daqui.

— E de onde ele é?

— Do oeste.

— Como o conheceu?

— Foi por acaso, depois do baile, na noite de sexta-feira. Um homem alto e forte, blusão de couro, botas. Por acaso não o viu?

Ela lançou um olhar para Miriam, que parecia perplexa.

— Não, não vi. Mas teria notado alguém assim.

— Ele estava lá fora. Talvez tenha sido por isso que não o viu.

— Também estive lá fora. Botas e blusão de couro? Eu teria notado alguém assim, com toda a certeza.

— Ele não permaneceu lá o tempo todo. Ficou um pouco e depois se afastou. Talvez estivesse atrás de uma árvore quando você saiu. Foi por isso que não o viu. Ele anda de motocicleta.

— Ah... — murmurou Miriam, com uma súbita jovialidade. — A coisa se complica. O que ele veio fazer aqui?

— Estava apenas de passagem.

— E resolveu ficar em sua casa? Jenny, Jenny, você é terrível!

— É tudo muito decoroso.

Jenny falou antes de perceber que Miriam estava apenas zombando. Embaraçada, ela deu de ombros.

— Pete, hein? E ele cortou seus cabelos?

— Eu cortei. Ele apenas aparou as pontas.

— Vou apenas aparar mais um pouco.

Jenny achava que seus cabelos estavam ótimos. Mas Miriam era sua patroa, uma pessoa meticulosa e firme. Além do mais, Jenny não podia correr o risco de irritá-la ao dizer não.

— Pronto — disse Miriam, algum tempo depois. — Era só igualar um pouco atrás.

Jenny tivera a impressão de que não fora só atrás. Sentia-se um pouco assustada com a extensão dos fios de cabelo que se espalhavam pelo chão. Mas Miriam usava o pente agora, experimentando um jeito e outro, afofando os cabelos. Até sorriu.

— Você ficou muito bem. Mais sofisticada. Não parece mais tão opressiva.

Ela virou Jenny para o espelho. Jenny tocou nas pontas que se enroscavam para a frente sob o queixo, a linha lateral que substituíra a maneira como sempre repartia os cabelos no meio. Também gostou de sua aparência. Mais sofisticada. O comentário também agradou. Poderia dizer que os cabelos eram agora curtos e lisos, se não fosse pelas pontas enroscadas.

Mas logo as mãos de Miriam voltaram a entrar em ação, juntando os cabelos no coque que ela alegava que era higiênico. Muito depois que a aparência severa prevaleceu, no entanto, Jenny continuava a se apegar à imagem anterior. Mais sofisticada. Ela gostava muito disso.

Darden detestaria. Mas não Pete. Ela sorriu. Pete ia amar. Mal podia esperar para lhe mostrar.

Isto é, mal podia esperar para tornar a vê-lo. Mesmo agora, ao recordar, Jenny ainda podia sentir o calor que experimentara quando ele a levara até a porta, e dera um empurrão de leve na direção da cidade.

— Tem certeza de que não quer uma carona, Jenny?

Ela acenou com a cabeça. Não queria as pessoas perguntando quem era ele, e por que a acompanhava. Não queria que informassem a Darden, pelo menos até ela saber o que diria.

Pelo Amor de Pete

— Preciso de tempo para pensar. Tenho de decidir o que fazer.

Ele pegara o rosto de Jenny nesse momento, como parecia gostar de fazer, emoldurando-o com as mãos, como se fossem os antolhos de um cavalo, bloqueando a visão de todo o resto.

— Como posso ajudar?

Jenny jurara que não suplicaria, mas os fatos de sua vida espreitavam logo além do contato das mãos de Pete. Por isso, ela dissera:

— Não vá embora. Fique um pouco mais. Esteja aqui quando eu voltar.

Ele beijara-a na boca, no nariz, nos olhos, que Jenny fechara. Sem a distração da vista, a voz de Pete era ainda mais sonora.

— Estarei aqui. Volte depressa.

Jenny trabalhou depressa. Correu com a última bandeja da cozinha para a van, depois da van para a casa em que seria realizado o churrasco. Foi para o quintal dos fundos, em que as grelhas estavam sendo armadas. Correu de mesa em mesa, em torno da piscina, ajeitando os guardanapos de coquetel e as velas. Levou as bebidas da cozinha para a extremidade da mesa do bufê. Pôs as cestas com pães e as bandejas com condimentos no meio da mesa. Levou pratos e guardanapos de papel, junto com talheres de plástico, para a extremidade da mesa, perto das grelhas.

— Mais devagar — disse Miriam, em determinado momento.

Mas Jenny não podia se conter. Quanto mais cedo arrumasse tudo, ela calculava, mais cedo poderia voltar para casa e se encontrar com Pete.

Infelizmente, as mãos não eram tão rápidas quanto os pés. Teve de rearrumar os guardanapos quando Miriam disse que pareciam desarrumados. Teve de enxugar a poça deixada por uma garrafa de dois litros da água mineral Mountain Dew quando escorregou de suas mãos. Teve de levar de volta para a cozinha toda uma bandeja com batatas cozidas, quando a pôs na beira da mesa e caiu.

— Relaxe, Jenny — sussurrou Miriam, porque os convidados já haviam chegado. — Não há pressa. Permaneça calma.

Jenny se tornou mais lenta e cautelosa depois disso. Concentrou-se em cada tarefa que Miriam determinava. Tudo correria bem se a anfitriã não a incumbisse também de fazer uma dúzia de coisas. Se não era "O cavalheiro de blazer verde está querendo o molho", era "Leve um copo de água do filtro para aquela mulher de azul ali", ou "Quero sal e pimenta-do-reino em todas as mesas", ou "Encha a mamadeira do bebê com leite da geladeira e esquente um pouco, não muito, apenas um pouco. Você sabe como verificar, não é?".

Jenny fazia o melhor que podia. Mas com Miriam e a cliente pedindo coisas, não podia deixar de se atrasar; e quando corria para recuperar o tempo perdido, cometia erros. Por isso, teve um mau dia. Mas um mau dia não era tão terrível assim. A comida ainda era ótima. E que diferença fazia se o evento não saísse perfeito, já que Miriam fecharia o negócio de qualquer maneira?

Nada disso a fez se sentir melhor, no entanto, quando Miriam a levou para um canto, depois que voltaram, e disse:

— Quero que tire os próximos dias de folga, Jenny. Está muito distraída.

— Juro que estou bem.

— Não é o que parece. Fique em casa até Darden voltar e assentar. Estará se sentindo melhor então.

— Mas preciso trabalhar — insistiu Jenny.

E ela começou a limpar a mesa comprida, de aço inoxidável.

— Ele quer que eu trabalhe. Ficará zangado se eu não trabalhar. Aceite minha palavra. É melhor se eu trabalhar.

Miriam pegou a mão de Jenny e obrigou-a a parar.

— Não para mim. De qualquer forma, só tenho dois eventos esta semana, e ambos são pequenos. AnneMarie e Tyler podem cuidar de tudo. Você precisa passar algum tempo com seu pai e começar a procurar outro emprego.

— Não vou conseguir nenhum.

— Claro que vai. Eu lhe darei as melhores recomendações.

Jenny sabia que nem uma recomendação do papa a ajudaria. As pessoas não queriam sua presença. Não fazia diferença se era por causa dos cabelos, das sardas, ou do nome, o fato é que não combinava com as outras pessoas. Não era capaz de manter uma conversa descontraída, não conseguia sorrir, ainda mais com pessoas que acabava de conhecer. Afinal, podiam ver em seus olhos a verdade do que ela era.

Miriam fora especial. Mas Miriam ia embora.

— Você pode trabalhar no casamento de DeWitt no próximo sábado, Jenny. Combinado?

Jenny acenou com a cabeça em concordância. Deu uma última esfregada na mesa e pendurou o pano ao lado da pia. Saiu para a noite que escurecia depressa e seguiu para casa. Recusava-se a pensar, categoricamente, no que poderia acontecer antes que tornasse a ver Miriam. Mas o pensamento veio de qualquer maneira... e não apenas veio, mas também se multiplicou, pressionando-a com tanta intensidade que as pernas começaram a tremer. Não percorrera um quarteirão quando teve de se sentar no meio-fio.

Passou os braços pelos joelhos. Baixou o rosto e contraiu os olhos, fazendo com que a Main Street se tornasse uma imagem indistinta de luzes e sombras, que poderia ser Londres, Paris ou Wyoming, logo ao sul de Montana. E pensou em Pete.

Começou a se levantar, mas sentou-se de novo. Não sabia se era melhor ficar ali e imaginar que ele a esperava em casa, ou chegar lá e descobrir que Pete fora embora. Ele dissera que ficaria, mas isso fora antes de ter uma oportunidade de pensar sobre o que ela lhe dissera. Agora que conhecia parte da verdade, era bem provável que ele tivesse partido. E Jenny não poderia culpá-lo por isso. Ela era uma péssima companhia.

Ela tirou os grampos dos cabelos e jogou-os no chão, batendo com a mão em cada um. Só parou quando um vulto pequeno aproximou-se. A mãozinha tocou em sua perna. Jenny conseguiu dar um sorriso.

— Oi, Joey Battle. O que está acontecendo?

— Nada. — A pele do menino irradiava um brilho pálido, quase azulado, as sardas tão iridescentes na noite quanto ela sabia que as suas deviam ser. — Quem a obrigou a cortar os cabelos?

— Eu mesma decidi que queria assim.

Ela tentou levantar o boné de beisebol de Joey, mas ele manteve o plástico da parte posterior bem firme na testa.

— Fiquei com cara de idiota — disse ele. — Ela cortou tudo porque disse que estava muito difícil de pentear. Só vou para a escola de boné. Ela disse que seu pai vai voltar para casa. E que ele matou sua mãe. É verdade?

Jenny comprimiu os joelhos com toda a força, os cotovelos pressionando a barriga.

— É verdade? — insistiu Joey.

— Não.

— Então por que ele foi para a prisão?

— Porque o júri disse que foi ele.

— Por quê?

— Porque ele disse que foi ele.

— E foi mesmo ele?

— Não.

— Joey? Joey Battle, onde você está?

Rápido como um raio, Joey saiu correndo pela rua. Jenny virou as costas, curvou os ombros e baixou a cabeça, para que Selena não a visse e soubesse onde Joey estivera. Esperou até que o som dos passos apressados definhasse e sumisse. Depois, os ombros ainda encurvados, o estômago embrulhado, ela seguiu para casa.

Esquerdo, direito, esquerdo, direito. Ela andava de uma maneira regular, pondo um pé na frente do outro. Tentava se manter empertigada, como a revista instruía. Só que seus ombros não se empinavam. Quando ela tentou esvaziar a mente de preocupação, o rosto de Darden se intrometeu... Darden e a falta de emprego, a perda dos cabelos compridos, sem perspectiva de escapar...

Ela desatou a correr, os braços se movimentando, os cabelos adquirindo vida no nevoeiro. Não diminuiu o ritmo até que uma pontada de dor no lado a fez se conter. Mesmo assim, não parou. Tinha de saber se Pete a esperava. Tinha de saber. Pete era a única perspectiva brilhante que restava em sua vida.

Estava frenética quando chegou em casa. Correu pela mortalha do nevoeiro, subiu os degraus no lado da casa e entrou na cozinha. Ele não se encontrava ali. Jenny disparou pelo corredor, foi de cômodo em cômodo, sentindo um calafrio crescente... primeiro andar, segundo andar, cada canto, cada closet, até mesmo debaixo das camas, para o caso de ser uma brincadeira, mesmo sabendo que Pete não seria capaz de tamanha crueldade.

A respiração pesada, ela levou as mãos aos cabelos. Se Pete fora embora, era o fim de tudo. Não haveria mais conforto, nem carinho, nenhuma oportunidade final de conhecer a felicidade que outras pessoas tinham. Se Pete fora embora, seus sonhos estavam mortos.

Tremendo de frio e medo, Jenny estendeu os braços sobre a cabeça. Fechou os olhos, apertando com força. Respirou fundo, o ar alcançando seu íntimo mais angustiado.

E, de repente, seus olhos se arregalaram para a imagem no abrigo entre os pinheiros, no quintal dos fundos. Jenny virou-se e saiu correndo, ao encontro de um enorme vulto humano.

# Doze

*Boston*

Casey tremia toda quando largou a última folha do manuscrito, virada para baixo, sobre a pilha. Uma pequena parte de sua reação era pelo abrupto aparecimento do vulto, mas a maior parte derivava da idéia de que o pai de Jenny fora para a prisão por matar sua mãe. Casey nunca tratara de um cliente que estivesse relacionado com homicídio. Com morte, já. Ajudara vários clientes a se ajustarem à morte de pai ou mãe, cônjuge, um amigo querido. Mas homicídio era muito diferente. Envolvia um nível de violência que Casey nunca experimentara. Seus pais nunca haviam brigado; nunca sequer *se falavam*. Por mais estranho que fosse — e por mais vezes que tivesse aplicado vários termos psicoterapêuticos à forma específica de disfunção dos dois —, ela refletiu que levar vidas separadas era preferível ao tipo de ódio que acabava em homicídio.

Mas Connie escrevera que Jenny era parente. O que fazia com que aquele homicídio fosse uma questão pessoal.

Não. Casey tratou de se controlar. O que Connie escrevera, na verdade, fora que ela era parente. Por tudo o que Casey sabia, "ela" referia-se a alguém que escrevera aquilo como uma obra de ficção; e "como ajudar" referia-se a conseguir a publicação. Casey não podia ajudar nesse ponto.

Mas também não podia virar as costas a Jenny Clyde. O mundo de Jenny estava se fechando. Seu desespero aumentava. Casey precisava saber o que acontecera com ela.

Alguma coisa lhe dizia que Jenny era real. Mas também havia alguma coisa que parecia estranha. Alguma coisa na parte que acabara de ler. Mas não podia determinar o que era.

Já nervosa, ela teve um sobressalto ao som do telefone. Era uma campainha abafada, que vinha da cozinha. Não havia telefone ali na sala de estar, que era o lugar em que ela permanecera desde que Emily Eisner fora embora. Também não havia um relógio ali, mas ela calculou que já deviam ser quase dez horas. Meg já saíra, e os amigos de Casey não costumavam ligar àquela hora.

Apreensiva, ela largou as folhas, correu para a cozinha e atendeu o telefone.

Dez minutos mais tarde, depois de seguir a toda pelo tráfego felizmente leve, Casey subiu correndo os degraus da casa de saúde, passou pela porta e foi direto para o terceiro andar. O médico da mãe estava no posto de enfermagem, atualizando a ficha de Caroline, enquanto esperava por ela.

O coração disparado, Casey parou ali. O médico tinha cabelos escuros, era franzino, discreto e formal. Embora soubesse que a formalidade era tanto cultural quanto uma característica da personalidade, ela calculava que servia para protegê-lo do envolvimento pessoal. Poucos de seus pacientes se recuperavam. Podiam sobreviver por muito tempo, como acontecia com Caroline, mas com o tempo quase todos morriam.

Casey fitou-o com cautela. Ele ofereceu um pequeno sorriso para tranqüilizá-la.

— Ela está bem. Demorou mais tempo desta vez, mas ela voltou por si mesma.

Casey deixou escapar um suspiro de alívio. Dois anos antes, quando Caroline já se encontrava em estado vegetativo há tempo suficiente para que as chances de recuperação fossem mínimas, Casey assinara uma autorização para que não fossem usados aparelhos de ressuscitamento. Conversara com outros médicos antes, consultara o pastor em Providence que conhecia Caroline, avaliara os prós e os contras com amigos de sua mãe. Em termos intelectuais, Casey continuava de acordo com essa decisão. Não tinha certeza, porém, sobre quais seriam suas emoções se Caroline morresse quando poderia ser salva.

— Se ela voltou sozinha — disse Casey ao médico —, acho que isso significa alguma coisa. Ela não está disposta a morrer, assim como eu não estou disposta a deixá-la morrer.

O sorriso do médico tornou-se triste. Ele permaneceu calado. Casey atravessou a curta distância que os separava. Respeitava aquele homem. Caso contrário já teria tirado Caroline de seus cuidados há muito tempo.

— Diga-me o que está pensando, por favor.

— Já passamos por isso antes.

— Com infecções. — Várias haviam ocorrido, ao longo dos anos. — Não com convulsões. As convulsões são uma novidade.

— Tem razão.

Casey não gostava da maneira como ele a fitava.

— Acha que ela está tentando morrer?

Ele deu de ombros.

— É o que acontece com freqüência.

— Por que então ela não morreu?

— Por definição, um estado vegetativo persistente é aquele em que o corpo do paciente não tem qualquer relação com vida inteligente. As funções vegetativas se mantêm. O mesmo ocorre com as reações de reflexo. Essas reações estavam provavelmente por trás da saída de sua mãe da série de convulsões.

— Série?

— Isso mesmo.

— Mais de uma? — insistiu Casey, desconcertada.

— Três, quatro, cinco pequenas, durante a última hora.

— Mas pequenas. E ela saiu da crise. Acho que isso significa alguma coisa.

Casey virou-se para ir ao quarto de Caroline, mas voltou. Como sempre, sentia-se numa gangorra, entre a mente e o coração. Ela aceitava que podia haver uma discrepância entre o que ela queria que acontecesse e o que de fato acontecia. Cruzou os braços e perguntou:

— Se você tem razão, o que acontece agora?

— Talvez nada. Ela pode passar por esse impacto e continuar como estava por mais algum tempo. Você leu os estudos de casos.

Casey lera tudo o que pudera encontrar. Aprendera sobre Karen Ann Quinlan, Nancy Cruzan e dezenas de outras pessoas que haviam sobrevivido por anos com alimentos e líquidos ingeridos de forma artificial. Sabia como as despesas médicas se acumulavam. Sabia qual era o tributo pago pelas famílias dos pacientes em estado vegetativo prolongado.

Ela tinha a sua própria maneira de lidar com a situação. Era na verdade uma distorção da teoria da caçada do pai. Ele achava que o autoconhecimento derivava da abertura das portas para todos os compartimentos na vida de uma pessoa. Casey não concordava com a parte do "todos". Era uma mulher totalmente funcional. Tinha sucesso profissional, muita atividade pessoal, bem-ajustada, racional e feliz. Se o conteúdo de um compartimento em sua casa estava repleto de angústia, e não havia nada que ela pudesse fazer para mudar isso, ela só entrava ali quando era necessário; fora isso, mantinha a porta fechada.

Visitava Caroline com freqüência. Quando estava ali, seu envolvimento era total. Quando saía, fechava a porta. Nem sempre permanecia fechada, mas, quando as preocupações vazavam, ela fazia o melhor que podia para contê-las de novo.

Seria uma atitude fria e insensível? Talvez. Mas ela não sabia o que fazer mais. A angústia, a frustração e o desamparo de pensar sobre Caroline, o dia inteiro, todos os dias, por mais de mil dias, poderiam destruí-la. Naquele momento, porém, ela estava ali e sentia-se curiosa.

— Se você está certo, e minha mãe tenta morrer, ela não vai tentar de novo?

— É bem possível.

— Com convulsões?

— Não necessariamente. Já tive pacientes que experimentam um episódio de estado epiléptico, um período de convulsões contínuas, mas conseguem superar e nunca mais têm outra convulsão. Coisas diferentes podem sinalizar uma mudança na condição. De um modo geral, os pacientes num estado vegetativo persistente exibem ciclos circadianos de sono e vigília. Podemos levá-la a reagir a uma luz ofuscante quando ela está desperta, mas não no estado de sono. Um dos sinais de aproximação da morte pode ser uma mudança nessa reação. Ela passa mais tempo dormindo e se torna mais difícil levá-la ao estado de vigília. Isso sugere uma mudança no metabolismo. Os membros podem se tornar mais frios, o que sugeriria uma mudança na circulação. Se as funções autônomas começam a vacilar, secreções orais podem se acumular no fundo da garganta, o que tornaria a respiração mais alta e mais difícil.

— Isso é ótimo!

— Mas ela não está sofrendo. — O médico falou com mais sentimento do que demonstrara até agora. Obviamente, sua preocupação ao explicar a situação era com Casey. — Você não pode esquecer esse aspecto. Ela não sente dor. Não tem qualquer sensação. O cérebro funciona num nível muito baixo para isso.

— Por outro lado, se o que está acontecendo agora é o primeiro passo para despertar, então ela pode muito bem começar a sentir dor — ressaltou Casey.

— Saberemos se isso acontecer. Mesmo que ela não possa falar, saberemos de qualquer maneira. Se não for eu a perceber, serão as enfermeiras. Nunca deixo de me impressionar com os instintos delas. São sempre as primeiras a saber quando um paciente se prepara para fazer uma mudança.

Preparar-se para fazer uma mudança... Isso significava morrer. Casey já ouvira isso de enfermeiras e parentes de pacientes ali mesmo, naquele andar, mais de uma vez. As enfermeiras sabiam, e era por isso que ela não tinha a menor intenção de lhes perguntar agora. Não queria ouvir a resposta.

Por isso, ela acenou com a cabeça para o médico, num agradecimento silencioso, e afastou-se pelo corredor.

O quarto de Caroline estava escuro e tranquilo. Se houvera algum distúrbio naquela noite, o único indício era o gotejamento de Valium, pendurado do suporte de soro, na cabeceira da cama. Caroline estava virada de lado, mantida na posição por dois travesseiros bem colocados.

Ao beijar seu rosto, Casey sentiu a fragrância de eucalipto. Era familiar e calmante. Ela optou por considerar como um sinal de vida.

— Oi, mamãe — murmurou ela. — Já soube que houve uma certa movimentação por aqui.

Ela pegou a mão de Caroline. Não parecia mais fria. Estudou seu rosto, mas permanecia com os olhos fechados, tão sereno como de hábito. Prestou atenção à respiração, mas não ouviu qualquer sinal de dificuldade.

— Está mantendo todo mundo em estado de alerta com suas convulsões? — Casey sorriu. — É típico de você. Como me deixar aprender pelo caminho mais difícil a verificar o mostrador de gasolina do carro.

Dezesseis anos, recém-habilitada, dirigindo por perto, sem qualquer perigo, a não ser a frustração, Casey ficara sem gasolina no único dia em que Caroline não a lembrara de verificar.

— Mas não a culpo. Estamos pagando muito para você estar aqui. Está bem, está bem... Não nós, diretamente. Mas ainda assim você investiu todo o seu dinheiro naqueles anos em que sua saúde era perfeita. Merece o melhor agora.

Gentilmente, Casey massageou o pulso da mãe.

— Por falar no melhor, acho que devemos planejar uma viagem — continuou ela, ainda sussurrando. — Você sempre teve vontade de conhecer a Espanha. Acho que devemos ir até lá agora.

Como Caroline permanecesse em silêncio, ela acrescentou:

— Não precisa ser imediatamente. Podemos viajar na próxima primavera ou no verão, ou mesmo depois do verão. Posso fazer a reserva... — Ela já fizera isso no ano anterior. — ... e podemos cancelar, se mudarmos de idéia.

Fora o que Casey tivera de fazer.

— Na verdade, acho que não devemos ir no verão. A primavera, ou o outono, seria melhor em termos de multidão. O que você acha, mamãe? Não é uma perspectiva para guardar com ansiedade?

— *Já estarei boa na ocasião da viagem?*

— *Claro.*

— *O suficiente para andar por horas a fio? É o que se tem de fazer quando do visitamos uma cidade que não conhecemos. Lembra quando fomos a*

*Washington, D.C.? Você se queixou durante todo o tempo que seus pés a estavam matando.*

*Casey lembrava, desolada.*

*— Eu estava na sétima série. Não queria ir a Washington com minha mãe. Queria ir com minhas amigas. Todas iam a Washington na excursão da escola. Mas você não me deixou fazer isso.*

*— Porque eu queria que fôssemos juntas, Casey. Você estava crescendo muito depressa, e eu sabia que passaria cada vez mais tempo com suas amigas. Além do mais, eu não confiava que não haveria exageros se fosse com suas amigas.*

Casey não contestou. Havia mesmo muitos exageros quando estava com as amigas, e não eram poucas as vezes em que era ela quem liderava. Adorava uma festa com bebida proibida, adorava a idéia de assistir a um filme proibido para menores de idade, adorava a idéia de pintar os cabelos de verde para combinar com o uniforme do time de basquete da escola, que naquele ano disputara o campeonato estadual.

— Eu adorava passar dos limites, mas você sabe qual era o problema — disse ela agora. — Eu estava testando. Sempre testando. Tinha de saber que você me amava, com cabelos verdes e todo o resto. Além do mais, que diversão a adolescência seria se o adolescente não pudesse levar os pais à loucura?

*— É o que se pode chamar de um deslize freudiano, minha cara. Você disse "pais". Em suma, era esse o problema de seu comportamento. Você não tinha um pai. E se ressentia de mim por não lhe providenciar um pai.*

*— Não queria que me providenciasse um pai. Queria meu pai* de verdade.

Caroline não tinha uma refutação. Não havia nada que ela pudesse dizer que já não tivesse falado... e Casey poderia concordar, se a situação não tivesse mudado. Ela falou em voz alta:

— Você sempre disse que não sabia o que ele pensava. Mas agora Connie morreu, e herdei sua casa. Posso falar sobre ele.

Caroline permaneceu calada.

— Sabia que ele tocava piano? Ou que passava horas sentado sozinho no deque no telhado? Ou que seu melhor amigo era um gato? Acho que era um homem solitário. Durante todos aqueles anos em que acalentei um ressentimento porque era ignorada, provavelmente era mais feliz com a minha vida do que ele com a sua.

Caroline continuou calada.

— Ele morreu de repente. — Casey queria verificar se podia obter alguma reação. — Foi um infarto fulminante.

Houvera momentos, durante os três últimos anos, em que Caroline, como era típico de pacientes em sua condição, fizera pequenos movimentos de cabeça, mão ou boca. Mas não houve nada agora. Ela não piscou, não estremeceu, não gemeu.

— *Talvez seja melhor assim do que permanecer como estou* — *disse Caroline, na imaginação de Casey.*

— Você não vai mais continuar assim. Está começando a melhorar.

Caroline mergulhou no sono... ou pelo menos foi o que Casey decidiu pensar. Se não fosse por isso, ela continuaria a questionar a mãe. Se Caroline sentia autopiedade, Casey não queria ter qualquer participação. A autopiedade não levava a nada. E ela queria que Caroline se recuperasse. Emocionada de novo, Casey sussurrou:

— Tenho de ir, mamãe.

Ela beijou a mão de Caroline e ajeitou-a no lençol.

— Voltarei o mais cedo possível. — Ela levantou-se. — Sobre a Espanha.

Casey fez uma pausa; e revisou o pensamento.

— Se a Espanha for demais, podemos viajar para o Havaí. É um longo vôo, mas depois que chegarmos, podemos vegetar por uma semana. Sem fazer coisa alguma. Sem visitar nenhum ponto turístico. Apenas sol, areia e *piña coladas*. Portanto, não se preocupe se não estiver se sentindo cem por cento bem. E se o vôo demorado for demais, podemos fazer a mesma coisa na Costa Rica. Ouvi dizer que há um hotel incrível ali, à beira-mar. Vou descobrir como é o nome.

De volta a casa, Casey teve um sono profundo, de meia-noite às cinco horas da manhã. Depois que acordou, não havia como voltar a dormir. Não podia sequer permanecer na cama. Sua mente enveredava por muitos caminhos urgentes.

Vestiu o traje de corrida, passou os cabelos pela abertura do boné, e partiu sob uma chuva firme para verificar como estava a mãe. Sabia que já teria recebido um telefonema se o estado de Caroline tivesse se agravado. Ou poderia ligar para a clínica a fim de obter a informação, poupando a viagem. Mas sentia-se inquieta demais, o que não costumava acontecer. Queria verificar pessoalmente que Caroline estava bem. Com a corrida de ida e volta de Fenway, poderia também ter um bom exercício, o que fazia sentido.

Caroline parecia muito bem. Sua posição era diferente da da noite anterior. Casey gostaria de pensar que ela mudara de posição por si mesma, mas sabia que não fora isso. As enfermeiras viravam Caroline a intervalos de poucas horas. Ela estava agora deitada de costas, fazendo a primeira refeição do dia. Um tubo de alimentação pendia do suporte do soro, os nutrientes indo direto para seu estômago pela força da gravidade.

Casey sentiu um frio no estômago. Não sabia por quê. Já vira aquilo antes, mais vezes do que podia contar. Portanto, não era repulsa, consternação ou mesmo surpresa. Depois do choque inicial, três anos antes, ela passara a aceitar aquelas refeições como um fato corriqueiro.

Mas alguma coisa mudara. O médico achava que Caroline estava tentando morrer, e Casey não conseguia se livrar desse pensamento. Deixava-a sozinha e vazia, pensando na intimidade que deveria ter com a mãe como adultas. E deixava-a com uma tristeza indescritível. Queria relegar aquela versão sombria de Caroline para um compartimento isolado, mas a porta não permanecia fechada. Casey sentia uma ansiedade desesperada para que a mãe abrisse os olhos inteligentes, falasse, sorrisse.

Ela não ficou muito tempo. Estava molhada e muito assustada. Depois de parar ao lado da cama de Caroline por uns poucos minutos, desceu e saiu para a chuva.

O tempo abafado e quente combinava com seu ânimo. Ela correu depressa, deixando que as gotas de chuva se misturassem com o suor e as lágrimas, até que as pernas protestaram. Só então diminuiu para um ritmo mais razoável. Atravessou o Public Garden, desceu pela Charles e subiu pela Chestnut, para a viela que levava ao seu carro.

O Miata não era o único veículo ali. O jipe de Jordan estava ao lado.

Ofegante da corrida, Casey pôs as mãos nos joelhos e fez um esforço para recuperar o fôlego. A chuva pingava da pala do boné, das árvores, do céu. Ela empertigou-se, inclinou a cabeça para trás e deixou que a chuva molhasse seu rosto.

A respiração firmou-se, mas o vazio persistiu. Fome? Provavelmente tinha fome, mas não podia pensar em comer. O vazio por dentro ia muito além de comida.

Não precisou usar sua chave no portão. Jordan deixara-o aberto. Ela entrou, trancou o portão. Levou um minuto para localizá-lo. Ele estava à esquerda, além do barracão, meio oculto sob a tuia, cujos galhos mais baixos projetavam-se apenas trinta centímetros acima de sua cabeça. Embora estivesse abrigado ali, dava a impressão de que não se encontrava sob a cobertura há muito tempo. Tinha os cabelos molhados, a camiseta e o short encharcados.

Hoje, a camiseta era cinza. Ele tinha uma das mãos no ombro, o braço inclinado através do peito. O outro braço pendia ao lado do corpo. O short era escuro e largo, descendo até o meio da coxa. Por baixo, as pernas eram bem-formadas, muito retas.

Não havia nada de casual em Jordan. Com os olhos em Casey, escuros e grandes, ele parecia alarmado.

Não, decidiu Casey, não alarmado. Apreensivo.

Não, decidiu ela, não apreensivo. Em expectativa.

Subitamente, todas as portas da casa da vida de Casey fecharam-se, exceto uma. Essa porta mantinha-se aberta, convidativa. Jordan era de uma virilidade vibrante. A química entre os dois era forte. Ela sentira uma atração desde o início, aumentando cada vez mais.

Ele era o jardineiro de seu pai. Isso deveria impedi-la, mas não foi o que aconteceu. Na verdade, o fato tornava-o ainda mais atraente. Naquele instante, virando as costas ao desamparo e à dor, ela não podia pensar em nada melhor do que ter um grande momento de prazer à custa de Connie.

E depois ela parou de pensar também em Connie, porque a pressão interior era mais forte até do que isso. Sem desviar os olhos de Jordan, ela atravessou o jardim em sua direção.

— Está tudo bem? — perguntou ele, como se soubesse onde ela estivera.

Casey não respondeu. Simplesmente aproximou seu corpo e segurou na mão que pendia ao lado. Não duvidou por um momento sequer de que Jordan sentia a mesma coisa que ela. Tinha certeza. Quando levantou o rosto, a mão de Jordan estava ali para tirar seu boné, os dedos compridos segurando sua cabeça. E a boca de Jordan encontrou-se com a sua sem um pingo de timidez.

Casey entregou-se ao momento. Não pensou, não analisou, não fantasiou. Concentrou-se na pura sensação... o calor da boca de Jordan quando aprofundou o beijo, a pressão de sua língua em pontos há muito solitários e ansiosos. Ela sentiu que derretia por dentro quando Jordan começou a acariciar seus seios. Experimentou uma satisfação ainda maior — e necessidade — quando ele tirou a camiseta dela e usou as mãos ali, depois a boca. Subitamente, Casey sentiu-se desesperada pela totalidade. Tocava em cada parte que podia do corpo de Jordan, as mãos puxando roupas e tocando ainda mais. Em algum momento, no meio do ardor, ela ouviu a voz de Jordan, baixa e rouca:

— Há alguma razão pela qual não devemos fazer isso... namorado, controle de natalidade, qualquer coisa?

Ela não podia pensar em nada, não com a ansiedade que a dominava, com a sensação de solidez e plenitude que o corpo de Jordan oferecia. A única coisa que Casey podia fazer naquele momento era tirar seu short molhado, enquanto ele fazia a mesma coisa. A pressa valeu tudo. Jordan dentro dela era a suprema sensação. Havia mesmo solidez e plenitude, mas também havia vibração.

Mais tarde, ela recordaria as mudanças de posição, para a frente e para trás, para os lados. Mas isso era um pensamento, e naquele momento tudo o que importava era a sensação. E a sensação de plenitude alterou a necessidade de Casey, passando do impulso de fazer para o impulso de ser. Seus movimentos tornaram-se mais lentos, enquanto ela experimentava a glória de ser possuída, com a riqueza da respiração entrecortada, a chuva na folhagem, a solidez de um corpo musculoso, o roçar de uma barba por fazer, o cheiro de um homem molhado, das árvores e da terra. Assim como se alongava além dos limites com a respiração de ioga, agora também ela se abriu mais e mais, sem qualquer restrição, oferecendo cada parte de seu corpo às mãos de Jordan, aos braços e pernas, à língua, ao sexo, até que seu corpo explodiu num orgasmo. A sensação foi mais intensa e mais profunda do que ela jamais julgara que seria possível.

Contentamento. Esse foi o primeiro pensamento concreto que Casey teve. Sentada ali, no colo de Jordan, que se encostava numa árvore — sem saber ou se importar como haviam chegado àquela posição —, ela sentia uma satisfação total.

Os braços de Jordan enlaçavam-na pelo pescoço. Ela encostava a testa no rosto com a barba por fazer. Respirou fundo, várias vezes. Aos poucos, as respirações foram se tornando mais longas e mais firmes. Ele permanecia dentro dela, não mais ereto, mas ainda presente.

Quando Casey finalmente respirou ainda mais fundo e ergueu a cabeça, descobriu que ele a fitava. Os olhos de Jordan tinham mais do vigor que ela percebera antes, mas a intensidade agora a assustava. Não conhecia aquele homem. Nunca fizera sexo de uma maneira tão impulsiva. Não se arrependia; afinal, sentia-se muito bem. Mas ele era de fato um desconhecido.

Sem querer lidar com essa realidade, sem querer qualquer outra coisa que não saborear o prazer que experimentara, Casey encostou as pontas dos dedos nos lábios de Jordan ao sentir que ele queria falar. Não sabia o que ele podia dizer, mas não queria palavras naquele momento. Deixou que seus olhos dissessem isso, e sentiu que ele aceitava. Só depois retirou a mão e se afastou. Levantou-se, vestiu-se tão depressa quanto podia, embora retardada pelo fato de as roupas estarem molhadas e pela terra em seu corpo. Jordan continuou sentado, observando-a com uma crescente indolência, muito à vontade em sua nudez, ou apenas exausto do sexo.

De qualquer forma, seu olhar era excitante. Casey fez-se apresentável, pronta para deixar o abrigo das tuias, até recuou para o caminho. Mas parou de repente, voltou, tornou a montar nas pernas de Jordan. Baixou para seu colo, enfiou os dedos pelos cabelos dele, inclinou a cabeça para um beijo final. Foi longo, ao mesmo tempo inebriante e satisfeito. Ela poderia ficar mais um pouco, talvez até tirar as roupas de novo, pelo puro prazer de ficar nua em contato com aquele corpo. Mas Meg chegaria em breve. E Casey tinha clientes para receber. E não queria que ele pensasse que caíra sob seu encantamento.

Com um último beijo, ela usou os ombros de Jordan como ponto de apoio para se levantar. Foi até a beira da cobertura das tuias. Sem olhar para trás, respirou fundo e correu até a casa, através da chuva.

Encharcada, suja de terra, foi para a entrada de serviço, oculta no canto, camuflada pela hera. Enfiou a chave na fechadura, mas retirou-a no instante seguinte. Ergueu o queixo e deu a volta para a porta do consultório. Queria que Connie visse como estava agora e soubesse o que acabara de fazer.

Se Connie ficou consternado, não deixou transparecer. A madeira nem sequer rangeu. E Casey não sentiu qualquer indignação fantasmagórica ao entrar na sala, cautelosa. Mas sentiu-se culpada por molhar o chão. Por isso, tirou os tênis e as meias, subiu para a lavanderia, ao lado da cozinha, e deixou-os ali para secar. Num súbito capricho, também deixou ali a camiseta e o short. Subiu nua para o seu quarto.

Só que ainda não estava pronta para tomar uma chuveirada. O corpo ainda vibrava de Jordan. Enrolou-se numa toalha e atravessou o corredor. Como sentia-se ousada e desafiadora, abriu a porta do quarto de Connie. Não entrou, mas pela primeira vez examinou-o com mais atenção.

O quarto era muito bonito. Não estava atravancado de móveis, mas os que havia ali eram grandes e impressivos.

Angus estava sentado no meio do tapete, observando-a, esperando; e, abruptamente, ousadia e desafio pareciam absurdos. Como sempre acontecia ao ver o gato, ela se enterneceu. O pobre coitado era solitário. Queria alguém para amá-lo, da mesma forma que ela.

— Pobre Angus... — Ela agachou-se, mantendo a toalha fechada, e estendeu a mão. — Venha até aqui, grandalhão. Venha até aqui e deixe-me dar um cafuné de bom-dia.

Angus continuou a fitá-la, sem piscar os olhos verdes. Ela estalou a língua, como Jordan fizera. Fez um movimento com os dedos. Gostaria de ter um biscoito para gatos, e prometeu que descobriria se Meg guardava algum na despensa.

— Venha até aqui, doce gatinho.

Casey adiantou-se, pouco a pouco, até que os pés alcançaram o limiar. Ainda agachada, com a toalha fechada, ela ficou olhando para o gato. Mas a curiosidade prevaleceu. Ela olhou ao redor. A cama ficava atrás de Angus. Ao lado, havia uma mesinha-de-cabeceira. O que

Pelo Amor de Pete

pensara a princípio ser um par de cômodas eram na verdade dois armários, em lados opostos do quarto. Havia ainda um sofá de couro e uma poltrona. Ambos pareciam muito usados.

Ela especulou se vinham de um período anterior na vida de Connie. Talvez pudesse traçar sua origem. Seria interessante.

Na verdade, todo o quarto era interessante, uma mina de ouro na busca para a descoberta de quem fora Connie. Se queria encontrar um diário ou um caderno de telefones, explorar aquelas gavetas seria uma providência óbvia.

Mas ainda não. Primeiro, ela tinha de explorar as caixas com os itens pessoais lá em cima.

Esse era o plano. Antes de abrir as caixas, no entanto, precisava ir até o apartamento, para buscar mais roupas, receber os clientes do dia e tratar de uma porção de tarefas administrativas, tudo exigindo sua total atenção.

O que ela acolhia com satisfação. Não queria que a mente vagueasse para Caroline, porque não tinha absolutamente o menor controle sobre o que poderia acontecer com a mãe. Também não queria pensar em Jordan, por mais estranho que pudesse parecer, pelo mesmo motivo. Seu corpo prevalecera no jardim. A mente não tivera qualquer interferência.

Deveria ter feito o que fizera? Claro que não. Mas a prudência nunca desempenhara um papel de destaque em sua vida.

Ajudou o fato de Jordan já ter ido embora quando ela acabou de tomar banho. Se ele entrasse na casa, para cuidar das plantas ali dentro, enquanto chovia, ela poderia ter dificuldade para tirar da mente o que acabara de acontecer sob as tuias.

A única outra pessoa na casa agora era Meg. Num súbito impulso, Casey convidou-a para ir junto até o apartamento. Depois, refletiu que o pouco espaço disponível no pequeno Miata deveria ser todo reservado para suas roupas. Mas Meg ficou tão contente com o convite que ela não teve coragem de retirá-lo.

O entusiasmo de Meg provou ser uma dádiva, ao manter Casey distraída. Ela adorou o pequeno elevador que as levou ao apartamento. Adorou a pequena cozinha. Adorou os blocos de concreto que levantavam a cama. Acima de tudo, adorou as roupas de Casey. Ficou maravilhada com uma blusa de seda, uma calça de linho, um par de sandálias de saltos altos. Em determinado momento, quando Casey estava no *closet*, tentando decidir o que levar, Meg pegou um macacão de linho.

— Mas é *lindo!* — balbuciou ela.

Casey sorriu.

— É seu.

— Meu?

— Há anos que não uso esse macacão. Parecia negligenciado, e foi por isso que sua mão se adiantou para pegá-lo. O macacão falou direto para você, Meg.

Ela entregou o macacão a Meg, que ficou agradecida e tão comovida que Casey decidiu lhe dar outras coisas, como uma camisola de renda, uma camiseta para usar com o macacão e três fitas para os cabelos.

Meg usou imediatamente uma das fitas, no rabo-de-cavalo. Casey achou que ficou perfeito, e foi o que disse. Além do prazer, obteve em troca devoção. Meg não podia fazer o suficiente por ela. Levou as roupas para o carro, arrumou na mala e sentou-se no banco de passageiro, durante a viagem de volta para casa, com uma pilha no colo. Depois, insistiu em levar tudo para dentro, passar o que fosse necessário e arrumar de forma organizada no quarto de Casey.

Casey não estava acostumada a ser servida dessa maneira. Mas quando voltaram para a casa em Beacon Hill, o primeiro cliente estava prestes a chegar. Por isso, ela aceitou a oferta de Meg.

Delegar essa tarefa foi o paraíso. Casey limpou a mente a respeito de Jordan, Caroline, Connie e até mesmo de Angus, para manter uma concentração total no trabalho. Havia dias em que ela tinha de fazer o maior esforço para encontrar as perguntas certas; em outros dias, não fazia qualquer pergunta, mas apenas esperava. Naquele dia ela estava inspirada.

A cliente das dez horas sofria de depressão pós-parto. Casey focalizara antes o desdém da cliente por sua mãe, que aparentemente se tornara mais corpulenta, mais desleixada e menos interessante a cada uma das seis crianças que gerara. Hoje, Casey perguntou qual fora a reação do pai da cliente à deterioração da mãe. Bingo. O pai não fora gentil. Houvera abusos verbais, negligência emocional e infidelidade. A cliente ficara apavorada com a possibilidade de sofrer o mesmo destino da mãe, agora que também tinha uma criança.

A cliente do meio-dia era uma mulher mais ou menos da idade de Casey, que tinha três empregos diferentes e se saía muito bem em todos, até que uma promoção se tornara iminente. Nesse momento, ela cometera um grave erro, que liquidara toda e qualquer perspectiva de promoção. Ela estava sabotando a si mesma. Admitiu isso. Discutiu o medo de adquirir mais responsabilidade, numa vida que já incluía os cuidados com os filhos, a administração da casa e uma carreira. Naquele dia, Casey perguntou sobre o marido, não o que ele fazia para viver, porque já haviam tratado disso, mas quais eram suas possibilidades de progresso na carreira e quanto ganhava. Descobriu que os rendimentos da cliente já se igualavam ao que o marido ganhava, e que passaria a receber mais do que ele se fosse promovida. Já sentira o ressentimento do marido porque sua carreira poderia ser mais brilhante.

Às três horas da tarde, Casey recebeu uma mulher na casa dos setenta anos, emocionalmente paralisada desde a morte do marido. Ao longo de quatro sessões anteriores, ela descrevera como sentia saudade, como ele era competente e carinhoso, como era dominante. Casey presumira que a mulher sentia-se intimidada pela idéia de cuidar de si mesma. Hoje, no entanto, abordando um assunto sobre o qual só haviam falado de passagem, ela perguntou sobre os filhos da mulher. Eram três, todos absorvidos em suas próprias vidas... e a comporta do pânico aberta pela indagação de Casey sugeria que a mulher fazia o que sentia ser necessário para atrair a atenção de todos e envolvê-los mais em sua vida.

Três aberturas em um único dia era algo excepcional. Casey não sabia se suas percepções tinham alguma relação com o contentamento físico, porque este perdurava. Por mais que tentasse não pensar em Jordan, um movimento aqui ou ali provocava uma contração nos músculos das coxas ou a consciência da sensibilidade em seus seios.

Por outro lado, a inspiração podia derivar de dicas sussurradas por Connie em seu ouvido. Ele podia ter ficado chocado pelo que Casey fizera com Jordan, mas ela gostava de pensar que o pai aprovaria o que fizera com as clientes.

Ela recompensou-se com um único caramelo. Tirou o papel, largou no cesto por baixo da mesa, como Connie deveria fazer, e meteu a bala na boca. Chupou até ficar reduzido a pouco mais que uma barra fina. Depois, pensando que um homem com a meticulosidade compulsiva de Connie devia chupar até que nada restasse, ela mordeu, mastigou os pedaços e engoliu.

Era um bom final para um bom dia de trabalho. Era por isso que ela se sentia exuberante quando Brianna chegou. Saíram para o jardim; como poderiam deixar de fazê-lo, quando era tão convidativo? Embora a chuva tivesse parado, a umidade ainda persistia no ar, intensificando o cheiro de tuia, lilás e terra. Meg já fora embora, mas deixara pronta uma bandeja com sanduíches de salmão grelhado, no pão italiano *focaccia*. Brianna carregou a bandeja; Casey levou uma toalha e as latas de refrigerantes.

Casey estendeu a toalha sobre a mesa do pátio e puxou duas cadeiras. Mas Brianna, distraída, não largou a bandeja. Olhava para as flores, com uma expressão que dizia que não via nenhuma.

— Bria?

Brianna virou o rosto para ela, num movimento brusco.

— Não vai largar a bandeja?

Brianna pôs a bandeja na mesa e arriou numa cadeira. Casey sentou-se na frente dela.

— Diga-me qual é o problema.

A expressão de Brianna era sombria.

— Preciso acabar com isso.

Casey sabia que ela falava de Jamie. Houvera farpas demais nos últimos tempos. O padrão começava a parecer familiar.

— Por quê? — indagou ela, abrindo uma lata de Coca-Cola e entregando a Brianna.

— Ele quer que eu seja alguma coisa que não sou.

— Já me disse. Ele acha que você devia ter uma clínica particular. Pelo dinheiro?

— Não. Ele sabe que posso ganhar menos do que recebo agora. Jamie não é ávido por dinheiro, apenas por mim. Quer meu tempo. Quer minha companhia quando viaja a trabalho.

— Algumas mulheres morreriam por isso.

Pelo Amor de Pete

— Você seria uma delas? Claro que não. Tem uma vida. Tem uma carreira. Preza sua independência. E eu também. Mas Jamie, bendito seja, quer ter como esposa uma pessoa jurídica.

— Ele disse isso?

— Não expressamente. Mas é o que pensa, tenho certeza. Ele fala sobre filhos, Casey. Já pensou? *Filhos!* E nem sequer estamos noivos!

— De quem é a culpa?

— Odeio os homens.

— Não, não odeia.

— Por que eles tentam mudar nossa vida? Veja o que Stuart fez com você. Roubou seu dinheiro, rompeu o grupo, fez todo mundo mudar. Alguma notícia?

Casey sacudiu a cabeça.

— Marlene me telefonou. Ninguém sabe de nada.

— Nem mesmo a esposa?

— Ela diz que não. Se desaparecer na semana que vem, ficaremos desconfiados. A polícia está investigando, mas o roubo de 28 mil dólares está no final de sua lista de prioridades. Duvido muito que consigam encontrá-lo.

— E o seu dinheiro?

— Desapareceu. A não ser que o procure pessoalmente, não há nada que eu possa fazer. Tenho de esquecer. — Ela pensou em Joyce Lewellen e tentou aplicar a lição a si mesma. — Posso ficar tão furiosa quanto quiser, mas de que adianta?

Brianna não respondeu. Tornou-se de repente mais alerta, olhando além de Casey para o fundo do jardim.

— O que é aquilo? — sussurrou ela.

Jordan entrara no jardim e empilhava sacos de terra adubada junto da parede do barracão.

— Meu jardineiro — sussurrou Casey em resposta.

Se ela tencionava revelar para alguém o que acontecera com Jordan, Brianna seria a pessoa indicada. Mas aquele não era o momento apropriado... nem para Brianna, no meio de uma crise de relacionamento, nem para Casey. Ela podia sentir um calor espalhando-se pelo corpo, o que dizia que fazer amor com ele não diminuíra nem um pouco o desejo. Fora isso, porém, ela não sabia *o que* pensar de Jordan.

Ele ofereceu para as duas o mais breve aceno de cabeça, depois voltou ao jipe para buscar mais sacos.

— É um homem e tanto — sussurrou Brianna.

— É um bom jardineiro.

— Não acha que ele é um tesão?

— É o jardineiro de Connie.

— Ele é casado?

— Não.

Ou pelo menos Casey achava que não. Jordan não perguntara a ela se havia alguma razão para que não fizessem amor, como um *namorado*? Depreendia-se que *ele* não tinha qualquer razão para que não devessem fazer amor.

— Que idade ele tem? — perguntou Brianna.

— Não sei... deve estar beirando os quarenta anos.

— Onde ele mora?

— Não tenho a menor idéia.

Casey sentia agora um princípio de irritação. Não precisava das perguntas de Brianna. Só serviam para lembrá-la de que não sabia nada sobre o homem.

— Eu gostaria de contratá-lo.

— Case com Jamie e poderá contratá-lo.

Brianna caiu na defensiva.

— Devo concordar em me casar com um homem que não é o certo para mim?

— Tem certeza de que Jamie não é o homem certo? Ele deixaria de amá-la se você se recusar a largar seu emprego?

— Não. Mas sinto que estou sendo pressionada.

— *Pressionada?* Ora, Brianna, você está com ele há quase dois anos. E os dois não têm mais dezessete anos. Ambos estão com trinta e quatro anos. Se o relacionamento for certo, você já deveria saber a esta altura.

Jordan saiu pelo portão no fundo do jardim. Trancou-o.

— Jamie é um homem maravilhoso. E bonito ainda por cima. Além de sensual. Trabalha para a mesma empresa... há quanto tempo?

— Doze anos. Entrou na empresa assim que saiu da universidade, e continuará ali até receber um relógio de ouro e a aposentadoria.

Pelo Amor de Pete

— É uma boa empresa.

— Ótima. Mas não uma das grandes.

— Brianna...

— Ele não tem ambição, Casey. Afinal, está me pedindo para trocar de emprego, quando ele próprio nem sonha em fazer isso. Alega que tem estabilidade na empresa. E que pode subir até o cargo de vice-presidente.

— E pode?

Brianna deu de ombros.

— Provavelmente.

Casey pegou um sanduíche. Teve de escancarar a boca para dar uma mordida no pão, salmão, couve-de-bruxelas, alface e o que mais havia ali dentro. Mas o sabor era maravilhoso. Ela mastigou e engoliu. Pôs o resto do sanduíche num guardanapo.

— Por todos os padrões objetivos, Jamie é um sujeito fabuloso. E está obviamente apaixonado por você. Pensei que você também o amasse. Mas de repente você começa a ficar nervosa... como aconteceu com Rick, antes com Michael e antes com Sean.

Brianna não contestou. Limitou-se a fitá-la, esperando.

— Jamie é o melhor deles — continuou Casey. — É sem dúvida um homem excepcional. Vem de uma boa família, estudou nas melhores escolas, trabalha numa boa empresa. E daí que a empresa é apenas ótima, mas não uma das grandes? As grandes empresas costumam entrar em colapso de forma inesperada. E as boas empresas são com freqüência mais estáveis.

A pergunta de um milhão de dólares, não um tiro no escuro, porque Casey conhecia a história de Brianna.

O que seu pai diria sobre Jamie?

O pai de Brianna fora o principal executivo de uma *grande* empresa.

— Ele diria que Jamie poderia se sair melhor.

— Seu pai já morreu há uma dúzia de anos. O mundo era diferente naquele tempo.

— Ainda assim, tenho de respeitar a opinião dele. Papai não chegou tão alto por ser medroso e comedido.

— Jamie não é medroso nem comedido.

— Por que está defendendo Jamie?

— Porque conheço você muito bem, e sei que se algum homem pode fazê-la feliz e mantê-la assim pelos próximos cinqüenta anos, esse homem é Jamie. Em matéria de compatibilidade com você, Bria, numa escala de um a dez, eu daria a ele nove e meio.

— Quero um dez.

— Isso é perfeição.

— Por que não posso visar ao mais alto?

— A perfeição não existe. Os homens têm defeitos, assim como nós. Você quer o homem perfeito? O homem perfeito não é *real*.

As palavras mal saíram quando Casey se lembrou do Pete de Jenny Clyde. Nesse instante, ela determinou o que a perturbava no homem. Ele era bom demais para ser verdade.

O que sugeria que o diário era uma obra de ficção, ou uma história verdadeira com o maior exagero.

Qual dos dois seria?

Casey não sabia. Tudo o que sabia, por enquanto, era que *Pelo Amor de Pete* era uma história que seu pai queria que ela conhecesse. Por isso, tinha de procurar o resto.

# Treze

$\mathcal{C}$asey não mencionou o manuscrito para Brianna. Tinha medo de que ela pudesse dizer que era ficção, e não era isso o que Casey queria ouvir. Queria que a história fosse real. Queria ter uma parente chamada Jenny, que precisava de sua ajuda. Queria que aquela Jenny fosse um elo de ligação com a família de Connie.

Encontrar Jenny era o problema. Casey não conseguia localizar Little Falls. Precisava de mais informações... para começar, o nome da cidade em que Connie crescera.

Se alguém podia saber, era Ruth. Mas Casey não estava preparada para procurá-la, assim como também não tinha ainda condições de explorar o quarto de Connie. Uma apreensão sem sentido? Talvez. Mas a questão era emocional, e as questões emocionais eram persistentes. Além do mais, Casey tinha opções.

Uma delas era Emmett Walsh, o psicoterapeuta que assumira os casos ativos de Connie, o homem que ficara com seu computador, as fichas e o Rolodex. Casey descobriu o número na lista e fez a ligação. Mas antes mesmo que a campainha do telefone começasse a tocar no outro lado, ela decidiu que uma apresentação pessoal seria mais produtiva. Por isso, interrompeu a ligação. Rapidamente, antes que pudesse mudar de idéia, prendeu os cabelos atrás da cabeça, pegou uma chave e saiu.

Sabia onde Emmett Walsh morava. Fizera um curso com ele; e uma das sessões fora realizada na casa. Ele residia na parte plana de Beacon Hill, a apenas cinco minutos a pé.

Embora a brisa que soprava do mar tivesse aumentado de intensidade, o mormaço mantinha a umidade do ar. Leeds Court estava ocupada por carros, ainda molhados da chuva. As pedras do calçamento brilhavam. O sol irrompeu através das nuvens em disparada, fazendo faiscar as gotas nas árvores, flores e varandas. O charme deixou-a fascinada. Enquanto andava, sentia-se alternadamente como uma convidada intimidada por visitar um lugar tão idílico, ou como uma impostora.

Ela pertencia a Beacon Hill? Não tinha a menor idéia.

Alcançou a parte estreita da Court no momento em que um vizinho virava a esquina. Ele usava terno, carregava uma pasta de executivo e sorriu quando a viu.

— Como vai? — perguntou ele, ao passar.

Seu nome era Gregory Dunn. Morava com a esposa no lado leste da Court. Era um advogado proeminente, fotografado com freqüência. Se ficou surpreso por deparar com um rosto novo em Leeds Court, não deixou transparecer. Podia ser uma convidada, Casey especularia, se estivesse no lugar dele. Podia ser uma ladra. Podia ser a filha de Connie Unger, que viera reivindicar sua herança. A filha de Connie Unger? Eu nem sabia que Connie Unger tinha uma filha. Ela nunca estivera aqui enquanto o pai era vivo. E me pergunto por quê.

Casey entrou na West Cedar, desceu para a Chestnut e esperou o sinal abrir para ela. As pessoas passavam num fluxo constante, aproveitando as duas horas de claridade que ainda restavam, naquela semana do solstício de verão. Depois de atravessar a Charles, ela continuou pela Brimmer. A casa de Emmett Walsh era a única no quarteirão feita de madeira.

Não havia degraus ali, nem gramado na frente. A porta ficava no final de um caminho muito estreito. Casey tocou a campainha, torcendo para que, em seu momento de ousadia, o homem estivesse em casa.

A esposa abriu a porta. Ela trabalhava nos arquivos na universidade, e era bastante velha e séria para parecer com a função. Casey sorriu.

— Espero não estar interrompendo seu jantar. Meu pai era Cornelius Unger. O Dr. Walsh está em casa?

A mulher ficou surpresa.

— Não sabia que Connie tinha uma filha.

— Eu sabia — disse o homem que veio até a porta, as roupas folgadas no corpo alto e magro. — O advogado me falou a seu respeito quando perguntei o que aconteceria com a casa. Posso ver a semelhança com Connie... os mesmos cabelos, os mesmos olhos, a mesma intensidade.

Intensidade... Casey não escolheria normalmente essa palavra para se descrever. Mas naquele momento sentia uma enorme intensidade interior. Para contrabalançá-la, ela gracejou:

— Mas não percebeu a semelhança quando fiz seu curso sobre transtorno bipolar.

— Fez esse curso? — A satisfação de Walsh era evidente. — Não. Não a reconheci na ocasião, mas também não estava procurando qualquer semelhança.

Casey sabia que era a resposta polida. Ele não podia se lembrar dela. Afinal, fizera o curso há quase dez anos. Mesmo que tivesse sido há apenas dois anos, ele dava aulas para centenas de alunos a cada semestre, e vinha ensinando há mais semestres do que Casey tinha de vida.

— Mas percebo agora — continuou Emmett. — Conheci Connie quando ele era da sua idade. Para ser mais preciso, conheci-o antes disso. Fomos colegas na universidade. Não sabia disso, não é?

Ele deu um passo para o lado, a fim de deixar a esposa se retirar, e acrescentou:

— Também fomos colegas na pós-graduação. Fiquei surpreso por ele ter passado seus casos ativos para alguém como eu. Não que fossem muitos casos, diga-se de passagem. Nenhum de nós tem tantos pacientes como antigamente, e a maioria deles é de longo tempo, que pagam à vista. O seguro protesta quando um tratamento se prolonga por anos. Mas devo lhe dizer uma coisa: isso torna mais fácil quando você quer reduzir o ritmo de trabalho. Não precisa dispensar nenhum paciente. Deixa que o seguro faça isso por você. Mas não veio aqui para ouvir uma preleção. Não gostaria de entrar?

— Eu gostaria muito. Mas se for um momento inconveniente...?

Ele olhou para o relógio. Tinha um mostrador grande e ponteiros gastos. Parecia do tipo que se dá corda à mão.

— Tenho alguns minutos antes do jantar. Eu a convidaria para nos acompanhar, mas não recomendo, com toda a franqueza. Vamos comer sobras de uma refeição que não foi das mais saborosas, para começar. Tenho de lhe dizer uma coisa: envelhecer não é nada divertido. Quando você tem de se submeter a uma dieta por causa do diabetes, pressão alta e síndrome do intestino irritado, a comida é horrível.

Ele deu um passo para o lado e acenou para que Casey entrasse.

— Venha comigo. Conversaremos sobre Connie. Não é isso o que você quer? O advogado me disse mais do que provavelmente deveria, mas tenho jeito para fazer perguntas. Claro que eu queria saber sobre a filha de meu colega. Você se encontrou com Connie alguma vez? Trocaram um aperto de mão? Costumavam se cumprimentar?

Ele levou-a para a sala de estar e gesticulou para que ela sentasse.

— Não — respondeu Casey, enquanto se acomodava numa poltrona. — Eu comparecia às conferências que ele fazia. Às vezes, depois, ficava por perto e observava-o conversar com outras pessoas. Alguma vez ele lhe falou a meu respeito?

— Nunca.

— O que havia de *errado* com ele?

— Errado?

— Em termos clínicos. Você o conhecia. Gostaria de ouvir seu diagnóstico, por favor.

Emmett recostou-se no divã.

— Não posso fazer isso... e não é por uma questão de lealdade. Eu o conhecia, provavelmente, tão bem quanto nós da profissão podemos conhecer uns aos outros. Mas isso não significa muito. Ele era reservado. Não falava muito de si mesmo. Olhava e escutava. Fazia perguntas. Era o tipo perfeito de amigo para se ter, ainda mais para alguém como eu. Falo muito, caso ainda não tenha percebido.

Claro que Casey havia percebido. Emmett Walsh dissera mais em dois minutos na porta de sua casa do que Connie Unger devia ter dito em cinco anos.

— Por isso, Connie e eu formávamos uma boa dupla — continuou Emmett. — Não havia competição pelo microfone, por assim dizer. Ele nunca foi um desafio, nunca foi uma ameaça, nunca foi uma pressão. Deixou claro desde o início que preferia não falar de si mesmo. Por isso, nossa amizade desenvolveu-se nesses termos. Ele era irremediavelmente tímido. Mas essa era uma característica inata ou um comportamento adquirido? Não sei.

Ele exibiu um sorriso irônico.

— Talvez isso diga alguma coisa sobre minhas habilidades como um terapeuta... ou ausência de... mas às vezes é preciso traçar uma linha divisória. Connie era Connie: *por que* ele era Connie estava enterrado tão fundo que nunca aflorou por acaso. Nunca achei que me cabia analisá-lo. Por isso, nunca fiz as perguntas certas. Depois, ele se tornou famoso e foi posto num pedestal. A partir daí, compreender como ele era por dentro tornou-se irrelevante. Mas posso lhe dizer uma coisa: ele prezava nosso relacionamento. Durante todos esses anos, se eu tinha uma dúvida e ligava para ele, Connie retornava em menos de duas horas. Se alguma vez jogamos golfe juntos? Nunca. Ele não era um golfista. Algumas vezes recebi ingressos para espetáculos e chamei-o, mas ele não gostava de ir ao teatro. Também não gostava de ir ao cinema.

Mas ele gostava de assistir a filmes. Casey vira sua coleção.

— Ele era agorafóbico?

— Claro que não. Mantinha contato com o público durante todo o tempo.

— Era o seu tempo profissional. Ele podia ser funcional ali e disfuncional em casa... diferentes estados mentais em diferentes compartimentos de sua vida.

Emmett sorriu. Inclinou a cabeça e comentou:

— Muito bom.

Casey não viera em busca de elogios, mas ficou satisfeita.

— Sabia que sou psicoterapeuta?

— Sabia. Winnig me contou. Tornou-se psicoterapeuta por causa dele?

— Claro — admitiu Casey. — Mas gosto das pessoas. Sempre me saí bem no relacionamento com as pessoas. Sou fascinada pelo que existe por trás do comportamento delas.

— Mas quando se trata de Connie, não é uma curiosidade objetiva — resumiu Emmett.

— Não, não é. Ele era meu pai. Não tenho a menor idéia do motivo por que se recusou a me reconhecer. E gostaria muito de saber.

— Lamento, mas não há muita coisa que eu possa dizer.

— Sabe onde ele foi criado?

Emmett acenou com a cabeça.

— Uma cidadezinha no Maine.

— Nome?

Emmett deu outro sorriso irônico.

— Uma cidadezinha no Maine. Você nunca ouviu falar.

Casey sorriu também.

— Experimente.

Emmett riu.

— Isso é tudo o que eu sei. Estava citando Connie. "Uma cidade-zinha no Maine. Você nunca ouviu falar."

— E você não pressionou?

— Não — disse Emmett, sem se desculpar. — Era óbvio que ele não queria informar, e não havia razão para que precisássemos saber.

Casey tentou outro ângulo.

— Alguma vez ele mencionou que tinha irmãos?

— Não. Nunca falou qualquer coisa a respeito. Quando estava na faculdade, ele costumava mencionar a mãe. Mas presumo que já faz algum tempo que ela morreu.

— Chegou a conhecê-la? Talvez na formatura?

— Não. Ela não foi. Mais do que isso, *ele* não foi. Naquele tempo, não era uma cerimônia tão importante quanto é agora. Muitos pega-vam o diploma no gabinete do diretor e iam embora.

— Alguma vez ele mencionou uma cidadezinha chamada Little Falls?

Emmett contraiu os lábios e os olhos, pensou por um momento.

— Não.

— Alguma vez mencionou um homem chamado Darden Clyde?

Emmett pensou de novo e sacudiu a cabeça em negativa.

— O que me diz de Jenny Clyde?

— Não.

— MaryBeth Clyde?

— Não.

— Algum desses nomes estaria em seu arquivo de pacientes?

— Posso responder com a maior facilidade. — Emmett levantou-se. — Espere aqui. Volto num instante.

Pelo Amor de Pete

E ele voltou. Apenas um minuto depois, voltou com um álbum de fotos debaixo do braço e o Rolodex de Connie na mão.

— Clyde, C.L. — Ele começou a folhear os cartões. — Cardozo. Chapman. Cole. Curry. Lamento, mas não há nenhum Clyde.

— Ele não poderia tê-los listado pelo primeiro nome?

— Por que ele faria isso?

— Se fossem seus parentes.

Emmett deu de ombros e balançou a cabeça. Mesmo assim, tornou a folhear os cartões.

— Nenhum Darden. — Ele passou mais alguns. — Nem Jenny. Nem MaryBeth.

Casey enveredou por outro caminho.

— Encontrou qualquer coisa em seus arquivos que tenha relação com um diário chamado *Pelo Amor de Pete*?

— Um diário?

— Diário, memórias, livro?

— *Pelo Amor de Pete*? Não. Quem é Pete?

— Não sei — murmurou Casey, com um gemido de desespero que era apenas meio de brincadeira.

— *Emmett?*

O chamado veio do fundo da casa. Ele respondeu.

— Já estou indo! — As sobrancelhas franzidas, Emmett acrescentou, num sussurro de conspirador: — Tenho fotos.

O coração de Connie quase parou.

— Fotos de Connie?

— Na universidade. Quer ver?

— E muito!

Casey foi sentar-se no divã, ao lado de Emmett. Esperou ansiosa, enquanto ele virava as páginas. Imaginou fotos de amigos sorridentes, os rostos virados para a lente da câmera, instantâneos de festas, uma ou outra cena embaraçosa... o tipo de fotos que ela e seus amigos guardariam. Quando Emmett finalmente parou numa página e apontou para uma foto em preto e branco esmaecida, depois uma segunda e uma terceira, ela constatou que a coleção era muito diferente da sua. Os rostos eram sóbrios, as poses solenes, os corpos bem-vestidos. Quase todas as fotos eram de jovens sentados a uma mesa, ou reunidos na frente de uma janela. O mais próximo da aparência de diversão estava nas canecas de cerveja que seguravam. Emmett começou a cantar, numa voz vacilante:

— *Encham as canecas do velho Maine, gritem até que as vigas comecem a vibrar, levantem-se e bebam mais um drinque, e que todo leal homem do Maine cante.*

Ao olhar inquisitivo de Casey, ele explicou:

— É "A Canção da Cerveja do Maine", cantada na Universidade do Maine. Connie costumava cantar para nós depois que o persuadíamos a beber duas ou três canecas. É o mais próximo que ele chegou de partilhar uma parte do seu passado.

Casey estava fascinada pelo Connie na universidade. Ele fora muito bonito, com cabelos lisos e claros, um sorriso cordial e óculos de armação bem fina. Embora mais franzino do que os outros, vestia-se da mesma maneira. Estava no canto direito da foto.

Na verdade, a mesma coisa se repetia em outras fotos, compreendeu Casey, ao voltar uma página para verificar as duas anteriores. Ele nunca estava no meio, mas sempre na extremidade. Parecia tímido. Mas havia mais, uma expressão que era ao mesmo tempo hesitante e esperançosa. Era como se ele quisesse ficar com os amigos, mas não ousasse chegar mais perto, para não ser convidado a se retirar.

Casey especulou se Connie também se sentiria um impostor; e se assim fosse, por quê.

— Ele não foi para a Universidade do Maine — lembrou ela.

— O pai é que esteve lá. Não como estudante. Para ser mais preciso, trabalhava ali. Era um zelador.

Casey prendeu a respiração.

— Um zelador? E Connie foi para Harvard? O pai devia se sentir muito orgulhoso.

— Ele morreu antes de Connie ser aceito. E acho que não se davam bem.

— *Emmett?*

— Já vou! — gritou ele em resposta, com menos paciência agora.

Com todo o cuidado, ele retirou uma foto das pequenas cantoneiras pretas que a prendiam na página. Estendeu-a para Casey. Connie era um dos três homens na foto.

— Acho que esta é a melhor de todas. Eu estou no meio. O da esquerda é Bill Reinhertz. Ele morreu há pouco tempo.

Casey pegou a foto. Era mesmo a melhor, mais próxima do que as outras, mostrando um rosto jovem, os cabelos caindo desalinhados sobre a testa, os óculos inclinados, de uma forma menos discreta. Connie parecia gentil ali. Ela sempre quisera que o pai fosse gentil. Emmett fechou o álbum.

— Vai ficar com a casa?

Casey demorou um minuto para registrar a pergunta e levantou os olhos da foto.

— A casa? Ainda não sei.

— Se quiser vendê-la, tenho um comprador. Pagará à vista. Há anos que adora aquela casa.

— Você?

— Não. Meu corretor. *Eu* não tenho condições de comprar uma casa como aquela.

— Como Connie pôde comprar?

Ela sabia que o preço devia ter sido muito menor quando Connie comprara a casa, há trinta anos. Mas tudo era relativo.

— Com os livros didáticos, minha cara — respondeu Emmett. — A *Introdução à psicologia de Unger* é um texto adotado pelas faculdades há vinte anos. Pode imaginar o volume de direitos autorais que um livro assim proporciona? Meu palpite é de que você também receberá os direitos autorais. O advogado não disse nada a respeito?

Casey sacudiu a cabeça em negativa.

— Neste caso, é possível que ele tenha deixado os direitos autorais para Ruth. Por falar nisso, já a conheceu?

— Não.

— Ela é uma boa pintora.

Casey podia concordar nesse ponto, apesar de sua relutância. Passava pelos quadros cada vez que subia e descia a escada. Havia camadas de tinta, aplicadas com extrema habilidade para criar a impressão de ondas. Mas não era o talento de Ruth como pintora que a intrigava.

— Como era o casamento?

— Creio que era bastante normal, a não ser pelo fato de morarem em casas separadas. Mas posso compreender por que faziam isso, sabendo como Connie era. Ruth é mais sociável. Gosta da companhia de pessoas. Vive em Rockport, que é um lugar fabuloso para se visitar numa tarde de domingo. Pensei muitas vezes que Connie se casou com ela para ajudá-lo a conviver com as pessoas, mas depois descobriu que o esforço era grande demais.

— *Emmett!*

Emmett lançou um olhar irritado para a porta.

— Posso lhe garantir uma coisa — murmurou ele —, há ocasiões em que penso que Connie tinha a idéia certa.


Casey andou por algum tempo. Não parava de pensar na foto de Connie em seu bolso. Tirava-a de vez em quando para examiná-la. Foi o que fez, mais uma vez, quando se sentou num banco no Public Garden. Só que agora, ao guardá-la no bolso, tirou o celular. Ligou para o posto de enfermagem no andar de sua mãe e falou com Ann Holmes.

— Como ela está?

— Na mesma. Não houve novas convulsões. Ela teve um problema rápido de espasmo no pescoço...

— Espasmo no *pescoço*?

Isso era novidade. Casey baixou a cabeça e comprimiu as pontas dos dedos contra a testa.

— Não é excepcional — explicou a enfermeira. — Mas provavelmente foi melhor que você não estivesse aqui. O som resultante não é dos mais confortadores. A respiração tornou-se difícil por algum tempo, mas já voltou ao normal.

O que era um alívio. Caroline não podia se recuperar com as complicações físicas se acumulando.

— Espasmo no pescoço... — repetiu Casey. — Por que espasmo no pescoço?

— É como qualquer outro espasmo muscular. Pode haver inúmeras causas. Provavelmente está relacionada com a circulação. Quando há uma redução da circulação, esse tipo de coisa pode ocorrer.

Uma redução da circulação. Não era um bom presságio.

— Não poderia haver qualquer coisa deliberada no movimento?

— Eu gostaria de dizer que ela parecia mais consciente, Casey, mas não foi o que aconteceu. Não em qualquer sentido.

Casey contraiu os olhos com força por alguns segundos. Depois, soltou um suspiro.

— Está bem. Estarei aí de novo amanhã. Pode me telefonar se houver alguma mudança?

— Claro.

Com um aperto no coração, Casey encerrou a ligação. O vazio parecia ter aumentado, enquanto guardava o celular junto com a foto de Connie. Os braços em torno da barriga, ela recostou-se no banco, cruzou os tornozelos e ficou observando a passagem das pessoas. Algumas estavam em duplas, ensimesmadas. Outras seguiam em grupos, igualmente preocupadas. As pessoas sozinhas andavam mais depressa, obviamente seguindo para algum lugar.

Por um momento, observando o fluxo e sem conhecer ninguém, Casey sentiu-se invisível. Pensou em Connie, sentado em sua cadeira no deque no telhado, olhando para as pessoas reunidas em outros deques, conversando, divertindo-se em festas. Casey tinha muitos amigos, mas naquele instante sentia-se tão sozinha quanto Connie devia ter sido.

E foi nesse momento que avistou Jordan. Ele estava encostado numa grade de ferro, a cerca de dez metros de distância. Também estava sozinho; e olhava para ela.

Ou pelo menos ela pensou que era Jordan. Aquele homem tinha os mesmos cabelos escuros, os mesmos olhos castanhos, o mesmo corpo alto e afilado. Fora a beleza pecaminosa, no entanto, nada havia que fosse em detrimento de sua aparência. Usava um short cáqui limpo e uma camisa azul-marinho sem gola, os três botões desabotoados. As pernas à mostra eram longas e bronzeadas. Calçava sandálias Birkenstocks.

Seria mesmo Jordan? Claro que era ele. O corpo de Casey não estaria vibrando se não fosse... a menos que ela estivesse simplesmente recordando a paixão da manhã, o que não seria de todo impossível.

Sentada ali, num banco no parque, com pessoas passando à sua frente, tendo no bolso uma foto do pai que morrera sem lhe dirigir uma única palavra, a mãe a menos de dez minutos de distância, em termos físicos, mas tão inacessível que partia seu coração pensar a respeito, Casey sentiu a necessidade desesperada de se ligar de uma maneira especial com alguém.

Ela desviou os olhos, mas logo voltou. O homem continuava parado ali. Era mesmo Jordan, com toda a certeza.

Com um movimento mínimo do queixo, ela convidou-o a se aproximar.

Ele se afastou da grade num movimento ágil, fitando-a nos olhos enquanto se aproximava. Casey teve de inclinar a cabeça quando ele chegou perto, mas não seria capaz de desviar os olhos, mesmo que quisesse. Imaginou que havia uma certa hesitação nos olhos dele. O que lhe deu coragem para sorrir e dizer:

— Achei que era você. Tenho todo um banco vazio à disposição. Não quer se sentar?

Ele se sentou, deixando um espaço aberto entre os dois. Inclinou-se para a frente, pôs os cotovelos nos joelhos e deixou os pulsos penderem... e era difícil não notar aqueles pulsos. Eram finos, mas fortes e bronzeados. O relógio com a correia velha desaparecera. Havia em seu lugar um Tag Heuer, que não chegava a ser um Rolex, mas era bonito, elegante e longe de ser barato.

Por um momento, ele contemplou a vista do banco. Depois, virou os olhos para Casey.

— Você parecia triste.

Era uma simples declaração. Ela não precisava responder. Mas ele estava ali, e Casey recordou a plenitude que sentira naquela manhã. Era tão preferível à solidão que ela disse:

— Minha mãe está doente. Foi atropelada por um carro há três anos. Não recuperou... a consciência durante todo esse tempo. Está internada num centro de tratamento a longo prazo na Fenway. — Ela apalpou o celular. — Acabei de falar com a enfermeira. Mamãe vem tendo alguns problemas ultimamente. Bem que tento ser esperançosa.

Casey ensaiou um sorriso corajoso, mas desapareceu no instante seguinte.

Pelo Amor de Pete

— Ela precisa acordar. Tem apenas cinqüenta e cinco anos. É muito jovem para morrer. Preciso dela. É a única família que eu tenho. Mas alguma coisa mudou. Tenho o pressentimento... de que ela está desistindo.

— O que dizem os médicos?

— Que ela está desistindo. Talvez devesse mesmo, se não há esperança.

— E não há nenhuma?

Casey fez um esforço para encontrar uma resposta. Sempre se empenhara para se apegar a fragmentos de esperança, por menores que fossem. Sentada ali com Jordan, porém, ela não sabia de mais nada.

— Todos se mostraram esperançosos a princípio, logo depois do acidente. Mas ela passou a marca dos três meses sem despertar. Não era um bom sinal. Seis meses, nove meses, um ano se passou. Foi horrível o primeiro aniversário do acidente. Agora, já passamos do *terceiro* aniversário, e há ocasiões em que sinto que estou segurando sozinha o estandarte da esperança.

Ela olhou para o Public Garden.

— Eu era capaz de isolar o problema. Esta semana... não sei por que... tornou-se mais difícil.

— Porque herdou a casa?

— Não. — Casey podia ser honesta... com Jordan, com ela própria. — Alguma coisa está mudando. As enfermeiras sentem isso.

Uma pausa, e ela acrescentou, baixinho:

— E eu também. Quero pensar que ela se encontra na iminência de acordar. Mas as chances são contrárias.

— Você e ela eram muito ligadas?

— Da maneira como mães e filhas costumam ser.

— E o que isso significa?

— Altos e baixos. Eu queria pensar que havia mais altos à medida que nos tornávamos mais velhas. Queria demais. — Casey fitou-o, forçando um sorriso. — Aí está... a razão para meu rosto triste.

— É um lindo rosto.

O comentário poderia ser inocente, se a ocorrência daquela manhã nunca tivesse acontecido. Mas acontecera. A expressão de Jordan indicava que ele se lembrava tão claramente quanto Casey.

— Eu estava preocupado com outra coisa — disse ele, os cotovelos ainda nos joelhos. — Preocupava-me a possibilidade de você mudar de idéia.

Casey, sentindo que o calor ressurgia, comprimiu os lábios e balançou a cabeça.

Ele parecia aliviado. Deixou escapar um pequeno suspiro e se recostou no banco.

Casey deixou que o calor a esquentasse. Preenchia o vazio agora, como já ocorrera naquela manhã. Ela afastou os pensamentos de Caroline e observou o mundo passar. Sentia-se contente, pelo menos por um momento.

— Por que você não é casado?

Jordan soltou uma gargalhada, surpreso. Ela fitou-o.

— É uma pergunta justa.

— Mas brusca, da maneira como você a faz.

— E por que não é casado? Conheço alguns homens da sua idade que já foram casados três vezes.

— Eu também. É por isso que estou esperando. O casamento dura quando é a mulher certa.

— Seus pais ainda são casados?

— São. — Ele estendeu os cotovelos para o encosto do banco e estendeu as pernas. — Há quarenta anos.

Casey sentiu inveja.

— Seu pai também é jardineiro?

Ela imaginou uma família unida, com pai e filho partilhando o amor pela terra. Mas Jordan dissipou a imagem com sua resposta:

— Não. Ele acha que jardinagem é coisa de mulher. É da polícia.

— O que se pode chamar de extremos. Você não quis seguir os passos de seu pai?

— Não. Jamais tive vontade de ser policial.

— Apenas um jardineiro.

— É uma vida mais simples. Se você encontra uma erva daninha, trata de arrancá-la. Não se pode fazer isso com os seres humanos. Até os piores têm direitos.

— Pode-se dizer que a jardinagem é mais limpa nesse sentido.

— Nesse sentido, é mesmo.

Jordan sorriu. Casey prendeu a respiração. Era a primeira vez que o via sorrir de verdade. O sorriso iluminou seu rosto, transformando o que era bonito em deslumbrante.

— O que foi? — indagou ele, ainda sorrindo, mas um pouco distraído agora.

Casey comprimiu a mão contra o peito. Sacudiu a cabeça. Olhou para os pedalinhos no formato de cisnes. Depois de um longo momento, perguntou:

— Já andou nesses pedalinhos?

— Não.

— Pois eu já. Minha mãe me levou. É minha lembrança mais antiga de Boston. Sempre digo a mamãe que ela precisa resistir para que nós duas possamos levar *minha* filha para um passeio de pedalinho. Se algum dia eu tiver uma filha...

Mas ter uma filha, é claro, não era a questão imediata. Fazer Caroline resistir era o problema mais importante agora.

Casey sentiu que alguma coisa a roía por dentro e mordiscou o lábio como reação. Não sabia por quê, mas a preocupação era mais forte agora... mais persistente, aflorando de novo sem que houvesse uma pausa.

— Já jantou? — perguntou Jordan.

Ela inclinou-se para a frente.

— Meg deixou sanduíches. Comi a metade de um. Ainda bem, porque acho que não conseguiria comer agora.

— Preocupada demais?

— Isso mesmo. — Casey levantou-se. — Tenho de ir.

Ela partiu, com as mãos nos bolsos, uma no celular, junto da foto de Connie.

Jordan foi para o seu lado no mesmo instante, acompanhando seus passos. Quando ele continuava ao seu lado, depois de atravessar a Beacon, descer a Charles e entrar na Chestnut, Casey compreendeu que ele a acompanhava até em casa.

— Não precisa fazer isso — disse ela.

Ele continuou a andar ao seu lado, e Casey não discutiu. A segurança não era um problema ali. Nem a independência. Ela sentia-se confiante nos dois itens. O que a mantinha tão quieta era a atração. Quanto mais se aproximavam de Leeds Court, mais ela sentia. Quanto mais perto ficavam, mais ela o queria de novo.

Jordan parou quando entraram no calçamento de pedras que levava à Court. Ela também parou. Olhou para trás. Seus olhos se encontraram ao crepúsculo. Casey voltou, chegando bem perto.

— Não precisa fazer isso.

As palavras saíram mais suaves agora, com um significado diferente.

— Mas eu quero.

A voz de Jordan também era suave. Não havia equívoco possível em sua respiração trêmula. Seus olhos absorveram o rosto de Casey. Ela sentiu-se desejada. Mais do que isso, *necessária*. E partindo de um homem tão sólido quanto Jordan parecia ser, era inebriante.

Ela entrou na Court com Jordan ao seu lado. Nenhum dos dois deixara transparecer qualquer urgência. Mas quando Casey alcançou a porta da frente e tentou inserir a chave, descobriu que sua mão tremia. Ele pegou a chave, abriu a porta, deixou-a entrar, entrou também e fechou a porta.

Jordan abraçou-a nesse instante. No momento em que suas bocas se encontraram, todas as sensações que arderam em Casey naquela manhã voltaram. O ardor era mútuo. Beijaram-se na porta, com um profundo envolvimento das línguas, acariciaram-se quando se encostaram na escada. Mas Casey queria que fosse mais devagar dessa vez. Queria prolongar a posse, porque não podia pensar numa maneira melhor de passar a noite.

Por isso, levou-o para o quarto que ocupara como sendo seu. Havia alguma coisa no conforto da cama ali que era propícia a prolongar o momento, apesar do tesão intenso entre os dois. Beijaram, acariciaram, saborearam. A camisa de Jordan saiu primeiro, depois a dela. O roçar dos seios ainda sensíveis contra o peito de Jordan, primeiro por baixo, depois por cima, foi maravilhoso. Peça a peça, o resto das roupas foi largado no chão. Embora Casey se sentisse tão excitada quanto Jordan, não houve penetração imediata. Em vez disso, exploraram um ao outro de uma maneira que não haviam tido paciência naquela manhã. O prazer alcançou novos níveis. Quando ele finalmente a penetrou, Casey se encontrava tão próxima do orgasmo que teria acontecido de qualquer maneira. Tê-lo dentro, também gozando, enquanto ela ainda vibrava, tornou tudo mais intenso.

E não foi o fim. Ele nem mesmo saiu. Continuou estendido por cima, beijando a orelha, o pescoço, o vale entre os seios, a elevação, um mamilo... e num instante ficou duro de novo. Mas ele era mesmo bom. Sabia como se controlar, deixando apenas que a rigidez e os murmúrios do fundo da garganta demonstrassem como estava excitado.

Casey adorou os sons, e não apenas os que saíam do fundo da garganta. Adorou a maneira como ele respirou fundo quando sua boca alcançou a depressão por baixo das costelas dele, quando sua língua acompanhou a linha estreita de pêlos por baixo do umbigo. O prazer que ela derivava desses sons era consciente. Poderia se sentir orgulhosa de si mesma por excitá-lo daquela maneira, mas não era o que sentia. Também não havia um senso de poder. O que ela sentia — *tudo* o que sentia — era o prazer de saber que ele sentia prazer.

Ele gozou primeiro, e depois fê-la gozar com a sua mão, entrando fundo, algo que Casey nunca experimentara. Também jamais experimentara um gozo logo depois de outro, seguido num instante por um terceiro. Este foi mais suave, uma eternidade do tipo de gentileza que era ao mesmo tempo firme, rápida e dura. Não sabia como Jordan conseguia, mas era o que ela sentia. O final foi mais um orgasmo, este mais profundo e ainda mais satisfatório do que todos os anteriores... porque sentia que ele passara do físico para o emocional. Jordan fazia amor com ela como se tivesse a maior importância.

Como o orgasmo, o contentamento também foi mais profundo dessa vez. Exaustos, ficaram estendidos na cama, os corpos entrelaçados. Casey sentia-se em paz. Ao pensar a respeito, escutando a respiração de Jordan se tornar regular, enquanto ele resvalava para o sono, ela imaginou que pousara num lugar em que estava enraizada e firme. Não sabia se podia ficar ali por muito tempo, mas por enquanto era muito agradável.

Ela cochilou, ou simplesmente apagou na serenidade. Quando finalmente abriu os olhos e virou a cabeça, descobriu o rosto de Jordan a poucos centímetros do seu. Ele tinha os olhos fechados, as feições em repouso. Ao contemplá-lo, ela sentiu-se ainda mais enraizada e forte. Estava inspirada.

Com todo o cuidado para não acordá-lo, ela saiu da cama, pôs o roupão e foi para o patamar na ponta dos pés. Era uma curta caminhada até o outro lado. Casey abriu a porta apenas o suficiente para passar. O quarto estava escuro. Ela tateou pela parede ao lado da porta até encontrar o interruptor. Acendeu um abajur numa mesinha de canto, no outro lado do sofá e da poltrona de couro.

Banhado por uma luz suave, o quarto era menos imponente. Recendia a couro e madeira escura. Na verdade, era até informal e aconchegante. Ela procurou primeiro por Angus, verificou por cima e por baixo de todos os possíveis abrigos, deu até uma olhada rápida no banheiro. Mas, com exceção de uma tigela com água, outra com ração comida pela metade e a caixa com palha, não havia qualquer sinal do gato. Por isso, iniciou a exploração. Abriu um armário e descobriu que guardava as suéteres, calças e *blazers* que Connie usava com mais freqüência, além de vários ternos formais e um *smoking*. Abriu o segundo armário e encontrou o extremo oposto, uma coleção de calças e blusões da Gore-Tex, pulôveres de lã, camisas de gola rulê e camisas de malha do tipo usado por um excursionista. Casey nunca teria imaginado Connie naquelas roupas. A maior parte parecia nova. Algumas ainda tinham a etiqueta da loja.

Ela pensou nos folhetos que encontrara com os cheques cancelados, reservas para viagens que haviam sido preenchidas, mas nunca enviadas. Ocorreu-lhe que Connie podia ter sonhos também, pelo menos alguns que nunca haviam sido consumados. Ela especulou se Connie alguma vez sonhara com um relacionamento com a filha. Como não havia folhetos para isso, nenhum pedido para preencher e deixar de enviar, ela podia nunca saber.

Fechou a porta esquerda do armário, com a tristeza desse pensamento, e abriu a porta da direita. Havia gavetas ali. Casey hesitou apenas por um instante, a mão pairando no ar. Sabia que aquele talvez fosse o espaço mais pessoal, e não tinha certeza se queria violá-lo. Mas se não fosse agora, quando poderia ser?, pensou ela. Além do mais, não procurava por itens íntimos. Procurava um envelope de papel

Pelo Amor de Pete

pardo grande, contendo páginas de um diário. Se estivesse ali, mesmo que escondido por baixo das meias, ela o veria.

Começou a abrir as gavetas. Havia meias e cuecas tradicionais, camisetas e lenços. Ela encontrou pijamas em uma gaveta; em outra, havia cachecóis de lã e camisas de flanela, tudo dobrado de uma forma meticulosa. Havia ainda uma gaveta com moedas, palhetas de colarinho e abotoaduras. Não encontrou nada que sequer parecesse com um envelope de papel pardo.

Ela fechou o armário. Foi para a mesinha em que estava o abajur. Ao lado do abajur, havia uma pilha de livros e publicações profissionais. Ela deu uma olhada, reconheceu a maioria, separou dois para folhear mais tarde. Havia uma prateleira por baixo da primeira, mas também ali não havia nenhum envelope de papel pardo. Ela foi para o banheiro, e procurou na estante de material de leitura, num canto da banheira. Havia ali, na melhor das hipóteses, várias indicações de uma vida indireta: a revista *People,* junto com *Field and Stream, Outdoors* e *Adventure.* E mais nada.

Só restava procurar na mesinha-de-cabeceira. Decidida a procurar ali, Casey saiu do banheiro... e deparou com Angus. Ele surgira do nada e se sentara ao lado da cama, olhando para ela. Ela especulou se Angus não estaria vagueando pela casa escura e acabara de voltar, observando sua busca. Ele parecia tão esquivo quanto a afeição de Connie.

Casey adiantou-se, sussurrando o nome do gato. Agachou-se perto e estendeu a mão. Embora o nariz do gato tremesse, os olhos não se desviaram dela.

— É a sua cama? — indagou ela, lançando um olhar para a bola Sherpa ao lado de um dos armários, com uma depressão no meio. — Aposto que é confortável e quente.

Angus não respondeu.

— Vi suas coisas no banheiro. Meg faz um bom trabalho com a caixa. E parece que há bastante comida em sua tigela. Ao lado da tigela com água.

Angus continuou a fitá-la. Casey suspirou.

— Muito bem, vamos agir. Talvez você saiba onde posso encontrar a próxima parte de *Pelo Amor de Pete.*

O gato piscou, num movimento lento. Casey recordou os gatos da mãe piscando, como um sinal de confiança. Achou que era animador.

Ergueu a mão para tocar na cabeça de Angus, mas ele recuou. Não havia qualquer engano possível sobre essa mensagem. Ela falou baixinho:

— Devemos ser amigos, Angus. Posso compreender que sente saudade de Connie, e acha que aqui não é o meu lugar. E não sei o que vai acontecer na próxima semana ou na outra. Mas você não ficará sozinho. Prometo. Connie o amava. E eu também amo você.

Angus deu outra piscadela. Não se aproximou, mas já era recompensa suficiente para Casey o fato de estar sentada ali. Lentamente, ela levantou-se. O gato sentava bem na frente da mesinha-de-cabeceira. Sem querer afugentá-lo, sempre em movimentos vagarosos, Casey inclinou-se por cima e abriu a gaveta. Havia um autêntico tesouro de miscelânea ali: um par de óculos, canetas Bic de várias cores, blocos de pequenos lembretes, cadernos de espiral. Havia um pacote de bolso de Kleenex e um tubo de pomada para os lábios. Havia um problema de palavras cruzadas, tirado de uma revista pequena, meio preenchido. E um pequeno gravador.

Ela pegou o gravador, olhando por um momento, imóvel, consciente de que a última pessoa a pegá-lo fora Connie. Havia outro gravador parecido em sua escrivaninha. O outro não tinha nada gravado. Com um esforço para não sentir muita esperança, Casey apertou o botão PLAY. Nada ouviu. Apertou STOP, voltou a fita por vários segundos e tornou a tocar. Dessa vez, ouviu a voz de Connie. Como sempre, saía baixa; Connie Unger sempre dava um jeito de dizer o que queria sem altear a voz. Mas a voz estava ainda mais suave agora. Mais íntima. Introspectiva.

Casey já sabia que não devia esperar uma mensagem pessoal. Afinal, Connie não deixara uma em qualquer outro lugar. Ainda assim, sentiu-se comovida ao ouvi-lo falar. Ele discorreu sobre as mudanças no mundo e a necessidade de os psicólogos as acompanharem. Depois de algumas frases, ele começava com "Diga a eles...". Casey percebeu que ele preparava um discurso.

Ouviu até alcançar a parte vazia. Dessa vez, voltou a fita até o início. A primeira coisa que ouviu, quando apertou o botão para tocar, foi

"Ligue para Ruth", com o telefone indicado em seguida. Depois, havia palavras de introdução para o discurso, começando com um agradecimento ao anfitrião. Casey escutou todo o resto, parou a fita quando Connie parou de falar e tornou a guardar o gravador na gaveta.

Angus miou.

— Ah... — sussurrou ela, ajoelhando-se. — Você também reconheceu a voz.

Angus miou de novo, num lamento maior.

— Eu compreendo...

Dessa vez, o gato não recuou quando Casey ergueu a mão. Ela tocou no alto de sua cabeça, hesitante a princípio, depois com mais convicção. Afagou o pêlo sedoso, coçou as orelhas. Angus fitava-a durante todo o tempo, parecendo confuso.

Casey aproveitou a oportunidade e passou os dedos pela coluna de Angus; e quando o gato ergueu o traseiro continuou o movimento até o rabo. Era peludo e comprido. Assim levantado, ficava quase na altura da gaveta da mesinha-de-cabeceira. Quando começou a baixar, apontou direto para o puxador de ferro que abria o armário por baixo da gaveta.

Casey afagou o gato por mais um minuto. Depois, contornando-o, abriu o compartimento. Continha exemplares da revista *National Geographic*, de pé, com a lombada virada para fora. A única coisa que quebrava o padrão de amarelo era um envelope de papel pardo que fora espremido entre as revistas.

Ela tirou-o. Na frente, encontrou o "C" familiar. O coração disparado, ela abriu o fecho e depois deu uma olhada nas folhas datilografadas. A primeira folha já informava tudo o que ela precisava saber.

Sentada no chão, com Angus ao seu lado, ela leu as folhas no envelope. Quando acabou, permaneceu no mesmo lugar e pensou no que acabara de ler. Depois, tornou a fechar o envelope e comprimiu-o contra o peito. Num súbito impulso, precisando de conforto, ela inclinou-se e tentou beijar a cabeça de Angus. Mas, aparentemente, isso era ir longe demais. O gato recuou, dando a impressão de que estava prestes a sibilar. Por isso, Casey sorriu e murmurou:

— Tornaremos a nos ver em breve, grandalhão.

Ela foi para a porta. Olhou para o gato, apagou a luz e saiu... para esbarrar num corpo humano.

# Quatorze

Little Falls

Jenny gritou.
 Pete segurou-a pelos cotovelos, amparando-a.
 — Sou eu, sou eu...
 — Pensei que você tinha ido embora.
 Jenny respirava com dificuldade, com algum medo de acreditar que o frio fora tão real, tão gelado, que ainda a fazia tremer. Mas as mãos de Pete eram quentes, e seus olhos ainda mais quentes. Recendia a um sabonete comum que ela comprara em grande quantidade na sua última ida ao centro comercial. E havia também os seus braços. Puxaram-na e apertaram-na, com uma convicção que dizia: "Eu disse que ficaria, e aqui estou." Mas foi a maneira como o rosto de Pete se moveu por seus cabelos, a têmpora, a face, que finalmente a convenceu. Ele fizera a barba. O princípio de barba que o identificava como um viajante desaparecera, deixando a pele macia de alguém que alcançara seu destino.
 Ela arriou contra Pete, sussurrando: "Ó Deus, Deus, Deus", muitas e muitas vezes.
 — Não — murmurou Pete. — Apenas eu.
 Jenny ergueu os olhos para ele, prestes a dizer como passara por momentos horríveis, quando seus pensamen-

tos começaram a se desmanchar. Pânico, calafrio, medo... tudo se dissolvia. O desespero desaparecido, ela se rendeu, com um suspiro.

— Melhor? — indagou Pete.

Ela acenou com a cabeça em confirmação.

Pete beijou-a, tão depressa que ela nem teve tempo de se contrair.

— Tudo bem? — murmurou ele.

Jenny tornou a acenar com a cabeça, e ele beijou-a de novo. Só que agora ela se lembrava do beijo anterior, e sentiu de novo o mesmo anseio. Preenchia-a de uma maneira tão completa que não havia espaço para o medo.

— Beije-me — pediu Pete.

E ela beijou-o. Era a coisa mais natural do mundo abrir a boca contra a de Pete, movê-la, saboreá-la. Ele murmurou, com um gemido:

— Você beija muito bem.

Jenny acreditou que era verdade. Podia sentir a reação dele, o aumento da intensidade, o movimento para se comprimir ainda mais. Quando os dedos de Pete desceram por sua coluna e pressionaram a base das costas, ela sentiu a ereção. Deveria ter lhe causado a maior repulsa. Mas não era o que sentia. O sentimento era de curiosidade. E uma ânsia que vinha lá do fundo.

Pete ergueu a cabeça. Lentamente, soltou-a. Ela viu seus olhos, de um azul muito profundo.

— É o momento para realizar de novo o desejo do coração — murmurou ele.

— O seu ou o meu?

— O seu.

— Qual seria o seu?

— Você sabe. Mas estou tentando aprender sobre prioridades. Por isso, diga-me o que você gostaria.

A mesma coisa que você quer. Jenny surpreendeu-se ao pensar isso. Quando o pensamento embaraçou-a, ela baixou o olhar, que incidiu sobre a fivela do cinto de Pete.

Ela enganchou os dedos ali e sentiu seu calor. Ele acrescentou:

— Pense. O desejo do seu coração. Tudo o que você sempre quis fazer em Little Falls, mas nunca teve a oportunidade.

Jenny não precisou pensar por muito tempo.

— Sair para dar um passeio.

Outros casais faziam isso o tempo todo, e nem tinham uma motocicleta à disposição.

— Só isso?

Jenny pensou por mais um momento.

— Talvez parar e comer alguma coisa.

Outros casais também faziam isso. Jenny ouvira Miriam comentar que AnneMarie e Tyler sempre faziam isso. O lugar mais apreciado era o Giro's, uma lanchonete que ficava aberta a noite inteira, a vinte minutos da cidade.

— Não tem problema — disse Pete. — Mas você precisa se agasalhar. Vai sentir frio na motocicleta.

— Acho que isso exclui a pedreira.

Ele se lembrou do desejo de Jenny. Ela pôde perceber em seus olhos.

— Nadar? Está frio demais. Mas podemos ir até lá e estacionar.

Jenny gostou da idéia. Foi para o quarto, onde se despiu. Completamente nua, atravessou o corredor até o banheiro, com alguma esperança de que Pete a visse. A expectativa fazia coisas em seu corpo. Sentia os joelhos fracos ao abrir o chuveiro. Tocou no próprio corpo enquanto esperava que a água esquentasse. Nenhuma de suas fantasias — e tivera centenas, não, milhares — chegara tão longe. Concentravam-se no amor, na gentileza e normalidade que ela decidira que deveriam vir antes do sexo. Nunca tivera o suficiente do primeiro para seguir em frente e chegar ao último... até agora.

# Pelo Amor de Pete

Sentia-se feminina. Pela primeira vez, sentia-se justificada ao passar um talco perfumado no corpo, e depois vestir a calcinha e o sutiã mínimo que guardava no fundo da gaveta. Escovou os cabelos, com bastante firmeza, até que os cachos alisaram um pouco. Sentia-se atordoada.

Jenny calculou que foi esse o motivo para ir até a cômoda da mãe e abrir a gaveta do meio. Pegou o pequeno embrulho de papel de seda, guardado no bolso da blusa predileta da mãe. Lá dentro havia um par de brincos, as duas pérolas grandes. Quando soltou os cabelos, prendeu um lado por trás da orelha. Parecia o certo.

Vestiu o jeans e uma suéter folgada. Procurou botas. O mais próximo que encontrou das botas de couro de Pete foram as botas de borracha de cano alto que costumava usar na época da lama. Como tudo o mais na casa naquele momento, as botas estavam impecáveis. Ela calçou-as.

Pegou o anoraque que Miriam lhe dera há alguns anos. Talvez se encontrassem no caminho para o oeste. Afinal, Seattle não era tão longe assim de Wyoming.

Pete esperava junto da porta lateral, com um quadril encostado na parede e os tornozelos cruzados. Ele empertigou-se, fitou-a de alto a baixo e sorriu.

— Você está uma beleza.

Jenny retribuiu o sorriso.

— Você também.

— Os brincos são lindos.

Ela tocou nas pérolas.

— Eram de minha avó. Ela foi a primeira mulher do condado a cursar a faculdade de medicina. Voltou para cá depois, mesmo com as pessoas dizendo que era louca por fazer isso. Era uma médica dedicada. Queria ajudar os doentes. Abriu um consultório. Mas a maioria das consultas era domiciliar.

— O pessoal daqui devia adorá-la.

— Não. Eles não a apreciavam. Ela era muito diferente.

— Era a mãe de sua mãe ou a mãe de seu pai?

Jenny tentou decidir qual das duas opções seria mais verossímil. Ao final, porque tirara os brincos da gaveta da mãe, ela respondeu:

— Na verdade, era irmã de minha mãe. Mas era muito mais velha e diferente de minha mãe. Sempre pensei nela como minha avó. Ela me amava assim. Eu tinha dez anos quando ela morreu.

— Lamento que ela não estivesse aqui para ajudá-la quando as coisas se deterioraram.

Jenny também lamentava, ou pelo menos era a sua fantasia. Mas nem tudo era fantasia. Havia mesmo uma irmã mais velha, com quem Jenny se encontrara uma vez. Em torno dela, desenvolvera toda uma história. Todos precisavam de um parente assim.

— Mas se ela estivesse aqui, teria levado você para longe, e nunca teríamos nos conhecido — acrescentou Pete.

Ele ergueu a mão, que mantinha abaixada. Segurava dois capacetes.

— Pode escolher desta vez.

Jenny mal tivera tempo de absorver o significado da aquisição do segundo capacete quando ele os estendeu em sua direção.

— Qual deles?

Não havia o que discutir. Ela pegou o que já usara antes, o que recendia a Pete.

Minutos depois, os dois seguiam pela estrada, passando pelas casas dos vizinhos que a haviam observado com desdém durante todos aqueles anos. Eles pensavam que eu não valia nada. Pensavam que eu não tinha a menor chance de conhecer um homem que fosse mais vivido e mais bonito do que todos eles. Ela foi erguendo a cabeça mais e mais, a cada curva, até que usava o capacete de Pete com orgulho. E pensou, na maior satisfação: Eles devem me ver agora.

Não podiam ver, é claro. Ouviam a motocicleta, mas ia muito depressa para que conseguissem ver quem estava em cima, mesmo que ela não estivesse oculta pelo capacete. Além do mais, havia nevoeiro e estava escuro. Uma parte dela sabia que também estava frio, só que ela não sentia. O excitamento mantinha-a aquecida.

Jenny tinha os braços em torno da cintura de Pete quando passaram pelo centro da cidade. Na outra extremidade da Main Street, ele mudou de direção e seguiu pelas ruas laterais, subindo por uma e descendo por outra, até que não houvesse mais nenhuma, na área de três quarteirões por três quarteirões, que não tivessem percorrido. Se Jenny não o conhecesse melhor, pensaria que ele queria acordar todas as pessoas dos apartamentos que ficavam em cima das lojas — ou nas casas entre as lojas — como punição pela maneira grosseira como a haviam tratado.

Mas Pete não era rancoroso, embora parte dela quisesse que fosse. Ele era apenas curioso, mais nada. Ela imaginou que Pete queria ver tudo sobre o passado dela uma última vez, antes de partirem. Era o que ela também queria.

Passaram pela escola fundamental, uma estrutura retangular, com a tinta descascando em todos os lados, um velho playground ao fundo. Jenny adorara o jardim-de-infância ali. Até gostara da primeira e segunda séries. Na terceira, começara a estranhar. Não podia convidar as amigas para irem à sua casa porque os pais viviam discutindo. Além do mais, o pai punha todo mundo nervoso, pela maneira como a deixava e buscava na escola, lançando olhares furiosos para quem se aproximasse. Por isso, ela não participava dos encontros depois das aulas e nos fins de semana. Porque as colegas só falavam nessas coisas durante as aulas, ela ficava de fora também das conversas. E porque Jenny ficava de fora, era um alvo perfeito para os meninos, que faziam brincadeiras com ela pelas quais Darden os teria açoitado, se soubesse. O que só serviria para agravar ainda mais a situação, o motivo pelo qual ela não contava nada. O sofrimento silencioso era mais seguro.

— Está vendo aquele campo? — gritou ela para Pete, mais adiante. — É o Town Field. Comemoramos os feriados ali. Piqueniques no Quatro de Julho. Desfiles no Memorial Day. Corridas para bombeiros voluntários no outono e concursos de esculturas de gelo no inverno.

— Parece sensacional.

Não, não era, pensou Jenny. Mas não queria parecer amargurada. Não queria se sentir amargurada. Não com o pouco tempo que lhe restava em Little Falls. Por isso, ela mostrou a Pete onde Miriam morava, onde morava sua professora do jardim-de-infância, até mesmo onde o chefe O'Keefe e sua esposa moravam, embora isso a deixasse contrafeita. Teria mostrado também a casa de Dan O'Keefe — a delegacia ficava em sua garagem, e a casa era muito bonita —, se Pete não tivesse um itinerário diferente em mente. Passaram pelo salão dos veteranos de guerra, estacionaram sob o castanheiro onde Jenny vira Pete pela primeira vez. Ficaram sentados ali, com a motocicleta em ponto morto, acumulando forças. Depois, pegaram a trilha Nebanonic, mais uma vez, subiram e desceram a montanha. Partiram para a rodovia interestadual.

Pete fez a curva na rampa de acesso num ângulo vertiginoso. Ao perceber o excitamento de Jenny, aumentou a velocidade ainda mais, ao longo da estrada, através da noite. Jenny imaginou que seria assim quando partissem para sempre. Montada na motocicleta de Pete, podia ir para qualquer lugar, fazer qualquer coisa, ser qualquer pessoa.

Ele não demorou a deixar a rodovia, mas o senso de poder persistiu. Tornou-se ainda mais forte quando Pete, sabendo que caminho seguir, foi para o Giro's. Ele estacionou a motocicleta, prendeu os capacetes no guidom, pegou-a pela mão e levou-a para dentro.

# Pelo Amor de Pete

Era o sonho de Jenny que virava realidade. Por uma vez, ela era uma das garotas acompanhadas por um rapaz, pedindo o mesmo hambúrguer grosso, mastigando as mesmas batatas fritas gordurosas, tomando o mesmo chope. Quando Pete acionou a vitrola automática e levou-a para dançar na pequena pista, na extremidade do balcão, ela se descobriu no sétimo céu. Dançou como se estivesse sozinha na frente da televisão; dançou como as outras dançavam. Quando ele apertou-a, começando a se mexer de uma maneira que era ao mesmo tempo suave e sensual, de uma maneira que Jenny nunca vira, lera ou sequer sonhara, ela se descobriu num paraíso muito além do sétimo.

— Você é maravilhosa — murmurou Pete, várias vezes.

E quanto mais ele dizia, mais Jenny se julgava maravilhosa. É fácil manter a cabeça erguida e os ombros empinados quando alguém olha para você como se quisesse mesmo vê-la. É fácil fitá-lo nos olhos quando os olhos exibem tudo o que você quer ver. É fácil sorrir quando ele oferece um doce vislumbre do resto de sua vida.

E não acabou quando deixaram a lanchonete. Foram para a pedreira, quase deserta naquela hora, e entraram no esconderijo especial de Jenny. A motocicleta levou-os pela trilha acima, até a beira do lago, preto como o breu. Puseram os capacetes no chão e trocaram de posição. Jenny ficou sentada na frente, inclinada para trás. Os braços de Pete a envolviam. Sem dizer nada, ele enfiou as mãos por baixo do anoraque de Jenny, acariciando sua barriga.

— Algumas pessoas afirmam que há uma criatura da pedreira lá no fundo — disse ela. — Alegam que saiu da rocha quando o buraco da pedreira foi inundado, e hoje vive na parte mais funda.

— E você acredita? — perguntou Pete.

Ela pensou por um momento, depois acenou com a cabeça, numa resposta afirmativa.

— Gosto de pensar que há uma família inteira lá no fundo, e por isso a criatura não se sente solitária. É pacífica. Nunca fez mal a ninguém.

— Nunca ninguém a viu?

— Alguns garantem que viram.

— Você viu?

— Não tenho certeza. Venho até aqui com freqüência, sento-me na beira e fico olhando para a água. Já imaginei muitas vezes que vi a criatura. Talvez uma dessas tenha sido real.

Pete ergueu as mãos, até que seus polegares roçaram na parte inferior dos seios dela. Ela fechou os olhos.

— Às vezes é difícil distinguir entre o que é real e o que não é.

Ele tinha as mãos em seus seios agora, tão de leve que ela sentia-se bem. Não, sentia-se mais do que bem. Sentia-se maravilhosamente bem. Mas isso não era suficiente.

Pete ajudou-a a se virar no banco. Jenny enlaçou-o pelo pescoço. Dessa vez ele subiu as mãos por baixo da suéter e abriu o fecho do sutiã.

— Tão maravilhosa...

Ele envolveu-a num beijo, que só foi interrompido porque ambos tinham dificuldade para respirar. Depois, ele acariciou os seios livres do sutiã.

— É gostoso?

Jenny acenou com a cabeça. Era tão gostoso que ela não podia encontrar as palavras para expressar; e mesmo que encontrasse, não conseguiriam passar pela garganta. Dali por diante, tudo dentro dela parecia inchar, mais e mais, à medida que as mãos de Pete acariciavam e apertavam, pelo prazer adicional que seus olhos prometiam.

— Quer ir para casa? — indagou ele, num sussurro rouco.

Ela tornou a acenar com a cabeça em concordância.

Menos de um minuto depois, Jenny estava outra vez de capacete, na motocicleta, a caminho de casa. Só que agora ela não viu por onde passavam. Fechou os olhos, dentro do capacete, e concentrou-se em saborear o que dominara seu corpo... porque fora mesmo dominado, com toda a certeza. Vibrava e zumbia, fazendo coisas que nunca fizera antes, levando-a a pensar em fazer outras coisas que nunca fizera antes, como acariciar a barriga de Pete e estender as mãos ainda mais baixo.

Ela ofegou pelo que sentiu.

Pete empurrou suas mãos para um lugar mais seguro e balbuciou, a voz sufocada:

— Não faça isso de novo, ou vamos sair da estrada!

— Desculpe.

— Não precisa se desculpar.

Jenny não estava arrependida. Ao contrário, sentia-se tão inebriada quanto ficara ao correrem pela estrada, dançarem no Giro's ou se acariciarem na pedreira. Experimentava o sentimento de que as coisas boas talvez fossem possíveis.

Pete desceu por sua rua, entrou derrapando no caminho e parou junto da porta lateral. Mas quando ele pegou a mão de Jenny, a fim de levá-la para dentro, ela empacou.

— As piores lembranças... — murmurou ela, balançando a cabeça.

Ele pareceu compreender, pois tomou a iniciativa de seguir para o pinheiro no quintal do fundo, e puxar os galhos que formavam o abrigo.

Se fazia frio, Jenny não notou. Seu corpo estava tão quente que não foi capaz de tirar as roupas com a rapidez suficiente. Depois, o calor gerado por Pete envolveu-a. Ele beijou e acariciou, até que Jenny suplicasse para que ele fizesse alguma coisa, qualquer coisa, para acabar com a ansiedade que sentia no ventre. Mas Pete disse que não havia pressa. E acrescentou que queria que Jenny finalmente sentisse o que uma mulher deve sentir. Queria que ela soubesse que era linda, feminina e amada; e se Jenny decidisse que ainda não estava preparada para que ele a possuísse, também não tinha problema.

Mas ela estava pronta. Nada em Pete era sequer remotamente parecido com o passado. Jenny sentia o corpo em fogo.

E ele a possuiu, penetrando tão fundo que ela mal tinha espaço para respirar; e quando começou a mexer, Jenny teve a sensação de que ia morrer. Sentiu tudo, a pressão e o vigor, intenso, ardente, um desafio, até que arqueou as costas e gozou.

— Nunca tive um orgasmo antes — confessou Jenny.

— Fico contente.

— Nunca fiz amor de verdade antes.

Ele trouxe a mão de Jenny para os seus lábios e beijou os dedos.

Estavam no sótão, sentados por baixo do coruchéu, numa cama improvisada de travesseiros e colchas. Uma única vela bruxuleava perto. Pete usava apenas o jeans, com o zíper levantado, mas o botão desabotoado. Jenny usava apenas os brincos de pérola e a camisa. Era uma cena de fantasia, como um texto que poderia ter lido na Cosmo. Sentia-se tão normal, tão feliz por ser normal, com tanta satisfação física e contentamento emocional, que tinha vontade de chorar.

Tocou no rosto de Pete, com os olhos e sobrancelhas bem separados, os malares salientes, nariz reto, queixo quadrado. Ela passou os dedos pelos cabelos, muito escuros, densos, compridos, como estava em moda. Deslizou os polegares sobre as clavículas, apertou os músculos firmes dos braços, roçou com os nós dos dedos pelos pêlos do peito. E soltou um suspiro.

— O que você viu em mim?

— Eu disse no começo. Você é diferente.

— Não sou bonita.

— Acho que é.

— Não tenho pernas compridas, como uma modelo.

Pelo Amor de Pete

— Não tem importância. Consumir a energia necessária para desenvolver pernas compridas deixam as mulheres magricelas no resto do corpo. Pernas compridas não me excitam. — Ele desabotoou a camisa que Jenny usava e abriu-a. — Isto me excita.

Ela sentiu a carícia de seus olhos, sentiu que esquentava e começou a ansiar por tudo de novo. Deixou escapar um som que era vagamente o nome dele.

— O que eu vejo em você? — Indagou ele. — Vejo frescor. Novidade. Inocência.

— Não sou inocente. Nem mesmo sou decente. Levei uma vida horrível.

Perturbava-a pensar no quanto fora horrível. Perturbava-a que Pete não soubesse. Mas se contasse e ele a deixasse por causa disso, ela não sabia o que faria.

— Também cometi meus próprios erros.

— Não foram como os meus — garantiu Jenny.

Ele se tornou subitamente imprudente.

— Quer apostar? Roubei a namorada do meu melhor amigo. O que acha disso em matéria de decência?

Jenny calculou que havia mais na história.

— Quando?

— Quando fui embora. Todos me suplicavam para ficar, dizendo que precisavam de mim, que dependiam de mim. Mas eu já podia sentir o gosto da liberdade, e era muito doce. Continuaram a argumentar, a pedir, a insistir. A essa altura, a necessidade que eu sentia era quase incontrolável. Só que eu não podia ir embora, porque o sentimento de culpa seria muito grande. Decidi então mostrar que não era um santo, conquistando aquela garota sonhadora. Levei-a comigo quando parti.

— Você a amava?

— Não — respondeu ele, evitando os olhos de Jenny.

— O que aconteceu?

— Durou um mês. Dei-lhe dinheiro e mandei-a de volta. Mas nunca mais foi a mesma coisa para ela ali. Ela partiu de novo, dessa vez sozinha. Não sei o que lhe aconteceu.

Ele ergueu o rosto para fitar Jenny.

— Mas sei o que aconteceu comigo. Pulei de um lugar para outro, sem conseguir encontrar paz. Era como se eu tivesse a marca de Caim na testa. Conheci todas as mulheres erradas. Até você. Não a mereço, Jenny, mas a quero mesmo assim. Estou disposto a mudar para mantê-la. Começaremos tudo de novo, juntos.

Jenny sentia o coração tão satisfeito que foi capaz apenas de murmurar:

— Fala como se fosse muito fácil.

— Pode ser, se você quiser com todo o empenho.

Jenny queria acreditar nisso, mais do que em qualquer outra coisa.

— Mas o que acontece se houver outras pessoas envolvidas... como essa amiga e sua família? E se não quiserem que você comece tudo de novo?

— Vão querer. Os tempos são difíceis. Eles precisam de ajuda.

— Meu pai dirá a mesma coisa. Ele não quer que eu vá embora.

— A situação é diferente. Seu pai não precisa de você da mesma maneira. As necessidades dele são totalmente egoístas. Mas você foi leal a ele durante todos esses anos. Pôs seus próprios interesses em segundo plano. Agora é sua vez.

— Mas ele é meu pai.

— Você é adulta. Tem o direito de fazer suas próprias opções.

— Você não compreende. Ele não vai me deixar ir embora.

— Você é que não compreende — insistiu Pete. — Não cabe a ele decidir se você parte ou fica. Você é você. Ele faz as opções que decidem a vida dele. Você tem o direito de fazer as opções que decidem a sua vida.

Ó Deus, quantas vezes ela dissera isso para si mesma! Dan também dissera, assim como o reverendo Putty e Miriam.

— E se ele discordar?

Pete sorriu.

— Eu a ajudarei a convencê-lo. Entre nós dois, será fácil.

As mãos juntas, como se estivessem em oração, ele baixou-as entre os seios. As palmas roçaram os mamilos. A boca acompanhou o movimento. Jenny comprimiu a cabeça de Pete contra seus seios.

— Quero começar tudo de novo. Venho desejando isso há muito tempo. Só que não podia.

Ele ergueu a cabeça, até que as bocas ficaram lado a lado.

— Eu também não era capaz, porque não parava de pensar que podia conseguir sozinho. Mas não posso. — Seus olhos se encontraram com os de Jenny. Ele parecia vulnerável. — Vai embora comigo, não é?

Jenny prendeu a respiração.

— Não quer se casar comigo? Ter meus filhos?

Ela levou as mãos à boca. Não podia acreditar na dádiva que era Pete, oferecendo tudo o que ela sempre desejara

— Eu amo você, Jenny.

Ela hesitou, pensando de novo — ainda — que era bom demais para ser verdade.

— Ama mesmo?

— Claro que amo.

— Como pode ter certeza?

— Tive muitos relacionamentos. Mas jamais disse a uma mulher que a amava.

— Há muita coisa a meu respeito que você não sabe.

— Sei o que preciso saber.

— E se houver uma coisa tão sinistra que deixará seu sangue gelado?

— Você já ouviu meu segredo tenebroso. O seu não pode ser muito pior. Além do mais, sangue não gela.

— Entendeu o que eu quis dizer. E se houver?

— Se houvesse, eu me sentiria menos culpado do meu passado sórdido. Ajudaria a me lembrar que as coisas têm de ser diferentes desta vez. Eu amo você, Jenny.

Ele ratificou as palavras com um beijo, que Jenny retribuiu. Mas isso não parecia suficiente. Ela queria fazer alguma coisa especial, diferente, algo que as outras mulheres na vida de Pete podiam não ter tido a coragem ou o desejo de fazer.

Ainda beijando-o, ela o fez deitar de costas. Lambeu seu queixo, a garganta. Roçou com os dentes pelo peito, ao longo dos cabelos, que afilavam até o umbigo. Durante todo o tempo, as mãos se empenhavam em abrir o zíper. Quando sua cabeça chegou lá embaixo, já conseguira soltá-lo. Ele estava quente contra seus lábios, macio ao contato da língua, inebriante na maneira como removeu o passado, tão completamente que nada podia afetar a pureza do prazer de Jenny... e esse prazer foi um choque. Ela começara aquilo para Pete. E acabou sendo especial também para ela.

E, assim, a noite continuou. Conversaram, fizeram amor, dormiram; conversaram, fizeram amor, dormiram. Saíram para o telhado pouco antes do amanhecer. Observaram o sol nascer e dissipar o nevoeiro, pouco a pouco. Com o nevoeiro dissipado, o frio também se foi, levando embora a prudência. Estenderam a colcha, e deitaram nus ao sol ainda pálido... e depois que isso aconteceu, fazer amor era inevitável.

Alguns poderiam dizer que Jenny estava desdenhando a cidade, ao fazer amor daquele jeito em plena luz do dia. A própria Jenny diria, se fosse interrogada por alguém que não tinha o direito de fazer perguntas, que estava apenas batizando seu novo telhado de ardósia.

Na verdade, ela comemorava uma mudança em sua vida. Nunca fora tão feliz ou corajosa, nunca fora tão segura quanto se sentia com Pete. E calma. Isso também. Mesmo com Darden voltando para casa no dia seguinte.

Por isso, ela mergulhou num sono profundo, agora dentro da casa, depois que o sol subiu ainda mais pelo céu. Só acordou quando o som da campainha se tornou insistente.

# Quinze

Jenny vestiu a camisola, enquanto descia a escada correndo. Prendendo a gola com a mão, puxando bem a parte de cima para cobrir os seios, ela entreabriu a porta, contraindo os olhos para a claridade do meio da manhã. O reverendo Putty parecia prestes a se retirar. Virou-se no mesmo instante e voltou.

— Deus do céu, como eu estava preocupado! — Ele suspirou. — Estou tocando a campainha há dez minutos. Já começava a pensar que havia alguma coisa errada. Em circunstâncias normais, eu teria simplesmente presumido que você havia saído para um passeio, ou estava na cidade... embora eu esteja vindo de lá e não a vi no caminho. Mas Dan pediu que eu a lembrasse do telhado, já que vinha mesmo para cá. Como não atendesse à campainha, comecei a pensar...

Ele levantou os olhos e fez o sinal-da-cruz.

— Eu estava dormindo — disse Jenny.

— Dá para perceber... — Ele olhou para o relógio. — Mas são onze horas da manhã. Quase a metade do dia já passou.

O reverendo fez uma pausa, suspirando de novo.

— Muito bem. Direi a Dan para comunicar a Merle que era um equívoco o que ele pensou ter visto no telhado esta manhã. Aqui está você, coberta da cabeça aos pés, numa camisola recatada. Merle disse que você estava nua. Dá para imaginar? "Nua no telhado, com todo esse frio", foram suas palavras. Perguntei a Dan. E concordamos que você precisaria perder o juízo para fazer uma coisa assim.

Jenny bocejou.

— Embora se alguém tivesse razão para perder o juízo, seria você — acrescentou o reverendo Putty. — Tem sido um período muito difícil para você, MaryBeth. Fiquei contente ao vê-la no baile na noite de sexta-feira. Depois disso, eu a esperava na igreja no domingo. Escrevi meu sermão pensando em você. Era sobre o amor de Deus e o que significa perdoar. Creio que alguns dos membros de meu rebanho precisavam ouvi-lo, embora eu possa compreender como se sentem. Estão assustados. Darden já era intimidativo antes que tudo isso acontecesse. Mas acho que agora temos de deixar o passado para trás. Ele pagou por seu crime. Devemos nos comportar como bons cristãos e lhe dar as boas-vindas.

Jenny não estava torcendo para que isso acontecesse.

— Foi um sermão otimista. Lamento que tenha perdido. Se quiser, posso tirar uma cópia e mandar para você. Tenho de reconhecer o mérito do computador. É muito conveniente em ocasiões como esta, quando alguém não pode comparecer para ouvir minha mensagem. Costumava freqüentar minha igreja, MaryBeth.

— Só porque Darden ia.

Ele a levava. Jenny não tinha opção. Não importava que a mãe se recusasse a ir, ou que a fé em Deus de Darden fosse duvidosa. Ele queria que a cidade a visse ao seu lado.

— Recordo que você continuou a freqüentar a igreja mesmo depois que Darden foi embora.

— Algumas vezes.

— Por que parou?

Jenny poderia ter dado de ombros e desviado os olhos. Mas sabendo o que havia pela frente, ela queria explicar.

— Era um momento terrível. Eu estava sozinha, sentia-me culpada e desesperada. Precisava que alguém me dissesse que não era uma pessoa horrível. Mas ninguém na cidade faria isso. Pensei que as pessoas poderiam me ver com mais gentileza porque estavam na igreja, na casa de Deus. Mas isso não aconteceu. Bem que precisavam ouvir seu sermão naquele tempo.

— Tente compreender, MaryBeth. Eles achavam a situação assustadora. Não sabiam o que dizer.

Jenny virou a cabeça de um lado para o outro, a fim de aliviar um torcicolo que adquirira ao dormir no sótão.

— Eles gostariam que você voltasse.

— Disseram isso?

— Acenaram com a cabeça durante todo o sermão.

Jenny podia imaginar. Os sermões do reverendo Putty sempre faziam Darden cochilar.

— Eu também gostaria que você voltasse. Você e Darden, os dois. Talvez no próximo domingo? Seria um sinal para a cidade de que estão dispostos a perdoar e esquecer.

Ele mexeu com as pontas dos pés. Parecia divertido.

— Considere um pedido pessoal... — O reverendo lançou outro olhar para o alto. — ...de você sabe quem, através de seu fiel servidor. Deus ama você, MaryBeth.

— Ama mesmo?

— Claro que ama.

Ela não sabia se acreditava nisso.

— Fiquei esperando que ele me ajudasse. Ele não me ajudou.

— Ajudou, sim. Deixou-a sozinha para que procurasse sua solução, e com isso tornou-se uma pessoa mais forte. Posso perceber que isso aconteceu. Esses lindos brincos que está usando não eram de sua mãe? Ela usou-os no dia de seu casamento. Se bem me lembro, disse que era um presente de seu pai. Fui eu que celebrei o casamento. Isso mostra há quanto tempo estou aqui. Eles eram felizes naquele tempo. Tudo o que podemos esperar agora é que ela descanse em paz e tenha perdoado Darden. — Ele inclinou a cabeça para o lado. — Você era parecida com ela. Talvez já não seja mais. Para ser franco, parece muito diferente agora.

Jenny sentia-se mesmo diferente.

— Encontrei alguém que me ama. Seu nome é Pete.

— Pete? Quem é ele? Eu conheço?

— Não. Ele veio do oeste. Deve ter passado por ele quando vinha para cá. Ele anda de motocicleta.

O reverendo Putty coçou a cabeça.

— Não me lembro de ter passado por uma motocicleta.

— Ele saiu para buscar o desjejum. Café e doughnuts. — Como os melhores homens da Cosmo faziam. Jenny sorriu. — Ele é maravilhoso.

O pastor continuava perplexo.

— Acho que eu ouviria o barulho de uma motocicleta.

— Não da maneira como ele lubrifica sua máquina.

— Deve ser por isso. Fico feliz por você, MaryBeth. Merece um bom homem.

— Vou embora com ele.

— Vai deixar Little Falls?

Jenny acenou com a cabeça em confirmação.

— Darden vai com vocês?

— Não. Esta é a casa dele.

— Mas você é sua filha. Tudo o que ele tcm.

— Mas depois do seu sermão sobre o perdão e o convite para voltar à igreja, Darden pode contar com o senhor e seu rebanho, não é mesmo?


Pete trouxe dois copos grandes com café e uma dúzia de doughnuts.

— Tenho o bico doce — confessou ele.

Ele comia três doughnuts para cada um de Jenny. Ela poderia ficar preocupada, se Pete não tivesse um corpo tão firme. Mas ela também estava com fome, e não havia mistério sobre o motivo. Num instante, toda a dúzia de doughnuts foi consumida. Pete inclinou a cadeira para trás e passou a mão pela barriga.

— Foi tudo maravilhoso. E não me sinto nem um pouco culpado.

Jenny também não se sentia. Mas a questão da culpa era como uma mina terrestre. Ficava logo abaixo da superfície, pronta para explodir, à menor pressão.

— Se você se sentisse culpado, o que faria?

— Cortaria lenha. Correria três quilômetros. Quando estava em casa, consertava cercas. Quando o estômago começava a roncar de novo, a culpa já havia desaparecido.

— E o que me diz de outros sentimentos de culpa? Relacionados com sua família, por exemplo.

— Não posso voltar o relógio para mudar o que fiz ou deixei de fazer. Tudo o que posso fazer agora é seguir em frente.

— Quer dizer que já se perdoou?

— Isso significaria que foi certo o que eu fiz, o que não foi o caso. Mas posso seguir adiante, aprender com os erros e ser diferente.

— Seguir adiante para você significa voltar para sua família. Ao ser diferente agora, pode compensar as coisas que fez antes. Eu não posso. O que faço então com a minha culpa?

— Que culpa?

— Minha culpa. Fazer coisas. Não fazer coisas. — Ela tentava contornar a mina terrestre, mas se aproximava cada vez mais. — Não devo a Darden a obrigação de ficar?

— Você quer ficar?

— Não, claro que não. Mas Darden foi para a prisão por mim.

— Ele foi preso por matar sua mãe.

— Mas fez isso por mim.

Jenny queria dizer mais, e queria tanto que quase podia sentir o gosto das palavras. Mas uma pequena parte dela reprimiu essas palavras, ainda com medo.

— Jenny?

Ela desviou os olhos.

As pernas dianteiras da cadeira bateram no chão, segundos antes que ele pegasse o queixo de Jenny e virasse o rosto em sua direção.

— Eu amo você, Jenny.

— Não me conhece.

— Conheço o suficiente.

— E se não conhecer? E se houver coisas...

— ...que deixariam meu sangue gelado?

— Falo sério, Pete.

— Eu também. Amo você. — Ele pôs a mão no peito. — Bem aqui, onde o amor não é necessariamente racional, mas tão real quanto qualquer outra coisa no mundo... bem aqui, onde alguma coisa se contrai cada vez que olho para você. Como se você fosse a chave. Como se pudesse me ajudar a endireitar tudo. Sei que parece estranho. Há uma semana eu não sabia quem você era. Talvez, apenas talvez, se eu passasse por Little Falls um dia antes ou um dia depois, nunca teríamos nos conhecido. Mas não acredito nisso. Acho que nos encontraríamos de um jeito ou de outro. Eu amo você.

E Pete bateu no peito, com um gesto exagerado. Jenny compreendeu que também o amava assim, e que precisava lhe contar mais. Talvez não tudo. Mas certamente mais.

Por isso, ela pegou-o pela mão e levou-o para o segundo andar. Atravessaram seu quarto, baixaram a escada para o sótão e subiram. No fundo, sob o beiral, havia uma caixa com recortes de jornais. Cobriam a morte da mãe, a prisão do pai e o julgamento.

Pete levou a caixa para a janela dos fundos e se sentou para ler.

Jenny agachou-se num canto escuro e ficou observando-o, enquanto ele lia uma notícia depois da outra. Ela sabia tudo de cor, de tantas vezes que já lera. Sabia o ele lia em cada momento, e projetava as palavras em sua mente. Esperava um olhar ou um som para demonstrar que Pete estava tão revoltado quanto ela.

A respiração de Jenny saía em ofegos estridentes, vindos lá do fundo, do lugar em que o passado fervilhava. Durante todo o tempo, ela pressionava a área no próprio peito que Pete apertara no seu, sentindo uma contração ali, de medo, de esperança.

Finalmente, ele dobrou o último recorte e guardou a caixa de volta no lugar. Quando se aproximou, o medo de Jenny aumentou. Mas a expressão de Pete não era de repulsa nem de ódio. Era triste, mas terna. Era um milagre, Jenny sabia, mas o amor que precisava desesperadamente ver ainda se encontrava ali.

Acocorado, ele puxou-a entre seus joelhos. Encostou a cabeça nos cabelos de Jenny e respirou fundo, várias vezes, ofegante, como ela fizera pouco antes. Depois, Pete beijou as mãos dela, levou-as a seu coração e não disse nada. Era o que Jenny mais precisava naquele momento. E era a vez de Jenny falar. Coisas que ela reprimira durante tantos anos começaram a se derramar.

— Nunca nos demos bem, minha mãe e eu. Éramos muito parecidas, só que ela tinha vinte anos a mais. Mesmo como recém-nascida, com tufos de cabelos, já parecia com ela. Ela era MaryBeth June Clyde, e eu MaryBeth Jennifer Clyde. Foi idéia de meu pai me dar quase o mesmo nome. Mamãe me contou isso. Estava tentando fazêla feliz, só que não deu certo. Não podia dar, porque eu não era Ethan. Ele nasceu dois anos antes de mim, mas morreu antes do primeiro aniversário. Ela queria que eu tomasse o lugar de Ethan, mas eu não podia. Por isso, ela me odiava. E também odiava meu pai.

— Por que ele?

— Porque ele traiu Ethan ao me amar. — Jenny estremeceu. — Doente, muito doente.

— Sua mãe?

— Toda a situação.

Jenny podia sentir as batidas do coração de Pete subindo por seu braço. Era tranqüilizador. Proporcionava-lhe força para voltar àquele momento horrível.

— Ela me odiava porque Darden dispensava atenção a mim, não a Ethan. Mas Ethan estava morto, embora ela não fosse capaz de admiti-lo. E quando não podia mais suportar suas reclamações, Darden virava-se para mim, o que a deixava ainda mais furiosa.

— Você era um fantoche.

— Foi o que todos disseram.

— Todos quem?

— Advogados, assistentes sociais, o pessoal da polícia. Disseram que não era culpa minha, mas não eram eles que tinham de responder a todas as perguntas. Não eram eles que tentavam manter as respostas coerentes. Tive de lhes contar tudo, muitas e muitas vezes.

— Não quer contar agora, pela última vez?

E ela contou. Para Pete. Ele não fugira. Ainda continuava ali, dizendo que a amava, num sussurro, segurando sua mão, mantendo-a calma. Era bom falar, depois de um silêncio tão prolongado e difícil, partilhar pela primeira vez, tirar um pouco do peso que oprimia seu coração a cada palavra.

— Minha mãe ficou furiosa comigo quando esqueci de pegar suas pílulas ao voltar da escola. Eram pílulas para dormir. Ela não conseguia dormir a noite inteira se não as tomasse. Eu disse que voltaria à cidade para buscá-las. Mas ela alegou que precisava naquele momento, que eu era estúpida e egoísta, uma bruxa que caíra sob o encantamento de Darden. E começou a me bater.

— Com a bengala?

Jenny gemeu e acenou com a cabeça. Isso mesmo, com a bengala.

— O que você fez?

Ela esfregou a palma da mão contra o peito. Mesmo calma, mesmo mais forte do que jamais fora, mesmo aliviada por falar finalmente, a recordação ainda era difícil. Seu corpo estremecia a todo instante. Mas o coração de Pete batia com firmeza, suas mãos a envolviam, compreensivas. Subitamente, era como se Pete tivesse aberto uma porta, e uma força no outro lado sugava as palavras da boca de Jenny.

— Recuei e tentei me proteger, mas não havia muita proteção contra uma bengala como aquela E depois caí no chão, não podia fazer outra coisa que náo me comprimir contra a parede. Ela continuou a gritar e a bater em mim com aquela coisa. Uma parte de mim sabia que a surra era merecida...

— Você não merecia.

Jenny engoliu em seco.

— Eu não era o que ela queria.

— Não era culpa sua.

— Mas agravei o problema.

— Como?

— Ao deixar que meu pai me amasse.

— Deixá-lo? Você era uma criança, Jenny. E as crianças precisam de amor. Se não recebem de um lado, procuram no outro. Onde ele estava enquanto sua mãe a espancava naquele dia?

— No trabalho. Quando chegou a casa, havia sangue por toda parte. Ele ficou assustado.

— Por isso ele pegou a bengala e bateu nela. Um único golpe, disseram os jornais.

Jenny lembrou o som do golpe e estremeceu. Lembrou a cena, o cheiro. Engoliu em seco, para reprimir a bílis que subia pela garganta.

— Quando as pessoas estão desesperadas, quando pensam que vão morrer, e depois têm medo de não morrer, fazem coisas que não seriam capazes de fazer em outras circunstâncias.

— E agora ele está voltando para casa.

Jenny confirmou com um aceno de cabeça.

— Tem medo dele?

Ela tornou a acenar com a cabeça.

— Então, por que continua aqui?

Os olhos suplicaram para que ele compreendesse isso também.

— Porque ele fez por mim. Não percebe? Ele fez aquilo para que eu pudesse ser livre. Só que eu não sou. Ele me disse para esperá-lo aqui, cuidar da casa até que saísse. E esta é minha prisão. Não posso ir embora porque devo a ele, e preciso ser punida...

— Por deixá-lo? Não, Jenny, não pode ser assim.

Explique!, exclamou ela, em sua mente. Conte tudo. Ele ama você. Não vai deixá-la.

Mas ela não podia. Ainda não. O risco era grande demais.

— E, de qualquer forma, para onde eu iria? Que lugar é seguro? Só aparece nos noticiários os atentados a bomba, tiroteios, estupros. Passei toda a minha vida aqui. Não conheço ninguém em qualquer outro lugar; e mesmo que conhecesse, não tenho dinheiro suficiente para viver sozinha. Também não tenho condições de arrumar outro emprego, agora que Miriam está fechando a Neat Eats. Sou patética.

Ele pegou o rosto de Jenny, como já fizera em outras ocasiões, só que agora as mãos e os olhos tinham uma estranha intensidade.

— Você não é patética.

Jenny fechou os olhos, apertando com força.

— Patética, fraca e culpada. Nada disso teria acontecido se não fosse por mim.

— Você não pediu para nascer. Eles tomaram essa decisão e depois arruinaram sua vida.

— Patética, fraca e culpada.

As mãos de Pete comprimiram-se com mais vigor.

— Abra os olhos, Jenny.

Ela não podia abri-los. Tinha medo do que encontraria.

— Abra.

Ele falou mais gentilmente dessa vez. As mãos não apenas seguravam seu rosto, mas aninhavam-no. Dez dedos diziam que ela era preciosa e frágil, que ele estava ali para protegê-la, a qualquer custo.

Jenny abriu os olhos.

— Se você fosse patética ou fraca, nunca teria sobrevivido aos últimos seis anos. Não devem ter sido fáceis. Ninguém a ajudou.

— Dan vem verificar como estou de vez em quando.

— Mas não o pai dele.

— Não. Assim é melhor. Gosto mais de Dan.

— Ele a convida para jantar? Leva-a ao centro comercial quando precisa de roupas? Segura suas mãos quando os pesadelos ocorrem?

— O reverendo Putty também vinha com freqüência.

— Usou o verbo no passado.

— Ele ainda me procura. Embora não com a mesma freqüência.

— E provavelmente só quando Dan lhe pede para vir, não é mesmo? Havia Miriam também. Ela contratou-a quando ninguém mais queria fazê-lo. Em troca, você trabalhava até não poder mais. Ela não perdeu no negócio. E não a convidou para ir também para Seattle, não é mesmo? Não, Jenny, você não é patética e fraca. Quanto à culpa, é uma coisa relativa. Fora do contexto, quase tudo é horrível. Pense no todo. Você tinha apenas dezoito anos quando sua mãe morreu. Apenas dezoito anos.

Jenny estremeceu.

— Às vezes é como se tivesse acontecido ontem. Posso ver com absoluta nitidez, os olhos abertos, os olhos fechados, de noite, de dia, nada faz diferença.

— Esse é o legado que lhe deixaram. Alguém se desculpou alguma vez por isso?

Ninguém. Absolutamente ninguém.

— Era o que eu imaginava — disse Pete. — E agora você quer me dizer que, depois de tudo isso, deve a Darden permanecer com ele pelo resto de sua vida? Basta me pedir, e não precisará ficar nem mesmo até que ele volte.

Jenny já argumentara isso para si mesma.

— Acho que devo.

— Por quê?

— Porque é a coisa certa. Ele queria que eu fosse esperá-lo no portão da prisão. Eu disse que não. Não podia ir até lá, nem mesmo pela última vez. Mas disse que estaria aqui, à sua espera... e se não estiver, não sei o que poderá acontecer. Acho que será terrível de qualquer maneira. Ele não vai querer minha partida.

— Darden pode fazer com que você mude de idéia?

— Não quero que isso aconteça. Nada de bom pode resultar, nada jamais resultou. Mas ele é meu pai. E a única pessoa mais chegada que me restou.

— Você tem a mim agora. Isso lhe dá uma opção.

— Sei disso.

— Mas ainda se sente dividida.

— Se ele mudou, se abrandou, seria horrível se eu apenas dissesse alô e adeus. Mas ele não mudou. — Jenny endureceu. — Visitei-o todos os meses. Ele não mudou nem um pouco. E não posso voltar ao passado. Não posso recomeçar do ponto em que paramos. Não posso mesmo. E não farei isso. Ele é um homem repulsivo. Só se importa com suas próprias necessidades. E é ciumento. Não sei o que ele fará quando eu falar de você, Pete.

Ele empinou os ombros, esticou o queixo para a frente. Parecia preparado para enfrentar Darden, e nem um pouco preocupado.

— Neste caso, eu diria que é uma coisa que devo aguardar com ansiedade.


Jenny tentou não se preocupar. Isso não significou que não verificasse a geladeira três vezes, na tarde de segunda-feira, para ter certeza de que a cerveja de Darden, as quatro embalagens de seis garrafas, continuava ali. Ou que não verificasse várias vezes os vidros de antiácidos no armarinho de remédio, de acordo com a lista de Darden, para ter certeza de que comprara a marca certa. Ou que não desmanchasse a cama com os lençóis de seda, enrolasse e depois tornasse a estender, para dar a impressão de que dormira ali durante toda a semana.

Mas não removeu as coisas da mãe. Prometeu a si mesma que faria isso na manhã seguinte, sem falta, sem desculpa.

O que ela mais queria, por enquanto, era passar o máximo de tempo com Pete. E foi o que fez. Ficaram na cama improvisada no sótão, de travesseiros e colchas, às vezes nus, às vezes não. Fizeram amor várias vezes. E Jenny sabia fazê-lo. Conhecia posições que Pete nunca experimentara. Mas ele aprendia depressa. Seu corpo tinha um fluxo natural, ajustando-se a ela, reagindo, levando-a a alcançar novos píncaros. Ele tinha mais vigor — dez vezes mais vigor — do que Jenny jamais imaginara que um homem pudesse ter.

E essa foi apenas a primeira de suas descobertas. Ela aprendeu como o corpo de um homem podia ser bonito, como podia ser gentil e generoso; e que ela podia aproveitá-lo para seu próprio prazer e se tornar algo mais. Aprendeu também sobre a doce satisfação posterior, o tipo de autoconfiança que permitia contemplar um homem por horas a fio, sem qualquer necessidade de desviar os olhos. Aprendeu que os beijos podiam apagar cicatrizes. Aprendeu o que era ser amada, de uma maneira profunda e certa, que a sujeira do passado era lavada e o futuro se tornava repleto de promessas.

Não importava que restasse menos de um dia. Não importava que houvesse momentos breves de intenso terror, quando pensava no que poderia acontecer no instante em que Darden chegasse a casa e começasse a falar, no que Pete poderia fazer. Não importava que a culpa ainda permanecesse... sempre a culpa.

Pela primeira vez em toda a sua vida adulta, ela sentia-se feliz, na companhia de Pete.


Por volta de meio-dia da terça-feira, Jenny foi à cidade. Usava seu blusão usual, tênis e jeans, mas deixara em casa o boné de beisebol. Estava cansada de se esconder. Os cabelos começavam a encrespar, mas estavam limpos e lustrosos, um sinal para seu ânimo, que era de muita coragem e até esperança, apesar dos telefonemas da manhã.

Darden tentara falar com ela três vezes. E por três vezes ela bloqueara os ouvidos à campainha do telefone. Sabia que era ele. Não havia a menor dúvida quanto a isso. Ninguém mais ligava. Mas ela não queria ouvir a voz de Darden. Além do mais, não havia nada que ele tivesse a dizer que não pudesse esperar.

Por isso, ela se encaminhava agora para o centro da cidade, altiva e forte, movendo-se como uma mulher numa missão. Jenny Clyde estava pronta para alçar vôo. E queria que Little Falls soubesse disso.

# Dezesseis

*Boston*

Era Jordan, é claro. Ninguém mais estaria vagueando pela casa no meio da noite. Ele segurou-a pelos braços, para firmá-la, e olhou para o que ela carregava.

— Fui visitar Angus — explicou Casey. — E enquanto estava lá, peguei algumas coisas para ler.

Ela não disse mais nada, e Jordan não perguntou. Na verdade, ele não falou nada. Apenas a pegou pela mão e levou-a para a cama. Não fizeram amor dessa vez, apenas ficaram abraçados, até voltarem a dormir... e era do que Casey precisava. Se deixara o quarto de Connie sentindo-se alarmada por Jenny, a presença de Jordan tranqüilizou-a. Como o jardim que fizera, ele irradiava serenidade. Egoísta, sabendo que o tempo era curto, Casey absorveu toda a calma que ele oferecia. E como era de se esperar, Jordan levantou-se à primeira claridade do amanhecer, a fim de voltar para sua casa.

Ela permaneceu na cama por mais alguns minutos, a fim de saborear o cheiro persistente de Jordan. À medida que o calor do corpo dele se desvanecia dos lençóis, no entanto, Casey se tornou irrequieta. Quando os pensamentos alcançaram o ponto de fervura, ela se levantou com um pulo. Tomou uma chuveirada, fez café e desceu com uma caneca.

Naquela manhã, os quadros de Ruth fizeram-na parar. Eram marinhas, captando o efeito do sol nas ondas em uma, um cais de pescadores em outra, uma pequena ilha numa terceira. Casey olhou de uma obra para outra. Cada uma transmitia confiança. Mais do que isso, todas transmitiam esperança. Era a isso que ela se apegava quando atravessou o consultório e saiu pelas portas de vidro.

O silêncio do jardim era rompido apenas pelos doces chamados dos passarinhos, que iam e vinham do alimentador. Boston ainda estava sonolenta naquele amanhecer de quinta-feira. O sol mal emergira da enseada a leste.

Casey vagueou pelo caminho, tomando goles do café. Quando se ajoelhou para estudar as marias-sem-vergonha que Jordan plantara, os rostinhos erguidos também a fitaram. Ela se ergueu, passou pelas flores brancas, em torno do canteiro de flores rosa, foi até as flores azuis. Jordan dera seus nomes, mas ela não fazia a menor idéia agora de qual nome cabia a cada uma.

Não, não era bem assim. Olhando de perto, ela podia identificar algumas pelo nome. Viu centáureas entre as flores azuis, e lírios entre as brancas. Entre as rosa, havia as corações-de-maria, reconhecidas pelo formato.

Centáurea, lírio e coração-de-maria. Casey sentiu o maior orgulho. Jordan não mencionara nenhuma dessas flores. Eram palavras de sua infância, nomes para acompanhar formas. Ela não era a filha de Caroline em vão.

Fragrância? Era outra coisa, muito diferente. Ela não podia identificar os perfumes separados, mas o buquê combinado era sem dúvida maravilhoso.

Com a fragrância a envolvê-la, ela subiu um platô, até as azaléias, as flores abertas, exibindo uma tonalidade amarelo-alaranjada. Os rododendros também estavam mais abertos que no dia anterior. As flores eram maiores, e ela podia constatar agora que eram brancas.

Ela foi para o tapete de triliáceas sob o carvalho. Ajoelhou-se e tocou em uma das flores. As pétalas tinham três pontas, eram baixas mas elegantes. Jordan dissera que se davam com as árvores decíduas. Casey olhou para o bordo no outro lado do caminho. Também tinha um tapete de flores por baixo. Só que essas eram diferentes. Cada flor era bem pequena, sem a ostentação das triliáceas. E eram azuis.

*Flox rasteira*. O nome aflorou na cabeça de Casey. Caroline cultivava a flox rasteira. A sua era rosada.

Casey ergueu-se. Foi até o fundo do jardim, parou e aspirou as sempre-vivas que havia ali... uma vez, depois outra e mais outra. Passou algum tempo entre as paquisandras, depois voltou aos lilases. Aproximou o nariz de um ramalhete e aspirou sua fragrância.

Foram momentos tranqüilos. Mas assim que se acomodou numa cadeira no pátio, para terminar de tomar o café, o sentimento de urgência voltou. Jenny Clyde estava se tornando mais desesperada. E o mesmo acontecia com Casey, à sua maneira. A mãe começava a fraquejar; o pai permanecia esquivo; e ela sabia que havia mais na história de *Pelo Amor de Pete*.

Tomou o resto do café e voltou para casa. Pela esperança — para dar sorte — tocou em um dos quadros de Ruth ao passar. Subiu a escada. Já explorara o quarto principal, e encontrara a pista que havia ali para aquela bizarra caça ao tesouro. Só restavam as caixas fechadas.

Na primeira, Casey encontrou livros. Alguns eram de autoria de outros psicólogos, mas a maioria era de Connie. Algumas caixas continham até vinte exemplares do mesmo livro. Essas caixas vinham direto da editora. Outras caixas continham vários exemplares de livros diferentes. Cada livro que ela abriu tinha o autógrafo de Connie.

*Exemplares autografados*, ela ouviu a mãe dizer. *Pode vendê-los por mais do que o preço de varejo do livro. Por que precisaria de tantos exemplares do mesmo livro?*

Ela podia ficar com um exemplar de cada título autografado. Só que obter um exemplar autografado dessa maneira a deixava magoada.

Ela virou-se para as caixas que Jordan trouxera do consultório. Continham os arquivos inativos. Casey examinou-as, para verificar se em alguma pasta havia a indicação de "Clyde". Como não encontrasse nenhuma, passou para a caixa seguinte. Como também não encontrasse nada ali, abriu a próxima.

Parou quando Meg avisou que a cliente de nove horas acabara de chegar. Mas voltou ao meio-dia. Graças a um cancelamento, dispunha de duas horas para a busca. Calculava o quanto poderia conseguir em duas horas quando Meg se ofereceu para ajudar. Casey aceitou.

Meg abria e fechava as caixas. Casey verificava o conteúdo. Encontrou mais livros e mais pastas de arquivo. Descobriu o original da tese de doutorado de Connie, datilografado numa máquina de escrever cujo "w" estava um pouco torto. Encontrou também os originais de seus livros.

— O que está procurando? — perguntou Meg, quando Casey, com um grunhido de frustração, puxou outra caixa.

— Coisas pessoais dele.

Casey se sentou sobre os calcanhares. Originais dos livros eram uma mina de ouro. Harvard adoraria. Casey não precisava deles.

— Fotos, cartas, álbuns de recortes. — Dessas coisas ela precisava. — Um anuário do ensino médio. Um envelope de papel pardo grande com um "C" na frente. Viu alguma dessas coisas?

— Não. — Meg fechou uma caixa. — Ele nunca pediu minha ajuda quando trabalhava aqui em cima.

Ela se sentou sobre os calcanhares, imitando Casey.

— Todos esses livros são dele?

— São.

— Você gosta de ler?

— Gosto.

— Já leu esses livros?

— Todos.

Meg indagou, tímida:

— Acha que devo tentar ler algum?

— Um desses livros? Não. São acadêmicos. Não é uma leitura leve. — Casey virou-se para a próxima caixa aberta. — Ah, uma caixa de *me.*

— Maine.

— Hein?

— M-e representa Maine — explicou Meg.

Casey fitou-a, atônita, para depois rir de si mesma.

— M-e por Maine. Essa me escapou.

— O Maine era a paixão do Dr. Unger — acrescentou Meg, com entusiasmo. — Está representado no jardim. Sabe aquela parte nos fundos, com as triliáceas, os juníperos e as tuias? Ele me disse uma ocasião que o cheiro ali lembrava-o do lugar em que foi criado. Claro que acreditei. Também fui criada no Maine.

Ela fez uma pausa, para logo acrescentar, enfática:

— Na verdade, fui *criada* em New Hampshire, mas nasci no Maine. A paisagem é a mesma, de um Estado para outro, a não ser na costa, que é diferente por causa da maresia e do vento.

— Portanto, ele reconstituiu o cheiro aqui. — Casey estava consternada. Também não fizera essa ligação. — Mas não no início. Antes de Jordan começar a trabalhar, o jardim era dominado pelo mato.

— Mas depois o Dr. Unger sentiu saudade de sua terra. Foi o que ele me disse uma ocasião, porque às vezes eu também sentia saudade da minha.

— Ele voltou alguma vez para visitar?

— Não sei.

— Você voltou?

Meg sacudiu a cabeça em negativa.

— Não há ninguém que eu queira ver. — Abruptamente, ela se animou. — Alguma vez desejou ter cabelos escuros?

Casey sorriu pela brusca mudança de assunto. Mas logo foi distraída quando começou a examinar a primeira caixa do Maine. Também tinha muitos livros, mas de um tipo diferente. Eram antigos e bastante usados. Connie também pusera seu nome nesses livros, mas não como autor. Escrevera na folha de rosto, para indicar a propriedade, com a letra meticulosa e formal de um pré-adolescente, *Cornelius B. Unger.*

Ela encontrou *A Ilha do Tesouro* e *A Família Robinson Suíça, Moby Dick* e *As Viagens de Gulliver.* Encontrou *Os Patins de Prata, As Aventuras de Tom Sawyer* e *O Vento nos Salgueiros.*

— Estes são livros antigos — comentou Meg.

Também davam a impressão de que haviam sido lidos muitas vezes. Havia uma sugestão de pessoal naqueles livros. Casey podia sentir com a maior intensidade. O fato de serem guardados por Connie indicavam que eram tesouros da infância.

Havia mais na caixa, outros clássicos. Depois de olhar cada um, Casey guardou-os de volta e empurrou a caixa para Meg.

— Também gosta de seus cabelos? — perguntou Meg.

Ela usava uma das fitas que Casey lhe dera. Tinha tonalidades da alfazema e combinava muito bem com seus cabelos castanho-avermelhados.

— Gosto.

— E das sardas?

Casey sorriu.

— Eu as aceito agora. Mas antes as detestava.

Meg arregalou os olhos.

— É mesmo?

Casey acenou com a cabeça em confirmação.

— Cobria as sardas com maquiagem antes mesmo de ter idade para usar maquiagem.

— Verdade? — indagou Meg, exultante.

— Claro.

Casey enfiou as mãos na caixa seguinte e tirou mais livros para crianças e adolescentes. Encontrou a mesma coisa numa terceira caixa.

— Acho que ele gostava muito de ler — comentou Meg. — Por que será que guardou esses livros?

Era sem dúvida a pergunta certa. Casey desejou ter uma boa resposta.

— Talvez porque adorasse ler. Ou porque foram dados por alguém que ele amava. Ou porque sabia que essas edições se tornariam valiosas um dia.

— Acho que ele estava guardando para os netos — sugeriu Meg.

— Ele não tem netos.

— Mas terá. Você não planeja ter filhos?

Casey se perguntou como o homem poderia pensar em dar livros aos netos quando nem sequer falava com sua própria filha. Era a mesma coisa que arrumar quartos para os netos. Ela especulou que tipo de vida de fantasia Connie tivera, sozinho naquela linda casa.

— Não pretende? — insistiu Meg.

— Não pretendo o quê?

— Ter filhos?

— Algum dia.

— Não se preocupa com seu relógio biológico?

— Ainda não.

— Pois eu me preocupo. Quero ter filhos.

— Tem um namorado?

Meg sacudiu a cabeça em negativa. Mais contida, hesitante, ela respondeu:

— Talvez algum dia. — Ela se empertigou. — E *você* tem um namorado?

Casey pensou por um momento. Não podia chamar Jordan de namorado. Mas como iam para a cama juntos, ele tinha de ser alguma coisa. Ela optou por um meio-termo.

— De certa forma. Pelo menos por enquanto. Mas chega de conversa. Meus lábios estão selados. — Ela olhou para o relógio e estendeu a mão para outra caixa. — Mais uma, e depois volto ao trabalho.

A última caixa continha cadernos do ensino médio. Informaram a Casey que ele estudara química, latim e francês, história americana e arte. Não diziam onde era a escola, embora fosse essa a informação que ela desejava. Por mais que procurasse, não conseguiu encontrar o nome da escola ou da cidade... e, a essa altura, tinha uma cliente esperando, o que a levou a adiar a busca.

Joyce Lewellen apareceu às três horas. Tinha o rosto contraído, os dedos entrelaçados, as articulações esbranquiçadas.

— Não estou dormindo. Não estou comendo. Fico o tempo todo em casa, sentada, andando de um cômodo para outro. Como aconteceu logo depois que ele morreu.

— Já sabe qual é a decisão do juiz? — perguntou Casey.

— Não. Só saberemos amanhã. Por isso estou aqui, na expectativa de perder e sentir de novo a raiva antiga. Não posso conversar com a família, não posso conversar com os amigos. As pessoas reviram os olhos... ou soltam um suspiro. Estão cansadas da minha insistência no assunto. Não compreendem nem um pouco o que estou sentindo. Como poderiam? Podiam amar Norman, mas ele não era parte de suas vidas cotidianas. Não era a chave para seu futuro.

Casey desconfiava que era mais um caso de família e amigos terem perdido o interesse pela luta. Haviam seguido adiante. E o mesmo acontecera com as filhas. Joyce era a única que continuava a correr no mesmo lugar, sem chegar a parte alguma.

— Pode trazê-lo de volta? — indagou Casey.

— Não, não posso. Mas ganhar o processo... isso me dará alguma coisa. Encerrará tudo.

— O fechamento.

— Isso mesmo. Se eu ganhar, será o fechamento.

— E se não ganhar?

— Não haverá fechamento.

— Por que não?

— Sempre me perguntarei por que ele morreu.

— O que os médicos disseram?

Casey conhecia a resposta, mas não fazia mal pressionar Joyce para dizer em voz alta.

— Que ele teve uma reação forte à anestesia. Nunca tomara anestesia antes. Como eu podia saber?

— Você? Por que deveria saber? E *como* saberia?

— Alguém deveria saber.

— Por que você? Por que não a mãe dele?

— Como ela poderia saber? Ele nunca tomara anestesia antes. Acabei de dizer isso.

— Exatamente. Ninguém sabia que Norman reagiria daquela maneira... nem sua mãe, nem ele e muito menos você. Por outro lado, você fez tudo o que podia para encontrar uma resposta sobre o motivo de sua morte. Independentemente da decisão do juiz, você pode agora encontrar o fechamento.

Joyce parecia dividida.

— E se eu não puder? Uma coisa é dizer que não há evidências suficientes para levar um júri a condenar. Mas isso não significa que não há *nenhuma* evidência. Quem pode dizer que a que temos não é correta? É por isso que preciso vencer. Preciso de uma decisão definitiva. "Não há evidências suficientes" não servirá para mim. Preciso que tudo seja esclarecido.

Casey podia se identificar com essa posição. Já era o final da tarde quando tornou a subir. Sentia mais energia com sua determinação. Calculou que, entre os dois quartos, ainda havia uma dúzia de caixas que não examinara. Sozinha agora, puxou, empurrou, inclinando-se por cima em vez de se sentar, para poder examinar mais depressa o conteúdo de cada caixa.

Ao final, apenas uma era memorável. A mais pessoal das caixas, continha relíquias da infância de Connie. Havia uma colcha de crochê, um pouco esfiapada. Havia um par de pequenos sapatos marrons, bastante arranhados. Havia várias fotos de criança, mostrando Connie em diversos estágios antes da idade escolar. Era um menino de aparência doce e vulnerável, cujas feições atraíram-na, pela familiaridade Um minuto passou antes que ela percebesse que via a si mesma naquelas fotos.

O mesmo acontecia com os cabelos. Havia um envelope transparente com uma mecha que tinha a mesma cor dos cabelos de Casey. Ela sentiu uma pressão na garganta, uma ligação visceral, quando deixou os cabelos passarem entre os dedos.

Mas o macaco deixou-a ainda mais emocionada. Era marrom, desbotado, de pelúcia, as pernas finas, várias falhas no pêlo. Um olho de vidro pendia por um fio; o outro desaparecera. Era a coisa mais doce e mais rota que Casey já vira. Ela levantou-o com todo o cuidado. Comprimiu o nariz contra a barriga. Tinha o cheiro de mofo da idade. Calculou que Connie amava aquele macaco. Calculou que dormira com ele por muito tempo. Calculou também que Connie lhe dera uma vida, um nome, uma personalidade, de tal forma que jogá-lo fora seria homicídio.

Era o que ela sentia em relação a seu pato de pelúcia, Daffy. Nada tinha de original, mas era esse o seu nome. Daffy. As asas projetavamse em direções diferentes, o bico era um pouco virado para o lado. Mas ela nunca fora capaz de jogá-lo fora. Mesmo agora, estava em cima da cômoda, no apartamento, o corpo encaroçado encostado no abajur.

Seu Daffy a amara com toda a força de seu coração estofado, no momento de sua vida em que mais ansiava por ter um pai também, além da mãe. Não sabia qual era a necessidade de Connie em relação àquele macaco, mas tinha certeza de que não podia guardá-lo de volta na caixa. Não podia sequer deixá-lo com Angus na cama de Connie.

Ela desceu com o macaco. Deixou-o encostado no travesseiro, em seu quarto azul-claro, virado para a mesinha-de-cabeceira, onde havia uma foto de Connie. Devia ter sido a coisa certa, porque o macaco assentou ali e parecia contente. Serviu de algum conforto para Casey, uma compensação por não ter descoberto mais nada sobre *Pelo Amor de Pete*. Em todas as caixas, não havia nada que fosse sequer remotamente parecido com um envelope de papel pardo com um "C" na frente. Não sabia onde mais procurar.

Desanimada, ela se encaminhou para o jardim. Mas, em vez disso, descobriu-se sentada na escada, examinando os quadros de Ruth. Se os bosques eram o centro da vida de Connie, o mar era o centro da vida de Ruth. Onde ele preferia as tonalidades escuras de verde, vermelho e azul, a pintura de Ruth faiscava com tons pastéis. Se podia haver uma declaração das diferenças entre duas pessoas, aqueles quadros eram essa manifestação. Casey especulou, pela enésima vez, o que os unira.

Os quadros de Ruth eram esperançosos e brilhantes, mesmo na semi-escuridão que havia na escada. Eram um convite. Ela sentia-se tentada. Mas hesitante.

As noites de quinta-feira eram para a ioga, e Casey precisava de sua aula. Mas faltou, porque precisava falar com a mãe ainda mais que da ioga. Refletiu que Caroline podia ter alguma coisa a dizer sobre Ruth.

Naquela noite, porém, Caroline não tinha nada a dizer sobre qualquer coisa. Estava dormindo. Talvez a respiração fosse um pouco mais pesada que o normal, embora não parecesse angustiada. Com a sensação de que tinha um peso enorme no fundo do estômago, Casey sentou-se ao lado da cama. Pegou a mão encurvada da mãe e estudou seu rosto, à claridade difusa do crepúsculo. Não mencionou o nome de Ruth. Não teve coragem, com todo o resto que Caroline tinha de enfrentar. Depois de algum tempo, ela chamou baixinho:

— Mamãe?

Esperou, atenta a uma piscadela, uma contração, até mesmo o menor tique que pudesse indicar uma consciência.

— Sabe que estou aqui, mamãe?

Ela esperou de novo, atenta. Começou a ficar nervosa.

— Preciso saber o que está acontecendo. Essa situação começa a me deixar nervosa.

Caroline continuou imóvel, deitada de lado, os olhos fechados. Casey inclinou-se ainda mais.

— Pode me ouvir? — perguntou ela, elevando a voz.

Ela esperou mais algum tempo. Caroline permaneceu imóvel, respirando em pequenos ecos. Depois de algum tempo, incapaz de lidar com o medo, Casey beijou o rosto da mãe, afagou seus cabelos e disse:

— Não se preocupe, mamãe. Você está cansada. Conversaremos na minha próxima visita. Já estará se sentindo melhor até lá. Eu amo você.

A voz fraquejou. Ela beijou de novo o rosto de Caroline, e encostou a testa, para absorver o afeto da mãe. Precisava desse afeto. Persistira mesmo quando ela o repudiara, em nome da independência. Fora míope naquela ocasião, podia perceber agora. Podia-se precisar de afeto e ainda assim manter a independência. Caroline sabia disso. Através do bom e do mau, fora leal e afetuosa. Casey não queria perdê-la.

Agora, receando que isso pudesse acontecer de qualquer maneira e não querendo encarar a possibilidade, ela pôs a mão da mãe sobre o lençol, gentilmente, e saiu do quarto.


Sexta-feira, na agenda de Casey, era o dia do enriquecimento pessoal, quando comparecia a seminários, reunia-se com colegas, lia publicações profissionais. E, de vez em quando, ia à praia. Terapia restauradora, como ela dizia.

Seguiu para a praia naquela manhã de sexta-feira, mas não para se divertir. Precisava de respostas, e Ruth Unger era a única pessoa restante que podia oferecê-las.

Telefonou primeiro, é claro. Não queria seguir de carro até Rockport só para descobrir que Ruth não se encontrava em casa.

A própria Ruth atendeu. Casey desligou. Uma reação juvenil? Isso mesmo. Mas ela tinha direito a um momento de regressão. Seu desdém por Ruth vinha da adolescência, quando descobrira a existência da mulher. Como carecia de outras explicações para como Connie podia ignorar a filha, ela convertera Ruth em agente do mal.

Ruth roubara-o de Caroline, fora o primeiro cenário. Connie estava prestes a procurar Caroline de novo quando Ruth interferira, fazendo-o mudar de idéia.

Ruth envenenara-o contra Casey, dizia outro cenário. Quando Connie manifestara o interesse em entrar em contato com Casey, Ruth tivera um acesso de ciúme. Queria que ele se concentrasse em engravidá-la, em vez de se distrair com o produto de uma aventura de uma só noite... que podia até não ser *sua* filha, Casey imaginara Ruth argumentando, porque não sabemos com quem mais Caroline Ellis saía na ocasião.

Casey pensara que Ruth chegara ao ponto de retirar da caixa de correspondência as cartas que Connie escrevera para a filha.

Com o tempo, os cenários se desmancharam. Quanto mais Casey aprendia sobre o funcionamento da mente humana — e quanto mais observava Connie —, mais considerava-o responsável por seu próprio comportamento.

Não que Ruth fosse completamente isenta de culpa. Casey não entendia por quê, ainda mais depois que os anos passaram e os dois permaneceram sem filhos, ela não fizera o menor gesto, por menor que fosse, para exortá-lo a procurar a única filha. Casey não entendia por que ela própria não tomara a iniciativa... ou por que não lhe telefonara para avisar sobre a morte de Connie, nem tentara um contato desde então.

Esses pensamentos fervilhavam em sua mente quando seguiu para o norte, pela I-93. Entraram em ebulição quando pegou a Rota 128, seguindo para nordeste. E, quando chegou a Gloucester, a pressão era tão intensa que ela considerou a possibilidade de voltar. Mas não tinha mais opções. Além do mais, raciocinou ela, se perdesse o controle e tivesse um acesso de raiva, seria apenas o que Ruth merecia.

Ao entrar na Rota 127, ela seguiu a curva de Cape Ann até alcançar Rockport. Conhecia o caminho até a casa de Ruth, a partir do centro da cidade. Já o percorrera antes; não vindo de Boston só para ver a casa de Ruth, mas quando visitara Rockport a passeio e passara pela casa, quatro ou cinco vezes, nos últimos doze anos. A não ser por se tornar mais acinzentada por causa da maresia, a casa não mudara muito.

Ficava no final de uma rua, com um gramado resistente e arbustos costeiros, uma casa ao estilo local, com um telhado de ardósia inclinado, um vão de porta convencional, ladeado por janelas. Casey parou na frente e subiu pelo caminho de pedra. Tocou a campainha e esperou, de cabeça baixa, especulando por que viera, mas obstinada demais para ir embora.

A porta foi aberta.

Casey sabia como era Ruth. Vira-a ao lado de Connie em jantares profissionais; mais recentemente, vira-a também no culto memorial. Em todas as ocasiões, Casey pensara que sua aparência era muito convencional para uma pintora. Mas convencional não era a impressão que Ruth transmitia agora. Para começar, desde a semana passada que ela cortara os cabelos, antes na altura das orelhas, para um estilo bem curto. O que fora antes uma tonalidade grisalha estava agora mais escuro; e o que fora antes um capacete intocável era agora desmanchado pelo vento. Uma mulher esguia, vários centímetros mais alta do que Casey, usava uma camisa azul-clara, aberta por cima da camiseta, descendo até o short. Estava descalça, as unhas dos pés pintadas de laranja.

Parecia... parecia tanto com o que Casey pensava que Caroline poderia se tornar, dentro de dez anos, que ela sentiu um aperto na garganta.

Ruth mostrou-se tão perplexa quanto Casey, mas foi a primeira a se recuperar. Ofereceu um sorriso jovial, em que havia um afeto sincero.

— Casey! Não imagina como fico contente. — Ela pegou a mão de Casey. — Vamos entrar.

Casey não resistiu. Além da aparência pessoal, a última coisa que ela esperava naquele momento era que Ruth se mostrasse satisfeita ao vê-la. Isso a deixava desequilibrada, quando ainda tentava lidar com o nó na garganta. E, ainda por cima, havia a casa. O estilo Cape era, por dentro, uma autêntica caverna, de janelas altas, clarabóias, portas de vidro levando a um deque, que oferecia nada menos do que três vistas diferentes do mar. Era a casa de uma pintora, com o quadro em andamento num cavalete, armado junto de uma das janelas. Outras telas, em diversos estágios, estavam espalhadas ao redor.

— Fico muito satisfeita — repetiu Ruth, ainda sorrindo. Pouco a pouco, Casey se orientou, o suficiente para compreender que uma

Pelo Amor de Pete

pequena parte sua sentia-se satisfeita. Afinal, Ruth estava a um passo de ser parente e parecia sinceramente feliz em ver Casey.

Mas Casey não podia esquecer a história daquela quase-parente em particular. Por isso, perguntou abruptamente:

— Por quê?

O sorriso de Ruth vacilou, mas ela permaneceu afetuosa.

— Porque você é filha de Connie. Agora que ele morreu, ver você faz bem ao meu coração.

A fúria de Casey ressurgiu.

— Por que agora que ele morreu?

— Porque sinto saudade. — O sorriso de Ruth desaparecera agora, deixando as feições gentis com uma expressão séria. — E porque há muito já devia ter acontecido. Venho querendo conhecê-la há bastante tempo.

— Por que esperou?

Ruth hesitou, antes de dizer com extrema cautela:

— Porque Connie não queria que o contato fosse feito.

— Por que não?

Casey viera para descobrir isso. Ruth respirou fundo.

— Não é uma resposta simples. Não quer sair para o deque?

Casey preferiria ouvir as respostas ali, junto da porta, para depois se virar e ir embora, o mais depressa possível. Mas havia alguma coisa especial na autenticidade de Ruth, na alegria de sua casa e na esperança inerente em sua arte que fascinava Casey. Por isso, ela se deixou levar para o deque. Atravessaram a sala, passando primeiro por um enorme sofá branco, dividido para formar um U, ladeado por uma mesinha baixa de pedra, em que havia livros de arte, esculturas atraentes e abajures de ferro. Depois, passaram pelo cavalete e os quadros.

— Não gostaria de tomar alguma coisa gelada? — perguntou Ruth, quando estavam no deque.

Casey sacudiu a cabeça em negativa. Com as mãos na grade, olhou para o mar. A maré estava baixa, deixando parte da praia coberta de algas e pedras. Gaivotas gritavam umas para as outras, enquanto mergulhavam, subiam, flutuavam nas correntes aéreas. As ondas se aproximavam, quebravam e recuavam, num ritmo tranqüilizante.

Embora não fosse por sua vontade, a raiva de Casey se desvaneceu.

Ruth também veio até a grade, perto dela. E também olhou para o mar.

— Sempre fui ligada ao mar. Connie não era. Ele gostava de coisas mais íntimas e restritas.

Casey virou a cabeça.

— Por quê?

Ruth sustentou seu olhar.

— Segurança. Ele não confiava em coisas que faziam com que se sentisse desamparado.

— De onde veio isso?

— Você conhece a resposta.

Claro que Casey conhecia.

— Da infância. Só que não sei nada sobre a infância de Connie. Nem mesmo sei o nome da cidade em que ele foi criado.

— Abbott.

— Ele não nasceu em Little Falls?

— Nunca ouvi falar de Little Falls. Ele veio de Abbott.

Abbott... Um nome tão procurado, revelado com a maior simplicidade.

— É uma pequena cidade no Maine, embora eu não possa lhe dizer mais do que isso — acrescentou Ruth. — Nunca estive lá. Logo que nos casamos, sugeri algumas vezes um passeio de carro até a cidade. Mas Connie recusava-se a voltar. Os anos que passou ali não foram dos mais felizes.

— Por que não?

Ruth desviou os olhos perturbados para o mar. Um longo momento se passou antes que tornasse a fitar Casey.

— Ele sempre foi muito reservado. Não queria que ninguém soubesse de seu passado. Mas agora ele morreu, e você é sua carne e sangue. Se alguém tem razão para saber, é você. Não aconteceu nada violento ou pervertido. Eu pensava que havia. Imaginava algo terrível, de grandes proporções, que o deixara deformado para sempre.

Fora o que Casey também imaginara.

— E não houve?

— Não. Não houve um único episódio de violência, apenas anos de mágoa. Ele foi o alvo de desdém desde o tempo em que era bem pequeno, escarnecido, zombado, o alvo de brincadeiras. Afastou-se das pessoas antes mesmo de ingressar no ensino fundamental... e o padrão, depois de estabelecido, tornou-se permanente.

Casey podia com a maior facilidade perceber a transição da criança que Ruth descrevia para o homem que Connie se tornara. Mas havia o elemento da interferência.

— O que os pais dele fizeram?

— O que podiam fazer?

— Vender a fazenda.

Ruth sorriu, tristemente.

— Não havia fazenda. Não como você e eu conhecemos. Se a mãe cultivava hortaliças ou criava galinhas, era para pôr comida em sua mesa. Viviam perto do centro da cidade, numa casa pequena, num terreno mínimo. Nem tenho certeza se eram os donos. Seja como for, não tinham condições para se mudarem. O dinheiro era curto, e viver em Abbott era barato.

— Quer dizer que o menino se tornou vítima por causa do *dinheiro*?

— Não — respondeu Ruth, sempre falando com o maior cuidado. — Era também por causa do pai de Connie, Frank. Era um homem corpulento, dando a maior importância ao físico... tudo o que Connie não era. Ele estava *convencido* de que se alguma coisa podia "curar" Connie de ser um maricas era a cultura machista de Abbott. Obviamente, não deu certo. A vida de Connie era um perpétuo sofrimento. A única maneira de sobreviver era se manter entre quatro paredes.

— E a mãe de Connie? Como podia ficar de braços cruzados e suportar tudo isso?

— Imagino que não devia ser fácil. Tinha a maior paixão por Connie, mas era, em primeiro lugar e acima de tudo, uma esposa dócil. O marido tinha convicções firmes, e ela não o questionava. E quem sou eu para criticá-la por isso? Não fui muito diferente. Só que nós chamamos de respeito aos desejos do cônjuge.

Casey não achava que as situações fossem parecidas, nem um pouco.

— Mas Connie era uma criança. E sofria. Não posso imaginar ser mãe e não fazer nada para ajudar.

— Ela ajudava. Com muita discrição, fazia o que podia.

— Por exemplo?

— Encorajamento. O pai não sabia se Connie deveria ir para a universidade.

— Não queria que o filho tivesse uma vida melhor? — indagou Casey, perplexa.

— Não queria que ele se tornasse ainda mais isolado do que o pai considerava normal, abrem e fecham aspas, e saudável. Quando houve a pressão, o homem poderia aceitar que ele fosse para a Universidade do Maine, porque trabalhava ali... mas Harvard? — Ruth balançou a cabeça. — Essa decisão foi de Connie. E ele não a tomou sozinho. A mãe estava por trás. Ele ganhou uma bolsa de estudo integral, deixou Abbott e nunca mais voltou.

— Nem para visitar os pais?

— O pai morreu pouco depois que ele partiu, e a mãe se mudou. Mas tudo isso aconteceu há muito e muito tempo.

— Mas ficou gravado de uma forma indelével.

— É verdade. Connie nunca superou. Sua vida pessoal era dominada pelo medo de escárnio e rejeição. Por isso, realçava a vida profissional. A cada diploma que ganhava, a cada tese que apresentava, a cada livro que escrevia, sentia-se justificado para se distanciar. Suas credenciais transformaram-se num escudo.

Casey podia compreender tudo com absoluta clareza.

— Ele se tornou o professor tão brilhante que suas excentricidades eram desculpadas. E isso também se tornou permanente. Quanto mais acontecia, menos ele se tornava acessível para os relacionamentos pessoais... e sem os relacionamentos pessoais, não se expunha à mágoa.

Só que havia uma enorme peça faltando no quadro.

— Mas como ele se aproximou de minha mãe?

Ruth deu outro sorriso triste.

— Pelo mesmo motivo por que se aproximou de mim. A esperança é a última que morre. Ele sempre desejou aceitação. Sonhava com amor.

— Não é o que acontece com todo mundo? — murmurou Casey.

— Mas o resto das pessoas pode pelo menos manter uma conversa pessoal com alguém. Não era o caso de Connie. Mesmo assim, ele teve uma ligação com minha mãe. Como conseguiu passar pelo medo da rejeição?

— Ele acabou o relacionamento antes de poder ser rejeitado... pelo menos em relação à sua mãe. No meu caso, ele acabou com a intimidade. Simplesmente se retirou para o seu casulo. — Uma pausa e ela acrescentou, mais introspectiva: — Ou talvez ele fosse assim desde o início, mas eu pensei que pudesse ser diferente depois que nos casássemos. Achei que ele era apenas um homem antiquado, esperando o casamento para partilhar seus pensamentos mais profundos.

— Pensou que poderia mudá-lo.

— Não — corrigiu Ruth, paciente. — Pensei que ele era diferente.

Ela se tornou introspectiva outra vez, enquanto acrescentava:

— Mas os tempos também eram diferentes. Naquela época, as pessoas se conheciam, namoravam um pouco e decidiam se casar. A decisão baseava-se em questões práticas tanto quanto no amor. Quando conheci Connie, ele já era um professor respeitado, já havia publicado vários livros. Era terrivelmente tímido, mas achei isso cativante. Mais importante ainda, ele me oferecia uma estabilidade financeira que eu desejava. — Ela sorriu. — Queria ser pintora, mas não tinha a menor intenção de passar fome enquanto pintava. Além disso, com toda a sinceridade, não queria ser incomodada enquanto pintava. Por isso me atraía o fato de Connie ter uma vida profissional movimentada.

— E o amor?

— Eu amava Connie. Quanto mais sabia a seu respeito, mais o amava. — Ela ergueu a mão. — Sei que parece estranho, mas não percebe? Connie era uma vítima da infância, que deixou cicatrizes profundas.

— Ele nunca fez terapia para isso?

Ruth sacudiu a cabeça em negativa.

— Uma ironia, não é mesmo? É o doutor que não admite ser paciente. Se fosse um psiquiatra, poderia ser forçado a fazer terapia. Mas não era necessário para o seu diploma, e ele não procurou por iniciativa própria.

— Era muito ameaçador.

— E põe ameaçador nisso. Eu costumava sugerir, no tempo em que não sabia se me divorciava ou ia embora. Disse que ele precisava. Que estava perdendo coisas boas na vida. Propus ir ao terapeuta junto com ele. — Ruth tornou a balançar a cabeça. — Era ameaçador demais. Por isso, saí de casa... e nosso relacionamento melhorou.

— Connie sentiu-se menos ameaçado.

— Para ser justa, também me tornei melhor. Minhas expectativas mudaram. Tudo melhorou assim que passei a aceitá-lo pelo que podia e não podia fazer.

— Mas... como pôde viver distanciada de seu marido durante todos esses anos?

Ruth sorriu.

— Tenho amigos. Não levo uma vida solitária. Você pode ser muito jovem para compreender, mas há dezenas de mulheres que acham que a vida em separado é a situação ideal. Eu tinha o melhor do meu marido, junto com toda a liberdade do mundo.

— Mas não tem filhos — ressaltou Casey.

Ruth fitou-a nos olhos.

— Não posso ter filhos. Já sabia disso antes de me casar.

Casey sentiu remorso no mesmo instante.

— Sinto muito.

— As coisas acontecem para o melhor. Levo uma vida plena. Às vezes fantasio ter tido uma filha, mas é bem possível que estivéssemos nos digladiando. Mas tenho sobrinhas e sobrinhos, e agora as crianças deles.

Isso levantava outra questão.

— Qual o propósito daqueles quartos extras na casa em Boston? — perguntou Casey.

Ruth sorriu, gentilmente.

— Sonhos. Connie sonhava com uma porção de coisas. Você pode não acreditar, mas muitos desses sonhos giravam em torno de você.

Um ímpeto de raiva voltou.

— Por que ele não podia pegar o telefone e me ligar? — Casey deu a resposta no instante seguinte. — Medo. Medo de rejeição.

— Medo de fracasso.

Casey também sofria com isso, mas nunca imaginara que fosse um problema de Connie.

— Fracasso?

— Medo de ser um péssimo pai. Ele podia não fazer terapia, mas conhecia suas limitações.

— E não podia superá-las?

Era a tentativa final de crítica... porque o coração de Casey já mudara. Abrandara em relação a Ruth, que não era mais apenas um nome e um rosto, mas se tornara muito real e simpática. E abrandara também em relação a Connie.

— Não, ele não podia superá-las.

— Mas ele sabia de mim. Sabia onde eu estava e o que fazia.

— Claro que sabia.

— E se importava?

— Ele deixou a casa para você. Amava aquela casa, do fundo do coração. Poderia tê-la vendido e deixado o dinheiro para obras de caridade. Mas deu-a para você. Não acha que isso significa que ele se importava?

Casey não podia responder. Sentia um enorme aperto na garganta. Ruth salvou-a.

— Ele se importava. Pode ter certeza. Ele se importava. Connie tinha sentimentos, como você e eu. Apenas os expressava de uma maneira diferente. Em meu caso, ele telefonava às seis horas da tarde, em todos os dias em que não estávamos juntos, para ter certeza de que eu me encontrava bem. Em seu caso, foi decorar a casa de uma maneira que achava que você poderia gostar. Ele fez mesmo isso. No caso de sua mãe, foram as flores.

— Flores?

— Ele mandava entregar flores frescas no quarto dela todas as semanas.

— Quem fazia isso era a direção da casa de saúde — protestou Casey.

Devagar, de uma maneira decidida, Ruth sacudiu a cabeça. E, subitamente, fazia sentido. Casey nunca vira flores nos quartos de outros pacientes de longo prazo. Além disso, as enfermeiras não comentariam as flores, como acontecia com freqüência, se fossem parte do pacote. Casey simplesmente presumira...

Casey acertara em cheio na caçada às informações para saber quem Connie era. Mesmo assim, deixou Rockport com a sensação de que murchara. Ao descobrir tanta coisa, também renunciara a muito. Como podia sentir raiva de Ruth? Ela não era a inimiga. Como sentir raiva de Connie? Ele também era uma vítima.

Mas Casey precisava de um inimigo. Precisava de alguém para culpar por Connie ser Connie, por Caroline não reagir, pela ligação que recebera naquela manhã, indagando se já tomara uma decisão sobre o cargo de professora em Providence. Não, ainda não tomara, explicara ela, e pedira mais tempo. Uma resposta definitiva até segunda-feira? Claro, ela poderia dá-la.

Não havia inimigo ali. O departamento teria de oferecer o cargo a outro terapeuta, se Casey recusasse. E eles também estavam sob pressão. Não podia culpá-los por isso.

Mas, então, quem podia culpar pelos males do mundo? Darden Clyde era um bom candidato, e ela tinha uma pista. Abbott, no Maine. Podia não ser Little Falls, mas era um lugar por onde começar. E ela planejava fazer isso assim que acordasse.

Precisava cuidar, no entanto, do problema mais imediato, que era Jordan. Podia ficar furiosa com Jordan. Ele não aparecera no jardim naquela manhã, embora fosse sexta-feira, seu dia. Casey fizera exercícios de ioga mais longos do que o normal, mas Jordan não viera, o que a deixava preocupada. Ele poderia ter vindo quando ela estava em Rockport; mas Casey sabia, instintivamente, que ele não negligenciaria o jardim. Só que ela não era o jardim. Era um ser humano, pensando e sentindo, com quem ele fazia coisas muito íntimas. Mas ele não aparecera na noite de quinta-feira... não aparecera, não telefonara, não a abraçara.

Claro que ele não tinha a menor obrigação de fazer essas coisas. Não eram realmente amigos. E mal se podia dizer que eram namorados. As coisas íntimas que faziam juntos? Sexo. Isso era tudo. Sexo. Casey não sabia quase nada a seu respeito.

Pelo Amor de Pete

E, subitamente, parecia errado. Por isso, ela seguiu direto para casa, a expectativa aumentando à medida que se aproximava. Tentava decidir se a expectativa se relacionava com Jordan ou com a volta para casa — o que era um pensamento espantoso —, quando entrou na viela dos fundos, à vista da vaga de estacionamento que havia ali. Não viu o jipe de Jordan.

Desapontada, deu uma olhada rápida no jardim, apenas pela possibilidade... e havia um inequívoco sentido familiar. Incapaz de resistir, ela entrou e parou na parte do bosque. Se fosse para o meio das tuias e nada visse além das folhas verdes, se depois respirasse fundo, poderia muito bem sentir que estava no meio de uma floresta; o efeito sensorial era o mesmo. A natureza era uma droga poderosa. Deus como clínico, pensou ela, sorrindo. A aromaterapia divina.

Mais calma, ela partiu a pé para a Daisy's Mum, no endereço impresso nos recibos para os cheques que Connie assinara. Era uma caminhada fácil, passando por casas antigas, tílias, gerânios em jardineiras. Ela desceu pela West Cedar até a Revere, depois desceu a Revere até a pequena rua transversal, perto da Charles. A loja era a única entre um punhado de casas. Mas mesmo que não houvesse clientes vendo as flores na calçada, não havia como deixar de percebê-la. Um toldo comprido estendia-se pelas portas e janelas da frente; era listrado, em vinho e branco, para combinar com as casas vizinhas. Mas a quantidade de plantas sob o toldo era de envergonhar as jardineiras nas janelas das casas. As plantas na frente, expostas ao sol, ofereciam uma profusão de flores, em brilhantes amarelos, brancos, púrpuras e azuis. Havia um punhado de outras flores à sombra do toldo, junto com plantas verdes.

A fragrância das flores atraiu Casey para entrar. Descobriu-se num espaço surpreendentemente pequeno, com chão e parede de pedra, pilhas de vasos decorativos e algumas esculturas de jardim. As plantas ali eram verdes. As cores vinham das flores cortadas, agrupadas por espécie, em vasos de metal, de diversos tamanhos e alturas. Um bloco de pedra formava o balcão. No outro lado, preenchendo um recibo de vendas, havia uma linda mulher, de jeans e camisa branca de algodão... a própria Daisy, a julgar pela impressão de autoridade que irradiava. Devia ter quarenta e poucos anos.

Casey esperou sua vez sem qualquer sentimento de impaciência. Embora a loja fosse apenas uma fração do tamanho de seu jardim, transmitia a mesma sensação de paz. As plantas faziam isso, refletiu ela. Eram naturais e lindas. E tirando as venenosas, não eram tão nocivas quanto os seres humanos podiam ser.

— Posso ajudá-la? — perguntou Daisy.

Casey aproximou-se do balcão.

— Sou Casey Ellis, filha de Connie Unger. Você é Daisy?

A mulher se desmanchou num sorriso largo.

— Sou eu mesma — disse ela, estendendo a mão. — É um prazer conhecê-la. Adorávamos seu pai.

O sorriso se desvaneceu, enquanto ela acrescentava:

— Lamentei muito quando soube de sua morte. Era um homem muito doce.

Casey balançou a cabeça em concordância.

— Ele me deixou a casa. Eu só queria lhe dizer que o jardim é espetacular.

Daisy sorriu de novo.

— Obrigada. É trabalho de Jordan.

— Ele está?

— Agora? Não. Mas deve voltar em breve. Sei que ele tem de apressar tudo para um compromisso às quatro horas. — Daisy olhou para o teto. — O telefone dele está tocando.

Casey também olhou para o teto.

— O escritório é lá em cima?

— Não. Ele mora lá em cima.

— Ah...

— É muito melhor ter alguém morando aqui. Ele atende o telefone fora do expediente e cuida de todo o resto.

— Ah...

— Creio que ele deve ir para sua casa depois desse compromisso. Gostaria de deixar um recado?

— Não há necessidade — murmurou Casey, num tom de indiferença. — Não era nada importante. Falarei com ele quando aparecer lá em casa. Mas fiquei contente de ter vindo até aqui. A loja é uma maravilha.

Ela pegou um cartão ao lado da caixa registradora. O nome da loja estava escrito em arabescos elegantes.

— Uma beleza extraordinária.

Daisy sorriu outra vez.

— Obrigada. Apareça de novo.

— Farei isso.

Casey guardou o cartão no bolso e encaminhou-se para a porta, convencida de que Daisy e a loja eram novas amigas.

Ao voltar para casa, no entanto, seus pensamentos concentravam-se em Jordan. Era engraçado. Presumira que o jardim era o foco de seu dia. Naturalmente, quisera pensar assim. Ao visitar a loja de flores, porém, ao sentir a atividade intensa, ao ouvir Daisy atender telefonemas e marcar horas, compreendera que a casa era apenas um dos muitos lugares que Jordan visitava durante o dia. Ele era um homem ocupado. Levava toda uma outra vida, que nada tinha a ver com seu jardim.

Mas era o que também acontecia com ela.

Casey decidiu lhe dar uma última chance. Mas quando chegou em casa e não o viu em parte alguma, entrou e pôs as coisas para passar a noite, junto com as três partes já encontradas de *Pelo Amor de Pete*, em sua bolsa de ginástica. Falou num sussurro com Angus, por um minuto, da porta do quarto de Connie. Foi avisar Meg de que poderia passar um ou dois dias ausente. E parou no consultório de Connie para pegar um mapa.

Depois, pôs a bolsa na mala do Miata, sentou ao volante e partiu para o Maine.

# Dezessete

Quanto mais se afastava de Boston, mais urgência Casey sentia. Caroline estava outra vez com dificuldade para respirar; Casey ligara da estrada e recebera essa informação. Os médicos a monitoravam à procura de sinais de infecção. Em pacientes como Caroline, a infecção era uma das principais causas de morte.

Casey ponderou se deveria voltar. Mas não suportava se sentir inútil... ainda, mais uma vez, de novo. Além do mais, se Caroline lhe ensinara alguma coisa, era que deveria agir com base em suas convicções. Ela poderia não aprovar a causa de Casey, mas concordaria que a filha deveria ir atrás do que procurava. Connie, inversamente, aprovaria a causa... pelo menos a parte que envolvia Jenny Clyde.

Não era com freqüência que Casey contava com a aprovação de pai e mãe, e a sensação era ótima. Não podia recuar agora.

Por isso, manteve o pé no acelerador e o carro seguindo para o norte. Depois de uma hora de viagem, ela passou pelo canto sudeste do estado de New Hampshire. A essa altura, já retornara a ligação de uma amiga da ioga, preocupada porque ela não aparecera na aula na noite anterior, e de uma cliente, que queria marcar uma nova sessão.

Quando entrou no Maine, a estrada se tornou mais livre. Muitos carros saíram para as lojas de atacado que havia em Kittery, depois em Ogunquit e mais adiante em Portland. Quando completou duas horas de viagem, até mesmo Portland já ficara para trás.

Casey parou, encheu o tanque do carro, verificou o mapa e continuou a viagem. Ao chegar a Augusta, três horas já haviam se passado. Ela tinha agora um novo cliente, encaminhado por um médico; e, apesar dos telefonemas, sentia-se cansada da estrada. Mas ainda teria de guiar por mais uma hora antes de chegar a Bangor. Nesse ponto, ela deixou a rodovia principal, trocando a velocidade pelo interesse. A estrada para o norte tinha agora uma pista de mão dupla, em cada direção. E quis o destino que ela acabasse atrás de uma picape enferrujada, com placa do Maine, seguindo lentamente, a menos de cinqüenta quilômetros horários.

Ela excluiu a possibilidade de buzinar, achando que era coisa de cidade grande. Excluiu também a possibilidade de uma ultrapassagem, achando que seria suicídio. Mais sensatamente, executou algumas respirações profundas de ioga, acomodou-se da maneira mais confortável possível atrás da picape e passou a contemplar a paisagem. Pinheiros e abetos estendiam-se pelos lados da estrada, verdes e azuis, em variações tão sutis que a mistura era tranqüilizante. Passou por campos cultivados, tendo ao fundo uma casa de fazenda, celeiro e garagem. Passou por algumas casas pequenas, no meio do bosque, que não teria visto se estivesse andando mais depressa. Passou também por alguns lagos.

Quase perdeu Abbott. Quarenta minutos depois de sair da rodovia principal, enquanto seguia a menos de cinqüenta quilômetros horários, era pouco mais do que um calombo na estrada, incluindo um Grange Hall (um salão comunitário), uma agência do correio e uma loja de conveniências. Faminta a essa altura, ela parou na frente da loja. Três garotos, ao final da adolescência, usando brincos, tatuagens e camisas de malha com estampas sinistras, estavam arriados no banco na frente, com cigarros nas mãos em concha, como se não bastassem os tentáculos de fumaça para denunciá-los.

Casey podia se identificar com a rebelião. Ela própria já passara por aquilo. Mas não gostaria de se envolver com aquele trio num beco escuro. Imaginou um jovem Connie, "fraco e brilhante", nas palavras de Ruth, e não pôde deixar de pensar que se os garotos da cidade naquele tempo fossem tão duros quanto aqueles pareciam, ele não teria tido a menor chance.

Casey, tentando passar tão despercebida quanto possível, estacionou o Miata, subiu os degraus de madeira e entrou na loja. Ficou aliviada ao entrar, não apenas por causa dos garotos, mas também porque havia ali, além das gôndolas com os alimentos embalados, um balcão para pratos de preparo rápido. Ela se instalou num banco, o couro do assento rachado, deu uma rápida olhada no quadro com o cardápio escrito à mão, e pediu macarrão com queijo e uma Coca-Cola. Como era a única freguesa, não precisou esperar muito... apenas o tempo necessário para que a mulher se virasse para as panelas no fogo, levantasse o macarrão com uma concha e despejasse num prato.

— Apenas de passagem? — perguntou ela, quando empurrou o prato para a frente de Casey.

O queijo formava uma crosta por cima do macarrão. Era uma comida substancial, e Casey precisava disso.

— Não sei — respondeu ela, com o garfo na mão. — Depende. Estou procurando informações sobre uma família chamada Unger. Viveram aqui há algum tempo.

A mulher pôs os cotovelos no balcão, o rosto franzido.

— Unger? Hum... Vivi aqui durante toda a minha vida. Quarenta e cinco anos. Mas nunca ouvi falar desse nome.

Casey teria calculado que a mulher tinha mais de quarenta e cinco anos. Parecia cansada, de uma maneira expansiva, como alguém que tivesse levado uma vida movimentada. Tinha linhas profundas entre as sobrancelhas e os ombros vergados, sugerindo que suportara o peso de enormes preocupações por muito mais que os anos revelados.

— Talvez você seja jovem demais para tê-los conhecido — comentou Casey. — Pelos meus cálculos, essa família deixou a cidade há cinqüenta e cinco anos, mais ou menos.

Ela levou à boca um pouco do macarrão com queijo.

— Precisa falar com Dewey Heller. Ele tem setenta anos, mas sabe de tudo o que aconteceu na cidade nos últimos cem anos. É o escrevente, encarregado de todos os registros. Seu escritório fica nos fundos da Grange Hall. Se há alguém que se lembre, só pode ser ele. Mas já foi para casa há muito tempo a esta altura.

— Posso ir até a casa dele?

— Pode.

Casey esperou. Como nada mais foi dito, ela perguntou:

— Pode me informar onde ele mora?

A mulher sacudiu a cabeça.

— Ele me despediria. É o dono daqui. — Ela lançou um olhar rápido ao redor. — Era um armazém geral, até que ele completou sessenta anos e perdeu o interesse. Não costuma ser gentil com pessoas bonitas que andam em carros esporte de luxo. Por falar nisso, seu carro é lindo. Não está preocupada com a possibilidade de os gatos lá fora pegarem o carro para dar um passeio?

Casey engoliu mais um pouco do macarrão com queijo. Sorriu em seguida.

— Sou uma mulher da cidade grande. Aquele carro tem todos os sistemas contra roubo de que você já ouviu falar e mais alguns. Isso não é um problema. Se tem um problema, é o fato de amanhã ser sábado. O Sr. Heller virá trabalhar?

— De nove às onze. Ele tira folga na segunda-feira.

Isso deixou Casey mais calma, mas apenas por um instante. Ainda tinha o resto do dia em Abbott, e não suportava a perspectiva de desperdiçar o tempo.

— Se não posso falar com o seu escrevente, que tal o departamento de polícia?

— Departamento de polícia? — A mulher deu um sorriso irônico. — Só temos um policial. Claro que pode procurá-lo, mas ele é muito jovem. Só está na cidade há dez anos. É difícil mantê-los, quando não se pode pagar muito.

Ela lançou um olhar para a porta.

— Mas deve tentar. Ele está entrando.

O policial vestido de cáqui chamava-se Buck Thorman. Um ou dois anos mais velho do que Casey, era alto, louro e forte. A cozinheira fez as apresentações e foi para outra parte da loja. Acomodado a dois bancos de Casey, Buck fez o tipo de perguntas que se pode esperar de um policial de cidade pequena quando uma estranha aparece.

Casey respondeu. Sim, aquele era seu carro. Não, não comprara novo. Sim, tinha uma alavanca de mudança. Sobremarcha, sim. Cassette, não; CD, sim. Cento e vinte e oito cavalos, obrigada. Não, ela nunca guiava acima de 130 quilômetros horários.

— Mas o que veio fazer aqui? — indagou ele, depois que as questões importantes foram esclarecidas.

— Estou investigando minha árvore genealógica. Inclui pessoas com o sobrenome Unger. Viveram em Abbott há algum tempo.

— Deve ter sido há muito tempo. Nunca ouvi falar de nenhum Unger.

Casey não lembrou que ele vivia na cidade há apenas dez anos, o que não era tanto tempo assim. Ele estava se exibindo agora, ainda montado no banco, mas de costas para o balcão, os cotovelos apoiados ali, o que realçava toda a extensão de seu peito musculoso. Ela não sentia a menor atração, mas também não tinha a menor intenção de lhe dizer isso. Estava ali com um propósito. Se Buck pudesse ajudar, ela o deixaria pensar o que bem quisesse.

— O que me diz dos Clyde? — indagou ela. — Darden Clyde? MaryBeth Clyde?

Ele coçou o queixo.

— Esse nome é familiar. Onde foi que ouvi?

Casey prendeu a respiração. Depois de um minuto, ele deu de ombros, aturdido.

— E uma cidadezinha chamada Little Falls? — perguntou ela.

O policial contraiu os lábios, pensou um pouco, sacudiu a cabeça.

— Não me lembro de nenhum lugar chamado Little Falls. Conheço Duck Ridge, West Hay e Walker. Conheço Dornville e Eppick. Little Falls? Nunca ouvi falar.

Casey deixou escapar um suspiro. Começava a se cansar de becos sem saída.

— Não quer dar uma volta pela cidade? — perguntou o policial, como se isso pudesse aliviar o desapontamento de Casey. — Abbott não é um mau lugar.

Ele inclinou-se para Casey e acrescentou, baixinho:

— Também não é um lugar dos mais emocionantes. É por isso que os nossos melhores jovens vão embora, deixando apenas os gênios lá na frente.

— Não julgue um livro... — advertiu Casey. — Também já fui rebelde. Para onde vão os melhores jovens?

Ele deu de ombros.

— Bangor, Augusta, Portland. Há mais para fazer ali. Mais empregos. No meu caso, só estou passando o tempo aqui, se entende o que quero dizer. É um lugar bonito e limpo, mas nunca acontece nenhum crime interessante.

Buck estalou os dedos, e terminou com o indicador apontado para ela.

— Foi por isso que o nome me pareceu familiar. Há quatorze ou quinze anos houve um assassinato envolvendo um casal Clyde.

Casey sentiu que sua esperança se elevava.

— É isso! — exclamou ela, com o maior entusiasmo. — Marido e mulher. Há quatorze ou quinze anos?

— Não me cite neste ponto.

— Aconteceu em Little Falls.

O policial Thorman sacudiu a cabeça.

— É possível. Só que não há nenhuma Little Falls aqui por perto. Talvez seja em outra parte do Estado.

— Lembra onde aconteceu, pelo noticiário?

— Não. Lembro do julgamento, que deve ter ocorrido em Augusta ou Portland. Poderia ter prestado mais atenção se fosse mais velho, ou se envolvesse problemas internacionais, como terrorismo. Mas violência doméstica?

Ele estendeu as pernas compridas e musculosas, deixando escapar um suspiro de longo sofrimento.

— Cresci ouvindo falar da violência doméstica. Depois de algum tempo, não dá mais para agüentar, quer você esteja testemunhando, quer tentando evitar. Mais dois ou três anos aqui e pretendo ingressar no FBI. Mas deixe-me lhe mostrar a cidade e ganharei a semana. Mais do que isso, ganharei o mês todo.

Casey queria mesmo conhecer Abbott. O pai fora criado ali. Não tinha motivos para duvidar da informação de Ruth a respeito.

Ela terminou de comer o macarrão com queijo, despejou a Coca-Cola num copo descartável e pagou a conta. Enquanto isso, Buck Thorman advertia ao trio de garotos lá na frente que não deveriam sequer encostar a mão no Miata, caso contrário os prenderia por fumarem maconha naquele mesmo banco, dois dias antes. Casey embarcou na radiopatrulha.

Ele seguiu por uma rua transversal, e levou-a primeiro à oficina local, onde a apresentou a todo mundo. Depois, passaram pela lavanderia e por uma loja de acessórios de automóveis. Passaram pelas ruínas de pedras de um enorme prédio, às margens de um regato.

— Aqui ficava a fábrica de sapatos — informou ele. — Já me contaram que, num determinado período, todo mundo na cidade estava ligado à fábrica, de um jeito ou de outro.

Casey ficou intrigada. As fábricas desse tipo sempre tinham uma importância vital.

Imaginou que a mãe de Connie — sua avó! — trabalhara ali, e sentiu uma pontada de ligação. Gostaria de saltar e explorar as ruínas da fábrica, mas Buck seguiu em frente, levando-a para uma escola... e, dessa vez, ela saltou. Não foi capaz de resistir.

— A escola está fechada para as férias? — indagou ela, gesticulando para que o policial parasse junto da calçada de cimento cheia de rachaduras.

— Foi fechada para sempre. As crianças estudam agora numa escola regional.

Casey saiu da radiopatrulha. Vagueou pelo velho prédio de madeira e tentou imaginar Connie ali. Não era Harvard, mas de certa forma tornava mais fácil compreender Connie. Ele também era uma dicotomia: o profissional bem-sucedido *versus* o menino tímido e solitário, que se tornara adolescente e depois adulto, sem mudar. Podia ver Connie ali, sentado no chão, na base do velho carvalho nodoso, observando as outras crianças brincando.

Quando ela voltou à radiopatrulha, o policial levou-a por ruas com casas muito antigas e árvores ainda mais antigas. Tanto as casas quanto as árvores se encontravam em péssimo estado de conservação, embora Casey imaginasse que nem sempre fora assim. As casas eram pequenas, bem construídas, separadas por um espaço confortável. O crescimento das maiores não fora vertical. Em vez disso, eram como trens, com vagões adicionais sendo acrescentados, à direita, à esquerda ou atrás.

Havia pessoas aqui e ali. Algumas eram velhas, algumas jovens. Algumas se sentavam em varandas, algumas se sentavam em degraus.

Uma ou outra criança corria por um jardim, subia num enorme pneu ou num imenso engradado.

Fascinada, Casey pediu que andasse devagar e depois que passasse de novo pela rua. Dessa vez ela procurava por flores, espiando para os quintais dos fundos, quando não havia flores na frente. Se Connie reconstituíra a paisagem do Maine em Boston, aquelas flores deveriam estar aqui. Mas não estavam. Ela viu árvores e gramados. Viu arbustos esparsos. Viu pedras, musgo e terra.

Desapontada, recostou-se, com um suspiro. O policial levou-a de volta ao Miata.

— Não quer jantar comigo? — perguntou ele, quando Casey estendeu a mão para a maçaneta de seu carro.

Ela sorriu. Por mais agradecida que estivesse pelo tempo que Thorman lhe dispensara, não queria encorajá-lo. Além disso, ele não dissera que o passeio lhe valeria a semana? O jantar não era necessário.

— Obrigada, mas aquele macarrão com queijo me deixou mais do que satisfeita. E estou exausta. Ainda tenho de dar alguns telefonemas, ler alguns papéis e dormir um pouco. Só que não vi nenhum hotel por aqui.

Ele pensou a respeito, mas apenas por um instante. Aceitou a rejeição de bom grado e disse:

— Não há nenhum por aqui. E também não há em Duck Ridge, que é a próxima cidade.

Casey esperou. Thorman não disse mais nada. Ocorreu-lhe que aquele era um jogo em Abbott. E, finalmente, com a devida paciência, perguntou:

— E na cidade depois?

— Há um lugar ali.

— Um "lugar"?

— Quarto e café da manhã.

— Pode me dizer como chegar lá?


O que a West Hay House carecia em personalidade, compensava em sossego, o que era perfeito para a releitura de *Pelo Amor de Pete*. Casey era a única hóspede. Pudera escolher o quarto. Pudera escolher o banheiro. Pudera até escolher os bolinhos para o café da manhã.

— Só faço um tipo cada manhã — explicara o estalajadeiro, antes que ela subisse para seu quarto. — Por isso, é melhor você escolher.

Ela escolhera o de *blueberry*, e se surpreendera ao descobrir que eram grandes, bem úmidos e saborosos. Considerou isso um sinal promissor.

E era mesmo. Voltou para Abbott antes das nove horas da manhã seguinte e explorou a cidade de novo, dessa vez sozinha. Parou outra vez na escola e atravessou o *playground*. Parou nas ruínas da fábrica de sapatos e vagueou entre as pedras. Depois, seguiu para a área residencial. Havia mais pessoas visíveis agora, empenhadas nas tarefas de sábado, cuidando das casas, dos gramados, dos carros. Seu próprio carro não passou despercebido; muitos olhos se viraram para acompanhá-lo.

Ela sorriu, acenou com a cabeça e não deixou que os olhares a apressassem, subindo e descendo lentamente pelas ruas, imaginando qual teria sido a casa de Connie. Achou que a mais provável era uma pequena casa de madeira, pintada de amarelo, com remates brancos. A tinta era desbotada ali e na cerca da frente. O jardim irradiava um ar de negligência. Mas havia uma cadeira de balanço na varanda. Ela imaginou sua avó balançando ali. Seria uma mulher pequena, como a própria Casey. Teria cabelos brancos, o rosto enrugado e um sorriso gentil. Estaria usando um vestido florido e um avental branco, e recenderia a pão feito em casa. O pão *anadama*, um pão que vinha dos tempos coloniais, feito com grãos diversos e melaço.

Ei! Casey não sabia de onde viera essa idéia. Não se lembrava conscientemente de jamais ter comido um pão *anadama*, mas devia conhecê-lo. Teve uma visão de fubá e melaço. O pão *anadama*, como macarrão com queijo, era um alimento substancial. Um alimento que proporcionava conforto. O que era o caso, também, das avós... e isso lembrou-a do que viera fazer ali.

Como sentia-se solitária, voltou ao centro da cidade. Estacionou num ponto em que a recepção do celular era melhor. Acessou as mensagens. Havia várias mensagens de amigos, nenhuma das quais ela retornou, porque não queria ter de explicar onde se encontrava e por quê. Mais importante, não havia nenhuma ligação da casa de saúde.

Satisfeita por isso, ela seguiu para Grange Hall pouco antes de nove horas. Deu a volta para os fundos e estacionou o Miata ao lado de uma caminhonete clássica, a *station wagon*, no momento em que Dewey Heller virava o cartaz de FECHADO para ABERTO. Ele sorriu e acenou para que Casey entrasse.

— É uma caminhonete e tanto — comentou ela, com um sorriso de admiração. Podia não se lembrar do pão *anadama*, mas entendia de carros antigos. — Minha mãe teve uma assim, há muitos anos.

— Aposto que a dela não tinha madeira nos lados.

— Claro que tinha — respondeu Casey, com o maior orgulho.

— Aposto que a caminhonete dela não era tão antiga quanto a minha. Esta foi fabricada em 1947. Naquele tempo, não eram chamadas de *station wagons*. Todo mundo usava *beach wagon*... não que eu a usasse para levar as pessoas até a praia. Só levava até a estação ferroviária. Por isso, quando começaram a chamar de *station wagon*, não me incomodei. Tomei café na loja. Donna me avisou para esperar uma visitante. Ela disse que você queria saber sobre os Unger. Só podem ser Frank e Mary e o filho deles, Cornelius. Uma péssima escolha de um nome para um menino. Qualquer um podia perceber que ele era muito frágil. Precisava de um nome sólido, como... *Rock*.

Casey sentia-se tão satisfeita por encontrar alguém que sabia o nome de seu pai que sorriu.

— Rock não se ajustaria ao que ele se tornou.

— E o que ele se tornou?

— Um psicólogo famoso. Morreu há um mês. Estou aqui em parte para verificar se restou alguém da família.

Não. Também não havia muito para começar, depois que o pai morreu. Só ficou a mãe, que foi embora há muito tempo. Qual é o resto?

Casey ficou confusa.

— Você disse "em parte" — lembrou o velho. — Qual é o resto?

Mas Casey ainda não se sentia pronta para explicar.

— Fale-me sobre a mãe. Como ela parecia?

— Era uma coisinha bonita, pequena, cabelos compridos, que podiam ser um pouco mais ruivos do que os seus. Tinha... — Ele gesticulou para indicar um busto grande. — É claro que todas as mulheres pareciam... — Ele repetiu o gesto. — O que era de esperar, com os aventais que usavam naquele tempo.

— Ela era simpática?

— Muito.

— Trabalhava na fábrica de sapatos?

— Todo mundo trabalhava. Qual é o resto?

Casey sorriu, de uma maneira que lhe suplicava que fosse indulgente por mais algum tempo.

— Eles tinham qualquer parente aqui... mesmo mais distantes, como primos?

— Nenhum, ao que eu soubesse. Mas qual é o resto?

Casey cedeu.

— Estou tentando descobrir Little Falls.

Foi a vez de o velho suspirar, só que foi um suspiro de prazer, acompanhado por um sorriso.

— Little Falls... Há muito tempo que não ouvia ninguém falar de Little Falls. O nome agora é Walker.

— Walker? — repetiu ela, num sussurro excitado.

Significava que era real. E se Little Falls existia, então Jenny Clyde também existia.

— Fica a cerca de cinqüenta quilômetros daqui, subindo pela estrada — continuou Dewey Heller. — Little Falls foi seu primeiro nome, não porque houvesse uma cachoeira ali, porque não há, mas porque a família Little foi a fundadora da cidade. Todos os anos, os fundadores ofereciam uma grande festa, quando as árvores se tornavam vermelhas e laranja. Na época da Depressão, as pessoas acharam que precisavam de um nome mais imponente, se entende o que estou querendo dizer. Por isso, fizeram uma votação e oficializaram o nome de Walker. Mas alguns habitantes continuaram a se apegar ao nome de Little Falls. Depois, vieram os códigos postais, códigos de área e não sei mais o quê, e todo mundo teve de se conformar com Walker. Só uns poucos ainda chamam de Little Falls. Se quer saber minha opinião, Little Falls tem mais caráter como nome de cidade do que Walker.

Ele fez uma pausa, contraindo o rosto.

— Walker... Não acha um pouco... desinteressante?

Casey não achava nem um pouco desinteressante. Não se importava com o nome da cidade, contanto que fosse real.

Exultante, ela se despediu. Seguiu de novo para o norte. Não se importava que os cinqüenta quilômetros exigissem mais cinqüenta minutos ao volante, numa estrada de mão dupla, com apenas duas faixas, porque estava perto, muito perto, de encontrar Jenny Clyde, o que conseguira pela pura persistência. Connie ficaria orgulhoso.

LIMITE DA CIDADE DE WALKER, dizia a placa. Casey diminuiu um pouco a velocidade, querendo absorver tudo por que passava. As casas eram tão antigas quanto as de Abbott, mas um pouco maiores e mais bem cuidadas. Até mesmo com jardins. Algumas tinham flores; outras tinham gramados. Nos dois casos, os cuidados eram evidentes.

Como queria ouvir e cheirar, além de ver, ela desligou o ar-condicionado e abriu a janela. *Pelo Amor de Pete* estava gravado em sua mente. Calculou que logo saberia se era mesmo aquela a cidade certa.

Tornou-se mais alerta à medida que as casas foram ficando mais próximas umas das outras. O coração disparou quando avistou uma placa que dizia WEST MAIN. Jenny Clyde morava na West Main. Era bem possível que Casey já tivesse passado pela casa, presumindo que o diário baseava-se em fatos.

Mas ela resistiu à tentação de voltar para verificar. Continuou em frente e foi recompensada no instante em que alcançou o centro da cidade. Ao entrar na Main Street, descobriu que era exatamente como o diário descrevia. Toldos verdes com letreiros brancos por cima das lojas. O verde estava um pouco desbotado e o branco não era tão limpo quanto o diário descrevia, o que sugeria que já se passara algum tempo desde a "reforma urbana" que Jenny relatara.

Num lado da rua, havia uma loja de ferragens, uma farmácia, a sede de um jornal e uma Dunkin' Donuts. No diário, a Dunkin' Donuts era um armarinho e uma padaria, mas a troca era plausível, pensou Casey.

No outro lado da rua, havia uma mercearia, uma loja de flores, uma loja de iogurtes e outra de roupas de segunda mão. Ali também algumas coisas haviam mudado, como a loja de iogurtes no lugar da sorveteria e a loja de roupas de segunda mão no lugar da loja de Miss Jane. A troca de sorveteria para loja de iogurtes era coerente com a época, e Miss Jane não fora simpática com Jenny. Casey decidiu que o fechamento de sua loja seria uma justiça poética.

Havia carros estacionados enviesados ao longo da rua. Ela parou numa vaga, que por acaso era na frente do escritório do jornal. WAL-KER CITIZEN, dizia o letreiro branco no toldo verde, por cima da entrada. Casey decidiu que era um bom lugar para começar.

Saltou do carro e entrou. Havia três mesas na sala. Uma jovem estava sentada diante de um terminal de computador na primeira. A segunda mesa não tinha um computador nem qualquer pessoa, mas havia em cima dois telefones e várias folhas de papel. A terceira, na posição de supervisão, no fundo da sala, era maior do que as outras e por isso se destacava um pouco. Tinha um computador, mas Casey se concentrou no mesmo instante no homem que estava sentado ali. Era magro e tinha uma estranha aparência de adolescente, apesar das entradas profundas dos cabelos. Sabia muito bem quem ele era... e como sabia!

Ela seguiu direto para a mesa e estendeu a mão.

— Sou Casey Ellis, e você deve ser Dudley Wright III.

Dudley levantou-se, alto e desengonçado, oferecendo um sorriso largo.

— O próprio.

Ela olhou para a placa na mesa.

— Editor-chefe? — murmurou ela, provocante. — É muito jovem para ocupar esse posto.

O sorriso se tornou presunçoso.

— Assumi o posto de editor-chefe quando tinha trinta e dois anos.

A se acreditar no diário, ele queria ser editor-chefe quando completasse trinta anos.

— Trinta e dois anos? Isso é extraordinário! Um amigo meu tornou-se editor-chefe do jornal local aos vinte e nove anos. Mas também ele era um jornalista brilhante.

A frase final foi acrescentada porque uma alfinetada não fazia mal algum, decidiu Casey. E aquele homem também não fora muito com-

Pelo Amor de Pete

preensivo com Jenny. Ela dissera no diário que ele tinha vinte e seis anos na ocasião.

— Que idade você tem agora?

— Trinta e três — respondeu ele, um pouco murcho, tornando a se sentar. — Em que posso ajudá-la?

Sete anos, a se acreditar no diário... sete anos desde que Jenny escrevera a história.

— Estou à procura de Jenny Clyde... isto é, MaryBeth.

— Não se incomode. Ela se foi.

— Foi para onde?

— Morreu.

Casey soltou uma exclamação de espanto.

— Não!

— É verdade.

— Tem *certeza*?

O sorriso era outra vez presunçoso.

— Eu mesmo escrevi o obituário.

Casey estava aturdida. Imaginara que Jenny podia ser fictícia. Mas nunca imaginara que ela podia ter morrido. Não fazia sentido, não com a anotação de Connie. *Ela é parente.* O verbo no presente. *Como ajudar?* Indicava o futuro.

Dudley Wright III pareceu adquirir força com sua perturbação. Recostado na cadeira, ele entrelaçou os dedos por cima da cintura côncava.

— Para ser mais preciso, ela se afogou. Na pedreira.

— Não é possível.

Jenny estivera na pedreira com Pete. Era um lugar mágico. Ela fora feliz ali. Casey não podia imaginar como Jenny seria capaz de ir tão depressa da felicidade para a desesperança.

Isto é, ela podia imaginar. Sentira o desespero no diário. E havia as páginas que Casey ainda não encontrara. Ou pelo menos ela presumia que havia mais páginas. A história não acabara.

— É o que posso lhe contar.

Não era uma oferta.

Casey projetou alternativas. Como sabia que a cidade não demonstrava o menor interesse, Jenny poderia simplesmente ter se mudado, deixando para trás as pessoas que queriam acreditar que ela fora embora para sempre. E a morte era ir embora para sempre. Os habitantes da cidade podiam dizer isso para si mesmos. O afogamento na pedreira podia ser uma explicação para o desaparecimento.

— E Darden Clyde? — perguntou ela.

— Continua aqui. Ainda deixando todo mundo nervoso. Tem outra mulher agora. Ela se instalou em sua casa com os dois filhos. Ninguém sabe se são casados, mas ela deve atender a algumas necessidades de Darden, porque ele a mantém na casa. Mas ele mudou desde que MaryBeth se afogou. Já era difícil antes. Ninguém olhava atravessado para ele. Agora, a situação é ainda pior. Ele é cruel e insuportável.

Casey não podia imaginar por que alguma mulher se sujeitaria, junto com os filhos, a viver com um homem assim.

— Ele tem parentes aqui?

Os parentes de Darden podiam ser seus parentes.

— Não que algum queira admitir.

— Quer dizer que há?

Casey prendeu a respiração.

— Não. Eu estava apenas fazendo uma piada. Não há parentes.

Aliviada, ela soltou o ar dos pulmões. Por mais que ansiasse por parentes, não queria qualquer pessoa relacionada com Darden.

Havia perguntas a fazer — por exemplo, como e quando Jenny morrera —, mas Casey queria primeiro que a morte fosse confirmada. Por isso, ela disse:

— Obrigada. Você ajudou muito.

Ela encaminhou-se para a porta.

— Por que está fazendo perguntas sobre os Clyde? — indagou Dudley.

Casey voltou até a mesa. No caminho, tirou um cartão da bolsa pendurada no ombro. Entregou-o a Dudley.

— Sou psicoterapeuta. Li sobre MaryBeth. E queria conversar com ela.

— Leu sobre ela onde?

— Os jornais fizeram a cobertura do julgamento.

Casey estava pensando nos recortes no sótão de Jenny. Não respondia à pergunta, mas ele pareceu não perceber.

— Pode visitar a sepultura e conversar com ela tanto quanto quiser. Darden fez um pequeno santuário ali. — Ele olhou para o cartão. — Você é de Boston? Já estive em Boston. Não suporto o tráfego ali. Psicoterapia? Está escrevendo um livro?

— Talvez — respondeu Casey, porque Dudley parecia ser do tipo que ficaria impressionado com isso. — Depende do que puder descobrir.

Ela esperou que o jornalista dissesse alguma coisa... ficou parada ali, convidando-o a retirar as palavras anteriores e confessar que Jenny não morrera. Quando o silêncio se arrastou, ela perdeu a paciência.

— Tem o meu cartão. Se se lembrar de alguma coisa, eu agradeceria se me telefonasse.

Desesperada para falar com mais alguém — qualquer pessoa —, Casey voltou entre as mesas, saiu e atravessou a rua.

A lanchonete era bastante atraente, com um balcão, reservados e uma quantidade surpreendente de pessoas, às onze horas da manhã. Casey sentou-se num banco junto do balcão e pediu um café. Uma caneca foi posta na sua frente um instante depois. Mesmo nesse curto período, no entanto, ela teve a oportunidade de dar uma olhada no prato da mulher à sua esquerda.

— Esta omelete parece deliciosa — disse ela. — O que leva?

A garçonete respondeu no lugar da mulher:

— Carne moída e queijo Monterey Jack. Vai querer?

— Hum... quero.

Casey não sabia o quanto poderia comer enquanto especulava se Jenny morrera mesmo, mas calculou que um pouco de confraternização com os locais poderia levá-los a se abrirem mais.

— É fabulosa — confirmou a mulher à esquerda.

Ela era jovem, loura e atraente, mesmo um pouco amarfanhada, num jeans e uma camisa de flanela sem mangas. Um bebê dormia num carrinho ao seu lado.

— Se está de passagem e quer ter um gosto de Walker, esta omelete é o melhor que pode pedir. De onde você é?

— Boston. Você mora aqui?

— Durante toda a minha vida.

— Qual é a idade do bebê? — perguntou Casey, olhando com um sorriso para a criança toda de rosa.

— Quatro meses. Ela dorme muito bem agora, mas isso não vai durar muito se for parecida com os irmãos. É um prazer poder comer tranqüila enquanto posso. Para onde está indo?

— Vim expressamente para cá. Estou procurando MaryBeth Clyde.

A mulher franziu as sobrancelhas, num reconhecimento instantâneo.

— MaryBeth?

— A filha — especificou Casey, ao se lembrar que a mãe de Jenny também era MaryBeth.

— Ah, minha cara, MaryBeth morreu... — Ela chamou a garçonete. — Lizzie, há quanto tempo MaryBeth Clyde morreu?

— Sete anos — respondeu um homem à direita de Casey, que até aquele momento estivera conversando com um amigo. — Ela se afogou há sete anos.

— Sete anos? Tem certeza?

A garçonete confirmou.

— Foi mesmo há sete anos. Ela morreu na pedreira.

— Estava nadando?

— Ela saltou — disse o homem.

Casey sentiu uma pontada de angústia. Pensava no desespero que sentira em Jenny quando a mulher à esquerda disse:

— Não se sabe se ela pulou mesmo. Ninguém a viu. Encontraram as roupas lá em cima, e por isso presumiram que ela pulou.

— Pode-se culpá-la por isso? — indagou a garçonete. — Darden havia saído da prisão, e nunca existiu um filho-da-mãe pior neste mundo.

— Ora, Lizzie, Darden algum dia fez qualquer coisa de ruim pa ra você?

— Ele nunca deixa uma gorjeta — respondeu Lizzie. — Entra aqui como se tivesse o direito de ser servido na frente de todo mundo, e ainda reclama do preço da comida.

— Ele não é tão mau assim. Converso com ele de vez em quando. Teve momentos difíceis com a esposa, fez o que tinha de fazer e pagou o preço. E depois a filha se mata assim que ele volta para casa. Não é pouca coisa.

— Ela deixou um bilhete?

Casey ainda não estava disposta a aceitar que Jenny morrera. Recordou o final da última parte do diário. *Jenny Clyde estava pronta para alçar vôo.* Mas era apenas uma maneira de falar. Não podia ser considerada ao pé da letra. Casey interpretara como a declaração de que ela pretendia ir embora, deixar a cidade, escapar do pai.

— Não, não deixou — respondeu Lizzie, virando-se para a abertura da cozinha.

— E também não houve nenhum corpo — acrescentou a mulher à esquerda de Casey.

— Como?

— Nunca encontraram o corpo — explicou o homem à direita.

— Neste caso, ela ainda está viva — decidiu Casey.

— Não — insistiu o homem dois bancos depois. — A pedreira some com os corpos. Ela não foi a primeira a desaparecer ali. Todo mundo sabe disso.

A garçonete entregou a omelete de Casey. Ela não tinha certeza se poderia comê-la. Sua mente avaliava a maneira de pensar da cidade de Walker, sem se importar se Jenny morrera ou não, sem querer olhar muito longe.

— Fizeram uma busca?

— Até onde era possível — disse o homem à direita. Olhando para trás, ele gritou para um homem num dos reservados: — Martin, você participou da busca de MaryBeth Clyde, não é mesmo?

— A filha? Claro que sim. Procuramos por toda parte; no fundo da pedreira, através do bosque. O velho Buick estava no bosque, mas a garota desaparecera.

Casey também olhou para trás.

— Como é possível não se encontrar um corpo?

— Fácil — respondeu o homem ao seu lado. — Pode ter sido uma de duas coisas. Houve uma chuva forte no dia anterior à sua morte, e foi no auge da época das chuvas no verão. O rio estava transbordando. O corpo pode ter sido levado pela borda da pedreira, desceu pelas corredeiras e chegou ao grande lago, onde nunca poderia ser descoberto. O lago tem mais de trinta metros de profundidade em alguns pontos. Ou ela pode ter sido encontrada pela criatura da pedreira... que a devorou.

Jenny Clyde acreditava na criatura da pedreira.

— Há alguma possibilidade de que ela tenha deixado as roupas no alto da pedreira e ido embora a pé?

— Não sei como ela poderia ter feito isso — gritou o homem do reservado. — Havia pegadas de seu tamanho perto da pedreira. Seguiam até a beira e depois acabavam. Se ela deixasse as roupas e fosse embora, haveria pegadas em outra direção.

— Não é possível que ela tenha sido levada pela água por alguma distância, depois saiu e seguiu a pé? — especulou Casey.

— Ela seria encontrada — garantiu o homem à direita. — Não era do tipo que podia sumir em qualquer multidão. Tinha uma aparência estranha.

— Não era nada estranha — protestou a garçonete. — Era apenas visível, com os cabelos ruivos e todas aquelas sardas.

— Há maneiras de disfarçar essas coisas — argumentou Casey. — E se ela deixasse as pessoas pensarem que havia morrido, enquanto um amigo a levava para longe?

— Ela não tinha amigos — disse o homem à sua direita.

— Tinha um namorado — insistiu Casey.

— Não tinha, não.

— O nome dele era Pete.

A garçonete estalou a língua.

— Pete, o cara da motocicleta. Lembro-me disso. Só que ninguém o conheceu. Ninguém o viu. Ninguém ouviu a motocicleta.

Casey teve um pensamento súbito. Tinha a ver com uma mulher que estava desesperada e um homem que era bom demais para ser verdade. A mulher à esquerda desviou sua atenção:

— Acha mesmo que ela ainda está viva?

— Acho — disse Casey, impulsivamente.

— Neste caso, precisa conversar com Edmund O'Keefe. É o chefe de polícia. Ele estava lá.

— Edmund? Não é Dan?

Dan O'Keefe era o nome no diário.

— Edmund é o pai. Dan é o mais simpático dos dois, mas ele se foi.

# Pelo Amor de Pete

Casey teve um sobressalto.

— Ele se foi?

Se era outra suposta morte, ela não queria saber.

— Saiu da polícia, deixou a cidade — esclareceu o homem à direita, permitindo que Casey relaxasse.

— Uma pena — disse o homem dois bancos depois. — Dan era o melhor. Sua partida foi uma grande perda. Boa sorte com o chefe. Ele não é fácil.

# Dezoito

A delegacia ficava na garagem de uma pequena casa numa rua transversal da Main. A casa era branca, as janelas pintadas de um azul-claro. Tinha uma pequena varanda, sem cadeira de balanço, mas com algumas roseiras na frente. Eram muito bonitas, embora um pouco compridas e estreitas.

Casey parou atrás de uma radiopatrulha e atravessou o caminho de cascalho até a porta lateral da garagem. Havia uma trepadeira subindo pela parede ali; não era como a glicínia em sua pérgula, mas sim uma tapeçaria verde, também bonita. Ela podia apostar que era hera.

Ela abriu a porta de tela e entrou. O lugar estava sossegado. Havia mapas numa parede e cartazes de "Procura-se" em outra. Havia duas portas internas, uma das quais, Casey presumiu, devia levar para uma cela. Um jovem lia um jornal por trás da única mesa. Baixou-o quando Casey entrou, mas não disse nada.

— Oi — disse ela, jovial. — Não creio que você seja Edmund O'Keefe.

— Sou o assistente. Em que posso ajudá-la?

Casey calculou que aquele jovem não devia ter idade para votar, muito menos para ser policial, quando o afogamento ocorrera, há sete anos.

— Preciso falar com o chefe. É uma questão mais ou menos pessoal.

Ela falou num tom de conspiração, pensando que o resultado de uma investigação de suicídio, realizada pelo chefe de polícia, só podia ser pessoal.

— Pessoal, hein? Ele foi almoçar em casa. Se é pessoal, pode ir até lá. Sabe onde ele mora?

Casey coçou a testa.

— Hum... acho que me lembro... qual é mesmo a rua?

— Volte para a Main, vire à esquerda, percorra dois quarteirões, depois vire à direita. Como acabaram de pintar a casa, é possível que não a reconheça. Não é mais azul. Virou cinza-amarronzado. Uma novidade. Dot ainda não decidiu se gosta. Por isso, diga a ela que está muito bonita.

— Claro — respondeu Casey, sorrindo.

Ela se retirou antes que o homem pudesse fazer mais alguma pergunta. Num instante, voltou à Main Street. Virou à esquerda, percorreu dois quarteirões, virou à direita. A casa pintada de cinza-amarronzado tinha janelas pintadas de creme. Era a primeira à esquerda. Em estilo vitoriano. Casey achou-a muito bonita.

Parou na frente, atravessou o caminho cimentado, subiu os quatro degraus da varanda. O balanço ali tinha dois lugares, numa estrutura independente da casa. Ela chamou, espiando pela tela:

— Alô?

Teve de chamar de novo, antes que uma mulher atraente aparecesse. Sessenta e poucos anos, usava jeans e uma blusa passada, cabelos escuros, olhos bem separados, feições delicadas. Abriu a porta de tela com um sorriso.

— Olá.

Casey gostou de sua aparência e da falta de pretensão.

— Sou Casey Ellis, uma psicoterapeuta. Procuro informações sobre MaryBeth Clyde, a filha. Soube que seu marido conduziu a investigação sobre a morte dela. E gostaria de saber se ele está disposto a conversar comigo. Sei que vim num péssimo momento, pois devem estar almoçando. Mas vim de carro de Boston e terei de voltar daqui a pouco.

— Boston? — Dot mostrou-se ainda mais animada. — Temos um filho em Boston.

324    Barbara Delinsky

Ela fez uma pausa, para acrescentar em voz mais baixa:

— Ele é pintor. Meu marido não gosta, mas eu me sinto muito orgulhosa.

Casey gostou ainda mais da mulher.

— Sempre tive o maior respeito pelos artistas. Minha mãe também era uma espécie de artista.

— É mesmo? O que ela fazia?

Casey poderia ter dado uma resposta rápida e seguido adiante, se não sentisse que o interesse da mulher era genuíno.

— Tecia todos os tipos de coisas. Sua especialidade era o pêlo de angorá. Criava os coelhos, cortava o pêlo, tingia, fiava e tecia.

— Angorá é também uma raça de coelhos? Engraçado, sempre pensei que era de cabras. Ou de ovelhas.

— De coelhos também — confirmou Casey, com um sorriso, que logo se desvaneceu. — São criaturas adoráveis. Levei algum tempo, mas descobri um tecelão no meio-oeste que também tinha angorás e estava disposto a vir buscar nossos coelhos.

Preocupada agora, Dot perguntou:

— Sua mãe morreu de repente?

— Sofreu um acidente há três anos. Ainda está viva, mas apenas de certa forma. Nunca mais recuperou a consciência.

— Sinto muito. Deve ser terrível para você.

Casey respirou fundo, engoliu em seco, forçou um sorriso.

— É quase um alívio poder me concentrar em outras coisas, até mesmo no desaparecimento de MaryBeth Clyde.

— Muitos por aqui diriam que foi suicídio — advertiu Dot. — Como meu marido, para começar.

Ela gesticulou.

— Entre, por favor. Ele já almoçou bastante. E você? Não quer um sanduíche de presunto?

Casey sacudiu a cabeça em negativa.

— É muito gentil, mas comi uma omelete na lanchonete há pouco tempo. Obrigada.

Ela mal entrara na sala quando um homem veio dos fundos da casa. Era alto, cabelos grisalhos, a pele curtida pelo sol. Usava uma calça cáqui e uma camisa branca de mangas curtas. Casey não viu emblema nem arma.

— Ed, esta é Casey Ellis — disse Dot. — Ela quer...

— Sei o que ela quer. — A voz era rouca e profunda. Ele parou, os pés um pouco separados, as mãos nos quadris: — Ela quer informações sobre MaryBeth Clyde, mas não há nenhuma que não conste do relatório. Foi suicídio. E ponto final.

Casey já temia que a conversa tivesse terminado, antes mesmo de começar, quando Dot pegou-a pelo cotovelo, passou pelo chefe de polícia e levou-a para a sala de estar. Era uma sala agradável, ensolarada, elegante, ao estilo da dona da casa. Ambas irradiavam uma impressão rural, de simplicidade e franqueza, charme e inteligência. Na mulher, essa inteligência assumia a forma da sensibilidade. Na sala, assumia a forma das obras de arte penduradas nas paredes, molduras elegantes com retratos da família, biografias de sucesso nas mesinhas dos abajures e fascinantes almofadas bordadas nos assentos.

Casey pegou uma almofada. Era um desenho floral, feito com licença artística.

— Foi você quem fez isto?

— Eu bordei. Meu filho fez o desenho para mim.

Casey olhou para dois quadros por cima da lareira. Mostravam uma fazenda numa tempestade de neve. Exibiam a mesma liberdade artística da almofada.

— Ele também pintou os quadros?

— Pintou. — A voz mais forte, obviamente destinada ao marido, ela acrescentou: — Ele se tornou um sucesso. Sua obra está em exposição no momento em galerias de Nova York e Boston. Ele ganha a vida com seus quadros, o que não acontece com a maioria dos pintores.

— Ela não veio até aqui para ouvir falar de Dan — disse Edmund, juntando-se às duas.

— Não, não veio — respondeu Dot, paciente. — Veio perguntar sobre MaryBeth Clyde. Mas pelo que Dan sentia pela moça, nada mais apropriado do que falar sobre ele.

Casey estava confusa.

— Dan é o pintor? Presumi que havia outros filhos.

— Não há outros filhos — respondeu Dot. — Temos mais duas filhas, mas Dan é o único homem.

Casey olhou para as fotos da família. Mesmo a distância, podia perceber que havia vários netos.

Dot percebeu seu olhar.

— Cinco netos, até agora, das meninas. Dan ainda não encontrou a moça de seus sonhos.

— Ele tem o coração mole — interveio o pai, em tom de menosprezo. — Sentimental demais para ser um policial. Às vezes precisamos tomar decisões difíceis.

O que levou Casey de volta à sua causa.

— Como saber quando encerrar uma investigação?

— Por que tenho a impressão de que você discorda de minha conclusão? — especulou o chefe. — Não fui o único. Havia outros envolvidos... até mesmo meu filho, o coração mole. Ele disse logo que foi suicídio, puro e simples.

O suicídio *não* era puro e simples. Casey estava numa profissão que sabia disso. Também era bastante experiente nessa profissão para saber que uma mulher tão desesperada quanto Jenny Clyde podia de fato se matar.

Mas Casey também estava desesperada. O pai lhe pedira para ajudar Jenny. Não poderia fazer isso se Jenny estivesse morta. Era verdade que não lera o final de *Pelo Amor de Pete*. Nem sequer sabia se o diário tinha mais folhas. Ed O'Keefe não se mexera.

— O que a faz pensar que ela não morreu?

— Nada — respondeu Casey, se acalmando. — Apenas estranhei a falta de um corpo. Sei sobre o rio e sei sobre a criatura da pedreira. Mas não é possível que MaryBeth tenha saído da água e ido embora?

— Para onde ela iria? — indagou o chefe. — Não tinha amigos. Não tinha dinheiro. Não tinha qualquer experiência fora de Walker.

— Ela não poderia ter ido embora com Miriam Goodman?

Ele cruzou os braços.

— Em primeiro lugar, Miriam continuava na cidade quando MaryBeth desapareceu. Só se mudou para o oeste várias semanas depois. Mas sei o que está pensando. Acha que ela foi para outro lugar e depois se encontrou com Miriam mais tarde? — O chefe sacudiu a cabeça. — Verifiquei. Darden insistiu. Ele pensava a mesma coisa que você. É completamente maluco.

A última frase saiu em voz mais baixa. Casey tentou um ângulo diferente.

— Vamos supor, apenas supor, que ela ainda estivesse viva. Havia outros parentes com quem ela pudesse ir morar?

— Não.

— Alguém com quem ela pudesse ter entrado em contato nos anos transcorridos desde o seu desaparecimento?

— Ninguém.

— Nenhum namorado?

— Nenhum.

— Alguma pessoa com quem ela poderia se relacionar depois?

— Só Miriam. Como eu disse, só investiguei essa possibilidade porque Darden insistiu. Mas por que você quer saber de tudo isso? Está escrevendo um livro?

Se não fosse pela presença de Dot O'Keefe, Casey poderia dar a mesma resposta que dera ao jornalista. Mas não podia mentir diante de Dot.

— Não, não se trata de um livro. Apenas li um estudo do caso. Mais nada.

Ela se arrependeu de ter dito isso quando o chefe de polícia baixou os braços e perguntou:

— O que é um estudo do caso?

— Talvez não fosse um estudo do caso. Um diário. E também podia ser ficção.

Desanimada, ela olhou para os quadros na parede. Neve e todo o resto... era uma coisa positiva, porque a casa da fazenda tinha um brilho vermelho enevoado, como um farol na tempestade.

— Provavelmente não passa de ficção — murmurou ela, aproximando-se da lareira.

Olhou para as fotos menores em porta-retratos. Uma das filhas, com o marido e duas crianças. A outra filha, com o marido e três crianças. Havia uma foto de todos, com mais Edmund e Dot, além do que podiam ser outros parentes. E uma foto das duas filhas, Dot e Ed, mais um homem que Casey presumiu ser o filho, Dan.

E foi nesse instante que ela soltou uma exclamação de espanto.

— Ó meu Deus! — Casey comprimiu a mão contra o peito. — Ó meu Deus!

Dot veio se postar ao seu lado.

— O que foi?

Era Jordan. Seu jardineiro. O homem que trabalhara para Connie durante sete anos. Que parecia inteligente e refinado demais para ser apenas jardineiro. Que ainda não encontrara a mulher de seus sonhos. Cujo pai era policial. Cujo sobrenome não constava nos arquivos de Connie. Apenas Daisy's Mum.

— *Ó meu Deus!*

As palavras saíram agora involuntariamente, porque ela pensara em outra coisa. Em conseqüência, sua mente disparara, tentando ligar os pontos, absorver os desdobramentos.

— Algum problema? — insistiu Dot.

Casey conseguiu responder, quase balbuciando:

— Hã... não. Nenhum problema. Ele apenas parece com alguém que eu conheço.

A mãe, orgulhosa, sorriu para a foto.

— Um homem bonito, não é?


Casey não chegou ao carro com a pressa que sentia. Depois de um momento para procurar as chaves na bolsa, ela tirou do bolso da calça que usara no dia anterior o cartão que guardara ali, quando deixara a Daisy's Mum. Na ocasião, admirara o logotipo, mas lançara apenas um olhar rápido para o resto. Agora, ao se afastar da casa vitoriana cinza-amarronzada, com as paredes pintadas de branco, apertando o volante com toda a força, o cartão entre o indicador e o couro, ela examinou-o mais atentamente. No fundo, havia um número de telefone e o nome do proprietário.

D. O'Keefe. Não despertara qualquer atenção no dia anterior. Havia dezenas de O'Keefe na lista telefônica de Boston. Ela também presumira que o D era de Daisy. Ah, como presumira errado!

Presumira que Dan era de Daniel. Também errara nesse ponto. E o que mais presumira errado?

Dezenas de possibilidades afloraram em sua mente, enquanto seguia para o sul. A lentidão no primeiro trecho da estrada não ajudava. Ela acessou a caixa de correspondência de amigos e falou com a casa de saúde. Sentia-se cada vez mais impaciente, irritada demais para esperar passivamente por trás dos motoristas de sábado, sem qualquer pressa. Por isso, os olhos fixados na estrada durante todo o tempo, começou a buzinar e a ultrapassar os carros na estrada de apenas duas faixas. Acelerou ainda mais quando chegou à via principal. Queria voltar para Boston, o mais depressa possível.

Quatro horas e meia intermináveis depois de deixar os O'Keefe, Casey cruzou a ponte Tobin e entrou em Boston. Era o final da tarde. O tráfego diminuíra um pouco, e ela seguiu direto para Beacon Hill... mas não para sua casa. Foi para a Daisy's Mum, espremeu o Miata numa vaga mínima e atravessou a rua.

A loja estava fechada, mas ela já esperava por isso. Estava mais interessada nas portas laterais. Uma tinha o nome OWENS na placa da porta. Ela se desviou para a porta no outro lado.

O'KEEFE, informava a placa. Furiosa a essa altura, ela tocou a campainha. Esperou com as mãos nos quadris, a cabeça inclinada, os lábios contraídos.

— O que deseja?

A voz saiu pelo interfone. Não uma voz qualquer. A voz dele.

— Sou eu. Abra a porta.

Houve apenas uma breve pausa, mas o suficiente para que Casey compreendesse que ele também reconhecera sua voz. Houve um zumbido; a porta se abriu, com um estalido. Segundos depois, ela subiu correndo pela escada de pedra, bastante usada para que os degraus estivessem gastos no centro.

Jordan estava parado, com as mãos nos quadris, na porta aberta do segundo andar. Iluminado por trás, parecia maior e mais imponente do que nunca. Quanto mais Casey se aproximava, mais detalhes percebia. Ele vestia um short e uma camisa de malha. O queixo tinha a sombra da barba por fazer, os cabelos estavam desalinhados, os pés descalços.

Ela parou a um degrau do patamar, atordoada ao constatar como ele era bonito. A mãe estava certa nesse ponto. Não que Casey alguma vez tivesse pensado de uma maneira diferente. Bonito, sensual, um *expert* em jardim, um *expert* em fazer amor... assim era Jordan. Também estava nervoso, se a expressão da boca significava alguma coisa.

Casey não sabia por que ele estava nervoso. Afinal, ela é que havia sido enganada.

Espicaçada por esse pensamento, ela subiu o último degrau e foi direto para Jordan, dizendo:

— Tive um dia fascinante numa cidade chamada Walker. Dei uma volta, admirei a paisagem, comi uma omelete fabulosa de carne e queijo na lanchonete. E fiz uma visita ainda melhor... a seus pais.

— Eu sei — informou ele, numa tensão visível. — Acabei de receber um telefonema.

Casey recusou-se a ficar intimidada pelo que era uma irritação evidente de Jordan.

— Não paravam de falar sobre o filho Dan, mas não fiz a ligação até que vi a foto no consolo da lareira. Você *me* fez pensar que era um jardineiro.

— E sou um jardineiro.

— Parecia mesmo... com a barba por fazer, jeans rasgado, botinas sujas. Uma figura pouco respeitável... foi o que pensei. Não me disse que era um policial.

— Não sou um policial.

— Mas já foi. Perguntei, e você negou.

— Perguntou se alguma vez eu desejara me tornar policial. Respondi que não. E é verdade. Detestei cada minuto em que fui da polícia. Por que foi a Walker?

— Em busca de esclarecimentos. Você é um "coração mole", para citar seu pai. Mole demais. Por isso, tentou ajudar Jenny Clyde. Exortou-a a deixar a cidade antes que o pai saísse da prisão, só que ela não teve coragem suficiente. Por isso, ela ficou, e alguma coisa terrível aconteceu.

Um músculo pulsou no queixo de Jordan.

— Você leu o diário.

Pelo Amor de Pete

— Isso mesmo. Não tinha certeza se era real. Precisava ter certeza, porque meu pai me pediu para ajudar Jenny. Eu queria lhe prestar esse favor. Foi a primeira vez que ele me pediu qualquer coisa. Mas as páginas acabaram antes do fim. Comecei então a procurar. Não existia mais Little Falls nos mapas. Levei algum tempo para descobrir. Você não poderia ter me contado?

Jordan levantou a mão.

— Espere um pouco. Você não me perguntou.

— Você era o *jardineiro!* — exclamou Casey, sentindo-se traída por isso, em cima de todo o resto. — Não deveria lhe perguntar sobre Jenny Clyde. E presumi que as páginas que eu li eram confidenciais.

— Se eram, por que você foi fazer perguntas às pessoas em Walker?

— Não revelei o que havia lido. Queria apenas localizá-la, mais nada.

— A quem você perguntou?

— Isso tem importância?

— Claro que tem. Preciso saber com quem você esteve e o que disse.

Ele se parecia com um policial agora. Só que não era mais um policial. E Casey precisava conhecer primeiro as respostas que procurava.

— Jenny morreu?

— Perguntou isso em Walker?

— Todos pensam que ela morreu — declarou Casey, à guisa de resposta.

Jordan respirou fundo, mexendo com o ombro dircito. Quando deixou escapar o ar, a irritação pareceu se desvanecer junto. Passou a mão pelos cabelos e deixou-a atrás do pescoço.

— Ó Casey... — murmurou ele, num tom de desespero. — Precisava correr até lá?

O tom de Jordan deixou-a um tanto murcha. Tentou justificar a viagem.

— Claro que precisava. Não tinha outra maneira de obter respostas.

Ele massageou o ombro que estivera movimentando um momento antes.

— Mas não obteve. Apenas provocou problemas.

— Não provoquei nada — disse ela, aturdida. — Apenas fiz perguntas e depois fui embora.

O sorriso de Jordan era sombrio.

— É evidente que você nunca viveu numa cidade pequena. O telefonema que recebi há pouco era de meu pai, apenas para informar que você estivera em sua casa. A notícia já está se espalhando. Aposto que, pela manhã, quase todos em Walker saberão que você esteve lá e por quê.

— Só fiz algumas perguntas.

— Levantou dúvidas. Sempre que há uma morte violenta, sem um corpo para mostrar, surgem dúvidas. A morte de Jenny estava sepultada no passado. Agora, você ressuscitou o assunto.

Se ele tivesse gritado, Casey poderia ainda argumentar. Mas era difícil reagir ao tom de sensatez. Com cautela agora, ela perguntou:

— E que mal pode haver nisso?

Jordan estudou-a por um longo momento. Depois, acenou com a cabeça para a sala por trás e disse, resignado:

— Venha comigo. Você pode ler pessoalmente.

Ela se adiantou. Jordan fechou a porta e levou-a para outra sala. Era grande, minimalista na decoração, mas atraente e limpa. Ela não viu quadros... nem nas paredes nem em cavaletes. Além dos livros de arte empilhados em uma mesa de madeira simples, não havia qualquer indicação de que ele se interessava por pintura, muito menos que pintara os quadros que ela vira na casa dos pais.

Casey engoliu em seco. Passou os braços em torno de seu corpo. Não precisava ser informada de que ele era o dono daquela casa, assim como da loja lá embaixo. Naquele ambiente, Jordan irradiava autoridade. Ela fez um esforço para processar o fato de que seu jardineiro *bad boy* era um homem de maior habilidade e mais inteligência do que imaginara a princípio.

E ela queria chocar Connie ao ter um caso com ele? Que piada... e a piada era à sua custa! Connie não ficaria chocado. Longe disso. Ele não pedira, através do advogado, que Casey mantivesse o jardineiro? Poderia até se argumentar que Connie armara para os dois.

Ela descobriu que esse pensamento era humilhante. Só que não teve tempo para remoê-lo, porque Jordan voltou à sala principal com um envelope de papel pardo. Estendeu-o quando se aproximou de Casey.

— Creio que esta é a parte que falta para você.

# Dezenove

Little Falls

A cabeça erguida, Jenny quase que flutuava pelo lado da estrada, através de um ar tão claro que faiscava. O nevoeiro que passara a noite na cidade já havia se dispersado com o sol, proporcionando-lhe uma vista desimpedida de tudo por que passava. Ela tratou de aproveitar. Seus olhos procuraram as pessoas que em geral evitava. Encontraram Angie Booth e seus dois vira-latas, e todos os três surpreenderam-se com o seu sorriso. O mesmo aconteceu com Hester Johnson e sua irmã, que ficaram paralisadas no ato de remover a correspondência da caixa ao lado do portão de dobradiças enferrujadas. Nick Farina ficou olhando sem dizer nada, o que fez Jenny parar. Mas só até pensar em Pete. Depois, ela sorriu para Nick também.

Descobriu-se cantarolando. Era uma das canções que dançara no Giro's com Pete. Continuou a andar, no ritmo da canção.

O carro de Merle Little aproximou-se pela frente, passou por ela, diminuiu a velocidade. Jenny imaginou que Merle estava aturdido com seu sorriso, mas não olhou para trás. Em vez disso, sorriu para Essie Bunch, que parou de varrer a varanda para observar sua passagem. Embora não pudesse ver os Webster, os Cleeg ou Myra Ellenbogen, ela sorriu na direção dos sons da televisão que vinham de suas casas, e imaginou que os deixava espantados.

Jenny virou na esquina para a Main Street, onde as mesmas pessoas estacionavam os mesmos carros, da mesma maneira inclinada, como sempre faziam. Passou por baixo daqueles toldos de um verde-escuro, com os letreiros brancos, passou pelas mesmas pessoas sentadas nos mesmos bancos de madeira.

Os hábitos antigos também tinham dificuldade para morrer nela. Sentia-se nervosa porque todos a fitavam de tão perto. Mas hoje ela não baixou a cabeça e recusou-se a desviar os olhos. Depois de um instante de recordação, a mulher que Pete ajudara a encontrar dentro de si mesma fitou todos nos olhos e sorriu.

Continuou a andar até a última rua transversal, virou à direita, até a placa da Neat Eats. Miriam estava na cozinha grande, recheando cannoli com um cone de plástico. Levantou os olhos. As mãos ficaram suspensas durante vários acordes da música country, bastante animada, antes que ela batesse com o cotovelo no controle do rádio para desligá-lo.

— Você parece diferente outra vez, Jenny, e não é apenas por causa dos cabelos. — Miriam baixou o cone. — Hoje não é o dia em que Darden volta para casa? Você parece calma. Até mesmo... feliz?

Era assim mesmo que Jenny se sentia. E muito. O que temera por tanto tempo era agora iminente, e a situação não parecia mais tão desolada quanto ela pensara que seria. Opções. Esse era o segredo. Tinha opções agora.

— Eu queria lhe contar antes que soubesse por intermédio de outra pessoa. Vou embora de Little Falls.

— Não acredito.

Jenny sorriu.

— Mas vou mesmo. Com Pete. Lembra que eu lhe falei sobre ele?

# Pelo Amor de Pete

— Claro que lembro. O rapaz de botas e blusão de couro. Aquele que é um motoqueiro. Jenny... hum... o que sabe sobre ele?

Jenny desenhou um pequeno coração no açúcar de confeiteiro espalhado sobre a beira da mesa.

— O suficiente. E ele não é um motoqueiro, não no sentido que você pensa. Tem uma motocicleta, mas não faz parte de uma gangue. É o melhor homem que já conheci. Ele me traz coisas e me leva a lugares. Estivemos no Giro's na noite de domingo.

— Também fui lá. A que horas você apareceu?

— Tarde. Por volta de meia-noite.

— Não é possível. Fiquei lá de onze da noite a uma da madrugada. Eu a teria visto.

— Pode ter sido uma e meia. Não me lembro direito. Fizemos muitas coisas naquela noite.

A lembrança de tudo a fez corar.

Miriam olhou pela janela.

— Ele está lá fora?

— Não. Ficou em casa, aprontando tudo.

— Mas eu gostaria de conhecê-lo.

Jenny não queria correr qualquer risco. Pete era seu salvador. Era seu orgulho e alegria, o sonho de seu coração. Não queria que alguém o conhecesse e encontrasse qualquer defeito, só porque Pete lhe pertencia. Polida, ela disse:

— Não há tempo. Vamos partir esta noite.

— Esta noite? Puxa! — Mais cautelosa: — Seu pai sabe?

Jenny voltara a desenhar no açúcar, uma flecha através do coração dessa vez.

— Ainda não. Mas vamos esperar para vê-lo antes de partirmos.

Ela se atrapalhou com as penas da flecha e apagou tudo. Não tinha importância. Não precisava fazer desenhos. Tinha a coisa de verdade gravada dentro dela.

— De qualquer forma, eu queria avisá-la que não virei mais trabalhar.

— Não se preocupe. Como eu já disse, o movimento é mínimo.

— Eu queria lhe agradecer. Foi muito boa para mim.

Miriam fez uma cara triste. Limpou as mãos no avental e deu um abraço em Jenny, tão apertado quanto podia sem sujá-la de farinha de trigo. Deu um passo para trás em seguida.

— Para onde você vai?

— Para o rancho da família dele, no Wyoming. Se você passar por lá de carro, poderá me visitar.

— Como é o nome do rancho?

— South Fork. — Como Miriam parecesse cética, ela explicou: — Fica numa encruzilhada na estrada, logo ao sul de Montana.

— Hum... Parece uma maravilha. Boa sorte. Se você quiser que eu escreva uma recomendação, terei o maior prazer. Direi que sempre foi uma empregada da maior competência.

— Não vou mais trabalhar fora. Pete tem dinheiro. Além disso, estarei ocupada no rancho.

Miriam apertou sua mão, mesmo com a farinha de trigo.

— Fico contente por você. Ainda bem que vai embora. Precisa de um novo começo. Espero que tudo dê certo com Pete.


— Pete? — Dan O'Keefe segurava a porta de tela da garagem de sua casa, onde ficava a delegacia de polícia de Little Falls. A hera cobria a parede nos lados da entrada, tornando o lugar um pouco mais aprazível.

— É o mesmo de quem o reverendo Putty me falou ontem?

Jenny olhou além dele para a mesa, estantes, arquivos e equipamentos eletrônicos, tudo espremido num espaço reduzido. Recusou-se a permitir que o tom de dúvida de Dan arruinasse sua boa disposição.

— Ele vai me levar quando voltar para Wyoming. Só vamos ficar aqui até Darden chegar a casa.

— Ele virá de ônibus?

— Isso mesmo.

— No ônibus de 6h12? — Dan puxou mais a porta e gesticulou com o queixo para que ela entrasse. — Vamos conversar sobre isso.

A boa disposição de Jenny não se alterou. A delegacia de polícia continha recordações que ela não queria revisitar. Não planejara entrar. Já era bastante olhar para o lugar através da linda moldura de hera.

Mas Dan sempre a tratara melhor do que a maioria. Queria que Dan visse que ela estava calma agora, que sabia o que fazia e não tinha medo. Queria que Dan visse que ela era feliz.

Ele limpou a poeira do assento da cadeira de madeira na frente da mesa. Depois, sentou-se no canto da mesa.

Jenny ficou de pé por trás da cadeira de madeira, com os dedos enroscados no alto do encosto.

— Não quer sentar?

Ela sacudiu a cabeça, deu de ombros, sorriu num pedido de desculpa.

— Fomos terríveis com você, não é mesmo? Parecia mais velha do que dezoito anos naquele tempo. E por isso se tornava difícil lembrar que não era. Darden sabe que você vai embora?

— Ainda não.

— E sabe sobre Pete?

— Ainda não.

— Ele não vai ficar feliz.

Jenny sentiu sussurros do antigo pânico. Mas aquele antigo pânico vinha da confusão e culpa, tanto quanto do medo. Agora, tinha Pete para ajudá-la com o medo; e embora a culpa ainda persistisse, a confusão desaparecera. Não ficaria com Darden. Não viveria mais assim. Pete lhe dera uma opção. Ela sabia o que tinha de fazer.

Os sussurros se desvaneceram. Ela se empertigou ainda mais, respirou fundo e disse, com um sorriso:

— Eu disse a Darden que estaria aqui quando ele voltasse. Por isso, vou esperá-lo. Mas depois irei embora. Ele passou seis anos na prisão. Eu também. Ele vai sair, e eu também. Ele quer voltar para cá, mas eu quero ir embora. Estou com vinte e quatro anos. Tenho o direito de decidir o que quero fazer com o resto da minha vida.

— Não precisa me convencer — declarou Dan. — Afinal, há muito tempo venho lhe dizendo para ir embora. Só gostaria que tivesse partido mais cedo... teria uma vantagem maior.

Jenny não estava preocupada.

— Ele não vai me encontrar.

— Darden não poderá deixar o Estado sem autorização. É uma das regras do livramento condicional. — Dan flexionou o ombro, como se estivesse dolorido. — Claro que ele pode fazê-lo mesmo assim. Mas, se isso acontecer, irão atrás dele. Não quer me dizer onde poderei encontrá-la, para que eu possa alertar as autoridades se houver algum problema?

Jenny sacudiu a cabeça.

— Você seria o primeiro a quem Darden perguntaria.

— E eu nunca lhe diria. Sabe que estou do seu lado.

— Dan alteou as sobrancelhas. — Acha que ele vai me torturar para revelar?

Depois de uma risada, Dan acrescentou: — Sou mais alto e mais forte do que ele. Além disso, represento a lei. Ele não vai me fazer nada.

— As pessoas fazem coisas malucas quando estão desesperadas.

— Darden não é tão maluco assim.

— Ele é mau. Você mesmo disse isso. — Com um ímpeto de renovado excitamento, Jenny acrescentou: — Além do mais, Pete e eu passaremos algum tempo viajando. Podem se passar semanas antes de chegarmos ao rancho.

— Talvez seja melhor eu conhecer esse Pete. Assim, poderei afiançá-lo se Darden alegar que você foi levada contra a sua vontade. Ele está por aqui?

Eram onze e meia. Pete podia estar dormindo. Ou tomando banho. Ou lavando sua roupa. Jenny se oferecera para fazer isso, mas Pete recusara. Dissera que já era luxo suficiente ter uma máquina de lavar e uma secadora para usar, depois de dias na estrada, e que não queria tê-la como sua escrava. Até pegara algumas roupas de Jenny para lavar junto com as suas. Ela tinha nove anos na última vez em que alguém lavara qualquer coisa por ela.

— Ele tem uma motocicleta? — perguntou Dan, com um sorriso provocante. — Se bem me lembro, houve um tempo em que você também queria ter uma. E não faz tanto tempo assim... quando foi, há três ou quatro anos, na ocasião em que o neto de Nick Farina apareceu na cidade de motocicleta? O velho Nick ficou furioso. Detestava o som da motocicleta. Você parava e admirava a motocicleta cada vez que passava. E o velho Nick detestava isso também. Quase teve um infarto quando o neto considerou a possibilidade de vender para você. Acho que Nick teria se mudado para não ter de ver e ouvir a motocicleta todos os dias. É estranho... ele não tem se queixado da motocicleta de seu Pete.

Jenny sorriu.

— Quando se anda muito depressa, ninguém vê nem ouve.

— Nunca ouvi falar disso, Jenny Clyde.

Dan examinou-a, da maneira que indicava que sabia muito de uma porção de coisas; e por um instante, um breve instante, Jenny teve vontade de abraçá-lo, por ser mais gentil do que a maioria. Mas depois o impulso passou. Ele esfregou o ombro de novo, o rosto franzido agora.

— Eu me preocupo com você. O reverendo Putty diz que você passa o dia inteiro deitada, de camisola.

O sorriso de Jenny tornou-se tímido.

— O reverendo Putty está enganado. Só ponho a camisola quando ele aparece.

Ela permaneceu atrás da cadeira pelo tempo suficiente para perceber que Dan compreendera a insinuação. Depois, encaminhou-se para a porta.

— Tenho de ir agora. Só queria me despedir. Lamento muito se minha partida criar mais trabalho para você.

— Para mim?

— Com Darden.

— Posso cuidar de Darden.

Jenny acenou com a cabeça, ofereceu um derradeiro sorriso e foi embora.

Faltavam dez minutos para o meio-dia e fazia calor quando alcançou a escola. Ela tirou o blusão e amarrou-o na cintura. Sentou na extremidade do muro de pedra baixo que cercava o playground e sorriu, ao longo de dez minutos das primeiras recordações da infância. E não importava que fossem em parte reais, em parte inventadas. As pessoas precisavam de lembranças felizes, assim como precisavam de avós e tias que as haviam adorado.

A campainha tocou ao meio-dia em ponto. Joey Battle foi uma das últimas crianças a deixar a escola. Desceu os degraus tropeçando, numa acalorada discussão com outro menino, que lhe deu um violento empurrão e correu. Joey levantou-se, com uma expressão de fúria incontrolada, pronto para sair em perseguição do menino. E foi nesse instante que avistou Jenny. Ao se aproximar dela, a expressão de Joey já passara de fúria assassina para mágoa.

Os dois foram andando juntos. Jenny levantou o boné de beisebol, para poder ver os olhos de Joey.

— O que aconteceu?

— Ele me chamou de mutante.

— Ser um mutante não é tão ruim assim, se significa que você é diferente dele. Deu para perceber que é um valentão que gosta de atormentar os outros.

— Os outros garotos gostam mais dele do que de mim.

— Não gostam dele. Apenas têm medo.

Pelo Amor de Pete

— Eu gostaria que tivessem medo de mim.
— Não, não gostaria. Quer que gostem de você. E vão gostar.
— Quando?
— Quando começar a gostar dos outros. É contagioso. Ele chutou uma bolota de carvalho.
— As crianças gostavam de você?
— Algumas.
— Porque você gostava delas?
— Isso mesmo.
— Então por que não gostam de você agora?
— Talvez seja porque têm medo de mim.
— Eu não tenho medo de você.

Era um dos motivos, mesmo tirando a semelhança entre os dois, pelos quais eram amigos. Jenny gostaria de poder levá-lo quando fosse embora, mas não podia. Gostaria de poder facilitar a vida para ele em Little Falls, mas também não podia fazer isso. Só podia torcer para que Joey se lembrasse dela como alguém que o amara — mãe substituta, tia, irmã, seja quem for que ele simulasse —, e sorrisse de vez em quando da recordação.

Ela coçou o alto do boné que cobria os fios de cabelos ruivos, que eram tudo o que Selena deixara dos cachos. Mal baixara a mão quando os dedos de Joey subiram para segurá-la. Jenny sentiu uma profunda emoção.

— O que veio fazer aqui? — perguntou o menino.
— Vim me despedir. Vou embora.
Ele fitou-a nos olhos.
— Para onde você vai?
— Wyoming.
— Quando voltará?

Era quase mais uma acusação do que uma pergunta. Jenny não podia dizer a verdade. Sentindo uma pontada de culpa e mais do que um pouco de tristeza, ela respondeu:

— Não por algum tempo.
— Quando?

Como explicar a uma criança?

— Não quero que você vá embora!

A pressão no coração de Jenny tornou-se ainda mais intensa.

— Pensa assim porque somos amigos.

— Por que você vai embora?

— Tenho de ir.

— Por quê?

— Porque conheci um homem...

Joey retirou a mão e saiu correndo. Mas Jenny tinha as pernas mais compridas. Alcançou-o num instante.

— Isso sempre acontece! — exclamou Joey, quando ela o deteve. — Primeiro mamãe, e agora você.

— Não.

— É, sim!

— Não. — Jenny abaixou-se e manteve-o imóvel. — Não é a mesma coisa comigo. Mas não posso continuar aqui, Joey. Meu pai vai voltar.

— E daí? Você disse que ele não matou sua mãe.

— Não, não matou. Mas fez outras coisas. Faz outras coisas. Não posso ficar.

— Leve-me com você.

— Não posso.

— Por que não?

— Porque não posso.

— Por que não?

Jenny abraçou-o, como faria com seu próprio filho. Nesse breve instante, permitiu que a angústia da partida a dominasse. Sentiu um aperto na garganta. Os olhos ficaram cheios de lágrimas. Sentia-se mais triste do que julgara que seria possível. Subitamente, o pavor se insinuou. Algum tempo passou antes que ela fosse capaz de sussurrar:

— Eu gostaria de poder explicar, mas você é pequeno demais. E não tenho as palavras.

— Wyoming fica longe?

— Fica.

Pelo Amor de Pete

— Você voltará algum dia?

Ela hesitou, mas acabou murmurando:

— Não.

— Nunca mais verei você?

Jenny recuou um pouco, para poder ver o rosto do menino, sardento, empoeirado, agora manchado de lágrimas.

— Vamos nos ver de novo. Só que não aqui.

— Onde?

— Em algum outro lugar.

— Onde?

— Não sei.

— Então como sabe que tornará a me ver?

Jenny pensou em Pete, como ele aparecera de repente, no momento em que já perdia a esperança. Sentiu uma súbita convicção. E disse, a voz suave:

— Porque sei.

O menino parecia estar prendendo a respiração.

— Tem certeza?

Ela acenou com a cabeça, positiva. E sorriu.

— Será uma surpresa. Você não estará me esperando, e de repente... vai me descobrir na sua frente! Juro. Será assim que vai acontecer.

— Talvez no próximo ano?

— Talvez.

— Ou quando eu crescer?

— Quem sabe?

Ela passou os polegares pelas faces de Joey, para remover as lágrimas. Os olhos do menino iluminaram-se subitamente.

— Quando acontecer, você me levará ao Chuck E. Cheese?

Jenny acenou com a cabeça em concordância.

— Está bem. — Sorrindo agora, Joey começou a se afastar. — Tenho de ir agora.

Jenny observou-o sair correndo pela rua, levando um pequeno pedaço de seu coração. A dor foi intensa e rápida, reprimida apenas pela vontade mais determinada.

Depois, permitindo-se apenas bons pensamentos, ela foi para o armazém.

Comprou batatas, cenouras e carne. Comprou tapioca. Comprou Rice Krispies e marshmallow. Esbanjou mais um pouco, e comprou refeições prontas para almoçar com Pete. Esbanjou ainda mais e comprou outras refeições prontas, para guardar na geladeira. Com precaução, também levou um saco de rosquinhas salgadas.

— Parece que vai dar uma festa — comentou Mary McKane, enquanto somava a conta.

— Talvez — respondeu Jenny, com um sorriso, enquanto pegava a sacola.

O pensamento de seguir Pete até o fim do mundo manteve o sorriso em seu rosto durante a maior parte da caminhada para casa. Foi só quando a casa apareceu à vista, ainda distante, que ela sentiu alguma apreensão.

Passou a andar mais depressa. A apreensão aumentou. Ela passou a sacola para o outro lado e acelerou. Estava praticamente correndo quando alcançou a casa e viu a motocicleta, ao lado da garagem... e mesmo assim não se sentiu melhor até que entrou na cozinha e deparou com Pete no fogão. Arriou contra a parede, aliviada. Bastou um olhar para que ele compreendesse.

— Pensou que eu havia ido embora — disse Pete, enquanto pegava a sacola. — Mas não fui. Já expliquei. Não partirei sem você. Por que não acredita?

— Porque às vezes ainda não posso acreditar que você é real.

— Pareço real?

— Parece.

Ele pôs a mão de Jenny em seu coração.

— E me sente como real?

Ela sentiu o coração pulsando. Acenou com a cabeça.

— E então?

Diga a ele, Jenny. Não posso. Conte tudo. Não posso correr o risco. Ele a ama. Mas será que ama tanto assim?

Jenny cobriu o rosto com a mão. Pete afastou a mão, puxou-a e murmurou, no calor suado de seus cabelos ruivos:

— Fiz um chocolate quente para compensar o tempo que dormi durante o desjejum. Mas agora faz calor lá fora. Você vai preferir uma coisa gelada.

— Chocolate quente é minha bebida predileta.

— Foi o que imaginei — disse Pete, com o tipo de sorriso que deixava bambos os joelhos de Jenny, fazia seu coração se derreter. — Encontrei três latas grandes de chocolate no armário.

— Tomarei um pouco agora.

— Não está muito quente?

Jenny sacudiu a cabeça em negativa. Sentou à mesa e imaginou a neve caindo lá fora, enquanto esperava pelo chocolate quente.


Nos primeiros meses depois da morte da mãe, Jenny passava a maior parte do tempo na cozinha, no quarto extra lá em cima e no sótão. Dan mandara alguém limpar o sangue da sala, mas ela não suportava entrar ali; quanto aos quartos, tinham seu próprio horror. Dois anos transcorreram, desde a prisão de Darden, antes que ela voltasse a dormir em seu próprio quarto; e mesmo assim só depois de ser expulsa do quarto extra por um guaxinim; e, mesmo assim, só depois de esfregar a cama de alto a baixo.

Seis anos depois, ainda evitava a sala. O quarto partilhado pelos pais era faxinado duas vezes por ano. Ela mantinha a porta fechada no resto do tempo.

Abriu-a na tarde de terça-feira, carregou as caixas que esperavam na garagem e encheu-as com as coisas da mãe. Não dobrou nada. Não parou para olhar qualquer coisa ou recordar. Fechava uma caixa e passava para a seguinte. Quando ficava cheia, fechava-a também e pegava outra. Durante todo o tempo, amaldiçoava Darden por não querer fazer aquilo pessoalmente, por não se importar em fazer, como uma maneira de se despedir da esposa.

Estava punindo Jenny, é claro. Ela sabia disso. Era outro de seus pequenos jogos mentais, a fim de manter a culpa viva. O que conseguiu, até certo ponto. Mesmo correndo, mesmo se recusando a olhar para uma única blusa, combinação ou saia, mesmo depois das longas conversas com Pete e as resoluções que tomara, Jenny ainda sentia culpa, angústia e arrependimento.

Mas parou de repente. Sua mente rebelou-se e fechouse. Culpa, angústia, arrependimento... ela guardou junto com as últimas coisas da mãe, fechou a caixa e saiu.

A banheira estava cheia de espuma, com uma fragrância de lilás. Subia acima da superfície, num campo rompido apenas pela cabeça e os joelhos de Jenny. Ela mantinha os olhos fechados, até que ouviu Pete na porta.

— Oi — disse ele.

Jenny sorriu, tímida, porque ele era homem, e isso ainda era novidade para ela.

— Está gostando?

Ela acenou com a cabeça em confirmação.

— Achando estranho.

— Triste por ir embora?

— Um pouco. Não é estranho?

— Não. Esta casa tem sido toda a sua vida.

Pete foi se sentar na beira da banheira. Encontrou os dedos de Jenny na espuma.

— Você não seria humana se não se sentisse um pouco triste.

— Que horas são?

— Cinco. O ensopado está quase pronto. Então é essa a refeição predileta dele?

Era mesmo. Ensopado, pudim de tapioca, Rice Krispies e cerveja.

— Se eu o odeio, por que me importo?

— Porque você é generosa. Esta é a primeira refeição feita em casa que ele terá em mais de seis anos.

— Não sou generosa. Estou apenas tentando agradá-lo um pouco. Ele ficará furioso quando souber que vou deixá-lo. A situação pode se tornar desagradável.

— Posso cuidar de qualquer coisa desagradável, desde que possamos estar longe daqui até meia-noite. É quando a motocicleta se transforma em abóbora.

Jenny sorriu.

— Meia-noite. Está certo. Não esquecerei.

Ele beijou-a à última palavra, fazendo Jenny levar a mão a seu ombro. Pete recuou e começou a tirar as roupas. Quando ficou nu, Jenny já arrumara espaço para ele na banheira. Outro minuto se passou antes que Pete a acomodasse em seu colo, para penetrá-la no instante seguinte. Não demorou muito para que Jenny sentisse o crescendo de pequenas explosões, no fundo de seu coração.

Prévias das próximas atrações, pensou ela. Manteve a imagem, com um sorriso, ao longo dos beijos demorados, enquanto saía da banheira e se enxugava. O sorriso desapareceu quando pôs o vestido florido enviado por Darden. Já havia sumido por completo quando saiu da casa com Pete.

— Não quer mudar de idéia e me deixar acompanhá-la? perguntou ele.

Quando sacudiu a cabeça, Jenny sentiu o movimento de menos cabelos do que Darden esperava encontrar. Ele não ia gostar nem um pouco quando a visse.

— Posso guiar para você. Serei seu motorista.

Se fosse possível, pensou ela, enquanto se encaminhava para a garagem.

— Mas você não tem habilitação.

— Sei guiar.

Jenny vinha ligando o Buick e dando uma volta uma vez por mês, há mais de seis anos. Às vezes até se afastara da casa por uma boa distância. Claro que sabia guiar. Talvez não muito bem. Mas para ir até a cidade não precisaria dar ré, o que tornava tudo mais fácil.

— E se alguém a detiver?

— Quem faria isso? Qualquer pessoa ligará para a delegacia, mas o chefe estará em casa, jantando, e Dan estará no centro, esperando o ônibus.

— Ele lhe disse isso?

— Não. Mas conheço Dan.

E Jenny sentia-se contente por ele estar presente. Não sabia o que Darden faria quando visse seus cabelos.

Jenny sabia que ele não lhe daria uma surra. Não era o seu estilo. Em vez disso, exploraria sua fraqueza, ressuscitaria o sentimento de culpa e o atiçaria até que se tornasse dez vezes maior do que o tamanho normal, até que fosse tão opressivo que ela não conseguiria mais respirar, até que ela estivesse disposta a fazer qualquer coisa, absolutamente qualquer coisa, para que encolhesse de novo.

Se isso acontecesse, ela poderia perder sua determinação. Jenny virou-se e pôs as mãos nos ombros de Pete.

— Você tem de estar aqui quando voltarmos. Promete, Pete?

Ele fez o sinal-da-cruz sobre o coração.

Jenny poderia ter perguntado uma dúzia de vezes e ainda assim não se sentiria segura, não por falta de fé em Pete, mas por medo de Darden. Mas tinha de partir agora. Não seria nada bom se chegasse atrasada.

Por isso, ela entrou no Buick, virou a chave na ignição e fez o velho motor pegar. Momentos depois, seguia em ziguezague pela estrada, a caminho do centro da cidade.

# Vinte

Não deveria estar escuro às 6h12, mas as nuvens haviam se acumulado, por causa do calor durante toda a tarde. Eram tão densas que ocultaram por completo o sol descendo para o horizonte. Só restava uma semi-escuridão sufocante.

Jenny ouviu o ônibus primeiro, um rumor de advertência vindo do outro lado do aclive na estrada. Quase que podia sentir o cheiro de diesel e poeira antes que se tornasse realidade, quando o enorme veículo entrou na cidade. O ônibus parou na frente do Buick, sibilando e gemendo. Enquanto Jenny observava a porta foi aberta.

Nada aconteceu a princípio. Jenny ficou olhando para a porta, olhando sem piscar, enquanto fazia um esforço para respirar. Todos os obstáculos imagináveis para impedirem o retorno de Darden afloraram em sua mente, todas as complicações imagináveis que podiam evitar que ele desembarcasse daquele ônibus, tudo por que orara tantas vezes. Por favor, Deus, faça com que ele prefira ir para outro lugar. Não se importava com o lugar, desde que fosse longe dela.

E, depois, ele apareceu, e o coração de Jenny murchou. Darden usava a calça e a suéter que ela levara em sua última visita, e carregava uma pequena mochila, contendo seus pertences pessoais. Desceu um degrau, depois o outro, e pisou no chão, olhando para Jenny.

Não parecia muito firme e dava a impressão de ser mais velho do que os seus cinqüenta e sete anos. Jenny especulou se ele estaria doente ou se a liberdade o deixara abalado.

Mas ela, por sua vez, não se sentiria abalada pela liberdade. Ao contrário, recebia a liberdade de braços abertos. Só precisava sobreviver àquele dia.

— Oi, papai. — Ela percorreu a curta distância até o lugar em que ele parara, beijou-o no rosto e pegou a mochila. — Como foi a viagem?

Darden continuou a fitá-la. Por trás dele, a porta desdobrou-se e fechou. O ônibus partiu, com um zunido. Mesmo assim, Darden não se mexeu. Parecia aturdido.

— Onde estão seus cabelos? — perguntou ele, finalmente, a voz estrangulada.

Um acidente no trabalho, ela poderia dizer. Queimara-os quando o forno dera um defeito. Escapei por pouco, ela poderia dizer. Foi uma sorte ter sobrevivido, ela poderia dizer.

— Cortei.

— Mas gosto dos seus cabelos compridos. Quero que fiquem compridos. Quero sentir seus cabelos compridos, MaryBeth. Por que você cortou?

Machucara o braço, ela poderia dizer. Não conseguia lavar ou escovar os cabelos compridos, e por isso os cortara. Era o que poderia dizer. O braço estava melhor agora. Obrigada.

— Eu detestava meus cabelos compridos... sempre detestei.

A voz definhou no final, de tão assustador que era o olhar furioso de Darden.

— Então é essa a recepção que tenho ao chegar a casa? É isso que ganho depois de passar mais de seis anos na prisão? É a minha recompensa por sonhar noite após noite sórdida com seus cabelos? Como pôde fazer isso comigo, meu bem? Eu adorava seus cabelos compridos.

A culpa, ah, a culpa... Mantenha a calma. Ele é meu pai. Não importa. Ele não pode obrigá-la a fazer qualquer coisa que você não queira fazer. Ele vai tentar. Você sabia que ele tentaria, mas não é mais uma criança.

— Eram apenas cabelos, papai.

— Você cortou pouco antes de minha volta para casa, sabendo como eu me sentia, sabendo que esperei por tanto tempo. Fez isso para me magoar.

— Não.

Mas fora exatamente esse o motivo.

— Ei, Darden, como você está? — perguntou Dan O'Keefe, saindo do escuro.

Darden continuou a fitar Jenny por um longo momento, antes de reconhecer a presença de Dan com um aceno de cabeça.

— Estou bem.

Jenny olhou firme para Dan, suplicante, implorando com um fluxo de ondas cerebrais para que não dissesse uma só palavra sobre sua partida... e não mencionasse Pete, o que seria ainda pior. Ela própria contaria tudo a Darden, quando chegasse o momento apropriado.

— Quer dizer que você caiu fora — disse Dan.

— É o que parece.

— MaryBeth cuidou muito bem da casa para você. E deve se sentir orgulhoso por ela ter feito tudo sozinha. Recebi outro dia um telefonema de seu agente da condicional. Ele disse que você está pensando em reabrir seu negócio.

Darden deu de ombros.

— Não sei quanta mudança há para fazer. Não sei o que as pessoas vão pensar de contratar um ex-condenado para cuidar de sua mudança. As chaves do carro, Mary-Beth? Está na hora de ir embora.

Ele deu a volta para o lado do motorista do Buick. Dan tirou a mochila de Jenny e jogou-a no banco traseiro. Fechou a porta do carro depois que ela entrou e sentou. Jenny não precisava fitá-lo para saber o que ele pensava: Ligue-me se houver algum problema, Jenny. Ligue-me a qualquer momento, e farei tudo o que for possível.

Mas ele não podia ajudar. Com Darden de volta, ninguém podia ajudar.

Darden ligou o Buick, fez uma volta em U e acelerou através da cidade. Quando chegaram a casa, a chuva fina já se transformara num aguaceiro. Ele parou na garagem, saltou e pegou Jenny pela mão, no momento em que ela se preparava para correr até a casa.

— Venha até aqui, meu bem — murmurou ele, puxando-a.

— Dê um abraço no papai.

Jenny tentou fingir que era inocente, que era o tipo de abraço que pais sempre davam em filhas. Passou os braços em torno dele e apertou. Ignorou a boca de Darden em seu pescoço, a maneira como ele curvava o corpo para colar no seu. Mas ela não pôde suportar por mais que um segundo. Por isso, soltou um grito e exclamou:

— Oh, não! — Jenny tentou se desvencilhar. — O ensopado vai queimar! Tenho de dar uma olhada!

Ele continuou a segurá-la.

— Preciso mais disso do que de comida.

— Mas eu me esforcei tanto, papai. — Ela desvencilhou uma parte do corpo de cada vez. — Eu sabia que você detestaria meus cabelos. Por isso, esforcei-me para fazer o jantar direito. Por favor, não o deixe estragar, está bem?

Darden largou-a. Ela forçou um sorriso, mas desapareceu no instante em que saiu para a chuva. Correu para a casa e foi direto para o fogão, ignorando as roupas molhadas.

Pete estava no sótão, arrumando as últimas coisas que levariam. Em sua imaginação, viu-o lá em cima, esperando como haviam combinado, deixando-a conversar com Darden pela última vez. Mas ele estava escutando, Jenny tinha certeza. Mantinha o ouvido próximo do chão, no ponto por onde subiam as vozes de baixo. Desceria num instante, se Darden tentasse qualquer coisa. Desceria de qualquer maneira, quando chegasse o momento.

E ela se apegou a esse pensamento.

Darden largou a mochila no chão. Pegou o pano de prato na barra da porta do forno e enxugou a chuva do rosto e do pescoço. Jenny tirou-o dele em troca de uma cerveja.

— Sua cerveja predileta. Seja bem-vindo de volta.

Ele levou a cerveja à boca, inclinando a cabeça para trás. A cerveja passou ruidosa pelo pomo-de-adão, várias vezes. Quando ele endireitou a cabeça, a garrafa estava vazia.

Darden foi abrir a geladeira e pegou uma segunda garrafa.

— Um dia de merda. Primeiro, o ônibus. Depois, seus cabelos. Dan O'Keefe me vigiando. Fui mais vigiado nos últimos seis anos do que em todos os dias anteriores de minha vida.

Ele passou um braço pela cintura de Jenny. Roçou os lábios por sua orelha.

— Mas a única pessoa que eu quero que me vigie agora é você, MaryBeth. Entendeu?

Ela tentou respirar fundo, engasgou e começou a tossir. Levou algum tempo para conseguir parar. Limpou o nariz e os olhos.

— Não me sinto bem... — sussurrou ela.

— É por causa do vestido molhado. Vá trocar de roupa. Deve ter outra coisa bonita.

Jenny tinha o vestido que comprara na loja de Miss Jane. Subiu correndo a escada para seu quarto. Tirou o desprezível vestido florido e remexeu no closet, angustiada, à procura de outro.

— Pete? — sussurrou ela, erguendo a cabeça na direção do sótão. — Você está aí?

— Claro que estou. — Ele levantara o alçapão. Não parecia nem um pouco satisfeito. — Não estou gostando nada da situação, Jenny. E cansei de esperar no sótão. Vou descer.

— Não.

— Você pode me apresentar. Diremos a ele que vamos embora e depois partiremos. Ele pode se servir do ensopado.

— Não! Devo isso a ele. Por favor. Apenas o jantar.

— Com quem você está falando, meu bem? — gritou Darden.

Ela virou-se, comprimindo contra o peito o vestido de Miss Jane.

— Não estou falando com ninguém. Apenas respirando fundo.

Ele entrou no quarto.

— Podemos deitar um pouco, você e eu.

— Não, não... Estou bem. Quero servir o jantar. Está pronto.

Ele estendeu a mão e puxou o vestido.

Jenny conhecia aquela expressão faminta e segurou o pano com toda a sua força.

— Largue, MaryBeth.

— O jantar... — suplicou ela.

— Deixe-me ver... só por um instante.

Mas Jenny ainda resistiu. Foi quando Darden disse seu nome com uma voz mais dura, uma voz que dizia que imporia sua vontade mesmo que tivesse de amarrá-la para conseguir, que quanto mais ela lutasse, mais excitado ele ficaria, que "ver" seria o mínimo que poderia acontecer se ela não cedesse.

Por isso, Jenny soltou o vestido. Baixou a cabeça e, como nos velhos tempos, enviou a mente para aquele lugar especial em que a angústia e a vergonha não podiam alcançar. Só que sua mente não ficaria ali dessa vez. Voltou no mesmo instante ao quarto e a Darden, com um desespero que deixou seu estômago embrulhado. Um grito se avolumou no fundo da garganta e ameaçou ressoar pela noite.

Mantenha a calma. Ela escutou a chuva no telhado de ardósia. Mantenha a calma. A decisão já foi tomada.

— Preciso do meu vestido.

Ele entregou-o.

— Não sei o que há de errado com você. Eu a amo, meu bem. Adoro olhar para você, adoro tocar em você. É verdade que já passou algum tempo, mas você gostava.

— Jamais gostei — murmurou ela, para as dobras do vestido.

Mal o vestido caíra pelos quadris quando ela passou apressada por Darden e desceu.

As mãos tremiam enquanto mexia e servia o ensopado. Tentou se animar pensando em Pete, no Wyoming, na liberdade, no amor. Mas era difícil com Darden tão perto. Ele tinha um jeito de sugar tudo de bom que havia num lugar, deixando apenas o que não prestava. Até mesmo aquele vestido — cobiçado por tanto tempo, tão especial, a primeira coisa que Pete a vira usar — estava agora maculado. Nunca mais tornaria a usá-lo.

— Por que não está comendo? — perguntou Darden.

Ele já estava na terceira cerveja e começava a suar. Jenny não seria capaz de engolir qualquer comida, mesmo que sua vida dependesse disso

— Estou com o estômago ruim. Gostou do ensopado?

— E muito. Uma delícia. Você sempre foi uma boa cozinheira, MaryBeth. Eu diria que muito melhor do que sua mãe.

— Foi ela quem me ensinou.

— Ela nunca fez nada assim.

— Fez, sim. Ainda me lembro.

— E acha que eu não me lembro? Acredite em mim: sei o que aquela mulher podia e não podia fazer. Não podia cozinhar, não podia pensar em ninguém que não ela própria e não podia transar gostoso. Você pode fazer todas essas coisas, meu bem.

Jenny empurrou a cadeira para trás. Foi até o fogão. Deu uma mexida irritada no ensopado, levou a panela para a mesa e tornou a encher o prato de Darden. Empurrou a cesta de pão em sua direção. Aproximou o prato de pudim de tapioca, ainda quente. Serviu num prato vários Rice Krispies.

Do outro lado da mesa, ela anunciou:

— Estou deixando, papai.

Darden levantou os olhos para fitá-la, com uma careta.

— Deixando o quê?

— Esta casa.

Ele suspirou.

— Algumas coisas nunca mudam. Dez vezes por semana, quando você era pequena, dizia que ia embora. Que ia fugir, a palavra que usava naquele tempo. Está na hora de crescer, meu bem.

— Tenho de crescer. É por isso que vou embora.

Ele recostou-se na cadeira. Agora, ela pensou em suas opções e sustentou o olhar do pai. Darden passou a mão pelos cabelos, que haviam se tornado mais ralos durante sua permanência na prisão.

— MaryBeth, meu bem, não faça isso comigo agora. Vivi por você durante todo o tempo que passei na prisão. Não comece com ameaças.

— Vou embora.

— Cale-se, MaryBeth.

— Vou embora esta noite.

Ele suspirou de novo.

— Está bem. Para onde vai desta vez?

Jenny já passara do ponto de se importar se o pai fingia que ela ainda era uma criança.

— Não importa para onde vou. Só queria que você soubesse.

— Tem razão. Não importa para onde vai. Eu a encontrarei em qualquer lugar. Irei atrás de você e a trarei de volta.

— Não vai, não.

Ele franziu o rosto.

— O que há de errado com você?

— Não posso fazer isso. Não posso mais suportar.

# Pelo Amor de Pete

— Suportar o quê? Sou seu pai. A maioria das garotas daria o braço direito para ser amada como você é.

Jenny achava que não. Ele se adiantou em sua direção, em um movimento muito rápido.

— Agora, pare com isso. Você fará e aceitará tudo o que eu disser. Você é minha, MaryBeth, minha, e fiz um grande sacrifício por sua causa. Não vai fugir de mim agora.

Pete apareceu subitamente na porta, por trás de Darden, gesticulando para que ela saísse. Jenny viu-o ali. Mas ainda não podia partir. Tinha de fazer Darden compreender, tinha de lhe dar uma última chance. Devia isso a ele e a si mesma.

— Não posso ficar, papai. O que fazemos não é certo. É doentio.

— É doentio que eu ame você? É doentio que eu viva por você? É doentio que eu tenha dito à polícia que agredi sua mãe, quando você foi a culpada?

Jenny soltou um grito. Em voz alta, as palavras eram como facas. Cortavam-na até o fundo, faziam-na sangrar por todos os ferimentos reabertos.

Ela lançou outro rápido olhar para Pete. Tinha os olhos cheios de lágrimas quando voltaram a Darden.

— Foi legítima defesa! Ela teria me matado se eu não a impedisse!

— Bater uma vez já seria suficiente para impedi-la. Uma vez e ela teria sobrevivido, apenas com uma concussão. Mas você bateu cinco vezes.

— Eu não sabia o que estava fazendo — soluçou Jenny. — E me sentia apavorada.

Os ombros vergaram, os braços ficaram inertes. Não havia pensamento que pudesse mudar a verdade nua e crua.

— Eu a deixei toda machucada, mas ela continuou a me atacar, como se estivesse fazendo isso há dias e dias. Por isso, bati nela até que não se mexesse mais.

— Você a matou, MaryBeth.

Jenny passou os braços em torno da cabeça.

— Pensa que eu não sei?

— Quer que eu conte ao chefe o que aconteceu? Ou a Dan? Hein? É isso que você quer, MaryBeth?

Ela baixou os braços. Ergueu a cabeça.

— Eu queria contar quando aconteceu, mas você não deixou. Obrigou-me a ficar sentada aqui e inventar histórias, a me sentir culpada porque você estava na prisão, a sentir raiva porque você estava na prisão quando eu queria estar no seu lugar, porque não sabia que podia fazer uma coisa como matar uma pessoa, e não sabia o que mais eu podia fazer, e isso me assustava, porque não conseguia pensar direito, e mesmo assim você não queria me deixar confessar.

Darden chegou ainda mais perto.

— Eu estava tentando salvá-la. Você nunca teria sobrevivido na prisão. Seria estuprada cem vezes, ficaria imunda e doente. E eu nunca mais ia querer tocar em você. Por isso, poupei-a da prisão e passei seis anos miseráveis ali, no seu lugar. E é isso o que recebo em troca... você vai embora?

Jenny imaginou que Pete estava pensando em atacar Darden, de tão furioso que ele parecia. Mas seus olhos se encontraram com os de Jenny, e a raiva cessou. Ele fez um sinal com o queixo na direção da porta. Ela recuou nessa direção.

— Vou embora, papai.

Ela não poderia viver como ele queria. Ainda assim, Darden argumentou:

— Assumi a culpa por você. Fui punido por um crime que não cometi.

— Você cometeu um crime! — Gritou Jenny. — Cometeu uma porção de crimes! Muitas vezes!

— E por isso fui punido. Você não deveria ser punida também?

— Já fui punida. Durante anos e anos, de maneiras que você não pode nem começar a imaginar. Mas estou cansada, papai.

Ela recuou mais um pouco.

— Você me deve!

Jenny deu outro passo, balançando a cabeça.

— Cuidei da casa. Liguei o carro todos os meses. Esperei até você voltar para casa. Fiz o jantar que queria. Dizia a mim mesma que lhe devia. Só que não devo mais do que isso. Se não fosse por você me tocar tanto, ela não teria me batido, e se ela não me batesse, não estaria morta. Ela era minha mãe. E você fez com que ela me odiasse.

— Ela era uma vaca ciumenta!

— Ela era sua esposa! Você deveria fazer aquelas coisas com ela, não comigo. Por que não podia amá-la um pouco? Isso era tudo o que ela queria.

— Ela queria Ethan.

— Precisava de você.

— Só que agora ela não precisa de mim. Mas eu preciso de você, MaryBeth. Você está aqui e está viva. — Ele fez uma pausa. Sorriu. — Você tem o melhor de sua mãe, mesmo com os cabelos curtos.

Jenny compreendeu nesse momento que não haveria clemência. Podia falar o que bem quisesse que o pai não ouviria o que dissesse, nem uma única palavra.

— Vou embora agora — declarou ela, tão calmamente quanto podia.

Ele começou a contornar a mesa.

— Pensa que não serei capaz de descobri-la? Não se iluda. Eu a seguirei até o inferno e a trarei de volta. — Darden apontou para a cadeira. — Por isso, trate de se sentar de novo, e poupe todo o trabalho a nós dois.

Jenny recomeçou a chorar, sentindo enormes ondas de angústia, porque tudo era de uma simplicidade patética.

— Por que não pode me deixar em paz? — suplicou ela. — Isso é tudo o que eu quero. Que me deixe em paz.

— Ou o quê? Vai me matar como matou sua mãe? Não há a menor possibilidade, meu bem. Posso me defender. Mas me ameace de novo, e contarei tudo. Que Deus me ajude, mas contarei tudo. Se for embora, não vai me adiantar de nada de qualquer maneira. E não descansarei enquanto você não for presa.

— Não tem importância.

— Terá, depois que for algemada, despida e metida numa cela.

— Não farão isso. Vou embora. Tenho Pete agora. Ele vai me levar embora.

— Pete? — Darden soltou uma risada desdenhosa. — Quem é Pete? Você não vai a lugar nenhum com alguém chamado Pete.

— É nesse ponto que você está enganado — interveio Pete, a voz furiosa.

Mas Darden continuou a falar.

— Você não vai a lugar nenhum com qualquer homem que não seja eu. Você é minha. Toda minha. Além do mais, que homem pode querer você? Tem a marca de seu pai em todo o seu corpo, meu bem. Que homem pode levar você quando souber de tudo o que fez?

— Eu vou levá-la. — Pete atravessou a cozinha. Abriu a porta e falou baixinho, gentilmente: — Vamos, Jenny. Ele não vale suas lágrimas.

Jenny saiu.

— Volte aqui! — bradou Darden.

Mas ela já estava correndo, através da escuridão e da chuva, na direção da garagem. Assim que chegou lá, a motocicleta parou ao seu lado. Jenny subiu e agarrou-se a Pete, enquanto ele acelerava. A motocicleta derrapou, nas pedras molhadas, depois projetou-se para a frente, no momento em que Darden surgia em seu caminho.

Houve um baque e um som horrível — um grito ou uma imprecação, Jenny não soube o quê —, que quase a fez sair da estrada. Mas não podia parar, nem mesmo olhar para trás. A decisão fora tomada. Não havia uma última esperança de mudança, nenhuma possibilidade de voltar. Não podia mais recuar.

A enormidade de tudo fez com que sua respiração saísse em soluços ruidosos, a princípio. Mas a escuridão da noite era um casulo de conforto, o que também acontecia com a chuva, que purificava. E havia Pete, acima de tudo Pete, que ouvira o pior e continuara ao seu lado. A intervalos de poucas respirações, ele tirava a mão do guidom e esfregava os dedos de Jenny, tocava em seu braço ou a puxava para ficar mais perto.

A chuva diminuiu ao passarem pelo centro da cidade. Quando chegaram ao outro lado, já lavara suas lágrimas e se tornara pouco mais que um nevoeiro, quente ainda por cima. Jenny sorriu ao reconhecer a estrada pela qual Pete seguiu. Sentiu-se satisfeita, muito satisfeita. Lembrava seu sonho.

Ele estacionou a motocicleta no velho esconderijo. Ajudou-a a saltar. Pegou a mão de Jenny e conduziu-a por um labirinto de pinheiros, tuias e espruces, no alto da pedreira. E ali, de uma plataforma com a terra molhada, olharam para a água acumulada lá embaixo.

Era tudo só deles. Se pessoas já haviam passado por ali antes, naquele dia, todos os sinais de sua presença haviam sido apagados pela chuva. O ar recendia a terra e folhas encharcadas. O bosque murmurava baixinho com o resquício de chuva, pingando de um galho para outro, caindo no chão de musgo. A superfície da água parecia um espelho, exceto pelos círculos das gotas de chuva, aqui e ali. Pete entrelaçou os dedos com os de Jenny.

— É tudo viçoso aqui. Um começo. Está comigo, Jenny, meu amor?

Ela sentiu um aperto na garganta, mas sorriu e acenou com a cabeça.

— Sabe que eu a amo? — perguntou ele.

Jenny tornou a acenar com a cabeça. A voz de Pete tornou-se um pouco rouca.

— Foi isso que me trouxe até aqui. Para encontrá-la e levá-la para casa.

Ele beijou-a de leve. Jenny comprimiu o rosto contra o ombro de Pete, para que ele não visse que estava chorando de novo. Mas Pete sabia. Esfregou suas costas e apertou-a firme, sussurrando palavras tranqüilizadoras, enquanto Jenny, através das lágrimas, rompia todos os seus vínculos com o passado, um a um. Finalmente, fungando, com uma respiração longa e trêmula, ela sorriu. Quando ergueu a cabeça, foi para ver seu amor e saber que fizera a opção correta.

O olhar deslocou-se para o poço. Viu as nuvens refletidas na água se movimentarem, depois se entreabrirem, deixando à mostra a lua em quarto crescente.

Vamos nadar com a lua, pensou ela. Olhou para Pete. Podemos?

Ele sorriu. Não sei por que não. Faz bastante calor. E é o seu sonho.

Tiraram as roupas, que já estavam molhadas. Jenny dobrou as suas numa pilha meticulosa. Teria feito o mesmo com as roupas de Pete se ele não a pegasse pela mão e a puxasse. Pete enfiou os dedos por seus cabelos, até que as pontas de suas mãos se encontraram, emoldurando o rosto de Jenny.

Você é a mulher mais doce, mais pura e mais linda que já conheci, Jenny Clyde. Venha nadar com a lua e comigo.

Ela passou as mãos pelo corpo de Pete. Na ponta dos pés, pegou o rosto de Pete entre suas mãos, como ele fazia com ela. E acenou com a cabeça, os olhos arregalados em expectativa.

Pete postou-se na beira da plataforma, uma visão preciosa na mente de Jenny. Tinha um corpo esculpido, longo e esguio, cabelos escuros, pele clara, todo viril. O luar refletia-se em seus cabelos e nos olhos. Faiscava no pequeno diamante que Pete pusera na orelha para ela. Assim como também fora ele quem pusera aquela lua em quarto crescente no céu.

Ele parou, os dedos dos pés encolhidos, estendeu os braços para ter equilíbrio e depois os baixou para os lados do corpo. Num movimento tão gracioso que deixou

Jenny sem fôlego, ele se lançou para o mergulho. Entrou na água quase sem levantar respingos. Aflorou um momento depois, gesticulando para que Jenny mergulhasse também.

Ela parou na beira do precipício, os dedos dos pés encolhidos, estendeu os braços para ter equilíbrio, baixou-os para os lados do corpo. E hesitou. Não podia reproduzir o mergulho gracioso de Pete, mas aquele não era o momento para se preocupar com como pareceria, onde cairia e que dor poderia sentir. Viera até esse ponto; não havia mais como voltar.

Lá embaixo, Pete esperava, sorrindo, os braços abertos, o luar iluminando seu corpo.

Jenny respirou fundo, dobrou um pouco os joelhos para o impulso e saltou da plataforma, com uma oração. Por mais incrível que pudesse parecer, a oração foi atendida. O corpo elevou-se num arco perfeito, desceu como uma linha prateada e entrou na água com perfeição, junto de Pete.

Ela subiu ao lado de seu corpo, aflorou à superfície para seus aplausos e um abraço. Depois, levada pela mão de Pete, ela mergulhou de novo. Ele puxou-a para o fundo, contornando blocos de granito iluminados pelo luar, que tremeluzia na superfície lá em cima. Perseguiram suas sombras e um ao outro. Encontraram um doce companheiro de brincadeiras no monstro da pedreira. Depois, voltaram à superfície, com uma explosão de risos, e abraçaram-se, aos beijos.

O próximo mergulho será o melhor de todos, murmurou Pete. Havia expectativa em seus olhos. O sorriso era divino. Está pronta?

O rosto de Pete era como a visão de um vitral na noite — novos lugares, novas pessoas, novo amor —, ela viu tudo ali. Além de bondade e gentileza. E amizade e justiça. E esperança.

Ela estava pronta? Jenny correu os olhos pela pedreira, uma última vez. Ergueu os olhos numa despedida

silenciosa para o galho mais alto e para o doce sorriso da lua. Depois, com tudo isso gravado em seu coração, como o melhor de uma vida, ela olhou para Pete e
acenou com a cabeça.

# Vinte e Um

*Boston*

Angustiada, Casey olhou para a última página do diário, antes de largá-la em seu colo, junto com as outras. Mas não pôde tirar a última imagem de sua mente. Permanecia na pedreira, em Little Falls... e alheia à poltrona de couro em que sentava, à xícara de chá que Jordan fizera para ela e que esperava na mesinha baixa de ratã, ao lado de uma fatia de pizza, alheia ao próprio Jordan, sentado no meio do sofá comprido.

Partindo da pedreira, ela repassou mentalmente partes anteriores do diário, como o corte de cabelos que Pete aparara, mas que não estavam aparados quando Miriam os ajeitara, a bandeja de *hors d'oeuvres* que Pete devorara, mas que permanecia intacta quando Jenny a levara para o trabalho na manhã seguinte, a motocicleta que ninguém na cidade ouvira, e a visita ao Giro's em que ninguém a vira. Recordou o homem na lanchonete falando sobre uma única trilha de pegadas, no topo da pedreira, ao lado das roupas de Jenny Clyde.

As peças encaixaram-se nos lugares. Ela ergueu os olhos pesarosos para fitar Jordan.

— Não havia nenhum Pete.

A psicoterapeuta em Casey sabia disso; a mulher não podia contestar. Pete fora bom demais para ser verdade. Literalmente.

— Jenny Clyde era delusória. Estava tão desesperada por amor que o inventara. Ele era seu salvador. Dera-lhe coragem para deixar Darden, deixar Little Falls, deixar uma vida. Jenny fizera-o real, para que cometer suicídio fosse uma opção aceitável. — Casey respirou fundo, sentindo a terrível desolação, e recostou-se.

Jordan levantou-se. Não saiu da sala dessa vez. Foi até um aparador na parede e voltou com um punhado de páginas.

— Mas você estava certa ao questionar o que realmente aconteceu — disse ele, estendendo as páginas. — Ela não morreu.

Apreensiva, Casey sustentou o olhar de Jordan. Queria ter esperança, mas apenas uma imagem aflorou. A imagem de Jenny Clyde num centro de reabilitação muito parecida com Caroline, inválida pelo resto da vida, depois da queda do alto da pedreira.

— Leia — insistiu Jordan, gentilmente.

Casey não tinha opção. Não saber seria pior do que qualquer coisa que estivesse escrita ali. Ela pôs as páginas em seu colo e começou a ler.

*O telefonema aconteceu às três horas da madrugada. Dan O'Keefe apressou-se em vestir o uniforme e partir para a casa dos Clyde. A pressa não era porque Darden Clyde assim exigisse, ou porque era a obrigação de Dan, embora as duas coisas fossem procedentes, mas sim porque estava preocupado com Jenny.*

As páginas descreviam como Dan encontrara Jenny no bosque, toda encolhida, levara-a para longe de Little Falls, onde ela estaria segura, deixando todos na cidade — Darden, o mais importante — acreditarem em sua morte.

A leitura não demorou muito. Deixou Casey primeiro aliviada por saber que Jenny sobrevivera, fisicamente intacta, depois com a maior admiração por Jordan. Também a deixou com uma porção de novas perguntas.

Os olhos dos dois se encontraram. Ele ainda estava sentado no sofá, onde permanecera, paciente. Casey compreendeu agora, por todo o tempo em que ela lera, exceto pelos curtos intervalos para pegar a pizza e o chá.

# Pelo Amor de Pete

— Seu amigo era terapeuta? — perguntou ela.

— Isso mesmo. Trabalha no Instituto Munsey. É um hospital mental particular, em Vermont. Encontrou-me no meio do caminho, pegou Jenny e voltou para o hospital.

Casey conhecia o Munsey. E sabia também que o custo de hospitais particulares costumava superar a cobertura do seguro, e especulou se Jordan não a teria ajudado também nesse ponto.

— Você pagou?

— Não. Poderia pagar, de tão culpado que me sentia. Abandonei Jenny à própria sorte, como o resto da cidade. Mas o hospital sempre aceita alguns pacientes de graça. Jenny foi uma das afortunadas. Precisava de um lugar assim para ter a possibilidade de se recuperar. Era seguro. As portas estavam sempre trancadas. Ironicamente, onde a maioria dos pacientes se considera encarcerada, Jenny via as trancas como uma maneira de impedir o acesso de Darden. Seu maior medo ainda é o de que ele venha procurá-la.

— Ela não pode estar mais no hospital.

Casey sabia que os dias de internações intermináveis, até mesmo para pacientes suicidas, há muito que tinham acabado.

— E não está. Passou três meses no hospital. Recebeu terapia individual intensiva, até que seu estado se tornou estável. Acrescentaram então a terapia de grupo. Ela é uma mulher inteligente. E *forte*. Recuperou-se muito bem. Como eu disse, o medo de Darden tem sido a parte mais difícil de sua recuperação.

— Se o medo persiste, como ela pôde deixar o hospital?

Jordan sorriu, gentilmente.

— Eu gostaria de poder dizer que ocorreu um grande avanço psicoterapêutico, mas a mudança foi bastante circunstancial. Enviei o jornal local para o hospital, para que ela pudesse ler sobre sua morte e o funeral realizado por Darden. O tempo passou, e ele não a procurou. Isso proporcionou coragem a Jenny. Depois, ela mudou sua aparência.

Casey respirou fundo.

— Eu gostava da aparência dela. — Mal as palavras saíram quando a terapeuta assumiu o controle. — Mas ela não gostava. Devia sentir que era como um sinal. Usar tinta para mudar os cabelos ruivos seria fácil. Mas o que ela fez com as sardas?

— Os dermatologistas usam técnicas extraordinárias hoje em dia. As sardas não desaparecem por completo, mas as sombras restantes são encobertas com facilidade pela maquiagem. E as cicatrizes nas pernas só são visíveis se você examinar com toda a atenção. Ela sentiu-se melhor depois de tudo isso. Quando teve alta do hospital, foi para uma casa de recuperação não muito longe daqui. Continuou a ver o terapeuta e trabalhava em meio expediente num restaurante. Era o trabalho perfeito para Jenny. Ficava na cozinha, e por isso não era visível para o público. Ao final do ano, como Darden ainda não viera à sua procura, ela estava pronta para seguir adiante.

— E para onde ela foi?

Com uma expressão indulgente e um pequeno sorriso de expectativa, Jordan recostou-se.

Casey levou um minuto inteiro para encontrar a resposta. Depois, levou a mão ao peito e murmurou, atônita:

— Meg?

Ele confirmou com um aceno de cabeça.

— Jenny achava que Meg Ryan era graciosa, adorável e engraçada, todas as coisas que ela queria ser. Por isso, escolheu esse nome.

— Meg? A *minha* Meg?

Bem na frente de seu nariz, e ela não adivinhara. Mas fazia todo o sentido: cabelos escuros, castanho-avermelhados, que poderiam ser pintados, a pele muito clara, até mesmo a extensão limitada do mundo de Meg Henry e a simplicidade de seu entusiasmo. Havia nervosismo com os sons súbitos, o atiçador da lareira que ela empunhara naquele primeiro dia. Não estava limpando a lareira... apenas apavorada com a idéia de que Darden poderia tê-la encontrado. E havia também as perguntas que Meg fizera, perguntas repentinas demais, um pouco estranhas. *Alguma vez você desejou ter cabelos escuros? Gosta de suas sardas? Preocupa-se com seu relógio biológico? Tem um namorado?* Meg Henry não tinha mais habilidade social do que Jenny Clyde.

— Minha Meg... — repetiu Casey, embaraçada por não ter percebido antes o que agora parecia óbvio. — Mas ela não é minha Meg há muito tempo. Antes de mim, era a Meg de Connie. É evidente que Connie sabia quem ela era.

— Sabia.

# Pelo Amor de Pete

— Ele a contratou por esse motivo?

— Claro. Sua empregada antiga estava se aposentando. Jenny sabia cozinhar, e sabia cuidar de uma casa. Ele gostou da idéia de tê-la por perto.

— Porque ela é parente. — Era outra parte do quebra-cabeça. — Qual é a ligação?

— Seus bisavós — informou Jordan. — O nome era Blinn, do condado de Aroostook, no norte do Maine.

— Blinn? É isso o que significa o Cornelius B.?

Jordan confirmou com um aceno de cabeça.

— Os Blinn tiveram duas filhas, Mary e June. Eram separadas na idade por uma dúzia de anos, e nunca foram muito ligadas. Mary era a mais velha. Casou-se com Frank Unger, mudou-se para Abbott, e deu à luz Connie. Anos mais tarde, June casou com um rapaz local, Howard Picot, e teve a mãe de Jenny, MaryBeth. Connie e MaryBeth Picot eram primos em primeiro grau. MaryBeth conheceu Darden Clyde numa feira do condado. Mudou-se para Walker e casou-se com ele. Deu à luz Ethan, que morreu, e depois Jenny. — Ele respirou fundo e deixou o ar escapar lentamente. — Isso faz com que você e Jenny sejam primas em segundo grau.

Casey poderia ter dificuldade para repetir a genealogia, mas sabia dos pontos fundamentais. Connie e MaryBeth Clyde eram primos em primeiro grau. Casey e Jenny eram primas em segundo grau. Casey e *Meg* eram primas em segundo grau.

— Mas Connie era um homem conhecido — comentou ela. — Não ocorreu a Darden que Jenny poderia ter vindo se refugiar com ele?

Jordan sorriu.

— Connie podia ser muito conhecido em seu círculo profissional, mas em Walker? Não conheciam o nome Unger e não sabiam nada de psicologia. Além do mais, Darden pensava que Jenny havia morrido.

Pensava. O verbo no passado. Casey não queria pensar que ela poderia ter mudado essa circunstância. Mas deixou essa possibilidade de lado e disse:

— Connie contratou Jenny sabendo que ela era sua prima. Você veio trabalhar para ele antes ou depois disso?

— Antes.

— Convenceu-o a contratar Jenny?

— Falei sobre ela. E ele tomou a decisão de contratá-la.

— Como ele contratou *você*?

— A Daisy's Mum cuidava de suas plantas há algum tempo. Reconheci seu nome na lista de clientes e passei a fazer o trabalho aqui pessoalmente.

— Por que *você* reconheceria o nome, mas Darden não faria a mesma coisa?

O sorriso de Jordan foi sarcástico.

— Fui policial, filho de policial. Cresci ouvindo todos os tipos de informações de que a maioria das pessoas nem toma conhecimento. Quando MaryBeth morreu e houve o julgamento, os nomes de família eram dados triviais que tínhamos de registrar. Por isso, eu sabia o que e quem era Connie. Mais tarde, quando vim para cá e nos conhecemos, a simpatia foi mútua.

— Ele sabia de onde você era e qual a sua ligação com Jenny?

— Eu contei. E ele não se importou.

— E você é o dono da loja — disse Casey, incapaz de reprimir um tom de acusação.

Jordan acenou com a cabeça em confirmação.

— Comprei-a quando me mudei para cá.

— De Daisy?

— Ela queria trabalhar ali sem a responsabilidade de ser a dona.

— Você não me disse que era o dono.

— Você não me perguntou.

Era verdade, ela não perguntara.

— Por que comprou?

— Porque adoro plantas. Porque queria ter uma fonte de renda estável. Porque precisava fincar raízes em algum lugar. E Beacon Hill era um bom lugar. E Daisy's Mum é um bom negócio.

— Mas você é pintor. Vi os trabalhos na casa de seus pais. — Ela não disse que achara os quadros maravilhosos. Ainda se sentia irritada por ter sido mantida na ignorância. — Como pode fazer as duas coisas?

— Cuido das plantas durante o dia e pinto à noite.

— Onde você pinta?

# Pelo Amor de Pete

— Tenho um estúdio lá em cima.

— E vende seus quadros?

Em galerias em Boston e Nova York, dissera a mãe.

— Também faço ilustrações.

— Ilustrações?

— De plantas... para as publicações Audubon, por exemplo.

Casey estava profundamente impressionada.

— Por que não me disse que era pintor?

— Você não perguntou.

— Tinha de se apresentar como um *jardineiro*?

— Acontece que *sou* um jardineiro — disse ele, sem se desculpar. — Adoro plantar coisas e ajudá-las a crescer.

Casey teve uma súbita percepção.

— A delegacia de polícia em Walker. Todas aquelas trepadeiras. E as roseiras perto da casa. Foi você quem plantou!

Ele hesitou.

— As roseiras não morreram?

— Não. Mas a hera precisa de uma poda. — Como ele parecesse aliviado, Casey perguntou: — Nunca mais voltou para ver?

— Não ultimamente. — Jordan recostou-se, a imagem da resignação. — Conheceu meu pai. O que achou dele?

Casey sorriu.

— Adorei sua mãe.

— Não foi isso que perguntei.

Diplomática, ela comentou:

— Acho que você e seu pai são muito diferentes.

— Com toda a certeza. Ele não ficaria nem um pouco satisfeito se soubesse de minha participação na fuga de Jenny.

— Nem mesmo depois de tantos anos?

— Não. Ele é o tipo de homem que só age de acordo com as regras.

— Mas Jenny escapou de Darden. Ele não ficaria contente por isso?

Jordan deu de ombros, em dúvida.

— Foi você quem escreveu o diário?

— Não. Foi Connie.

— *Connie?!* — Ela não desconfiara. — Quando? Por quê?

— Quando Jenny... Meg... veio trabalhar para ele, ainda era nervosa e insegura. Ele queria ajudá-la, mas sem tratá-la como uma cliente. Por isso, encorajou-a a escrever sua história. Mas ela não era uma escritora. Não podia preencher as páginas em branco. Connie concordou em escrever a história, se ela lhe dissesse seus pensamentos. Ela aceitou. Connie pode ter escrito, mas as palavras são de Jenny.

— Mas você trabalhou com Connie na parte a seu respeito.

— Isso mesmo.

— Alguma vez ele considerou a publicação?

— Não. Achava que era confidencial. Foi terapêutico para Jenny. Depois que tudo foi posto no papel, ela pôde se livrar da carga.

Casey compreendia esse aspecto. A redação de diário entrara em voga como instrumento terapêutico por esse motivo. Ainda assim, ela sentia-se desapontada ao pensar na letra C e na mensagem que Connie escrevera. Se fora Connie quem escrevera o diário, as anotações poderiam ser para ele próprio.

— Ele pretendia que eu visse o diário?

— Nunca mencionou para mim. Mas se deixou em sua mesa, eu diria que sim. Connie não fazia as coisas por acaso.

— Ele morreu por acaso — ressaltou Casey. — Não planejou isso. Não teve um aviso antecipado. Foi um infarto súbito e fulminante. Não havia histórico de problemas cardíacos.

Jordan inclinou-se para a frente, pôs os cotovelos nos joelhos, juntou as mãos e sorriu, triste.

— Houve, sim, Casey. Ele teve um infarto brando antes que eu o conhecesse. E não vinha se sentindo bem nos meses que antecederam sua morte. Ruth sabia, embora eu duvide que mais alguém tivesse conhecimento. Ele exibia uma boa fachada externa, mas murchava quando voltava para casa. Sentia o que estava para acontecer. E deixou todos os seus negócios em ordem e definidos.

Casey sentiu um estranho alívio. Queria pensar que o pai deixara deliberadamente o início do diário na gaveta da escrivaninha, para que ela encontrasse. Mas isso lembrou-a da preocupação de Jordan quando ela aparecera, no início da noite. Connie escrevera: *Como ajudar?* Ela suspirou, para depois perguntar, cautelosa:

— Atrapalhei tudo?

Jordan não respondeu... o que, para ela, constituía uma afirmativa alta e clara.

— Meg corre perigo?

Ele deu de ombros.

— Não sei. Darden vive com outra mulher agora. Talvez não se importe.

— Não há a menor possibilidade — declarou Casey. — As pessoas patológicas nunca desistem. Virá atrás de Meg, quanto menos não seja para fazê-la saber que ainda tem o comando. Vai espreitá-la. Segui-la pelas sombras. Intimidá-la até que haja uma reversão em todo o progresso que ela fez.

*Ela é parente. Como ajudar?*

— Ela me disse que mora no prédio de apartamentos no início da ladeira. É um lugar seguro?

— Não há porteiro, mas a porta do prédio fica sempre trancada.

— Muito conveniente — murmurou Casey, sarcástica. — Ele só precisa esperar por perto até que outra pessoa abra a porta, depois entrar com um sorriso, dizendo que veio visitar a filha. Ninguém vai desconfiar que um homem de sua idade é uma ameaça.

— Ele não vai saber do apartamento enquanto não descobrir seu nome. Meg Henry não significa nada para ele.

— Mas Casey Ellis significa. Apresentei-me pelo nome em diversas ocasiões. E disse que era de Boston.

— A lista telefônica indicará o endereço de seu apartamento, mas não há nada para ligar o apartamento com a casa... e é na casa que Meg trabalha.

Casey engoliu em seco. Fechou os olhos, apertando com força, de uma maneira reveladora. Jordan compreendeu.

— Essa não! — murmurou ele.

Sem abrir os olhos, Casey disse:

— Dei meu cartão ao editor do jornal. É o cartão novo, que mandei fazer no Kinko's, com o endereço do meu novo consultório. — Ela abriu os olhos e soltou um gemido baixo. — Eu só queria ajudar. Não sabia onde era Little Falls e fui procurar. Não sabia que Jenny supostamente morrera... — Ela olhou firme para Jordan. — ... porque não estava a par das últimas páginas.

— A culpa não é minha. Não sabia que Connie deixara qualquer página para você ler. Quando ele me entregou os últimos capítulos, presumi que resolvera dividir o diário, como medida de segurança. Nunca me contou que eu deveria guardá-los para você.

— E não perguntei o que você tinha e o que sabia. — Casey inclinou-se para a frente, comprimindo o rosto contra os joelhos. — Eu queria ajudar. Com toda a sinceridade, queria realmente ajudar. Ele nunca me pedira qualquer coisa antes. E eu queria fazer a coisa certa.

Ela tornou a se empertigar, e fitou Jordan com uma expressão desolada.

— Tenho um jeito de estragar tudo. Costumo agir sem pensar. Uma pessoa megaimpulsiva. Lá estava eu, naquela lanchonete, indagando em voz alta, para todo mundo ouvir, como podiam ter certeza de que Jenny estava morta, se o corpo não fora encontrado. Sugeri que ela poderia ter sido levada pela correnteza, saiu do rio mais abaixo e se afastou. Perguntei quem poderia tê-la abrigado. E quando perguntaram se eu achava que ela ainda estava viva, respondi que sim, em alto e bom tom, com absoluta confiança. Onde isso nos deixa?

— Em estado de alerta — respondeu Jordan.

— Talvez ninguém conte a Darden — disse ela, esperançosa.

Mas a expressão de Jordan indicava que essa possibilidade não existia.

— A notícia de sua visita vai se espalhar num instante pela cidade, mas o mesmo acontecerá se Darden entrar na trilha da guerra. Se meu pai souber, vai me avisar.

— Seu pai sabe que Jenny está viva?

— Não. Mas sabe que ela foi a razão para a minha partida. Vai somar dois e dois, e me telefonará. Quaisquer que sejam os defeitos que considero em seu estilo de impor a lei, jamais duvidei de sua inteligência.

— Então apenas esperamos?

— Não há muito mais que possamos fazer neste momento.

— Contamos a Jenny?

Ele pensou a respeito por um longo momento.

— Ainda não. Não há sentido em assustá-la.

— Ela vai me odiar.

— Não. Ela adora você. Desde o início, disse-me que você era inteligente, meiga e *bonita*. — Ele fez uma pausa. — Não questionei.

Casey sentiu que derretia por dentro. Quando Jordan a fitava daquele jeito, sensual e sugestivo, era de novo seu jardineiro. Mas agora sabia que ele era muito mais... empresário, pintor, salvador de Jenny Clyde. Casey precisava de tempo para processar tudo.

Ela desviou os olhos. Segundos depois, olhou para o relógio. Eram quase oito horas, ainda havia claridade além da janela de Jordan, mas cada vez mais suave, à medida que o sol baixava. Ela sentiu um súbito impulso de estar em seu jardim. Precisava do conforto que lhe proporcionaria.

Mas ainda não podia voltar para casa. Havia outro impulso, ainda mais forte. Ela levantou-se.

— Tenho de visitar minha mãe.

Jordan também se levantou.

— Eu a levarei.

— Não precisa. Meu carro está lá fora.

— O meu também.

— Mas se alguém telefonar para avisar sobre Darden?

Ele tirou um celular do bolso. Era menor e de tecnologia mais avançada que o dela.

— Eu deveria ter imaginado — murmurou Casey. — Sempre anda com isso?

Jordan acenou com a cabeça, numa resposta positiva. Ela pensou nas ocasiões em que ficaram tão grudados que as roupas pareciam não existir.

— Nunca senti.

Ele fitava-a nos olhos. *Você estava ocupada demais em sentir outras coisas*, ela quase que pôde ouvi-lo dizer.

Com um crescente calor nas faces, ela virou-se para a porta.

Desceram a escada e saíram por uma porta nos fundos para o jipe. Parte de Casey queria perguntar se ele não tinha um carro de luxo guardado em algum lugar, junto com todos os outros segredos. Outra parte, no entanto, ficou contente com o jipe. Empresário, artista plástico, jardineiro... combinava com ele.

Jordan avançou pelo tráfego com extrema habilidade, sabendo com precisão para onde ia. Quando parou na frente da casa de saúde, sem pedir qualquer orientação, Casey perguntou:

— Entregava pessoalmente as flores que Connie mandava?

— Às vezes. Mas nunca encontrei sua mãe, se é isso o que quer saber.

Era. Casey lembrava a conversa que haviam tido num banco no Public Garden, quando lhe falara pela primeira vez sobre Caroline. Jordan se mostrara genuinamente simpático. E fizera as perguntas apropriadas. Nada do que ele dissera seria incompatível com o conhecimento da situação de Caroline. Poderia até ter posto as flores pessoalmente na cômoda do quarto, e ainda assim suas perguntas seriam pertinentes.

Casey abriu a porta e saiu do jipe. Quando se virou para agradecer pela carona, ele já estava contornando o veículo. Pôs a mão de leve em suas costas e conduziu-a pelos degraus. Ela não fez qualquer objeção. Já estivera ali com outras pessoas, em várias ocasiões, pouco depois de Caroline ter sofrido o acidente. Os amigos de Caroline em Providence ainda a visitavam de vez em quando. Brianna também a acompanhava, em visitas intermitentes. Mas isso não era agora, e Brianna não era Jordan. Quando tinha a companhia de alguém, um vínculo com o mundo dos vivos, a angústia por dentro não era tão terrível.

Casey sorriu para a mulher na recepção. Subiu a escada, com Jordan ao seu lado. Acenou para a enfermeira do plantão noturno no terceiro andar e desceu pelo corredor. Quando parou, no limiar do quarto da mãe, sua reação nada teve a ver com a companhia de Jordan, mas sim com o esquema de soro, o tubo de oxigênio e o monitor cardíaco. Eram novos.

— Ó Deus...

— Quando falou com o médico pela última vez? — perguntou Jordan.

— Esta tarde, quando voltava do Maine. Mas ver é diferente.

— Devo esperar lá fora?

Ela sacudiu a cabeça em negativa. Queria Jordan ao seu lado. O vazio seria *devastador* se estivesse sozinha.

Caroline estava de costas para a porta. Casey contornou a cama, acendendo o pequeno abajur na cômoda ao passar. Iluminou um buquê de rosas amarelas. Ela tocou nas flores, para mostrar a Jordan que as apreciava. Seguiu pelo resto do caminho para o lado da mãe. Beijou Caroline. Mas um longo momento passou antes que pudesse tirar sua mão debaixo das cobertas. Parecia mais fria do que o habitual. Sentada na beira da cama, Casey esquentou-a, apesar do nó em sua garganta.

Engoliu em seco, imprimiu à voz uma jovialidade que não sentia. Os olhos de Caroline ainda estavam entreabertos, o que significava que ela ainda não iniciara o sono da noite.

— Oi, mamãe. Como você está?

Como Caroline não respondesse, ela acrescentou, num tom esperançoso:

— Deu um susto nos médicos. Mas o soro deve estar ajudando. Sua respiração não piorou.

Também não havia melhorado — um som baixo e estridente saía pelos lábios entreabertos —, mas Casey continuou a manter a voz jovial.

— Trouxe uma visita. É um amigo meu.

Ela acrescentou num sussurro, olhando para Jordan:

— Eu acho.

Ele abaixou-se ao lado da cama, o rosto no nível dos olhos de Caroline.

— Com toda a certeza. Oi, Sra. Ellis.

— Caroline — corrigiu Casey.

— Oi, Caroline.

— O curso de pós-graduação foi a vertente. Depois disso, ela não respondia a meus amigos se não a chamassem pelo primeiro nome. Queria ser considerada uma amiga também. Não é, mamãe?

Como Caroline nada oferecesse, além do som estridente da respiração entrando e saindo, Casey censurou-a:

— Deve cumprimentar a visita.

Depois de um silêncio prolongado, Casey deixou escapar um suspiro. A angústia colidiu com a frustração, provocando uma faísca de irritação.

— Jordan trabalhava para Connie. Projetou o jardim da casa em Beacon Hill. É espetacular, mamãe. E o mesmo se pode dizer dos quadros nas paredes de Connie. A esposa dele, Ruth, pintou muitos. Ela tem uma casa em Rockport. Fui até lá na sexta-feira. É uma pessoa muito simpática.

— Casey...

Ela ignorou-o.

— Também estive em Abbott. É a cidade em que Connie foi criado. Fui lá esta manhã. Ei, foi apenas esta manhã? Parece que passou um século desde então. Foi engraçado, mamãe. Eu não sabia em que casa ele vivera, mas vi várias que podiam ter sido. Também vi as ruínas da velha fábrica de sapatos, onde a mãe dele provavelmente trabalhou. E vi a escola em que ele estudou. Foi fechada. As crianças agora seguem de ônibus para outra escola.

Casey sentiu que Jordan a observava. Fitou-o, irritada.

— Qual é o problema? Acha que estou errada? Passei os últimos três anos dizendo todas as coisas doces e positivas, e não adiantou. Talvez isto dê resultado.

Ela tornou a se virar para Caroline.

— Além do mais, é provável que você me reconheça mais desse jeito, não é mesmo, mamãe? Sempre a desafiei. Fui contra você com mais freqüência do que a favor. Jordan, aqui ao meu lado, é uma pessoa mais simpática.

— Meu pai contestaria esse ponto — disse Jordan, puxando uma cadeira. — Ele não podia me suportar.

Jordan sentou-se na cadeira.

— Só porque você tem o coração mole?

— O termo que ele costumava usar era "maricas".

— Como?

Casey não podia imaginar qualquer homem menos parecido com um maricas do que Jordan.

— Era assim que ele me chamava desde que eu era pequeno.

— *Por quê?*

— Porque eu gostava de desenhar. Porque me sentia feliz trabalhando no jardim. Não eram atividades à altura de um homem de verdade em seus conceitos. — Ele acrescentou, cínico: — Por isso, dei a ele o que queria.

Ela percebeu a raiva na voz de Jordan. Não era uma declaração de fato, como ele fizera antes. Jordan revelava o que sentia lá no fundo, e isso a fascinava.

— E o que foi?

— Joguei futebol americano. Engrossei os músculos, engrossei a atitude. Tornei-me um herói local. Era a conversa da cidade, aquele que todas as garotas queriam namorar.

Casey esperou.

— E...?

— Namorei tantas quanto podia, jogava uma contra a outra. Um conquistador. Parte de mim adorava.

— E a outra parte?

— A outra parte me odiava. Sabia como tudo aquilo era superficial. Lesionei o ombro no último ano. Não foi deliberado, mas não lamentei o que aconteceu.

— Ei... — Casey encontrava outra pista que não percebera. — O ombro de Dan. Suas cicatrizes. O ombro dele doía quando ficava tenso. Você massageia seu ombro.

— Minha postura muda quando fico tenso. E o ombro sente o estresse.

— O que aconteceu com as garotas?

— Depois que deixei de ser um astro do futebol americano? Ainda persistiram por algum tempo. Mas ficaram pelo caminho quando voltei para Walker.

— Por que fez isso?

— Por que voltei? Por dois motivos. Era um lugar barato para viver, enquanto criava meu portfólio. E minha mãe suplicou que eu voltasse para casa. Minhas irmãs haviam se casado e deixado a cidade...

— E há mais uma coisa — interrompeu Casey. — Você não me disse que tinha irmãs.

— Você não perguntou. Era evidente que não queria saber nada pessoal. Adorava o sexo porque era anônimo, e por isso mesmo perigoso... e também porque queria chocar Connie.

Casey estava vagamente consciente da mãe deitada ao lado deles. Mais do que isso, porém, estava consciente da amargura na voz de

Jordan. E ele tinha razão. Anonimato, perigo, choque... eram mesmo coisas excitantes, embora não contassem toda a história.

— Não senti que era anônimo. Não foi o que ocorreu com todo o acontecimento no jardim. Houve uma ligação desde o primeiro momento em que senti a atração. — Mais contida, ela acrescentou: — Desde o primeiro momento em que vi você.

No contato visual agora, ela ainda sentia a ligação. Era mais forte, bastante nova para assustá-la.

— Termine sua história — disse ela, para atenuar o medo. — Sobre Walker. Sobre trabalhar com seu pai. Como foi possível, se vocês dois não se davam bem?

— Eu precisava do dinheiro, e meu pai precisava da ajuda. Calculei que poderia fazer isso durante cerca de dois anos.

— E realmente detestou?

Ele baixou os olhos para suas mãos. Quando tornou a levantá-los, a voz era mais calma.

— Não durante todo o tempo. As pessoas em Walker são boas. Há de fato um sentimento de integração. Por mais chato que fosse circular pela cidade na radiopatrulha, havia sempre alguém que acenava, sorria ou gesticulava para que parasse, a fim de dar um saco de tomates cultivados em sua horta. O que eu detestava mesmo era a parte de aplicação da lei... recolher bêbados, cumprir mandados de prisão, caçar garotos que haviam roubado maços de cigarros do armazém. Eram os garotos que mais me perturbavam. Suplicavam por atenção, suplicavam que alguém demonstrasse algum interesse. Mas meu pai não via assim. Considerava que o problema era a falta de disciplina, e que uma noite na cadeia era a solução. "Fiche todo mundo, Dan", dizia ele, como se fosse um astro da TV... e como se os garotos soubessem o que isso podia significar. Eu detinha os garotos, mas fazia questão de conversar com eles tanto quanto podia. Por isso, tinha o coração mole.

Casey estava pensando que coração mole era melhor do que maricas quando recordou o que Ruth dissera a respeito de Connie.

— Meu pai teve uma experiência similar com o pai dele.

— Sei disso. Partilhamos essa experiência.

— Conversou com ele sobre você e seu pai?

— Ele perguntou.

— E ele falou sobre sua experiência com seu pai?

— Eu perguntei.

Casey sentiu um momento de ciúme, mas Jordan tratou de apaziguá-la.

— Ele não poderia dizer essas coisas para você, Casey. Não se arriscaria a parecer fraco a seus olhos. Mas eu nada significava. Não se importava com o que pudesse parecer a meus olhos. Além do mais, depois que contei minha história, ele sabia que eu compreenderia.

Casey acenou com a cabeça. Tornou a olhar para a mãe.

— Está acompanhando a conversa, mamãe?

Mas a única resposta foi o som estridente da respiração. Ela roçou a mão de Caroline em seu pescoço.

— Tem ouvido coisas fascinantes.

Casey olhou para o frasco de soro, que continuava a pingar, lentamente, para o tubo de oxigênio, inerte, e para o monitor do coração, com um bipe baixo e firme.

*Então, o que você acha, mamãe?,* indagou ela, mentalmente. *Ele tem potencial?*

Caroline certamente diria que sim. Gostaria de sua aparência. Gostaria de seu lado vulnerável. Gostaria do fato de Jordan ser um artista plástico.

*E o que me diz da ligação com Connie?,* especulou ela. Mas refletiu que Caroline ficaria muito impressionada com Jordan para se importar de ter sido Connie quem o contratara. Caroline pensaria que Jordan se elevava por cabeça e ombros acima de outros namorados de Casey.

*Mas ele mentiu para mim,* Casey poderia argumentar, para corrigir no instante seguinte. *Talvez não tenha mentido, mas deixou que um equívoco persistisse. O jardineiro sombrio e ensimesmado? A encenação de machão? O que isso diz sobre seu caráter?*

Caroline diria, com muita percepção, que Jordan se apresentara como sendo todo força porque fora criado para acreditar que o machismo era mais atraente para as mulheres do que o cheiro de terebintina e tinta a óleo. A mensagem, Caroline poderia acrescentar, era a de que ele fizera o que tinha de fazer para impressionar Casey, o que significava que gostava dela.

*Claro que ele gosta de mim. O sexo é sensacional.*

Caroline reviraria os olhos. Diria a Casey para crescer e informaria que o amor não era apenas sexo, um comentário para o qual Casey não teria qualquer resposta. Não pensava que fosse amor. Ainda era muito cedo.

Confusa e desanimada, ela olhou para Jordan.

— Devemos ir embora.

Casey nem mesmo foi buscar seu carro. Deixou que Jordan a levasse direto para a casa em Beacon Hill. Entraram pelo portão no fundo do jardim. Por um longo momento, ela ficou parada ali, no escuro, absorvendo o cheiro do bosque. Possuía uma qualidade curativa. Ela recebeu o conforto com alegria.

Jordan permaneceu junto do portão. Ao olhar para trás, Casey percebeu sua hesitação. Por isso, voltou até lá. Não houve um contato sedutor dessa vez, não houve murmúrios ou doces provocações. Ela não estava zangada com Jordan. Claro que ele poderia ter lhe dito quem era desde o início. Mas ele não mentira. Era o seu jardineiro. Era isso o que precisara que ele fosse.

E precisava que ele fosse algo diferente agora. Pegou a mão de Jordan e murmurou:

— Não quer passar a noite?

— Como quê? — perguntou Jordan, sugerindo que a representação de papel também mudara para ele.

— Como você.

E Casey torceu para que ele não fizesse mais perguntas, porque não tinha respostas.

Ele não perguntou. Em vez disso, levantou a mão de Casey, beijou seus dedos, passou o braço por seus ombros e levou-a para casa.

Muito tempo se passou antes que adormecessem. Mas Casey não estava preocupada. Os domigos eram para dormir até tarde. Além da concentração no ato de amor, que não permitia qualquer preocupação

# Pelo Amor de Pete

com Caroline, Jenny ou Darden, havia o luxo de estar na cama com alguém de quem gostava. Casey pensou a respeito quando acordou, por um breve instante, às seis horas da manhã, e se aninhou contra o corpo de Jordan. Seu último pensamento, antes de voltar a dormir, foi o de que poderia continuar assim até meio-dia.

O destino, porém, não permitiu que isso acontecesse.

# Vinte e Dois

*P*rimeiro, foi Angus. Quando ele pulou para a cama, Casey acordou, com um sobressalto. Acalmou-se no mesmo instante, e especulou se poderia sentar e acariciar o gato, sem afugentá-lo. Nesse momento, porém, Angus só tinha olhos para Jordan. Avançou pelas cobertas, passou por cima do peito de Jordan, para longe de Casey, virou-se e agachou-se. Ainda não satisfeito, estendeu uma pata sobre as costelas de Jordan. Depois, solene, possessivo, até mesmo desafiador, levantou a cabeça para fitá-la.

— Você é incrível... — murmurou ela.

Poderia ter continuado, com um comentário sobre amizades machistas, se um telefone não tocasse. Caroline? Os olhos de Casey voaram para a mesinha-de-cabeceira, o coração disparado pela segunda vez, em dois minutos.

Mas o telefone tocando era o de Jordan. Mal abrindo os olhos, ele estendeu o braço por cima de Angus para pegá-lo. O polegar apertou o botão para receber a ligação.

— Alô? — Segundos depois, ele estava completamente desperto. — Quando?... O que ele disse?

Seus olhos se encontraram com os de Casey. Ela não podia ouvir as palavras no outro lado, mas não havia como se enganar com a irritação.

— Claro. Eu a conheço. — Jordan fitou-a de novo, com tristeza agora. — Ela poderia ter sabido por meu intermédio... Não, não a mandei até aí. Por que eu faria isso?... Ela *não* sabia que eu era seu filho. Há dezenas de O'Keefe em Boston.

Ele se ergueu, apoiado num cotovelo, escutou um pouco e disse:

— É bem provável que ela tenha ligado Jordan e Dan no final, e ficou embaraçada. A culpa foi minha, não dela. O que mais Darden disse?... Ele não fez nenhuma ameaça?... Está certo. Deixe-o me criticar. Ele me odeia desde a noite em que Jenny atropelou-o. Prefiro que ele diga o diabo de mim em vez de vir procurá-la.

Jordan escutou mais um pouco. Suspirou.

— Espere aí, papai. Foi um comentário inocente. Jenny está morta e sepultada. Tem de dizer isso a Darden. O último rosto que quero ver na minha porta é o dele... Pode me avisar se ele deixar a cidade?... Pode verificar?... Eu agradeceria... Claro... Está bem.

Ao encerrar a ligação, Jordan deitou-se de costas e largou o celular na barriga.

Angus tirara a pata de cima dele e sentara, mas continuava a olhar para Casey.

— Jenny está morta e sepultada — repetiu Jordan, como se estivesse se justificando. — Meg está viva e bem.

— Darden está criando problemas? — perguntou Casey, sentindo-se ao mesmo tempo culpada e assustada.

— Isso mesmo. Disse a papai que não ficaria surpreso se descobrisse que eu tirei Jenny da cidade e a mandei para algum lugar.

— Ele disse que ia procurá-la?

— Não. Mas isso não significa que não vai.

— Se ele está obcecado, não vai desistir.

— Sei disso — murmurou Jordan, secamente.

— Devemos contar a Meg?

Ele pensou a respeito por um momento.

— Ainda não. Ele não saberá como encontrá-la. Virá atrás de mim primeiro, depois de você.

— De mim?

— Ele tem seu nome. Provavelmente descobriu-o na lanchonete. E seu número consta da lista telefônica.

— O telefone do apartamento.

— Vamos torcer.

Casey puxou o lençol para o peito e sentou-se na cama.

— Sinto muito.

Ele estudou-a com uma expressão que parecia ser de exasperação. Depois, de uma forma inacreditável, o rosto abrandou para um sorriso gentil.

— Sei que se arrependeu. Mas não foi você quem criou o problema. Se qualquer um de nós... Connie, eu, até mesmo Meg... tivesse contado tudo antes de sua visita a Walker, você teria se controlado. Mas não sabia. Posso culpá-la pelo ato, mas não pela intenção.

Jordan estendeu a mão para a nuca de Casey e puxou a cabeça dela para seu peito. Dedos compridos começaram a se enfiar pelos cabelos, acariciando, acalmando.

Casey fechou os olhos. A mãe fora a última pessoa a lhe fazer isso, quando ela era muito pequena para saber que idade tinha. Entre a condição de Caroline e a ameaça de Darden, o relaxamento deveria ser impossível. Mas Jordan suplantava tudo isso; e o que ele fazia naquele momento era o paraíso.

Casey soltou grunhidos de satisfação, antes de murmurar:

— Angus ainda está olhando?

— Está.

— Isso é um presságio?

— Não. Ele continua aqui, não é? Pelo que me lembro, até a semana passada ele não saía do quarto de Connie.

— É um bom gato.

— É uma boa casa.

Casey respirou fundo.

— Um amigo de um amigo quer comprá-la.

— Não pode vendê-la.

— Por que não?

— Porque eu amo o jardim. E outra pessoa pode não querer que eu continue a tratá-lo.

— É isso o que você é? Um paisagista?

— Isso é palavra de maricas. Sou um jardineiro.

— Você é um pintor.

Casey adorava dizer isso. Ainda era uma surpresa.

— Eu não poderia ser uma coisa sem a outra.

Pelo Amor de Pete

— Não por causa do dinheiro.

— Claro que não. Pela inspiração.

Ela pensava que compreendia isso muito bem quando o som da campainha interrompeu seus pensamentos. Angus saltou da cama. O coração batendo forte, Casey se ergueu.

— Quem será? — indagou ela, enquanto saía da cama.

Jordan já estava de pé, vestindo o short cáqui.

— Meu carro está lá fora. Isso me deixa nervoso.

Ela pegou o roupão.

— Darden conhece seu carro?

— Conhece. — Ele puxou o zíper. — Já estive em Walker com o jipe.

Jordan teve alguma dificuldade com o botão.

— Não vou lá há algum tempo, mas Darden não esqueceria.

Casey enfiou os braços no roupão.

— E se ele tinha este endereço...

— ...a presença de meu carro confirmará suas suspeitas — arrematou Jordan, saindo para o corredor.

Casey foi atrás, amarrando o cinto do roupão enquanto corria.

— Não pode ser Darden. Ele conversou com seu pai em Walker há pouco tempo.

Jordan desceu a escada apressado.

— Já era tarde da noite quando eles conversaram. Bem tarde. Papai ligou para minha casa e achou que eu havia saído. Não se lembrou de ligar para o celular até que mamãe sugeriu, esta manhã.

Casey desceu atrás, torcendo para que não fosse Darden à porta. Se o homem viesse para Boston e descobrisse Jenny, isso seria um desastre para sua vida. Ela era Meg agora. Sentia-se segura. A destruição dessa segurança seria trágica... e a culpa toda seria de Casey. E ela se tornaria *de fato* uma decepção para Connie.

Jordan atravessou o vestíbulo. Estendeu a mão para a porta, enquanto olhava pela estreita janela lateral.

Casey, parando alguns passos atrás, prendeu a respiração.

Jordan soltou uma meia risada e recuou.

— Creio que é para você — disse ele, com uma insinuação de tristeza.

Perplexa, ela também olhou pela janela lateral. Ao mesmo tempo que viu Jenna, Brianna e Joy, elas também a viram. Mas também viram Jordan. Pareciam alternadamente atônitas, excitadas e divertidas. Apontaram para a maçaneta, pedindo a Casey para abrir a porta.

Ela olhou para Jordan.

— Está preparado para isso?

— Algum dia estarei?

Ele estendeu a mão para a maçaneta. Abriu a porta. Ficou de lado, com admirável dignidade, enquanto as amigas de Casey fitavam-no de alto a baixo, falando ao mesmo tempo.

— Não conseguimos encontrar uma vaga na Court — anunciou Brianna.

— Tive de estacionar na West Cedar — acrescentou Jenna.

— Ainda bem que não desistimos — declarou Joy.

Brianna murmurou:

— Ah, Casey, você é terrível. — Os olhos fixaram-se em Jordan. — Eu estava preocupada.

— Você tem nos evitado — protestou Jenna, também olhando para Jordan.

Joy fez a mesma coisa, enquanto dizia, em tom de censura:

— E não retorna nossas ligações.

— Não conheço esse homem?

Era Brianna de novo, exagerando na pergunta, porque certamente podia reconhecer o homem.

— E eu também não? — indagou Jenna, embora seu tom fosse mais de perplexidade do que de zombaria.

Todas as três esperavam, olhando para Jordan na maior expectativa. Casey soltou um suspiro resignado.

— Minhas caras, este é Jordan O'Keefe. Jordan, da esquerda para a direita, Jenna, Brianna e Joy, minhas melhores amigas.

Jordan acenou com a cabeça para cada uma, antes de dizer:

— Peço desculpas. Se soubesse que vocês vinham, estaria mais vestido.

Jenna riu. Joy também. Brianna fitou-o com uma expressão desconfiada e indagou:

— Desculpe, mas não o vi trabalhando no jardim lá fora na semana passada?

— Não foi onde eu o vi — declarou Jenna, lembrando-se de repente. — Foi num *vernissage*...

— Ele é artista plástico — confirmou Casey. — E é também meu jardineiro.

— E, obviamente, mais alguma coisa — interveio Joy.

Ela olhava para o botão do short de Jordan, que ele não abotoara direito, em sua pressa de chegar à porta. Brianna virou-se para Casey, com uma exultação que não podia disfarçar.

— Sinto muito. Eu gostaria de me prolongar sobre a natureza de seu relacionamento com o jardineiro que é artista plástico, mas este é o meu momento, e tenho de aproveitá-lo.

Ela estendeu a mão esquerda, onde se destacava um lindo anel de diamante. Casey soltou um grito.

— Brianna! Você conseguiu! — Ela deu um abraço apertado na amiga, e depois recuou para examinar o anel. — É magnífico!

Outro abraço.

— Estou orgulhosa de você.

Brianna estava radiante.

— Eu também.

— Quando foi?

— Na noite de sexta-feira. Eu já teria dito antes, se você respondesse às ligações.

Jordan interveio, coçando atrás da cabeça, contrafeito.

— Ah... este é o momento em que saio de cena.

A implicação era a de que ele fora responsável por Casey não ter respondido aos telefonemas. Era um álibi perfeito, poupando Casey de qualquer referência ao Maine.

— Meus parabéns, Brianna — acrescentou ele.

— Não precisa ir embora! — Exclamou Brianna. — Vamos comemorar!

Enquanto ela falava, Joy mostrou uma garrafa de champanhe, e Jenna exibia um saco de padaria grande.

— Se Casey tiver suco de laranja, faremos um *brunch* dominical. Pode não ser tão bom quanto o que Meg fez, mas podemos tentar imitar.

Nesse exato momento, como se conjurada pelo som de seu nome, Casey avistou Meg saindo da West Cedar. Tinha a cabeça baixa; a distância, parecia solitária, até mesmo desolada.

Casey sentiu um novo ponto sensível em seu íntimo. Meg era sua prima. Sua *prima*!

— Muito bem, pessoal, entrem todos — ordenou ela às amigas, incluindo Jordan no grupo. — Conversarei com Meg, e veremos o que podemos fazer.

Juntando os lados do roupão — e sem se importar nem um pouco com o fato de ser tudo o que vestia —, ela desceu os degraus, descalça, e avançou pela calçada, na direção de Meg.

Meg levantou os olhos. Parou no mesmo instante, desmanchando-se num sorriso que tornou seu rosto bastante bonito. Casey também sorriu, enquanto se aproximava.

— Sei que estou bancando a tola ao andar descalça pela rua, apenas de roupão, mas minhas amigas acabaram de chegar. Brianna ficou noiva! Não é sensacional?

Ela passou o braço pelo de Meg, e as duas seguiram para a casa.

— Você não poderia chegar num momento mais oportuno. Podemos fazer uma comemoração improvisada? Elas trouxeram champanhe e alguma coisa da padaria, mas você é quem sabe se temos suco de laranja ou o que mais tem na geladeira.

Embora Meg continuasse a sorrir, Casey achou que ela parecia um pouco pálida. Ocorreu-lhe que era simplesmente porque Meg estava usando menos maquiagem. Procurando agora, ela pôde ver os pontos desbotados em que antes existiam sardas nítidas.

— Posso ajudar — disse Meg, ansiosa.

Ainda de braços dados, Casey inclinou a cabeça. Era fácil, porque as duas tinham a mesma altura.

— Mas tenho de avisá-la de uma coisa. — O tom era de conspiração entre mulheres. — Jordan está aqui.

— Jordan?

— Ele passou a noite.

— Passou... a noite?

Os lábios comprimidos para reprimir um sorriso, Casey sustentou o olhar de Meg. Quando a compreensão aflorou, os olhos de Meg se iluminaram.

— Você e Jordan?

— Não acha que é maravilhoso?

— Acho, mas ele é... *Jordan*.

Casey sabia exatamente de onde Meg vinha. Ela, por outro lado, vinha de um lugar completamente diferente.

— Isso mesmo — murmurou ela, entrando na casa com Meg.

Meia hora depois, Jordan acrescentara uma camisa ao short, Casey vestira um short de jeans cortado, e Meg servia uma refeição completa para cinco pessoas, na mesa do jardim, ao sol. Os rododendros estavam quase que totalmente floridos, os lírios pareciam mais altos, as verbenas maiores e com um púrpura mais profundo. De onde quer que viesse a fragrância, era festiva, em homenagem a Brianna.

Estavam comendo *huevos rancheros* quando o celular de Jordan tocou. Casey fitou-o, mas ele já se levantara. Atendeu à ligação enquanto se encaminhava para o consultório. Sem deixar de sorrir, para o bem de Meg, Casey olhava a todo instante em sua direção. Quando a ligação foi encerrada e os olhos dos dois se encontraram, Casey levantou-se para ir ao seu encontro.

— Era meu pai — informou Jordan, em voz baixa. — O carro de Darden sumiu.

Casey sentiu um aperto no coração.

— O que isso significa?

— Não está na garagem, nem no caminho de sua casa, nem no estacionamento da igreja ou em qualquer outro lugar da cidade.

Casey soltou um gemido.

— Há quanto tempo desapareceu?

— Eles não sabem. Darden pode ter partido logo depois de falar com papai ontem à noite. Ou pode ter saído no início desta manhã.

Ele apertou um número no celular.

— Polícia de Boston — murmurou para Casey, para depois dizer ao telefone: — Oi, John. Jordan O'Keefe. Lembra daquela situação que você e eu esperávamos que nunca acontecesse?... Isso mesmo. Infelizmente.

Casey viu outro Jordan agora. Só podia escutar a metade da conversa, mas dava para perceber o profissional eficiente em ação. Controlado e objetivo, ele deu tantas informações quanto podia ao detetive no outro lado da linha, sobre Darden, o carro, a placa. Deu o endereço do apartamento de Casey em Back Bay e o seu próprio endereço em Beacon Hill, já que ambos podiam ser encontrados na lista telefônica, onde Darden poderia descobri-los. Também deu o endereço da casa na Leeds Court, dizendo que não haveria mal nenhum se uma radiopatrulha passasse por ali de vez em quando, para qualquer emergência. Também deu o endereço de Meg na base da ladeira, explicando que era apenas para que o detetive tivesse conhecimento.

— Darden não conhece o nome Meg Henry — disse ele, tanto para si mesmo quanto para Casey, depois que encerrou a ligação. — E o telefone não consta da lista. Assim, ele não vai saber onde Meg mora, a menos que a aviste na rua e a siga até em casa.

— Ela tem uma aparência diferente agora.

— Mas não tão diferente — comentou Jordan, com evidente pesar.

— Por que ele está guiando um Chevy, não o Buick?

— O Buick saiu de circulação há muito tempo. O Chevy pertence à mulher com quem ele vive, Sharon Davies.

— E o carro tem mesmo as letras B-R-I-G-A na placa?

— Foi o que papai disse.

— Se ela é de briga, o que está fazendo com Darden?

— Ele tem uma casa. Pelo que se diz, a mulher mudava de uma cidade para outra, com as duas crianças, gastando tão pouco dinheiro quanto podia. Quando foi morar com Darden, o acordo foi de que cozinharia e cuidaria da casa, em troca de um teto sólido sobre sua cabeça.

— Ela sabe para onde Darden foi?

— Parece que viajou com ele.

— E as crianças?

— Estão na casa, mas não sabem de nada. Não sabem dizer quando Darden partiu, pois estavam dormindo.

— Ela deixou as crianças sozinhas?

— Não são mais pequenas. A filha tem dezesseis anos, enquanto o garoto tem onze.

Casey tentou ser positiva.

— Pode ser uma viagem inocente.

Ela própria não acreditava nessa possibilidade, tanto quanto Jordan, a julgar pela expressão em seu rosto. Por isso, Casey apressou-se em acrescentar:

— Devo levar Meg para longe?

— Não. Só serviria para deixá-la mais transtornada. Além do mais, é improvável que Darden venha para cá. Não sabia quem ou o que era Connie. Se soubesse, já teria aparecido aqui há muito tempo. Por enquanto, ela fica mais segura conosco.

Brianna, Jenna e Joy já haviam ido embora por volta de meio-dia. Casey acompanhou-as até o carro, na West Cedar. Quando voltou, encontrou Jordan na calçada, conversando com Jeff e Emily Eisner. Fazia sentido convidá-los a entrar na casa e ir para o jardim. Ainda havia bastante comida. Jeff e Emily estavam famintos. Jordan também queria se servir de mais, e a própria Casey não era avessa à idéia.

Meg ficou na maior satisfação. Era evidente que gostava de Emily. As duas se conheciam das visitas de Emily a Connie, e conversaram sem qualquer dificuldade. Nem Emily nem Jeff a tratavam com indulgência. Ao contrário, pareciam quase protetores... elogiando as torradas francesas, agradecendo quando ela trouxe a garrafa térmica para servir mais café, conversando sobre o comércio próximo.

Casey notou isso. Mas também notou que Jordan se mostrava ainda mais à vontade do que estivera na companhia de Brianna, Jenna e Joy. Antes, ele permanecera na periferia da conversa feminina, baseada no noivado de Brianna. Mas com Emily e Jeff, ele estava em seu elemento. Era o lado social de Jordan que Casey nunca vira. E ele era muito hábil na conversa.

Ela pensava a respeito, tomando uma última xícara de café, quando os Eisner agradeceram e se retiraram. Jordan acompanhou os dois. Voltou com o jornal de domingo. Casey observou-o se aproximar. Ele pôs o jornal na mesa, pegou a primeira parte e se sentou. Levou um minuto para perceber que Casey continuava a observá-lo.

Jordan largou o jornal e alteou as sobrancelhas, numa indagação silenciosa: *O que foi?*

— Emily me sussurrou uma informação muito interessante quando estavam de saída. Comentei que me sentia muito satisfeita por ter os dois como vizinhos, e ela disse que se sentia grata a você por ter sugerido que viesse até aqui na semana passada, quando eu me sentia tão deprimida. Isso foi manipulação, Jordan.

Ele não respondeu. Limitou-se a sorrir.

— Eu deveria estar furiosa.

Jordan continuou calado.

— Então, por que não estou?

— Porque sabe que meu coração estava no lugar certo.

Ela sabia disso. Independentemente da maneira como Jordan poderia tê-la enganado, ela nunca sentia a menor intenção negativa. Malícia? Claro, seu jardineiro fora lacônico de propósito. Se não fosse assim, teria se entregado. Era um homem inteligente e articulado. Era perceptivo. Sabia que Emily Eisner era o que Casey precisava naquele dia, embora não tivesse a menor possibilidade de saber qualquer coisa sobre o banco do piano.

Ocorreu-lhe, sentada ali, a fitá-lo, que Caroline tinha razão. A barba por fazer, a camisa de malha rasgada, o jeans surrado, as botas com os cordões soltos, assim como a taciturnidade, eram parte da imagem de macho que ele estava condicionado a assumir diante das mulheres.

— Mais alguma coisa em sua mente? — perguntou ele, gentilmente.

Casey sacudiu a cabeça, pensando que ele não precisava exibir aquela imagem de macho, porque sua masculinidade era ainda melhor sem isso. Depois, ela mudou de idéia.

— Tenho, sim. — Ela lançou um olhar para os caminhos ensolarados, as flores ainda mais viçosas durante o dia. — Como posso me sentir contente num momento como este?

Era um tempo angustiante, de expectativa, não apenas por causa de Darden. Havia também o problema de Caroline. Casey tinha pontadas de angústia quando pensava em qualquer dos dois, mas estava sob controle o pânico que poderia ter experimentado.

À guisa de resposta, Jordan arriou ainda mais na cadeira, esticou as pernas e sorriu, indolente.

Era o jardim, ele explicou. O jardim era um oásis, uma fuga dos pesares do mundo. Ela não podia vender a casa. Compreendia isso agora. O apartamento em Back Bay não chegava aos pés daquela casa. Nem qualquer fazenda em Rhode Island, a bem da verdade. Aquela fazenda fora Caroline. Aquela casa, com seu jardim mágico, era Casey. Era o lugar feito para ela.

Sentiu que Connie ficara satisfeito com essa conclusão, o que também a deixou satisfeita.

E Jordan ainda sorria. Dizia mais, sem dúvida. Dizia que ele estava ali, e que isso fazia uma grande diferença. Tinha razão, com toda a certeza. Só que Casey não queria admitir.

Os sons dos passarinhos e de uma cidade sem pressa, na manhã de domingo, foram interrompidos por uma buzina. Seguiu-se um segundo toque, depois um terceiro e um quarto... e mais outros. Não era o barulho de um alarme de carro disparado. As buzinadas eram irregulares, estrondosas, feitas por alguém. E furiosas. Vinham da Court, na frente da casa.

Os olhos de Casey e Jordan se encontraram.

A indolência desapareceu no mesmo instante. Jordan levantou-se e desceu pelo caminho de pedra para a porta. Casey foi atrás.

— Dudley não seria tão estúpido.

Jordan descia a escada de dois em dois degraus.

— Claro que seria. Ele adoraria assumir o crédito por provocar uma grande notícia.

Casey correu mais depressa para acompanhá-lo. Atravessaram o corredor para o vestíbulo. Jordan abriu a porta no momento em que ela o alcançava.

Havia um Chevy com vários amassados ali, no meio da rua que contornava as árvores no centro. Estava virado na direção contrária aos outros carros, com a porta do motorista entre dois carros estacionados, na frente da casa de Casey. Ela não precisava ver a placa para saber que o irado motorista era Darden Clyde.

— Fique na casa — disse Jordan, enquanto descia os degraus.

Mas Casey seguiu-o, ignorando a advertência. Alcançaram o portão no momento em que Darden Clyde saía do carro.

— Não há uma porra de uma vaga para se estacionar aqui! — Berrou ele, avançando para Jordan. — Muito bem, O'Keefe, onde ela está?

— Quem? — perguntou Jordan.

Os ombros erguidos, os pés separados, ele era tão alto e inamovível que Casey teve de ficar para trás.

— Minha filha! — berrou Darden, o rosto vermelho.

Casey observava o homem com uma fascinação mórbida. Se não soubesse o que ele fizera com Jenny, poderia até considerá-lo atraente. Apesar dos cabelos ralos, as feições eram regulares, os olhos de um azul intenso. Mas ela sabia o que aquele homem fizera, e isso lhe proporcionava uma aparência de predador.

— Você enterrou sua filha — declarou Jordan.

— Não há corpo naquela sepultura. E ontem aparece uma mulher na cidade... — Ele lançou um olhar de ódio para Casey. — ...dizendo a todo mundo que MaryBeth não havia morrido. Venho até aqui e descubro você na casa dessa mulher. Deixou a cidade logo depois que MaryBeth desapareceu. Há uma ligação.

— MaryBeth se foi, Darden. Morreu.

Casey não divergia nesse ponto. MaryBeth morrera de fato. E o mesmo acontecera com Jenny. Mas Meg continuava viva, em algum lugar da casa.

— O que você fez, O'Keefe? — Darden fervia de raiva, o queixo projetado para a frente, as narinas tremendo. — Farejou alguma coisa boa em Walker e levou-a para ser sua? Pete? Não havia nenhum Pete. Pete era você. Mas ela é minha. Está me entendendo? Ela é minha. Você não pode ficar com ela. Vim para levá-la de volta.

— Você está totalmente errado nesse ponto — declarou Jordan, a voz firme. — É melhor voltar para casa.

— Só depois que pegar minha filha. — Subitamente, seus olhos subiram um pouco, passando além de Jordan. — Ora, ora, ora... todos três no mesmo endereço. Isso é muito interessante.

Casey virou-se. Meg estava parada na porta aberta, fitando Darden de olhos arregalados. Parecia paralisada pelo medo.

Casey subiu correndo os degraus e se interpôs entre Meg e a vista de Darden. Falou com a voz mais suave e gentil de que era capaz, apesar de todo o medo que sentia:

Pelo Amor de Pete 397

— Não fale com ele. Não precisa dizer uma só palavra.

— Escolheu uma cor horrível para os seus cabelos, MaryBeth — escarneceu Darden. — Mas podiam estar roxos que mesmo assim eu a reconheceria. Não sei qual é o seu jogo desta vez, mas não vai escapar impune.

Casey virou-se, ficando de costas para Meg. Estendeu os braços para trás, pegando as mãos de Meg. Darden não se afastara de seu carro; Jordan ainda bloqueava o caminho. Mas Casey percebeu que havia mais movimento na Court. Atraídos pelo tumulto, vizinhos começaram a aparecer: o advogado, Gregory Dunn, Jeff e Emily, vários outros que Casey conhecia de vista, mas não de nome. Alguns eram meros curiosos e ficaram observando de longe; uns poucos se aproximaram, cautelosos.

Um desses, o advogado, tinha um celular encostado no ouvido. Casey torceu para que ele estivesse chamando a polícia.

Mas Darden dera um passo à frente. Com um sorriso insidioso, tirou um revólver do bolso e apontou para Jordan. Ainda sorrindo, gritou para Meg:

— É isso o que você quer, MaryBeth? Tenho de matar de verdade por você desta vez?

Casey ficou horrorizada. Pela visão periférica, viu os vizinhos mais próximos recuarem.

Quando Meg choramingou, por trás dela, Casey apertou suas mãos com mais força. Sabia que Jordan não tinha uma arma — poderia ter deixado de sentir um celular em seu bolso, mas isso não aconteceria com uma arma —, o que significava que ele corria um grave perigo. Ela tentava decidir se Jordan teria uma chance de alcançar Darden sem levar um tiro quando um novo movimento atraiu sua atenção. Alguém saltava do outro lado do Chevy de Darden: uma mulher. Usava uma blusa justa, sem mangas, os seios grandes, embora não de gordura, cabelos louros e curtos, uma expressão determinada.

Era Sharon Davies. Casey teve certeza, sem a menor sombra de dúvida.

— Largue a arma, Darden — ordenou ela, a voz tão dura quanto sua aparência.

— Fique fora disso — murmurou Darden, sem olhar para trás.

— Largue a *arma* — repetiu ela.

Darden manteve o revólver apontado para Jordan.

— É melhor obedecer — disse Jordan. — Violação da liberdade condicional é uma coisa, mas agressão com uma arma letal é outra muito diferente. Não torne as coisas piores para si mesmo.

— Tornar as coisas piores? — berrou Darden, embora Jordan estivesse a poucos passos de distância. — Ela é minha. Eu a quero. Se não puder ficar com ela, não tenho nada a perder. Apodreci anos na prisão por sua causa.

Era evidente que ele não podia mais se controlar.

— Não tenho nada a perder — reiterou Darden.

Sirenes soaram a distância. Jordan estendeu a mão e murmurou, persuasivo:

— Dê-me a arma.

— Quando o inferno congelar!

Agora com as duas mãos na arma, Darden começou a puxar o gatilho. Uma terceira mão agarrou a arma. Casey mal percebera que era Sharon, quando Darden começou a se virar. Houve uma luta. Jordan avançou para Darden. Um tiro ressoou pelo ar.

Meg e Casey gritaram ao mesmo tempo. Casey teria corrido para Jordan se Meg não começasse a tremer... e se o bom senso não lhe dissesse que era melhor manter as duas longe daquele revólver. Ela se virou, abraçou Meg, apertando com força. Olhou para trás, na direção de Jordan. Ele caíra na calçada, com Darden por baixo. Depois de vários segundos, no entanto, ela viu Jordan se mexer.

O que não aconteceu com Sharon Davies. Ela estava imóvel, a arma de Darden em sua mão. Os olhos arregalados, contemplava o corpo sem vida de Darden.

Jordan ergueu-se, ficou de joelhos. Estudou o homem caído por um longo momento. Procurou uma pulsação, antes de olhar para Sharon.

— Ele morreu.

Meg soltou um grito. Casey não sabia se era de alívio ou de dor. Ela própria não sentiu qualquer alívio até que Jordan levantou-se.

Sharon parecia atordoada. Fitou Jordan com um sobressalto. Quando estendeu a mão, largou a arma... e, subitamente, parecia mais assustada do que durona.

— O que ele fez com MaryBeth? — indagou ela, a voz trêmula. — Sempre ouvi os rumores. Mas disse a mim mesma que não era verdade, nem mesmo quando minha própria filha alegou que ele a tocava de uma maneira horrível. Ela é uma garota difícil. Por isso, achei que também ouvira os rumores e apenas tentava criar problemas. Mas tudo se tornou claro quando escutei Darden falando agora. Ele estuprou minha filha. Tenho certeza. Ela estava certa, desde o início. Pelo que fez com minha filha... pelo que fez com MaryBeth... ele merecia morrer.

As sirenes soavam cada vez mais próximas.

Meg era uma massa de tremores, mas quando Casey tentou levá-la para dentro da casa, ela se manteve firme no lugar, com uma força surpreendente. Casey tentou resguardá-la da visão do pai, mas Meg também não queria isso. Esticou a cabeça até poder ver Darden, cujos olhos sem vida pareciam fitá-la.

Casey continuou a abraçá-la. Conhecendo o passado de Meg, conhecendo tudo o que Darden fizera com ela e o que a obrigara a fazer, ela imaginou que Meg temia que o pai pudesse se levantar de um pulo e atacá-la.

— Está tudo bem agora — sussurrou ela. — Está tudo bem. Ele não pode mais machucá-la.

— Sonho com isso — murmurou Meg, parecendo à beira do pânico. — Sonho com isso durante todo o tempo. Ele não vai desistir. Não quer desistir.

Jordan aproximou-se, a tempo de dizer:

— Acabou, Meg. Ele morreu. Acabou para sempre. Ele não pode mais fazer nada contra você.

Casey passou um braço em torno dele, mas teve tempo apenas de trocar um olhar agradecido, antes que uma radiopatrulha entrasse na Court com as luzes faiscando. Parou com um solavanco. Dois policiais saltaram, agachados, de arma nas mãos. Dois outros vieram correndo da West Cedar e fizeram a mesma coisa. Jordan foi falar com eles.

Jeff e Emily subiram os degraus. Emily pôs a mão nas costas de Meg.

— Você está bem?

Meg engoliu em seco, desviou os olhos do pai e acenou com a cabeça, num gesto convulsivo. Casey passou um braço em torno de sua cintura.

— Ela vai ficar bem.

Repetiu a garantia quando outros vizinhos se aproximaram, cautelosos. Uma coisa era evidente: todos conheciam e gostavam de Meg.

— Ela tomava conta de nosso neto durante as visitas — comentou uma mulher. — Não confiávamos em mais ninguém.

Outra pessoa disse:

— Ela passeava com o nosso cachorro quando meu pai teve um derrame e tivemos de viajar às pressas para sua casa em Poughkeepsie.

— Meg fazia canja para minha esposa quando ela ficou doente — disse Gregory Dunn. — Era a única coisa que ela podia comer.

— A receita era de Miriam.

Meg olhou para Casey, insegura. Casey sorriu e acenou com a cabeça, indicando que conhecia a história.

— Miriam era uma boa pessoa — murmurou ela, sentindo que Meg relaxava um pouco.

Minutos depois, Meg tornou a olhar para a rua.

— Posso descer para vê-lo?

— Tem certeza de que é isso o que quer?

Meg acenou com a cabeça em confirmação.

Casey compreendeu a necessidade que Meg sentia de uma conclusão. Por mais desprezível que Darden Clyde fosse, era sua carne e sangue. Meg passara mais tempo com ele do que Casey jamais passara com Connie... e, no entanto, Casey morava agora na casa de Connie, visitava a cidade natal de Connie, procurava a esposa de Connie, seguia a pista de Jenny e Pete. Tudo isso também era uma forma de conclusão.

Havia ainda outros motivos para que Casey quisesse ajudar Meg. Gratidão era um: Casey reconhecia tudo o que Meg fizera por Connie. Compaixão era outro: Casey angustiava-se pelo que Meg sofrera durante a infância e a adolescência, e queria ajudar a melhorar sua vida agora. Havia ainda uma crescente afeição: Meg era eminentemente digna da estima, à sua maneira afável e inocente. E também — o fator fundamental — eram primas. Casey desconfiava que se sentiria para sempre protetora em relação a Meg, o que nada tinha de mau.

Segurando o braço de Meg, Casey levou-a pelos degraus.

Dois paramédicos já haviam chegado e efetuado um exame rápido, para determinar que Darden estava além de qualquer ajuda. Depois de cobrirem a metade superior do corpo, estavam conversando com um dos policiais. Os outros três, junto com Jordan e Gregory, conversavam com Sharon Davies. O advogado usava termos como "defesa de necessidade" e "defesa de terceiro". Casey ouviu o suficiente para compreender que Sharon nunca seria acusada pela morte de Darden, pois atirara nele para impedir que matasse outra pessoa.

De braço dado com Casey, Meg aproximou-se do corpo do pai. Ajoelhou-se e puxou o lençol, a mão trêmula.

— Não o vejo há sete anos — murmurou ela para Casey, num fio de voz.

— Você não tinha opção.

— Ele me amava.

— Sei disso.

— Demais.

Casey ficou surpresa por Meg ser capaz de expressar a situação tão bem, levando em consideração a tempestade de emoções que devia estar sentindo naquele momento.

— Não acha que é melhor assim? — indagou Meg.

— Acho.

Casey não podia imaginar outro roteiro em que Darden descobrisse onde Jenny estava e a deixasse em paz. A necessidade da filha que Darden sentia tornara-se uma obsessão que não podia desaparecer. A morte era o único cenário em que o medo de Jenny acabaria para sempre. Jenny compreendera isso há sete anos. E levara todo esse tempo, com um acontecimento inesperado, para que a morte se consumasse.

— Acredita em fantasmas? — perguntou Meg a Casey, ainda olhando para Darden.

Casey já ia dizer que não, o que era sem dúvida o que Meg precisava ouvir. Mas hesitou. Sentira a presença de Connie mais de uma vez. Podia até alegar que Angus conservava alguma coisa do espírito de Connie. Meg virou o rosto para fitá-la.

— Ele vai continuar por aqui para me atormentar?

Ela parecia tão assustada que Casey respondeu, incisiva:

— Não. Nós duas providenciaremos para que isso não aconteça.

Os paramédicos voltaram. Ela pegou Meg pelos braços e afastou-a do corpo.

— Ele morreu — repetiu ela, perto do ouvido de Meg. Era a terapia da exposição no momento mais oportuno. — Você viu com seus próprios olhos. Ele está gritando com você?

— Não.

— Está amarrando a cara para você?

— Não.

— Está tocando em você?

— Não.

— Era um homem furioso e infeliz. Talvez agora encontre um pouco de paz.

Os olhos de Meg brilhavam de lágrimas.

— Eu gostaria disso. Não quero que ele continue furioso e infeliz. Era meu pai.


A polícia tinha perguntas a fazer, e havia providências a tomar para levar o corpo de Darden para o sepultamento em Walker. Meg decidiu — sensatamente, para o seu bem-estar emocional, pensou Casey — que Jenny devia permanecer morta. Não tinha o menor desejo de voltar a Walker. Ela era Meg agora, e gostava de sua vida.

A história oficial, relatada a Edmund O'Keefe por Jordan, num telefonema naquela tarde, foi a de que Darden, dominado pela suspeita, procurara Jordan, com uma arma na mão, ocorrera uma luta, e Darden acabara levando um tiro.

Sharon era a única pessoa de Walker que vira Jenny. Mas sentia tamanha empatia pela situação de Jenny que concordara em não contar a ninguém. Ao fazer isso, é claro, ela também mantinha o nome da própria filha fora da história, o que era um fator importante.

Pelo Amor de Pete

403

Ao final da tarde, não havia mais qualquer movimentação na Court. Casey e Jordan voltaram ao jardim, e insistiram para que Meg ficasse ali com os dois. Era um lugar pacífico, apartado até mesmo do que acontecera na frente da casa. Havia esperança ali. Havia crescimento ali. Jordan comentou isso, dando os nomes de várias flores. Mostrou a Casey os botões de hortênsias, as primeiras peônias e as últimas aspérulas. Explicou que os heliotrópios floresceriam em pequenos cachos ao longo da maior parte do verão, que os agapantos e viburnos, ambos brancos, eram excelentes como flores cortadas, que as campânulas azuis em breve definhariam, e que plantaria petúnias em seu lugar. Explicou que plantas eram perenes, como tornavam a desabrochar a cada ano, as mesmas sob alguns aspectos, mas diferentes em outros. Ele ajoelhou-se ao lado das gardênias, que parecia apreciar bastante. Mal começavam a desabrochar, mas seu perfume já era intenso.

Casey ficou encantada enquanto ouvia. Seguiu-o de uma flor para outra, enquanto os passarinhos voavam de um lado para outro, e as abelhas zumbiam ao redor. A fonte escorria interminável, num fluxo firme e tranqüilizador.

Meg quase não falou, e também não permaneceu sentada por muito tempo. Estava nervosa e levantava ao menor ruído. Acalmava-se quando Jordan a incumbia de pequenas tarefas, como podar os rododendros, remover as flores de lilás murchas e tirar as ervas daninhas entre as pedras do caminho. Era visivelmente mais feliz quando esta va ativa. A ociosidade permitia que lembrasse e se preocupasse.

Casey identificava-se com isso. Quando estava ocupada, não precisava pensar na condição de Caroline. Assim, depois da aula de Jordan, ela passou algum tempo cuidando da documentação para as empresas de seguro-saúde de clientes. Quando acabou, foi telefonar para outros clientes, avisando que seu consultório tinha um novo endereço.

Já ia voltar ao jardim quando Jordan entrou, trazendo calor para a sala fria. Tinha um lápis na orelha e uma das mãos nas costas. Parecia satisfeito consigo mesmo.

Casey ofereceu-lhe um sorriso perplexo.

A mão nas costas foi estendida para a frente e um guardanapo de papel posto na mesa. Havia ali um desenho a lápis de uma flor de gardênia, como as que desabrochavam lá fora. Não, compreendeu Casey, ao levantar o guardanapo, espantada. Era mais do que uma gardênia. Embutidas nas pétalas, estavam as feições de Casey, desenhadas com tanta sutileza, mas com absoluta precisão, que ela ficou impressionada. Olhos, nariz, boca... ele captara tudo, até mesmo o formato do rosto, no centro da flor, contornado pelos cabelos, cacheados, acompanhando os contornos das pétalas.

Tudo desenhado com a maior simplicidade... e com a maior beleza. Casey comprimiu o desenho contra seu coração, batendo forte.

— Vou mandar emoldurar

Jordan corou.

— Não precisa. É apenas uma brincadeira. Eu queria fazer você sorrir.

— Seu talento é incrível. — Casey sentia a maior admiração. — Artista plástico. Jardineiro. Salvador. Ainda não agradeci por me salvar da minha última mancada.

— Que mancada?

— A viagem a Walker. Deixar meu cartão com Dudley Wright. E atrair Darden para cá.

— Foi uma mancada?

— As conseqüências seriam insuportáveis se você morresse. Ou se Meg morresse.

Jordan inclinou-se sobre a mesa, passou os dedos compridos pelo pescoço de Casey.

— Mas nenhuma dessas coisas aconteceu — disse ele, com um sorriso de admiração. — O que você fez, no final das contas, foi forçar uma solução para o problema. Ao ir até lá, provocou uma confrontação. Meg está livre agora. E, ao que tudo indica, o mesmo ocorre com a filha de Sharon Davies. Fez muito bem, Casey. Connie teria se orgulhado.

O calor por dentro de Casey aumentou. Ele não precisava dizer aquilo. Muito menos com tanta convicção. Mas Jordan parecia saber o que ela mais precisava ouvir. E Casey podia amar um homem capaz desse tipo de carinho, e podia amá-lo sem hesitação.

Essa compreensão foi súbita e chocante. Mas Casey não pôde se livrar. Permaneceu dentro dela — aninhada ali, germinando, crescendo —, acarretando muitos pensamentos, enquanto a tarde se transformava em noite. Pouco antes de nove horas, quando a casa de saúde telefonou para avisar que Caroline estava tendo outra convulsão, Casey não poderia recorrer a mais ninguém.

# Vinte e Três

Casey não se sentia tão nervosa desde os primeiros dias depois do acidente, quando Caroline pairava entre a vida e a morte. Não era muito diferente agora, dizia uma vozinha insistente em sua cabeça. Caroline sempre conseguira sobreviver. Ao contrário das expectativas dos médicos, permanecera viva por três longos anos. Um pouco mais não faria mal. Um pouco mais e poderia ser encontrada uma cura, um milagre na base do acorde-e-ande, um grande avanço no tratamento de lesões cerebrais, alguma coisa... qualquer coisa.

Casey não queria ficar assustada. Claro que não perdera a esperança. Mas nem todas as vozes obstinadas do mundo poderiam tranqüilizá-la, como acontecia antes. E a violência da morte de Darden, no início do dia, não ajudava.

Jordan guiou. Casey sentou-se no banco de passageiro. Meg entrou no banco de trás, antes que qualquer dos dois pudesse sugerir que era melhor ela ficar em casa... não que Casey fosse sugerir. Um sentimento de medo a dominava, mas era diferente do vazio em que vivera durante os últimos três anos. Ter pessoas em sua companhia parecia ajudar.

Viajaram em silêncio e chegaram à Fenway num instante. Casey foi recebida no posto de enfermagem do terceiro andar pelo médico de plantão. Sua expressão era sombria.

Pelo Amor de Pete

— Para ser franco, estou espantado por ela continuar conosco — disse ele, em voz abafada, enquanto seguiam pelo corredor. — Essas convulsões são mais fortes do que as anteriores. Acatamos sua ordem contra o ressuscitamento e não adotamos nenhuma ação invasiva. Mas tratamos de sedá-la. As convulsões já terminaram, embora tenham durado muito mais tempo agora. Isso acarreta um perigo adicional.

Casey tinha um pressentimento do que era. Sabia muita coisa sobre medicamentos e seus efeitos. Ainda assim, tinha de perguntar.

— Qual é o perigo?

— O organismo dela está se tornando mais lento por si mesmo. Se reduzirmos ainda mais, com muito medicamento, ela morre.

— Mas se não controlarem as convulsões, ela morre de qualquer maneira.

— Isso mesmo. E se debatendo muito, com um grande frenesi. Chamamos isso de morte "ruim". Preferimos que ela fique confortável. O que é uma morte "boa".

— Por isso, o sedativo.

— Exatamente.

Ann Holmes estava com Caroline, o que proporcionou a Casey um mínimo de conforto. Entre todas as enfermeiras, era nela que Casey mais confiava. Ao entrarem no quarto, ela estava ajustando um dos dois frascos de soro pendurados no suporte. O tubo de oxigênio estava no lugar. O monitor do coração bipava.

A respiração de Caroline saía alta e rouca, mas ela parecia como sempre se mostrava à noite: deitada de costas agora, os olhos fechados, a boca entreaberta, as mãos imóveis sobre o lençol. Os únicos sinais de perturbação recente eram os cabelos e as roupas de cama, bastante desarrumados.

Casey foi para o outro lado da cama e alisou os cabelos prateados, ainda bonitos, por trás da orelha de Caroline. Pegou a mão da mãe e apertou-a contra seu coração. Não disse nada. A garganta estava quase obstruída de tanta emoção.

— Foi um momento muito difícil — murmurou Ann.

Casey balançou a cabeça.

— As enfermeiras pressentem coisas — continuou Ann, com a mesma voz baixa e gentil. — Não podemos dizer quando ou por quê, mas sabemos, mesmo pondo de lado as mudanças físicas, quando uma paciente como Caroline está fazendo uma declaração. Você precisa ajudá-la, Casey. Precisa fazer com que ela saiba que não tem problema.

Casey sentiu um aperto no coração.

— Ela está pronta — acrescentou Ann.

— Eu não estou — sussurrou Casey em resposta.

Ela fora alertada para esse momento. Fora informada sobre as maneiras como os pacientes se aproximavam da morte, as coisas que faziam, as coisas que precisavam... e estaria pronta para tudo, se tivesse acontecido um ou dois meses depois do acidente. Mas quando Caroline não morrera, Casey se tornara complacente. Dizia a si mesma que a recuperação levaria mais tempo. Acostumara-se a viver com a esperança.

Agora, Ann dizia que era tempo de deixar Caroline partir. Haviam alcançado um lugar diferente, definitivamente. Como aceitar isso?

— Ela está dormindo? — sussurrou Meg, junto do ombro de Casey.

Casey limpou a garganta.

— À sua maneira.

— Ela sabe que você está aqui?

— Hum... — Casey hesitou, mas depois admitiu, sem olhar para Ann: — Não sei. Provavelmente não.

— Por que ela faz esse barulho?

Casey lançou um olhar para Jordan. Ele permanecia ao pé da cama, um sólido conforto. E tirando força de sua presença, ela respondeu a Meg:

— Há alguma coisa na passagem da respiração. Como ela não tem força para remover, permanece ali.

— Ela sente dor?

— Não.

— Fico contente. — Depois de um longo momento de silêncio, Meg acrescentou: — Ela é muito bonita.

Casey sorriu. Acenou com a cabeça em concordância, sentindo outra vez um nó na garganta.

Tornou a pegar a mão da mãe. Estendeu o pulso, gentilmente, esticou os dedos, um depois do outro. Entrelaçou os dedos com os seus e virou a mão de Caroline. No processo, deu uma olhada na parte inferior do braço da mãe. A pele ali era mais escura do que em cima. Olhou alarmada para Ann, que disse:

— É um problema circulatório.

Ela não explicou que não era um bom sinal, mas o pesar em seu rosto transmitiu a mensagem... e, além disso, Casey já sabia o que significava. Muito além do que fora informada no início, lera quase tudo que havia para ler sobre complicações, sinais e prognósticos de pessoas na condição de Caroline.

Tudo apontava para uma direção. O coração de Casey se angustiava com a admissão. Ela esfregou o braço de Caroline, pensando que poderia ajudar no "problema circulatório". Sabia que não adiantaria, mas precisava fazer assim mesmo.

— Ela vai acordar? — perguntou Meg.

Casey queria dizer que sim. Desesperada, bem que tentou. Mas não foi capaz de emitir a palavra.

Jordan mudou de posição, atraindo o olhar de Casey. Fez um pequeno gesto, indagando se ela queria que ele saísse com Meg para o corredor. Casey acenou com a cabeça em negativa. Não se importava de ter Meg ali. Como Jordan, Meg era um lembrete de sua vida agora. E esse lembrete ajudava-a a levá-la para a realidade. Era provavelmente do que ela mais precisava.

— Espero que ela acorde, Meg, mas não parece haver uma boa possibilidade.


A situação não parecia melhor duas horas depois. A respiração de Caroline se tornara ainda mais ruidosa. Assim que o médico aspirava o fluido, mais se acumulava. Caroline já tinha a cabeça levantada; ergueram mais um pouco, quase sem efeito. Da mesma forma, as massagens que Casey fazia em seu braço, as carícias no rosto e as palavras suaves não pareciam fazer qualquer diferença.

Ela nunca se sentira mais frustrada. Observar Caroline, e deixar o tempo passar, como fizera naqueles três longos anos, fora difícil, mas sentar impotente enquanto a mãe se deteriorava era uma angústia absoluta.

Meg cochilava numa cadeira. Jordan estava de pé ao lado de Casey, sentada na cama.

— Talvez seja melhor você levar Meg para casa — sugeriu Casey, em voz baixa. — Ela precisa dormir. E você também.

— Você também precisa.

Com um sorriso triste, Casey olhou para Caroline.

— Foi assim logo depois do acidente, horas e horas sentada, esperando que alguma coisa acontecesse. Eu cochilava na cadeira. Posso fazer isso de novo. Detesto deixá-la sozinha.

— Vão chamá-la se acontecer alguma coisa.

— Sei disso. Mas ainda estou a dez minutos de distância. Ficava mais perto no apartamento. — Ela soltou uma risada curta de incredulidade. — Há duas semanas, o apartamento era o meu lar. Como tudo pôde mudar tão depressa?

Ele não respondeu, apenas pegou a mão de Casey. Ela encostou o rosto em seu ombro, pelo puro conforto. E foi nesse instante que uma idéia lhe ocorreu. Prendeu a respiração. Ergueu a cabeça.

— Ei! — Ela olhou para Jordan. — Durante muitos meses, pensei que daria um jeito de levar mamãe para o apartamento assim que ela melhorasse um pouco. Mal tinha espaço naquele tempo. Agora, tenho de sobra. E quero que ela conheça a casa.

— Ela não pode ver — lembrou Jordan, gentilmente.

Mas o pensamento já fincara raízes.

— Talvez não, mas que mal pode haver? Ela está deitada aqui há três anos. Talvez seja esse o problema. Talvez ela precise de uma mudança de cenário, para lhe mostrar que ainda há um mundo lá fora. Há espaço demais na casa. Pelo que custa aqui, ela pode ter uma enfermeira permanente.

A mente de Casey já projetava várias possibilidades.

— Poderei visitar mamãe entre os clientes. Estarei junto se alguma coisa acontecer. E sentirei que faço alguma coisa.

Outro pensamento aflorou, provocando um pequeno sorriso.

— Não é uma espécie de justiça poética? Connie me deu a casa, mas nunca deu nada para ela. Creio que seria apropriado que ela conhecesse a casa. Ficasse lá. Usasse-a.

— Ela gostaria? — perguntou Jordan.

— Se não gostar, que abra os olhos e me diga — declarou Casey, em tom de desafio.

A mudança foi realizada no início da manhã seguinte. Uma ambulância levou Caroline para Beacon Hill, onde foi recebida por Casey e Jordan, Meg e uma enfermeira particular. Num instante, Caroline foi instalada na cama grande de Connie. Casey não admitiu que ela ficasse em qualquer outro lugar.

Angus pareceu concordar. Depois de se esconder por trás da cortina, até que a onda de intensa atividade cessasse, ele se arriscou a sair e até se aproximou da cama, cauteloso. Pulou para a cama, farejou por todo um lado de Caroline, depois pelo outro. Em seguida, parecendo não se incomodar pelo fato de não ser Connie, enroscou-se numa bola aos pés de Caroline, para dormir.

O que era uma boa notícia.

A má notícia foi que Caroline não deu sinal de estar a par da mudança. Se deslocou os olhos, não foi em resposta a qualquer estímulo. As mãos permaneceram inertes. Nem sequer tossiu, apenas continuou a fazer ruído a cada respiração.

Casey atribuiu a falta de percepção da mudança à forte sedação, mas não ousou pedir à enfermeira para reduzir a dosagem. Também não pediu ao médico, quando ele apareceu na casa, por volta de meio-dia. A alternativa seria as convulsões, diria ele. Ninguém queria isso, muito menos Casey. Não tentaria o destino. Já estava cansada de fazer isso.

Além do mais, suas emoções enveredaram por um rumo interessante. O triunfo que ela esperava experimentar, ao trazer Caroline para a casa de Connie, nunca se consumou. Em seu lugar, havia um estranho contentamento. O que Casey experimentava — por mais absurdo que pudesse parecer — era um senso de paz.

A mudança era certa. Ela sabia disso, em sua alma. Ao trazer Caroline para a casa, Casey fechava um círculo em sua própria vida.

Ainda se sentia assustada, mas o medo era controlado, o suficiente para que pudesse receber os clientes... e não apenas receber, mas também aconselhar da melhor forma possível. Um estranho poderia chamá-la de fria e insensível, trabalhando enquanto a mãe estava deitada sem qualquer reação num quarto lá em cima. Mas um estranho não poderia imaginar como fora a vida de Casey durante os últimos três anos.

É verdade que havia estranhos que sabiam. Casey era uma de milhares de pessoas que mantinham vigília por entes amados, em estado comatoso por períodos prolongados. Depois de conversar com uns poucos e ler as histórias de outros, ela sabia que a sobrevivência para as pessoas que velavam e esperavam exigia um retorno nominal à normalidade. Assim como não pudera passar cada minuto dos últimos três anos ao lado de Caroline, Casey também não podia fazê-lo agora. Também não pensava que a mãe haveria de querer isso. Caroline era empreendedora. Respeitaria Casey por respeitar as necessidades de seus clientes.

Um desses clientes era Joyce Lewellen. Só que era uma Joyce Lewellen diferente que veio da sala de espera. Aquela Joyce tinha cor nas faces e animação nos passos. Dava a impressão de que um enorme peso fora removido de seus ombros.

— E então? — indagou Casey, com um sorriso de expectativa, enquanto sentavam.

— Perdemos.

Casey esperava ouvir o anúncio da vitória. O sorriso foi apagado pela surpresa.

— O juiz decidiu contra nós, mas aconteceu uma coisa extraordinária — explicou Joyce. — Eu queria ganhar. E você sabe como eu queria desesperadamente ganhar. Não dormi na noite de quinta-feira. Estava uma pilha, esperando no escritório do advogado pela decisão. Quando chegou, ele leu primeiro em silêncio, depois leu em voz alta para mim. Largou o papel na mesa. E nesse instante... sem mais nada... tudo acabou. Todas as coisas que você me disse afloraram em minha cabeça, e subitamente faziam sentido. Tentei. Ninguém pode dizer que não tentei. Tentei encontrar alguém que fosse responsável pela morte de Norman. E não consegui. Os médicos tentaram salvá-lo. Muito bem, talvez devessem ter adivinhado que ele teria uma reação alérgica à anestesia. Talvez alguma coisa no histórico médico de

Norman pudesse servir de indicação. Mas isso não aconteceu. E depois do fato, eles fizeram tudo o que podiam para salvá-lo. Não estou dizendo que me sinto feliz. Norman ainda está morto. As meninas ainda vivem sem o pai, e eu vivo sozinha. Mas me sinto contente com a decisão do juiz. Fui até onde podia. Ganhando ou perdendo, eu tentei.

Contente... Casey usara a mesma palavra para descrever como se sentia por ter a mãe ali, na casa de Connie. Sua situação não era mais feliz que a de Joyce. Caroline ainda se encontrava num estado vegetativo. Mas Casey fizera alguma coisa ao trazer Caroline para a casa. Assim como Joyce fizera alguma coisa ao insistir na ação judicial.

— Você se sentiu desamparada depois da morte de Norman — disse Casey, que também se sentira assim.

— E muito. Nosso casamento não era perfeito. Já falei sobre isso. Mas ele era bom para mim, e certamente era bom para as meninas. Senti que lhe devia tentar.

— Você se sentia furiosa na semana passada.

— É verdade.

— Ainda se sente furiosa agora?

— Você me disse para me livrar da raiva.

Era verdade. Pensando a respeito, Casey levantou-se, foi até a escrivaninha e pegou dois caramelos na gaveta. Entregou um a Joyce e desembrulhou o outro, enquanto tornava a sentar. Meteu na boca e dobrou o papel. Fitou Joyce de novo e insistiu:

— Sente raiva agora?

Joyce pensou por um momento.

— Se eu me esforçasse, poderia ficar com raiva. Mas a bolha explodiu, e me sinto aliviada. Se pudesse trazer Norman de volta, eu traria, mas não posso. Se pudesse encontrar algum culpado por sua morte, eu encontraria, mas não posso. Compareci à audiência. O juiz parecia inteligente e justo. Agora, ele tomou sua decisão. E tirou o problema de minhas mãos.

Casey invejou Joyce. Bem que gostaria de ter um juiz para tirar o problema de suas mãos... alguém para dar uma decisão por escrito, declarando em caráter irrevogável que o tempo de Caroline chegara.

Caroline estava se afastando dela. A dúvida era se haveria tempo para deixá-la ir.

Caroline nunca ficava sozinha. Quando Casey não estava com ela, a enfermeira permanecia ao seu lado; e quando a enfermeira tirava uma folga, lá estava Meg, sentada ao lado da cama, segurando a mão de Caroline e cantando baixinho. No meio da tarde, Brianna apareceu. Depois Jenna, Joy e outros amigos de Casey. Duas pessoas de sua aula de ioga. E vários amigos de Caroline de Providence. E Emily.

Jordan entrava e saía durante o dia inteiro. Em determinado momento, quando Casey comentou, ansiosa, que gostaria de levar Caroline para o jardim, ele tomou a iniciativa de levar o jardim para o quarto. Encheu vasos com viburnos, aspérulas, campânulas azuis, lilases e lírios. Levou as primeiras peônias: levou rosas e corações-de-maria. Ao final da tarde, o quarto de Caroline estava quase tão alegre e perfumado quanto o jardim.

O início da noite encontrou Casey sozinha com Caroline, maravilhada com tudo. Houve uma batida de leve na porta do quarto. Ruth Unger estava parada no outro lado do limiar, parecendo muito menos confiante do que se mostrara em sua casa, na sexta-feira anterior, visivelmente insegura sobre a recepção que teria, sobre o respeito aos limites daquele quarto.

Casey ficou surpresa. Poderia ter hesitado — poderia ter lembrado a si mesma que Caroline podia não querer a esposa de Connie por perto —, se não tivesse passado aquele pouco tempo com Ruth três dias antes. Contra seu melhor julgamento, gostara de Ruth na ocasião. E, agora, estava comovida.

Com um sorriso hesitante, ela gesticulou para que Ruth entrasse no quarto.

— Eu não tinha certeza...

A voz de Ruth definhou quando ela se aproximou da cama e olhou para Caroline. Dava a impressão de estar sinceramente consternada.

— Como soube que ela estava aqui? — perguntou Casey.

— Ligo para a casa de saúde toda segunda-feira.

Casey não sabia disso. Ninguém na casa de saúde a avisara. É verdade que ela também não perguntara.

— Por que... por que telefona?

— Para saber como ela está. — Ruth ainda olhava para Caroline. — Não confiava que Connie seria capaz de pegar o telefone para ligar. Mas achava que ele deveria saber se houvesse uma mudança.

— Era você também que enviava as flores?

— Não. Era o próprio Connie. — Ela fez uma pausa. Deu um sorriso tímido. — Entre todas as ocasiões em que imaginei esbarrar com sua mãe na rua, nunca imaginei que nos conheceríamos deste jeito.

— Por que isso importaria? — perguntou Casey, embora sem amargura. Por mais que quisesse, não podia sentir raiva de Ruth. — Você tinha Connie.

— É verdade. E ele me amava, à sua maneira. Mas ela era parte de sua vida.

— Uma noite. Foi tudo.

— Uma noite, uma filha — corrigiu Ruth, com um pequeno sorriso.

Casey ficou comovida de novo. Ruth não tinha motivo para fazer com que Casey se sentisse bem. Mas fizera isso na sexta-feira, e fazia de novo agora.

— Ah... — murmurou Casey, sem se aprofundar.

— Vi Jordan lá embaixo — disse Ruth. — Fico contente por ele estar aqui.

— Conhece Jordan?

— Conheço. Jordan e eu temos algo em comum... e não estou falando de Connie.

Casey demorou um momento para entender.

— A arte.

— Sempre nos encontrávamos em exposições, muito antes de descobrirmos que partilhávamos outra ligação. Ele é muito mais talentoso do que eu, diga-se de passagem.

— Jordan provavelmente contestaria esse ponto.

— Só porque ele é um cavalheiro. — Uma pausa. — Eu trouxe o jantar. *Coq au vin*. Meg está esquentando.

— É muita gentileza sua.

— Eu gostaria de poder fazer mais.

# 416                                          Barbara Delinsky

— Tudo o que faz já é muito bom... o pensamento e o resto. Fico sinceramente agradecida.

— Se houver mais alguma coisa, eu gostaria que me ligasse e pedisse.

Casey sorriu.

— Farei isso — disse ela, com toda a sinceridade.

Ruth acenou com a cabeça. Continuou a estudar Caroline por mais um longo momento. Depois, apertou de leve o ombro de Casey.

— Pode me avisar sempre como ela está?


A respiração de Caroline piorou. Quando a enfermeira virou-a de lado, Casey estava presente, ajudando a segurar o corpo, exortando-a a tossir para expelir o que obstruía as vias respiratórias.

— Vamos, mamãe, você consegue. Faça isso por mim.

Mas Caroline não reagiu. Quando a apoiaram numa posição meio sentada, o chiado continuou tão terrível quanto antes. A expressão "estertor da morte" aflorava na mente de Caroline a todo instante. A cada vez, ela tratava de repelir. Mas sempre voltava.

Até mesmo Meg percebeu a mudança. Parou no outro lado da cama, de frente para Casey, enquanto os olhos focalizavam Caroline.

— É como se ela estivesse tentando lhe dizer alguma coisa. Só que você não pode ouvi-la. Por isso, ela tenta falar mais e mais alto. O que ela está tentando dizer?

Casey achava que sabia, o que a deixava com um medo terrível. Ela inclinou-se e suplicou:

— Fale comigo, mamãe. Diga o que está sentindo.

Como não houve qualquer resposta, Casey insistiu:

— Nós duas sempre conversávamos. Lembra como era... não tanto antes do acidente, mas depois? Você falava comigo, mamãe. Eu podia ouvi-la com absoluta clareza. Acompanhava todos os seus pensamentos.

— Alguma outra pessoa podia ouvi-la? — indagou Meg.

Casey sorriu, triste.

— Não. Mas ninguém mais a conhecia tão bem para saber quais eram seus pensamentos.

— Se você pensava os pensamentos dela, eram reais?

Casey ficou consternada. Empertigou-se. Se entrar em contato com a realidade era o objetivo, Meg sem dúvida fizera a pergunta certa... o que era humilhante para Casey, uma dose de realidade por si mesma. Meg não era terapeuta, não tinha qualquer instrução formal além do ensino médio. Mas vivera uma crise emocional e passara por uma terapia intensiva, saindo como um ser humano plenamente funcional. Isso lhe valia uma certa credibilidade. Subitamente, Casey sentiu-se curiosa.

— Fale-me sobre Pete.

Meg mostrou-se surpresa, mas apenas por um instante.

— O que... devo dizer?

— Ele era real?

— Em minha mente, sim. *Real* real? Não.

— Tinha amigos imaginários quando era pequena?

Meg sacudiu a cabeça em negativa.

— Teve noção, quando o viu pela primeira vez, de que era inventado?

Meg refletiu a respeito por um momento. Quando respondeu, foi com alguma apreensão:

— Eu gostaria de dizer que sim. Dessa maneira, não pareceria tão louca.

— Tenho conversas com minha mãe, Meg — confessou Casey, num súbito impulso. — É tão diferente?

— Claro que é — argumentou Meg. — Não age com base no que imagina.

— Já fiz isso. Planejei uma viagem para nós duas. Até reservei passagens num cruzeiro para o Alasca.

Meg mostrou-se satisfeita com a resposta.

— Durante todo o tempo em que ele estava comigo, eu pensava que Pete era real. Só não sabia se ele ficaria. Pensava que voltaria para casa e descobriria que ele fora embora. Não podia acreditar que ele realmente me quisesse.

Casey lera tudo isso no diário.

— Quando compreendeu que o inventara?

Meg pensou um pouco.

— Eu costumava pensar que isso aconteceu quando estava no hospital. Quando cheguei ali, eu me encontrava mais ou menos em cima da cerca. Às vezes pensava que ele viria me buscar. Outras vezes sabia que ele não viria. Não podia.

Casey sentiu que havia mais na resposta. Esperou. Finalmente, Meg disse, num fio de voz:

— Quando foi a primeira vez em que pensei que talvez ele fosse todo uma criação de minha imaginação? Foi quando me afastei da pedreira e me escondi no bosque. — Com uma súbita animação, uma certa angústia, ela acrescentou: — Deveríamos ir juntos para algum lugar bom. Ele me levaria. Mergulhei e mergulhei, só que não ficava lá no fundo.

— Pensou que ele podia ter se afogado?

— Não. Pete não se afogaria. Era forte. Um grande nadador. — Inibida com o súbito arroubo, ela ofereceu um olhar contrafeito para Casey. — Isto é, eu imaginava que era. Mas depois ele não aflorou à superfície para me buscar. Comecei a cansar, e ele não estava ali para me ajudar a permanecer debaixo d'água, e eu não podia fazer isso sozinha. Quando saí do lago, ele não foi me ajudar. E nesse instante me senti sozinha, como sempre estivera.

Casey pensou sobre as últimas vezes em que tentara conversar com Caroline, sem que a mãe respondesse. Também sentira-se sozinha na ocasião. Pensar em estar sozinha agora, no entanto, não era uma angústia tão intensa.

— Sentia-se sozinha no hospital?

— A princípio, sim. Não conhecia ninguém. Mas todos eram muito simpáticos. Queriam me ajudar. Nunca tivera pessoas querendo me ajudar antes. Isto é, tivera. Havia Miriam. Mas ela não era como Pete.

— Alguma vez agora tem a impressão de que avista Pete? Nas lojas? Na rua?

— Como poderia? Ele não existe. Eu o inventei porque precisava desesperadamente de sua ajuda.

— Sente saudade dele?

Meg começou a balançar a cabeça em negativa, mas parou de repente. Outra vez embaraçada, ela murmurou:

— Às vezes. Pete me amava.

Casey sentiu uma pontada de compaixão. Num súbito impulso, contornou a cama e abraçou Meg.

— Outras pessoas a amam agora. Você é uma pessoa muito adorável.

— Entendeu o que eu quis dizer.

Casey entendia. Lera *Pelo Amor de Pete*. O tipo de amor que Jenny encontrara em Pete era diferente.

— Mas era um jogo — acrescentou Meg. — Sei disso.

Casey deu um passo para trás e examinou seu rosto. Mais uma vez sem a maquiagem, as sardas apareciam, pálidas, mas nítidas. E com a tinta castanho-avermelhada perdendo o vigor, os cabelos se tornavam mais e mais ruivos.

— Um jogo mental — continuou Meg, fitando-a com um olhar mais firme. — Eu precisava de alguém para me levar embora. Não queria mais viver se tivesse de ficar com Darden. E me sentia tão desesperada que inventei jogos. Foi o que aprendi no hospital.

— Acredita nisso?

Meg pensou por um instante.

— Acredito. E você?

Casey acenou com a cabeça para indicar que sim. Conhecia sobre jogos em que a mente se empenhava. Eram chamados de psicoses. Alguns eram breves; outros, prolongados. A psicose de Jenny desenvolvera-se numa reação a um estressor acentuado, ou seja, o iminente retorno de Darden da prisão e o horror que destruiria sua vida. Afastada dessa situação, ela fora tratada com êxito.

— É assim que você se sente quando ouve sua mãe falar? — perguntou Meg.

Casey lançou-lhe um olhar inquisitivo.

— Desesperada? — Acrescentou Meg. — Como se precisasse de um jogo mental?

Casey estava sentada na cama, de pernas cruzadas, no escuro. Vestira-se para deitar, mas não dormira por mais que uns poucos minutos. Era uma hora da madrugada. Ela despachara a enfermeira do plantão noturno para a cozinha, e vigiava Caroline sozinha.

Não, não sozinha. Angus estava com ela, enroscado aos pés de Caroline. Parecia ter reivindicado a posse do lugar, e não saíra dali desde a chegada de Casey. Jordan aproximou-se pelo tapete, descalço.

— Ei... — Ele roçou de leve no pescoço de Casey com o dorso da mão. Foi um gesto breve, de incrível ternura, surpreendentemente tranqüilizador. — Não consegue dormir?

Ela sorriu, balançou a cabeça, pegou a mão de Jordan. Ele olhava para Caroline.

— A respiração parece...

— Péssima.

Casey não podia se iludir. Jordan ergueu sua mão, beijou-a, comprimiu-a contra seu peito e manteve-a assim.

— De que você tem medo? — Perguntou ele, a voz suave. — O que mais a perturba?

Casey não precisou pensar por muito tempo. Passara a noite toda se fazendo essa pergunta.

— Ficar sozinha. Não ter o apoio de ninguém na vida. Nem sempre concordei com mamãe, mas sempre tive certeza de que ela estaria ao meu lado. Ela é minha mãe. Não sei se alguém tem na vida o mesmo tipo de amor incondicional que a mãe oferece. Já tive clientes que nunca tiveram esse amor, o que causava uma profunda angústia. Tive clientes que tiveram, mas perderam ainda muito jovens. Estou com trinta e quatro anos. Deveria me sentir grata por tê-la durante tantos anos. Por que sou tão gananciosa que quero mais?

— Você mesma disse. Ela é sua mãe. É um relacionamento singular.

— Ela me amava até nos piores momentos. Amava-me até quando eu era desamável.

Jordan sorriu.

— Não posso imaginá-la sendo desamável.

— Acredite em mim. Eu era insuportável. Rebelde. Às vezes totalmente detestável.

— Ela devia saber por quê. É mais fácil agüentar as coisas quando se sabe o motivo.

— É aquela coisa de amor incondicional. Eu era a única filha. Ela tinha muitas amigas, mas apenas uma filha.

— Está usando o verbo no passado.

Casey não planejara isso. As palavras simplesmente saíram assim. Observou o rosto de Caroline, para verificar se ela também notara.

Claro que não. A mãe continuava de olhos fechados, a energia vital concentrada na respiração, em puxar e soltar o ar, numa luta crescente, uma súplica.

Uma súplica. Foi o que Casey sentiu.

As palavras de Meg ressoaram em sua mente. *É como se ela estivesse tentando lhe dizer alguma coisa. Só que você não pode ouvi-la. Por isso, ela tenta falar mais e mais alto. O que ela está tentando dizer?*

As palavras de Ann Holmes afloraram em seguida: *Você precisa ajudá-la, Casey. Precisa fazer com que ela saiba que não tem problema.*

— Não tem problema? — sussurrou Casey.

Ela olhava para Caroline, mas foi Jordan quem respondeu:

— Usar o verbo no passado? Se você usou, não tem problema. Você é a única que conta, Casey.

— Não falei se é um problema para mim, mas sim para ela.

Mas no momento em que as palavras saíram, Casey compreendeu que não era nada disso. Caroline estava além de diferenciar o tempo do verbo. O que importava agora, por mais egoísta que pudesse parecer, era a aceitação da própria Casey. Seu uso do verbo no passado, depois de tanto tempo aderindo com todo o cuidado ao verbo no presente e no futuro, significava alguma coisa.

O subconsciente muitas vezes sabia as coisas primeiro.

Mas o consciente de Casey não estava muito atrás. Sentada ali, no escuro, ela teve a súbita compreensão de que sua vida encontrara o rumo. Os fios soltos começavam a se ligar, as necessidades eram atendidas. Resolvera problemas em sua mente entre o pai e a mãe, descobrira um amor especial em Jordan, uma parente em Meg e uma amiga inesperada em Ruth. A casa a ajudava. Era capaz de trabalhar sozinha. Tinha amigas que a amavam e colegas que a respeitavam. Tinha um jardim que era um oásis em momentos de tempestade e uma pura bem-aventurança nos momentos de calmaria.

*De que você tem medo?*, perguntara Jordan. *O que mais a perturba?*

*Ficar sozinha*, ela respondera, sem hesitar.

Ocorreu-lhe agora que não estava sozinha. Se não percebera isso antes, os últimos dias haviam demonstrado. Era cercada por pessoas de quem gostava e que gostavam dela profundamente. Tinha uma vida muito rica.

Sozinha? Sozinha era um termo que passara a usar apenas porque fora criada só pela mãe. Mas nunca fora sozinha. Não realmente sozinha. Se fosse sua cliente, ela poderia sugerir — de forma gentil, sem qualquer confrontação — que usara "sozinha" como uma desculpa para o mau comportamento, a raiva, até mesmo a autopiedade.

Não sentia qualquer dessas coisas agora. Sentada ali, com Caroline e Jordan, sentia-se em paz. A raiva desaparecera. A amargura desaparecera. E o medo também.

A mãe diria que ela finalmente crescera. E talvez fosse por isso que Caroline esperara, por que se apegara àqueles três longos anos, levando uma vida que não era vida. Esperara que Casey descobrisse a paz interior por si mesma, dera-lhe tempo e espaço, o que fora a maneira como Caroline a criara. Casey fora uma criança determinada. Tinha idéias próprias, precisava cometer seus próprios erros, encontrar suas próprias respostas. O que acontecera agora. Caroline dera-lhe tempo para fazer isso. Fora um presente final. Jordan beijou-a no alto da cabeça.

— Manterei a cama quente — murmurou ele, com uma sintonia surpreendente com os pensamentos e necessidades de Casey. — Chame se me quiser aqui.

Casey ficou engasgada. Desconfiava que o repentino fluxo de emoções tinha tanto a ver com os sentimentos por Jordan quanto com o que tinha de fazer agora. Incapaz de falar, ela apenas acenou com a cabeça, em silêncio. Seu coração parecia transbordar enquanto o observava sair do quarto. Os olhos cheios de lágrimas, ela tornou a se virar para Caroline.

— Ele não é incrível? — indagou ela, sorrindo. — Viu? Não pode contestar. Se fosse um dos meus namorados anteriores, diria que eu não o conhecia muito bem e deveria ser cautelosa. Mas ele é um amor, não acha?

Casey levou a mão da mãe à boca. Beijou-a, comprimiu-a por baixo de seu queixo. A garganta doía de tanta emoção, mas ela forçou as palavras a saírem. Não podiam esperar. Já era tempo.

— Preciso que escute o que tenho a dizer, mamãe. É muito importante.

Ela fez uma pausa para enxugar as lágrimas que escorriam pela face. No tempo que precisou para reprimir outras, sentiu um pequeno resquício de medo. Depois que as palavras saíssem, não poderia mais retirá-las. Mas era a coisa certa a fazer. Ela sabia no fundo de seu coração.

— Não tem problema, mamãe — murmurou ela, gentilmente. — Você pode partir. Estou bem agora. Muito bem. Você já pode ir embora.

A mão de Caroline contra o peito, ela chorou baixinho. Mas havia mais a dizer. Casey fungou de novo e recuperou o controle.

— Quero que você seja feliz. Não quero que sofra mais do que precisa. Lutou muito, mas está cansada, e não posso culpá-la por isso. A situação já se prolongou por tempo demais. Vamos fazer com que seja uma morte boa.

A voz elevou-se para um gemido no final, e ela tornou a chorar. Um minuto se passou antes que fosse capaz de continuar, a voz rouca.

— Se prolongou por minha causa, sinto muito. — Ela respirou fundo, um pouco trêmula. — Não. Na verdade, não sinto muito. Há três anos, não estava preparada. Mas estou agora. Você tornou tudo mais fácil.

A voz se tornou mais jovial quando ela acrescentou:

— Fico contente que você tenha conhecido Jordan, mamãe. É ele, mamãe, tenho certeza que é ele. Mas Jordan é apenas uma das coisas que se tornaram certas em minha vida.

Casey soltou uma risada curta, um pouco histérica.

— Se eu achava que as coisas estavam *erradas* em minha vida? Não, não achava. Mas agora que as peças começam a se encaixar em seus lugares, acho que tudo está *certo*. — A voz tremeu, as lágrimas voltaram. — Quero que as coisas... sejam certas para você também. Quero que tenha paz. Merece isso. E eu a amo demais.

Chorando baixinho, Casey tirou um lenço de papel da caixa na mesinha-de-cabeceira e comprimiu contra o nariz. Não falou de imediato ao recuperar o controle. Notou Angus. Não mais enroscado agora, ele estava sentado, os olhos verdes fixados em Caroline. Os olhos de Casey acompanharam o olhar do gato. Caroline respirava com mais facilidade agora.

Seu primeiro pensamento foi o de que era apenas a imaginação. Por isso, prestou atenção, com um ouvido mais objetivo. E obteve a mesma impressão esperançosa.

Casey não tinha ilusões. Sabia que não havia qualquer possibilidade de Caroline se recuperar. A realidade acabara com essa esperança. Mas uma nova esperança surgira. E se relacionava com morrer em paz.

Convencida por essa respiração mais fácil que dizia as coisas que Caroline precisava ouvir, Casey continuou. A voz era anasalada agora, embargada pelas lágrimas.

— Você foi uma mãe extraordinária. Acho que eu sabia lá no fundo, mesmo quando a odiava. Mas você sempre fez a coisa certa, mamãe, mesmo quando isso significava recuar e me deixar fazer besteiras, para depois ter de consertar tudo. Mesmo agora. Resistiu por mim. Acho que soube quando Connie morreu. Seu estado piorou na ocasião. Mas está tudo bem agora. Não há problema... se você quiser partir...

Outra vez chorando, balançando um pouco para a frente e para trás, ela pressionou a mão de Caroline contra sua boca. Não tentou conter as lágrimas. Aquele era o último suporte físico que a mãe lhe proporcionaria, e ela aceitou com a maior avidez. A fragrância de eucalipto estava se desvanecendo. Ela aspirou o pouco que restava.

O choro passou. Gentilmente, ela acariciou a testa de Caroline, o rosto, os cabelos.

— Está tudo bem, mamãe. Não há mais nenhum problema comigo. Você nunca estará morta enquanto eu continuar aqui. Eu sou *você*, sob muitos aspectos. Nunca percebi isso. Nunca quis perceber. Queria ser independente e fazer as coisas à minha maneira, só que minha maneira era com freqüência a sua. Ainda mais nos últimos tempos.

Casey sorriu de verdade.

— Você sempre estará comigo, mamãe. Como as plantas perenes de Jordan. A cada ano, alguma coisa vai desabrochar em minha vida para me lembrar de você. Será sempre diferente, nunca a mesma coisa, mas será bom. O amor persiste.

Casey sentiu-se contente depois de dizer isso. Com uma súbita exaustão, deitou-se com Caroline, abraçando-a, mantendo-a aquecida. Encostou a cabeça no coração da mãe, até que não ouviu mais nenhuma batida.

# Epílogo

O verão no jardim era um tempo de amadurecimento. As bétulas projetavam seus galhos, as tuias se tornavam mais altas, as folhas de bordo e carvalho adquiriam um tom verde mais profundo, os juníperos exibiam um verde-azulado do mar. Menos barulhentos, agora que passara o período de acasalamento, os passarinhos criavam os filhotes. À medida que as semanas passavam, os filhotes se juntaram aos pais no comedouro, bicando o alpiste. As abelhas pairavam sobre os rododendros; e quando suas flores murcharam, passaram para as gardênias, depois para as hortênsias. As borboletas esvoaçavam pelo jardim, lindas para se admirar, mas um espetáculo fugaz.

A clínica de Casey prosperava... parecia proliferar junto com as marias-sem-vergonha de Jordan. Ela não sabia se era sua própria reputação, a notícia espalhada por pessoas como Emmett Walsh, ou apenas o atrativo de ter um consultório em Beacon Hill. Mas sua agenda era cada vez mais movimentada. Depois de um mês no consultório de Connie, tinha a sensação de que sempre estivera ali. E Angus parecia pensar a mesma coisa. Depois que se aventurou para fora do quarto principal, tornou-se a sombra de Casey. Foi furtivo a princípio, é verdade, mantendo uma certa distância, movimentando-se com uma silenciosa dignidade. Mas quando as hostas no jardim começaram a florescer em elegantes cachos púrpuras, Angus já ficava enroscado ao lado de sua coxa durante as sessões com clientes. Se ele era mesmo o espírito de Connie, Casey não podia se queixar.

Também não podia se queixar de Jordan. Ele a ajudara a sepultar Caroline e suportar a dor. Mantinha o jardim viçoso, sempre com uma nova flor para substituir outra que murchara, à medida que o verão avançava. Assim como as samambaias cresciam para substituir as triliáceas, as petúnias tomavam o lugar das cravinas, as pervincas se espalhavam, e os lupinos desabrochavam, imponentes e altos, o relacionamento de Casey com Jordan também evoluía. Ela não precipitou. Depois de ser impulsiva por grande parte de sua vida, ela precisava de tempo. Com a mãe morta agora, o pai morto antes, ela era a adulta na família. Amar Jordan fora uma coisa repentina, que surgira num momento de carência. Casey queria que sua vida assentasse para saber se esse amor criaria raízes.

Jordan não poderia ser mais sintonizado com suas necessidades. Na vida, como no ato de amor, sempre encontrava o momento impecável. Soube quando apresentá-la à sua arte, e soube quando apresentá-la a seus amigos. Soube quando levá-la para plantar flores na sepultura de Caroline, quando sugerir que fossem a Rockport para visitar Ruth, e quando levá-la a Amherst para conhecer um menino de treze anos, com cabelos ruivos flamejantes.

Joey Battle. Casey reconheceu-o à primeira vista. Ele vivia com um casal de amigos de Jordan, e cursava uma pequena escola particular, que cuidava da alma tanto quanto da mente. Jordan pagava a conta.

— Não podia deixar que Joey continuasse em Walker — argumentou ele, embaraçado, quando Casey se mostrou impressionada por sua iniciativa. — Não ajudei Jenny quando deveria. Não podia cometer o mesmo erro duas vezes.

Casey amou-o ainda mais por tudo isso. E, depois, teve ainda mais motivos para amá-lo. No mês de agosto, ele levou-a para passar algum tempo com os pais em Walker. A mãe já estivera várias vezes em Boston, e se tornara amiga de Casey. Mas aquela era a primeira vez, em muito tempo, que Jordan se encontrava com o pai. Ele jurou que não teria coragem de ir se Casey não o acompanhasse. Ela quase acreditou. O pai intimidava-o... ela percebeu isso no instante em que os dois se encontraram.

Jordan era um homem forte. Sabia quem era e o que queria na vida. O pai, no entanto, tinha o poder de fazer com que ele ficasse calado, se esquivasse das perguntas, caísse na defensiva. Isso não o enfraquecia aos olhos de Casey. Mesmo que não soubesse por sua profissão o que ele sentia, teria se identificado pessoalmente. Já passara por aquilo, *ainda* passava, querendo a aprovação dos pais, precisando pensar que os deixava orgulhosos. Os pais tinham um poder extraordinário sobre os filhos. Não importava que idade esses filhos tivessem, ou quão distantes estivessem de suas vidas cotidianas. Recebiam mensagens dos pais desde o momento em que nasciam. Essas mensagens eram quase tão profundamente gravadas na psique quanto os genes eram registrados nos cabelos, olhos e altura.

Jordan foi se tornando mais confiante à medida que a visita progrediu, ainda mais depois que as irmãs e suas famílias chegaram. Todos ficaram na maior satisfação ao vê-lo e adoraram Casey. Para Casey, que nunca conhecera uma família além de Caroline, foi um dia emocionante.

Mas a emoção ainda não acabara. Na manhã seguinte à reunião de família, Jordan levou-a para uma viagem de carro tranqüila, durante uma hora, até uma pequena cidade ao norte. Passaram pelo modesto centro da cidade, entraram numa pequena rua transversal, estreita e arborizada. Pararam diante de uma casinha de madeira, pintada de amarelo, as janelas de um verde-musgo, cercada por pinheiros e tuias, juníperos e teixos, com canteiros que apresentavam muitas das flores que Casey tinha em Beacon Hill. Um caminho de seixos cortava esses canteiros. Levava a três degraus de madeira e uma varanda em torno da casa. Havia duas cadeiras de balanço na varanda. Uma mulher idosa balançava-se em uma.

Casey lançou um olhar inquisitivo para Jordan, mas ele não disse nada. Em vez disso, contornou o jipe, pegou-a pela mão, levou-a pelo caminho.

A mulher na varanda parou de balançar. Tinha os cabelos brancos e o rosto enrugado. Usava um vestido florido e um avental branco.

Parecia quase tão perplexa quanto Casey. Mas era familiar, muito familiar...

O coração de Casey começou a bater forte.

A mulher não tirava os olhos dela. Aqueles olhos eram azuis, Casey viu, enquanto subia os degraus com Jordan... esmaecidos pela idade, mas ainda assim azuis. Olhos azuis, cabelos brancos que poderiam ter sido ruivos na juventude, um sorriso gentil que poderia ser interpretado como afetuoso, se Casey fosse propensa a fantasias... o que ela era mesmo, é claro.

A mulher estendeu a mão trêmula para Casey, ao mesmo tempo que Jordan dizia, suavemente:

— Esta é Mary Blinn Unger. Sua avó. Com noventa e seis anos.

O outono no jardim foi glorioso, como só os outonos na Nova Inglaterra podem ser. O bordo tornou-se laranja; as faias, amarelas; o carvalho, vermelho. As margaridas-de-olho-preto multiplicaram-se, os ásteres abriram-se em manchas cor-de-rosa, os viburnos produziram bagas. As trepadeiras que adornavam a pérgula, subiam pelo muro de alvenaria e pela parede do barracão, viraram tapeçarias em tons de laranja, vermelho e marrom.

Com um lindo vestido branco, uma grinalda de hera nos cabelos, Casey saiu da casa, subiu pelo caminho de pedra, para a área de bosque em que Jordan esperava, junto com o pastor. Brianna e Joy precediam-na, como damas de honra, junto com Meg, sua madrinha, exibindo uma beleza espantosa, com os cabelos ruivos arrumados com a maior elegância.

Casey seguia sozinha, mas não estava sozinha em qualquer sentido da palavra. Amigos e parentes lotavam o jardim, nos dois lados do caminho. O espírito de Caroline era tão forte quanto se ela estivesse ali, à frente da procissão. E o mesmo acontecia com Connie. Seu consultório nunca seria ocupado, o jardim nunca haveria de florescer, e seu gato não adoraria Casey, se ele não aprovasse aquela união.

Jordan esperava, tão bonito que ela ficou sem fôlego, e só isso foi suficiente para trazer lágrimas a seus olhos. Havia ocasiões em que,

Pelo Amor de Pete

como Jenny com seu Pete, Casey especulava se tudo aquilo era mesmo real. Mas não precisava se beliscar para ter certeza. Só precisava virar a cabeça, olhar ao redor, chamar seu nome, e lá estava ele.

A neve caiu antes do final de novembro. Cobriu as poucas folhas que ainda aderiam às árvores, espalhou-se sobre as plantas perenes, que já haviam se encolhido para o inverno, e estendeu um tapete sobre o caminho. Por mais que gostasse de passar o tempo lá fora, Casey estava pronta para a mudança. O inverno significava permanecer dentro de casa, o fogo ardendo na lareira, sidra quente e Jordan. Era um tempo de assentar como marido e mulher, de avaliar as vantagens maravilhosas de unir suas vidas.

Jordan vendeu seu apartamento por cima da loja, instalou seu escritório num dos quartos vagos, transferiu seu estúdio para a cúpula e orientou Casey para criticar sua obra. Casey também vendeu seu apartamento, deu a Meg tantos móveis quanto cabiam no apartamento dela, vendeu o resto e abriu a primeira conta bancária conjunta de sua vida.

Quando os galantos, as primeiras flores depois do inverno, projetaram suas pétalas brancas do solo degelando, quando os crocos abriram as pétalas em amarelo, púrpura e rosa, já era o final de março, e a silhueta de Casey era inconfundível.

Quando junho chegou, com as flores dos cornisos, as glicínias, os bordos, bétulas e carvalhos se enchendo de folhas, ela estava enorme.

E quando a criança nasceu, no início de agosto, o jardim era tão fértil e exuberante quanto ela se sentia.

Nada mais apropriado que a vida de Casey assumisse o ritmo do jardim. Seus pais haviam amado flores e árvores, tanto quanto seu marido. E a própria Casey? O jardim a fizera fincar raízes. Mantivera a cabeça lúcida e a mente focalizada no que era real e no que não era. Proporcionara esperança em momentos de preocupação, calma em momentos de estresse. Dera testemunho da natureza perene do nascimento.

Quando a filha comemorou o primeiro aniversário ali, entre as flores, num dia ensolarado de verão, em agosto do ano seguinte, tinha uma delicada coroa de margaridas nos cabelos louro-avermelhados. Comeu bolo com cobertura de chocolate e sorvete com uma colher de pau, e caiu de cara no chão, ao correr atrás de uma borboleta.

O pai pegou-a no colo e acariciou sua barriga, enquanto a levava para Casey, que beijou o machucado da filha uma porção de vezes, até que a menina voltou a rir.

A vida era boa.

Impresso no Brasil pelo
Sistema Cameron da Divisão Gráfica da
DISTRIBUIDORA RECORD DE SERVIÇOS DE IMPRENSA S.A.
Rua Argentina 171 – Rio de Janeiro, RJ – 20921-380 – Tel.: 2585-2000